本书系国家社科基金项目

"蒙古族史诗与印度史诗比较研究"

（批准号：12BZW133）成果

蒙古族史诗与印度史诗比较研究

A COMPARATIVE STUDY OF
MONGOLIAN EPIC AND INDIAN EPIC

王艳凤　阿婧斯　吴志旭◎著

中国社会科学出版社

图书在版编目（CIP）数据

蒙古族史诗与印度史诗比较研究／王艳凤，阿婧斯，吴志旭著 . —北京：
中国社会科学出版社，2020.6

ISBN 978 - 7 - 5203 - 6239 - 9

Ⅰ. ①蒙…　Ⅱ. ①王…②阿…③吴…　Ⅲ. ①蒙古族—史诗—诗歌研究—
中国—古代②史诗—诗歌研究—印度—古代　Ⅳ. ①I207.22②I351.072

中国版本图书馆 CIP 数据核字（2020）第 059493 号

出 版 人	赵剑英	
责任编辑	耿晓明	
责任校对	王　龙	
责任印制	李寡寡	

出　　　版	中国社会科学出版社	
社　　　址	北京鼓楼西大街甲 158 号	
邮　　　编	100720	
网　　　址	http://www.csspw.cn	
发 行 部	010 - 84083685	
门 市 部	010 - 84029450	
经　　　销	新华书店及其他书店	

印　　　刷	北京明恒达印务有限公司	
装　　　订	廊坊市广阳区广增装订厂	
版　　　次	2020 年 6 月第 1 版	
印　　　次	2020 年 6 月第 1 次印刷	

开　　　本	710×1000　1/16	
印　　　张	18.5	
插　　　页	2	
字　　　数	284 千字	
定　　　价	98.00 元	

凡购买中国社会科学出版社图书，如有质量问题请与本社营销中心联系调换
电话:010 - 84083683

序

内蒙古师范大学著名东方文学专家王艳凤教授嘱咐我为其《蒙古族史诗与印度史诗比较研究》一书写序，我诚惶诚恐，欣然从命。她是我国有相当知名度的东方文学学者，三十多年来，她耐得寂寞，一直从事东方文学的教学与研究，近十年，她又知难向上，将东方文学中的民族史诗作为自己的研究重点，连续发表了诸多学术论文，让人感佩不已。可以说这个课题是她在长期学术研究和知识积累的过程中逐渐完善形成的，是水到渠成的必然结果。

王艳凤教授身为蒙古族人，生活学习在内蒙古东部颇有文化底蕴与历史传统的西拉沐沦河流域名城——通辽。她从勤奋好学的学生成为一个有学术理想追求的学者，并长期任教于内蒙古地区，服务于内蒙古的人才培养，令人景仰。现今她又充分利用了自己熟悉的地缘优势，整合了学科特点，立足于蒙古族文学，将其与域外民族文学进行比较，尤其是集中于蒙古族史诗与印度史诗这一专题进行充分的考察与阐释，不但发掘了蒙古族文学的底蕴，提高了蒙古族文学的影响力，而且对"中国没有史诗"的缺类研究也是一种反驳。因为正如作者在《绪论》中所言，"我们所做的是中国的蒙古族史诗与印度史诗的比较"，这种明确表态说明了一个中国学者鲜明的学理立场与坚定的文化自信。

关于史诗的研究，中国虽然取得了一定的成就，但与欧洲相比，起步比较晚，特别是对印度史诗和蒙古族史诗的研究大概在 20 世纪后半期才逐渐展开。虽然在 20 世纪初，中国文学家、学者注意到了印度两大史诗，但 70 年代才出现《摩诃婆罗多》和《罗摩衍那》改写本和全译本，并展开研究。国外学者从19世纪初就开始对蒙古族史诗进行研究，而我国到20世纪五六十年代才进行搜集、整理和出版，到80年代开始运用欧洲史诗学理论进行研究。总之，对史诗的研究，中国还有更多的内容需要挖掘，有更广的领域需要开拓。其实，在现代文明高度发达的今天，人类在挥霍物质财富的同时，痛感自我放逐后的本性沉沦，因而在原始文化的稚真中追寻自由理想并探索文化拯救成为一股潮流。就文学领域而言，人们回归神话、回溯史诗，重新开始与古人对话。用现代的眼光，以异文化作为参照来解读神话与史诗，可以帮助我们回溯民族文学的源头，引导人们重新思考文明的发生、发展与传承。正是基于这种认识，本书才将蒙古族史诗与印度史诗进行了深度的比较研究。在世界文化的大范围内，蒙古民族和印度民族都拥有悠久辉煌的史诗文化传统，蒙古族史诗和印度史诗因其对社会生活的全面反映和文学建构，成为各自民族文化的精髓。对蒙古和印度两种不同文化类型的史诗作品进行比较研究，有助于人们发现那些造就古代文明形态的基本要素，揭示游牧文化和农耕文化的差异和文学审美的不同走向，从而为民族文化和民族精神的研究提供显性材料，并在跨文化视野中使史诗研究向纵深发展。

阅读这部著作，明显可以发现其中在研究内容上的几个特点。

首先，通过比较，对史诗中蕴含的原始神奇密码进行了解读。我们知道，初民的思维方式与现代人不同，具有直感性、整体性、互渗性、原逻辑性，书中对两个民族史诗中的原始思维方式进行了深入细致的研究。例如，蒙古族史诗和印度史诗中都存在一个庞大的神、魔世界，而这个世界与人的世界相互勾连，形成了一个完整的体系，这就是原始人的一种整体思维方式；史诗还通过人神之间的相互转化与融合，人、神、妖的"变形"体现出互渗性。概括而言，两个民族史诗的神秘色彩印证了原始思维存在的真实性和普遍性，也让人们领悟了原始人思维方式的神奇与独特。再如，该书重视对史诗发生学意义上的神秘主义文化和巫术祭祀等现象的挖掘，发现了在这种文化土壤中民众容易将史诗神化，并结合祈祝、期待敬畏崇拜的心理，因此赋予了史诗超文学的功能，即治疗功能和禳灾功能等。总之，本书对史诗中蕴含的初民时代神秘文化的阐释，反映出作者对史诗深层次的理解和独特的切入视角。

其次，在对比中试图揭开史诗的历史面目。英雄叙事与历史真实的问题始终是史诗研究的重要问题，作者认为，史诗英雄人物的真实既包括历史的真实，也包括心理的真实。研究可见，两个民族的史诗塑造的众多英雄形象，尤其是领袖型英雄，往往是以真实的历史或历史人物为原型创作的，他们身上保存着民族集体无意识的烙印，因此他们是真实的。例如，两个民族领袖型英雄都具有"神源"的共同之处，这一特点反映了民族心理的真实。领袖型英雄都是在人间遇到灾难大劫之时，天神为了拯救人类下凡化身而成，在人间降妖除魔。人的神化反映出原始初民无力抵御自然灾害或人为祸患时，幻想能有超自然的神力相助，这是人类美好的愿望，也是人类共同的心理特征。这说明史诗发生的年代，人的理性意识开始萌发，人的自我意识日益增长。人类急于走出原始的信仰，但尚未全然摆脱原始思维的状态，对于自然还有很多不解，对于神灵还存有敬畏，人们既对原始的神灵心存疑惑，又无法克制想走出这种固有状态的冲动。这种矛盾性促使神性英雄的产生，为领袖型英雄安排了"神源"。领袖型英雄还具有历史的真实性。史诗将其塑造成正义和善的化身，他们代表着渴望社会和谐安宁的民众的理想愿望，他们的争战也是为了反抗掠夺和杀戮，这是历史赋予他们的责任。史诗中反映出的战争观与伦理观也见证了史诗的历史真实。蒙古族史诗与印度史诗都描写了战争给人民的物质生活和精神生活带来的灾难与创伤，这是对历史真实地再现。在对多种婚姻形式的描写中，都表现了婚姻受门第的制约，印度还要受种姓制约，以及女性应善良贤惠等观念。总之，作者较为深入地辨析了史诗对历史的描写，通过对比，对两个民族的文化心理结构进行了总结，使比较研究上升到了文化乃至哲学的层面。

再次，该书还对两个民族史诗的艺术之美进行了比较分析。就审美意识而言，在东方审美"同情观"的观照下，蒙古族史诗和印度史诗都表现出"物我同一"的审美意识。两个民族史诗在叙事与谋篇上，虽然叙事结构不同，但篇章上有一个共同的特点，即都可以使史诗的体量不断膨胀，但蒙古族史诗是纵向维度拉长，使史诗增添新内容，可以连续叙述；印度史诗则是横向维度加宽，可以不断增加插话，使史诗星云式扩展。笔者认为，不同的结构谋篇既与史诗的形成有关，也与史诗的目的作用及其民族文化特点相关联。此外，书中还对古代史诗常用的表现手法隐喻进行了对比性研究。

总体来看，该书的主要学术价值正是基于史诗文本的客观存在，运用比较文学的理论和前人的研究成果，提出了对其进行比较研究的多种可能性。之所以选择了东方文化圈内的蒙古族史诗和印度史诗进行比较研究，是因为在考察了蒙古族史诗与印度史诗外部与内部的相似性以后，更利于从史诗本身出发，有针对性地确立比较研究的角度，突出彰显东方史诗的独到之处，这无疑拓宽了史诗研究的范畴。但是正如作者所言：对史诗所反映的宗教文化进行比较研究还是有一定难度的，这既是作者的困惑之处，也是作者今后的努力方向。在即将到来的新的一年里，我们拭目以待王艳凤教授在追求学术理想的道路上再创新的辉煌。是为序。

孟昭毅
戊戌岁末于天津师范大学学者公寓

目　　录

绪　　论

史诗是民间叙事诗的一种，是叙述英雄传说和重大历史事件的叙事长诗。作为人类审美行为中从语言过渡到文字的特殊文本，史诗是一种古老而宏伟的文学体裁，是对人类文明进程宏观而形象的概括，也是人类文明反思的启示录。在人类文明发展史上，它的意义是无可替代的，也是原始的。它滥觞于神话，但却具有更为宽广的精神背景和思维视野。史诗改变了神话的片段性和跳跃性，不再简单地追溯人类起源和万物生成，而是宏观地探索人类历史、探索自身命运。它既传承神话表现原初的意识形态，又对历史现实作整体描摹和价值判断，开了后世文学书写、历史书写之先河。它的传世不仅保证了原始文化文本和文学体裁的相对完整和延续，同时也真实地记录了人类迈入文明之后历史转型期的社会状况。个体生存状态、民族审美理想以及民族的历史变迁，都可以在史诗中找到清晰的影印。一部优秀的民族史诗是一个民族精神标本的展览馆，是社会历史的艺术反映和民族生活的"百科全书"，各民族都把自己的史诗视为本民族文化的象征。因此，研究古代史诗对于我们思考古代民族的历史、人类原初的文化模式以及文明进程都具有重要的意义和价值。

一　蒙古族史诗与印度史诗比较研究的意义

蒙古族史诗与印度两大史诗作为两个民族文学史的开端，不仅在民族文学史上的地位与影响是其他文学作品难以企及的，正如马克思谈到荷马史诗时所说："仍然能够给我们以艺术享受，而且就某方面说还是一种规范和高不可及的范本。"① 而且史诗文本中透视出的文化信息，如历史、宗教、哲学、美学等方面的内容，对民族文化也产生了不可估量的影响。因此，在人类文明高度发达的今天，回头审视反映人类早期文化的史诗现象，将蒙古与印度这两个不同民族的史诗进行比较，相互交流借鉴，具有极其重要的现实意义和学术文化价值。

在蒙古民族的文化历史中，蒙古族史诗不仅仅是里程碑式的文学作品，还是一份蕴含丰富民族信息的珍贵文化遗产。蒙古族社会文化及史诗研究学者满都夫在其《蒙古族美学史》中指出："蒙古族古代英雄史诗文化和它们形象地展示的观念范畴，不但是蒙古族思想进程的古代思想范畴，而且是蒙古帝国时代思想范畴产生的历史前提，同时，也是人类思想文化发展进程中的具有世界意义的古代思想文化范畴。"② 可见，蒙古族史诗在蒙古族的文学史、文化史、思想史等方面的贡献是巨大的。《江格尔》与《格斯尔》被誉为"中国蒙古民族文学史上的高峰"，受到学界的高度评价，并在国内外长期流传。蒙古族英雄史诗无论是在题材（表现古代蒙古族各部落团结统一进程的历史题材，独具特色的描写战争的军事题材）、人物塑造（史诗塑造了个性鲜明生动的英雄人物——江格尔、洪古尔、格斯尔等），还是在表现手法（超现实的幻想——对理想国宝木巴的描写，天国、地狱、人间三界的描写等）和精湛的诗歌语言等方面，都堪称中国蒙古民族文学史上的典范。蒙古族英雄史诗表现出的精神特质——英雄主义与理想主义，对后世蒙古民族文学的影响十分明显，例如《蒙古秘史》中的人物塑造就表现出了明显的英雄主义倾向；许多蒙古族民间故事中的英雄主义与理想主义倾向也很突出；近代的长篇叙事诗《嘎达梅林》等也继承了英雄史诗的这一精神特质。印度两大史诗《罗摩衍那》和《摩诃婆罗多》代表了印度的民族生活、社会、宗教和伦理的准则，也代表着印度悠久的文学传统，可谓印度文学的瑰宝，印度古典文学的典范，也是印度诗学理论和美学理论重要的源泉，是人

---

① 马克思：《〈政治经济学批判〉导言》，《马克思恩格斯选集》第 2 卷，人民出版社 1972 年版，第 114 页。

② 满都夫：《蒙古族美学史》，辽宁民族出版社 2008 年版，第 184 页。

类文化最古老的遗产之一。两大史诗以其巨大的影响力在印度乃至世界各地流传着，对印度文学与文化产生了深远的影响。印度学者斯·格·夏斯德利认为，"《罗摩衍那》不仅是梵语的最初的诗，而且也是世界上各种语言的最初的诗。它是促进后世诗歌的源泉，开始了艺术性的文学，文学在《罗摩衍那》时代才可能使'创造美和产生趣味'的定义变得名副其实"。夏斯德利认为《摩诃婆罗多》是"印度文明和文化、科学和知识，并包括许多典范性插话的伟大代表性著作"[①]。印度文学史家说：如果把《罗摩衍那》和《摩诃婆罗多》这两大史诗及受其影响的作品从梵语文学中剔除，那么梵语文学中所剩的作品就寥寥无几了。这样的评价并不夸张，自史诗出现以后不同时代的作家在诗歌、戏剧、小说等方面纷纷以此为题材进行创作。例如，有"印度莎士比亚"之称的迦梨陀娑的戏剧《沙恭达罗》就源自史诗《摩诃婆罗多》。印度两大史诗在音乐、舞蹈、雕塑、绘画，以及哲学、宗教、美学等方面都具有相当大的影响力。当然，随着两大史诗传播范围的不断扩大，世界许多国家都流传着罗摩的故事，如东南亚的一些国家，两大史诗在我国的影响同样十分深远。

伽达默尔的哲学阐释学认为："文本的真正意义并不在于作者或它最初读者的偶然性，文本的真正意义并不取决于作者的原意或心理特征，因为它部分地也是由解释者的历史处境所决定的，因而是由历史客观进程的总体性所决定的。但历史的进程又是无穷无尽的，因此，文本的真正意义的发现事实上是永远不会结束的，是一个无限的过程。"[②] 由此，对古代英雄史诗作现代的阐释与比较就十分必要并且可行了。

当下文学研究正处于一个回潮期，尤其是在世界文学与比较文学发生危机的时刻，我们回到神话、回到史诗，重新开始与古人对话，用现代的眼光，以异文化作为参照来解读史诗，可以帮助我们回溯民族文学的源头，引导人们重新思考文明的发生、发展与传承。正是基于这种认

---

① 季羡林、刘安武选编：《印度两大史诗研究资料汇编》，中国社会科学出版社1984年版，第20、29页。

② 刘放桐等：《西方现代哲学》，人民出版社2000年版，第765页。

识，我们才对蒙古民族与印度的史诗进行比较研究。在世界文化的大范围内，蒙古民族和印度民族都拥有悠久辉煌的史诗文化传统。蒙古族史诗和印度史诗因其对各自社会生活的全面反映和文学建构，成为各自民族文化的精髓，并真实地记录了早期文明的轨迹。对蒙古民族和印度两种不同文化类型的史诗作品进行比较研究，有助于我们发现那些造就古代文明形态的基本要素，揭示草原文化和森林文化的差异与文学审美的不同走向，从而为民族文化和民族精神的研究提供显性材料，并在跨文化视野中使史诗研究向纵深发展。

蒙古族史诗与印度史诗同样作为英雄史诗，其产生的历史时代大致相同，其生发的原始文化土壤也基本一致，史诗叙述的内容又同是英雄与战争的故事，其间都掺杂着大量的神话传说，尤其是这两个民族的史诗中都贯穿着对美与善的赞美，对丑与恶的鞭挞，因此，将两个民族的史诗进行比较研究是有其理论基础和实践可能的。也就是说，蒙古族史诗与印度史诗存在着事实上的可比性，以此作为研究对象将大大拓展史诗研究的领域，也会对古代不同民族的文化有更加透彻的了解，为人类文明的发展，文化模式的探索提供翔实可靠的材料。

蒙古族史诗与印度史诗大致都产生在从"神话时代"刚刚过渡来的"英雄时代"，当时，部族战争频繁，带领部族征战和取得胜利的氏族首领成为人们崇拜的对象，蒙古族史诗和印度史诗讲述的就是在夺取土地与财富的战争中的英雄故事。不仅如此，由于两个民族的史诗都深受原始宗教的影响，因此史诗中都体现了明显的原始思维特征。但是，由于两个民族的史诗分别发生在草原文明和森林文明背景下，因此，在民族精神、人物特征、史诗风格等方面存在着较大的差异性。比较文学所观照的研究对象本身就是要同中存异，异中有同，所以，将蒙古族史诗与印度史诗作比较研究是具备基本条件的。

二 研究对象与研究内容

本书以蒙古族史诗和印度两大史诗为研究对象。就两个民族的史诗而言，印度史诗早就已经定型，所以，本书将以我国著名的东方文化学者季羡林先生翻译的《罗摩衍那》和金克木、赵国华、席必庄翻译的

《摩诃婆罗多》为研究蓝本，其实这两个译本本身就是我国学者研究印度史诗的成果，也是其他学者研究的基础。蒙古族史诗作为活态史诗相对印度史诗而言较为复杂。一般来讲，蒙古族史诗所指范围是相当广阔的，包括东起大兴安岭，西到伏尔加河流域，北接贝加尔湖，南至内蒙古高原的广阔区域的整个蒙古族史诗传统。在这个地域辽阔，时间历久的传统中，有俄罗斯境内的卡尔梅克、布里亚特，蒙古境内的西蒙古卫拉特、喀尔喀，中国境内的内蒙古巴尔虎—布里亚特、扎鲁特—科尔沁，新疆卫拉特，青海卫拉特等多个中心区域，可见对蒙古族史诗的研究范围是相当大的。本书为比较研究起见，对蒙古族史诗进行了科学的选取。首先，我们所做的是中国的蒙古族史诗与印度史诗的比较，因此，我们主要选取中国境内的蒙古族史诗；其次，就中国境内的蒙古族史诗而言，既有已经整理完成的文本史诗，又有正在传唱的活态史诗。鉴于印度史诗为定型史诗，其叙事的内容是以完整的文本呈现出来的，所以，对中国的蒙古族史诗我们主要也是选取现有的比较完整的文本史诗进行研究，以在中国境内流传的卫拉特史诗《江格尔》和《格斯尔》为主，兼及其他。

蒙古族史诗是中国少数民族文学的经典，在世界各地流传范围广、影响大。目前虽然研究成果丰硕，但是如何准确把握蒙古族史诗的独特风格，需要有参照系，故此我们借邻壁之光，将印度史诗与蒙古族史诗加以比较研究，这对于我们拓宽对蒙古族史诗研究的范围，加深对蒙古族史诗内涵的理解，具有学理上的价值。

本书共分八章，主要是从史诗的文学发生、史诗与宗教文化的关系、史诗的文学和禳灾功能、史诗的原始思维特征、史诗主题与民族精神、史诗人物、史诗审美以及史诗诗学等方面对蒙古族史诗与印度史诗进行比较研究。

第一章，蒙古族史诗与印度史诗的文学发生。史诗的文学发生与民族独特的生产生活方式、地域环境有着极为密切的关系，蒙古族史诗与印度史诗的形成带有明显的自身地缘所给予的独到特征，同时，同为东方的两个民族，其史诗也浸润着东方史诗的共性特征；在个人意识觉醒和社会生活转型时期，史诗创作得到了进一步强化，当然，民族融合与文化互渗也引发了史诗的分化；史诗中保存的大量神话表明，史诗的形成与神话密切相关；史诗的流变也加剧了史诗的异质特征。第二章，蒙古族史诗与印度史诗的宗教文化。两个民族的史诗在其漫长的形成过程中混杂有较复杂的宗教思想，但萨满教对蒙古族史诗的影响与婆罗门教对印度两大史诗的影响是不可低估的。蒙古族史诗与印度史诗的"三界"文化、自然崇拜意识以及史诗人物都显现着浓郁的宗教文化色彩，蒙古族史诗讲唱中的萨满仪式与印度史诗中的宗教祭祀，更是直接彰显了宗教意识。当然，我们必须看到，对史诗的宗教文化进行比较研究还是有一定难度的，这也是我们的困惑之处。第三章，蒙古族史诗与印度史诗的文学治疗和禳灾功能。本章运用文学人类学理论对蒙古族史诗与印度史诗的治疗和禳灾功能进行了阐释。我们认为，史诗具有什么功能均取决于听众为它制造的心理基础和外部环境。不论是蒙古民族生活的草原，还是古老的印度，在萨满教和婆罗门教影响下，大部分民众认为史诗具有神异性与杀伐性这种"超文学"的功用，如史诗的治疗功能和禳灾功能。在这种意义上，两个民族史诗的超文学功能虽然表现形式不同，但作用是一致的，这就反映出原始初民的心理是相通的。第四章，蒙古族史诗与印度史诗的原始思维特征。产生于神话时代的史诗，包含着大量的原始思维信息，渗透着初民的原始思维特征。两个民族的史诗都体现了直感形象性思维、整体性思维、神人互渗性思维、原逻辑性思维等原始思维特点。两个民族史诗都不太注重描写主体所获得的印象，如心理、感情、精神等，而是偏向于表现客体在空间里的形状、位置和动态，也就是喜欢描写直观和具体的东西，即所谓用具体比抽象，这就体现了直感形象性思维的特点；在初民的思维中，上界、下界、中界，即天上、地下和人间是相连通的，神、人甚至动物、植物是可以相互转换的，这就是原始人的一种整体思维方式；两个民族的史诗都通过人神互化、对法宝的运用等来消解物我的界限，从而达到人神互渗的效果；对预言、咒语、征兆以及梦的坚信不疑，对祭祀活动的虔诚都彰显了原逻辑特点。当然，由于史诗产生年代的差异，文化背景和地理生存环境的不同，使两个民族的史诗对同一种事物或现象的思维方式或表达方式上存在一定的差异。第五章，蒙古族史诗与印度史诗的故事主题和民族精神。征战与婚姻是史诗叙事最为重要的内容，透过战争与婚姻，能够看出两个民族不同的价值观和民族精神。蒙古族史诗与印度史诗都描写了战争给人民的物质生活和精神生活带来的灾难与创伤，具有反战的思想情绪，但比较而言，蒙古民族认为战争可以换来和平安宁，因此，蒙古族史诗表现出既认可战争，又反对战争的矛盾态度；印度民族则显示了宽容和仁爱精神，因此，印度史诗表现了止戈息武，彰显非战和平的思想观念。在婚姻上，史诗表现了深受种姓或门第制约的观念，当然这种观念也在不断地发展变化。《罗摩衍那》和《摩诃婆罗多》较完整地体现了印度民族追求和平、恪守道德、崇尚仁爱之心和自我牺牲的超脱精神，而蒙古族史诗则反映了蒙古民族重视荣誉、追求勇武、务实的精神内核。第六章，蒙古族史诗与印度史诗的人物形象。英雄史诗的重头戏是塑造英雄人物，本书将两个民族史诗塑造的古代英雄群像分为领袖型、勇士型以及智慧型等加以比较研究，我们更加清楚地感受到不同文明中的英雄气质与风貌。当然，作为被古代战争边缘化的女性也是史诗中不可或缺的人物，本书研究了两个民族史诗中的女性与战争的关系等问题。第七章，蒙古族史诗与印度史诗的审美意识。两个民族的史诗所蕴含的自然审美意识反映出以"万物有灵观"为哲学基础的东方审美"同情观"，在人与自然的关系上，展现了自然与人彼此间天然的本原的"同一"，没有主客体之分。但是两个民族，在"同情观"影响下的审美意识还是略有不同。同时，两个民族的史诗中展现着对"生命"的朴素的审美意识，即以展示有旺盛生命力的东西为美，包括人体之美以及人的精神生命之美。第八章，蒙古族史诗与印度史诗的诗学研究。史诗诗学是后世研究者在搜集整理古代口传史诗的基础上逐渐形成的史诗研究理论。本书对史诗诗学中涉及的部分问题进行了探讨，如两个民族史诗的分类问题：活态史诗、定型史诗、英雄史诗、创世史诗，史诗的叙事与构篇、隐喻问题等。

三 比较研究的价值与理论意义

回顾史诗比较研究的成果，我们较多见西方的荷马史诗与东方的蒙古族史诗或印度史诗等的比较，而较少见到东方史诗内部不同民族史诗的比较研究。事实上，在我们对蒙古族史诗和印度两大史诗的对比研究中，发现了诸多可比性和研究价值，进而确立了不同民族史诗比较的多种可能。由于几乎所有民族的英雄史诗都经历了从远古神话时代到封建社会的历史跨度，从口头传诵到文本传播的过程，其讲述的内容也都离不开为争夺领地、权力、财富、女人等而进行的战争，因此，古代史诗的同质性是显而易见的。而同为东方民族的蒙古民族和印度民族，其思维方式与西方人相比更接近，因此，东方史诗的相似之处就更加普遍。根据比较文学的理论，文学现象之间的相似点并不一定具有可比性，因此，如何确立存在诸多相似点的史诗比较的可能，就成为我们首先必须解决的问题。我们认为，蒙古族史诗与印度史诗不仅仅有同，而且同中还有异，也就是说，当我们真正走进两个民族的史诗世界，扑面而来的是风格迥异的艺术天地，因此，何以同为东方史诗，其面貌却大不相同，就非常值得我们关注了。本书从两个民族史诗的生成开始研究，既找出史诗形成的共因，又辨析了不同民族史诗从出现便具有的得天独厚的条件，进而挖掘史诗风格相异的重要成因。本书又从文学范围内的平行研究和阐发研究入手，确立了蒙古族史诗与印度史诗在主题与民族精神、审美、人物形象以及史诗诗学方面的比较研究方向。从跨学科的文学研究，即文学与宗教的关系、文学与社会学、文学与人类学的关系的视角透视两个民族史诗中蕴含的不同的宗教文化意识、原始思维特征、史诗的文学功能。研究方向的确立是基于两个民族史诗客观存在的异同现象，且能够从中寻找出史诗比较研究的一般规律。因此，本书基于文本的客观存在、比较文学的理论和前人的研究成果提出了史诗比较研究的多种可能。

本书的理论意义首先体现在考察蒙古族史诗与印度史诗外部与内部的相似性，从史诗本身出发，有针对性地确立比较研究的角度，突出东方史诗的独特之处。蒙古族史诗与印度史诗卷帙浩繁，蒙古族史诗除了《江格尔》和《格斯尔》，还有众多篇幅短小的史诗，构成了蒙古族史诗群；印度两大史诗的长度也是少见的，《摩诃婆罗多》原书共十八章，约十万颂，《罗摩衍那》原书共七篇，五百章，二万四千颂。不仅如此，就印度史诗而言，内容之庞杂，更是罕见，印度两大史诗中存有大量的神话、传说、历史故事、宗教内容等。因此，如何将规模宏大、篇幅超长、内容庞杂的史诗进行比较研究，是有难度的。本书将这两个民族的史诗纳入比较文学研究的视野，立足史诗的特点，特别是东方史诗与神话、宗教、原始思维的密切关系，确立研究方向，即从发生学、文学人类学、宗教学、美学、诗学等方面进行比较研究。

本书选择宗教文化意识视角的比较，就是突出东方史诗的独特性。蒙古族史诗受萨满文化影响，印度"两大史诗属于印度婆罗门教文化系统"①，两个民族的史诗在不断传播的过程中又都渗入了佛教思想。虽然两个民族的史诗在其漫长的形成过程中混杂有较复杂的宗教思想，但萨满教对蒙古族史诗的影响与婆罗门教（后来发展为印度教）对印度两大史诗的影响是深层次的，不可低估的。故此，本书重点探究两个民族史诗与萨满教和婆罗门教的密切关系。

本书选择文学人类学的角度，也是基于东方史诗的共同特征。众所周知，东方古代文化中"万物有灵"观念十分突出，因此，蒙古民众与印度民众中延续着神秘文化。鉴于此，我们用文学人类学的理论透视两个民族的史诗，发现史诗中存有大量的禳灾功能和治疗功能。蒙古民族与印度民众都有言语治疗传统，蒙古族史诗作为口传活态史诗，史诗内容和讲唱过程共同构成一个完整的史诗表演，史诗的治疗功能在每一次具体的表演中被激活实现；《摩诃婆罗多》的故事结构本身就是由讲唱者"护民子"与史诗中人物的对话构成的，在讲唱与聆听过程中，发挥了文学的治疗功能，无论是史诗的讲唱者还是聆听者都能够从中得到心灵洗涤和道德净化，这也充分显示了"摩诃婆罗多"故事的神圣治疗作用。再有，两个民族的史诗中禳灾功能表现活跃，例如，蒙古族史诗和印度史诗都隐含这样的叙述模式：秩序混乱灾祸横行—英雄扫除祸患—收复人们身体和心灵的家园，此为文本中暗含的禳除灾祸的功能。在田野调查中我们发现，蒙古族史诗的讲唱过程可以说就是一次完成禳灾功能的仪式，许多蒙古民众都会通过请艺人演唱史诗来为自己家消灾避祸。印度史诗中也记载了诸多禳灾祈福的仪式，祈求神灵的助佑。

---

① ［印］毗耶娑：《摩诃婆罗多》第1卷，金克木等译，中国社会科学出版社2005年版，前言，第5页。

总之，由于东方史诗异于西方史诗的特殊性，选择有针对性的比较研究角度，对全面深入挖掘史诗的价值有着重要的学理意义。

其次，比较蒙古民族和印度民族的史诗作品，辨析其主题、人物、审美、诗学等方面在宏观和微观上的异同，挖掘其异同的深层次原因，这是本书的又一理论意义。

蒙古族史诗与印度史诗是产生在草原文化和森林文化中的古代文学经典，其中渗透着两个民族的文化、人们的生存状态、社会体制、宗教伦理、思维方式、民众对美好理想的追求等方面的内容。本书主要运用平行研究的方法，将两个民族的史诗进行比较研究，如此并置能够拓宽视野，全面地辨析异同。因此，在宏观上从史诗的形成、整体构篇与叙事方式，到史诗的内容，如主题、故事情节、人物形象，再到史诗中蕴含的宗教文化意识、原始思维特征、文学禳灾与治疗功能等，如此研究涵盖了史诗研究的多种可能。从微观上来看，在研究每一个问题时，都深入文本之中，从细节入手，甚至对所用词汇逐字辨析。例如，在审美意识方面，蒙古族史诗与印度史诗都诞生在东方广袤的大地上，同样蕴含着东方美学的一般审美特质，即都体现了在审美"同情观"制约下的审美意识，如"物我同一"的审美意识，但当我们从微观的角度考察时便发现，蒙古族史诗的"物我同一"主要表现在人与物的互通互渗互变，而印度史诗的物我一体，既包括人与物的互通互变，更强调人与自然的同情同构。从这个意义上讲，两个民族的史诗虽同受"万物有灵观"的制约，但印度史诗可谓真正达到了自然与人的交融。印度史诗常常描写人"触物"之后的主观感受，形成"物感"的自然审美观；而蒙古族史诗则很少有此种自然的审美意识。由此也就形成了两个民族史诗不同的叙事风格，一个是喜欢描写自然景物，且善于描写人因触物而引发的或愉悦或悲伤的情感，因之史诗具有抒情性色彩；另一个是多叙述战争场面，或英雄的聚会，因此史诗的叙事性较突出。这种从宏观着眼，从微观入手的研究，非常有助于异同的辨析。当然，本书并没有停留在此，而是进一步挖掘了两个民族史诗异同形成的原因。我们认为，地理气候与生存环境的差异、生存方式与民族性格的不同、宗教文化与伦理制度的相异、语言习惯不同、远古人类共同的思维方式和心理活动等都会对史诗风格产生决定性的影响。总之，本书将宏观的比较与微观的比较融为一体，在对细节的考察研究中辨析其异同，并挖掘产生异同的原因，如此研究使史诗的研究更全面、视野更开阔、基础也更扎实、论据更充分、结论更可靠。

第一章

蒙古族史诗与印度史诗的文学发生

人类从在地球上出现起，就有着共同的习惯、行为、思维和情感，这在文明发生的任何时间和空间内都是一种客观存在。"人类是出于同源，因此具有同一的智力原理、同一的物质形式，所以在相同文化状态中的人类经验成果，在一切时代与地域中都是基本相同的。"① 这种来自人类自身大致相同的经验成果特征投射到史诗创作中，就表现为了审美发生和文学创作的趋同性。史诗产生的年代，随着生产生活方式的演进，人类自我意识开始膨胀，但对于自身和自然的认识又存在很大的局限性，再加上日益频繁的部族战争、复杂矛盾的社会生活、不再单纯的婚姻家庭关系等，这些因素催使人们急于寻求某种艺术表现手段来记叙这些变化，填补精神上的惶惑与不安。于是在不同的地域和文化区域内陆续出现了史诗创作。但随着族群所选择的地理空间和文化空间的转变，民族的艺术形态和审美情趣也发生了改变，这种同一性开始分化，史诗创作又开始呈现出异质特征。史诗的同质特征可以向我们透视人类共性以及史诗生成的普遍规律，异质现象则凸显出各个民族独特的精神个性。我们以此为视角去审视和比较两个民族的史诗文本，既能够获得对蒙古族史诗和印度史诗共通性的认识，也能够深刻体会出其不同的民族文化性格和文化内涵。

史诗可谓是一面镜子，从中可以窥探到整个民族的变迁、社会的发展以及文化精神的嬗变。黑格尔在《历史哲学》中，向我们展现了他对

---

① 邱紫华：《东方美学史》上卷，商务印书馆2003年版，第6页。

世界历史的观点，他把世界历史看作是绝对精神借助人类历史而展现自身的过程，他把世界历史划分为东方、希腊、罗马和日耳曼历史。当我们沿着黑格尔的划分，把古代东方作为一个整体来考察，从中可以宏观把握中国的蒙古民族和印度民族的史诗文明的发生与传播状况。蒙古民族的史诗《江格尔》《格斯尔》等和印度的两大史诗《罗摩衍那》《摩诃婆罗多》在产生、发展、传播等方面有诸多相似性。加强民族间的史诗比较研究，挖掘史诗的民族精神内涵，必将深化对人类古代文明的理解，消除文化隔阂，同时也有助于世界史诗理论的提高和完善。本章将探寻两个民族的史诗文化在发生学方面的同质特征，进而寻找史诗发生的规律，以求促进文化交融，并在跨文化视野中使史诗研究向纵深发展。

第一节 独特的地缘环境是史诗发生的土壤

文学的产生和发展与独特的地理环境关系密切。各种文化现象在全球的分布，空间的组合，以及文化与生态的关系都有一定的规律，文化地理学已经为我们提供了相关的理论方法及诸多案例。地理环境和生存空间对史诗影响深远，蒙古和印度两个民族的史诗都借助文化传承演绎着独特的历史变迁。各个民族由于地理空间和文化空间的制约，往往选择不同的生产生活方式和社会结构，进而导致审美趣味和思维结构的分化。因此研究史诗不能离开这一区域的民族生活背景，而自然地缘可谓是构成这一区域背景的底色和基石。

在地域特色上，不同于西方的海洋性气候，蒙古族史诗和印度史诗的产生环境在地理特征上都是以山地、森林和草原为主，所以两个民族孕育出的是独特的陆地史诗文化，这同古希腊史诗以及北欧史诗存在着明显区别。蒙古族史诗和印度史诗所产生的广袤的大地上，遍布着鲜花、森林、草原、河流、山岭和雪峰，这使得两个民族始终对自然满怀深情，他们热切地追求与自然的物我同一和交感交融，在他们的审美观念中，自然的神性是"长生天"和"梵"的创造，是宇宙的最高准则。广袤的草原和平原、连绵的森林、纵横的江河，孕育着古老、智慧、神秘的力量和生生不息的生命理念。蒙古民族是生性自由的民族，豪爽真实、敢爱敢恨是他们的秉性。印度民族追求以"正法"为核心的人生理想、与梵合一的最高境界。他们从动植物中领略人与自然的互渗，敏锐地感受生命之美，坦然接受死亡，并与他们的原始宗教信仰紧密相连。

印度半岛处于南亚次大陆，恒河和印度河形成冲积平原，幅员广阔、环境多样，土地肥沃，物产丰富。"大自然几乎把一切富源，都慷慨放置在它的界限之内。"① 从地理上说，印度比蒙古民族所处的环境更隔绝，北面是喜马拉雅山脉，东临孟加拉湾，西面是浩瀚的阿拉伯海，南面又毗邻印度洋。一山三水的地理分布构成了印度大陆的天然屏障，在这样的自然区间内，印度先民长期处在内陆相对隔绝的文化状态里，文化包容性极强，既固守文化传统，又兼容并包外来文化，但这样的地理和人种气质也造就了印度民族文化批判精神不强烈的特点。此外，对于古代印度来说，相对固定的生产生活区域，也使得部族战争的频繁与激烈程度没有蒙古民族那么强烈。

蒙古族史诗产生于广袤的亚欧草原，从贝加尔湖畔到阿尔泰山脉绵延着一个"史诗带"。不同于印度多山环绕的地理环境，在这片大陆上极少空间阻隔。自古以来，包括斯基泰、匈奴、突厥、鲜卑、柔然、蒙古等众多游牧民族先后登上了这个舞台，上演了一幕幕迁徙、战争、融合、离散的宏大剧目。加之蒙古高原气候严酷，冬季漫长寒冷、天气多变、多风雪冰雹，自然在这一区域展示出了强悍的力量。游牧民族与动物的关系极为切近，亚欧草原栖息着各种猛兽，猛兽间的争斗，食肉动物对食草动物的掠食场景都给游牧人内心留下了不可磨灭的印象。所以在古代亚欧草原造型艺术从鹿石到青铜器同样都以表现动物为主题，呈现出近似的"野兽风格"，野兽纹是一种以动物为主题的纹饰，将动物风格图案化、装饰化，广泛见于亚欧草原青铜器中。包括鹿纹、鸟纹、马纹、虎纹、羊纹、豹纹、牛纹、驼纹、野猪纹等自然兽类，特别是存在大量猛兽咬斗造型。如法国学者格鲁塞对动物风格艺术的评价："草原艺术家

① ［印］许马云·迦比尔：《印度的遗产》，王维周译，上海人民出版社1958年版，第39页。

们，无论是斯基泰人或是匈奴人，都表现了动物之间殊死搏斗的扭打场景，常常像盘根错节的蔓藤一样缠绕在一起。他们的艺术是一种戏剧性的艺术，或表现断肢少翅的鸟，或表现被豹子、黑熊、格里芬捕捉的鹿和马，牺牲者的躯体常常是完全卷成圆形。"①

包括蒙古人在内的北方游牧民族，自古生活在欧亚草原上，以猎牧为生产生活方式，草原之广袤辽阔，自然之强悍，人类之脆弱渺小是游牧人世界观的基础。在这种自然环境和生产方式下也就催生出了渴望英雄战胜代表自然力和敌对部落的蟒古斯的强烈诉求。史诗中还有大量的动物主题，流露出兽神崇拜的心理，例如，史诗中常以苍鹰、狼、雄狮、猛虎来象征英雄人物，并对英雄的战马，做了出色的描写。此外，从蒙古族史诗活态性的角度出发，游牧人的生活环境可谓地广人稀，而史诗讲唱是人们相聚的理由，具有很大的娱乐性，从而使得史诗可以长久地在蒙古人之中口耳相传，生生不息。

地理环境的相邻也会导致两个民族的史诗发生接触影响。印度史诗《罗摩衍那》和《摩诃婆罗多》以及蒙古族史诗《江格尔》和《格斯尔》都产生在喜马拉雅山两麓及其相邻地区，印度史诗和中国蒙古族史诗向外的传播，首先都会经由彼此的疆域，所以在传播和交往中必然会产生交叉影响。其中，印度史诗产生的区域位于南亚次大陆，尼泊尔以西的喜马拉雅山地、恒河平原以及德干高原。在《罗摩衍那》的传播路线中，其中有一条就是北路从印度的旁遮普和克什米尔出发由陆路传至中国的西藏和新疆地区。蒙古族史诗《江格尔》产生的区域学界大致认为主要是在新疆的阿尔泰山区和额尔齐斯河流域蒙古族聚居区。向西南传播至西藏和印度，在东北方向上经由青海、甘肃等地向内陆传播。另一部最重要的蒙古族史诗《格斯尔》与《格萨尔》属同源异本，而《格萨尔》的产生地是西藏地区，那里蒙古人和藏人长期毗邻而居，随后在周边的民族中逐渐流传开来，地域上跨越了西藏、青海、内蒙古、新疆等区域。在境外，包括印度在内的不丹、尼泊尔、锡金、巴基斯坦、蒙古、俄罗斯等国也都有流传。

---

① ［法］勒尼·格鲁塞：《草原帝国》，蓝琪译，商务印书馆2009年版，第39页。

可以说，印度和中国蒙古民族独特的生产生活方式和生存地域环境，使各自既具有东方史诗的共性，又带上了自身地缘所给予的独特的个性。而且因为产生的区域的毗邻，在传播中交互影响，又使这几部史诗具有了一些相同或相近的内容和风貌。

第二节　个体觉醒和社会转型催生了史诗的创作

史诗是对人类文明进程宏观而形象的概括，也是人类文明反思的启示录。随着社会的发展变化，人类对自身的认识不断加强，于是，人类不再沉浸在泛神论或图腾崇拜的古老信仰中，而是开始由神祇崇拜转向英雄崇拜，对人自身给予更大的肯定、赞美和反思。应该说，这一切便是史诗得以产生的重要基础。

人类认识自然、改造自然和认识自我、改造自我的过程是并驱的。史诗发生的时代，部族战争频繁，社会激荡演进，人类思维空前活跃，个人意识逐渐开始从混沌状态中觉醒。人类在与自然的斗争中不断取得胜利，并逐步认识到自身力量的强大，从此不再醉心和沉湎于对自然奥秘的探索和远古生活的追忆，而是将更多的精力转向了对现实世界和现世生活的观察和感悟中，对人类自身的力量、价值和作用开始给予更多的肯定与赞美。同时，随着频繁地争夺地域和财产的战争，人们热切地渴望打破原始的信仰和意识形态，出现带领部族征战和取得胜利的氏族首领，这种渴求被艺术地反映在英雄歌谣和叙事诗的创作中。这类作品中的英雄往往被赋予无限伟力和超常勇气，神祇崇拜开始向英雄崇拜过渡。在这样的社会和文化背景下，口传诗人们开始以神话故事、部族传说和英雄歌谣为原始素材，创作诗歌歌颂英雄、反映现实、抒发民族的精神信仰与审美追求，这些诗篇的片段，经过历代不断地加工和润色，逐渐连缀成篇，并上升为民族演义，史诗文学由此产生。虽然印度史诗和蒙古族史诗产生的时间和空间并不完全一致，但基本上都是源于这样一种文学发生基础。

一　个体意识的觉醒萌发了英雄崇拜心理

首先，不同于神话和创世史诗，蒙古族史诗和印度史诗都是英雄史诗。作为典型的英雄史诗，蒙古族史诗和印度史诗的发生与人类从洪荒时代向文明时代迈进的历史过程密不可分。原始社会阶段，人类对自然的认识经历了一个恐惧—崇拜—征服的过程，随着人类生存能力的加强，认识能力也逐渐提升，人类对征服自然产生了前所未有的自豪和快感。在这种情绪的鼓舞和激荡下，人类开始告别原始蒙昧，个体意识逐渐从集体意识中分离出来，个人的利益和价值得到了彰显，在信仰上经历了图腾崇拜后，英雄崇拜逐渐被上升为最主要的内容。但与此同时，来自大自然和外族的危险始终存在，人们渴求出现带领部族走出困顿的英雄，并将这种希冀无限夸大，于是文学意义上的史诗英雄出现了。史诗创作者赋予其全民性的美德和勇气，热情讴歌他们的力量和智慧，以及他们征服自然、铲妖除恶的英雄气概，并在这类英雄的业绩感召下，打破自然和血亲崇拜，赢取部族战争的胜利，获取精神上的满足和物质上的丰富。这是英雄史诗得以出现的意识基础，也是催生史诗创作的内在文化动力。所以说，史诗既是社会冲突、文化转型的产物，也是人类意识新发展的表现。

作为英雄史诗，蒙古族史诗和印度史诗的核心内容就是歌颂部落首领的丰功伟绩，展示他们的个人能力，表达当时对英雄的崇拜之情。这种对英雄的崇拜与放大也直接体现在史诗的主题上。印度史诗分别是以罗摩和般度五子的行动和感受为线索展开叙述，蒙古族史诗无论是早期中短篇史诗还是《江格尔》《格斯尔》这样的串联复合型长篇史诗也都是以英雄斩灭蟒古斯，英雄娶亲获得幸福生活为主要内容。史诗中的英雄通常个人色彩突出，与神魔斗争，极大地满足了民众的心理期待。正如高尔基所说："征服自然的初步胜利，唤起了他们的安全感、自豪心和对新胜利的希望，并且激发他们去创作英雄史诗。英雄史诗是人民的自我认识和自我要求的宝藏。于是神话与史诗结合起来，因为人民塑造了史诗的人物，使他能够与神对抗，甚至把他看作与神等同。"①

　　史诗对英雄的刻画非常丰富细致，并能反映出很多时代和文化信息。由于英雄时代刚刚从神话时代过渡过来，所以，英雄身上的神话色彩是非常浓郁的。印度史诗中的罗摩、罗什曼那、黑天、坚战、阿周那、难敌等，蒙古族史诗中的江格尔、洪古尔、阿拉坦策吉、格斯尔等，都是新兴阶级的代表和社会转型期的典型化人物，也是各自民族道德情操和审美理想的集中体现者，且兼具神人两性的英雄。在他们身上保留了神话的浪漫，例如神源和超凡的神力，罗摩和黑天都是大神毗湿奴的化身，格斯尔是天神霍尔姆斯塔之子。《江格尔》中对英雄的刻画都具有一定的神性，史诗是这样描写洪古尔的，"在他的额头上闪着/玛哈嘎拉佛的光芒，/在他的囟门上闪着/宗喀巴佛的光芒，/在他头顶上闪着/奥其尔巴尼佛的光芒。/看他右边的肋骨，/有巴特尔佛在守护；/看他左边的肋骨，/有达尔哈佛在守护"②。

　　英雄在具有神话色彩的同时，也表现出更多的现实特点。一方面，他们积极追求个体情欲的满足和个人价值的实现，他们的英勇奋战和冒险行动，固然有维护部族集体利益的作用，但他们行为的深层动因却往往以维护个人荣誉和利益为导向。英雄们通常把荣誉和尊严看得比生命更珍贵，宁愿牺牲其生命，也不愿毁其荣誉。《江格尔》中洪古尔多次被敌人捕获，受尽折磨，但依旧英勇不屈，不愿损辱自己的名誉，"受百年的折磨也不哼一声，挨六年拷打也一句话不讲"。《罗摩衍那》之《战斗篇》中也讲道："男子汉受到侮辱，/努力把它来报复；/悉多！大功已告成，/把你从敌手夺出……我曾努力去战斗……并非为你的缘故。//为了保护我尊严，/为了避免人谴责；/我们家族久传名，/不能让它受指摘。//如今你站在我眼前，/我怀疑你品性端……你愿往哪就往哪；/四

　　① ［苏联］高尔基：《个性的毁灭》，载中国民间文学研究会编《苏联民间文学论文集》，作家出版社 1958 年版，第 74 页。
　　② 黑勒、丁师浩译：《〈江格尔〉汉文全译本》第一册，新疆人民出版社 1993 年版，第 429 页。

面八方随你意，/我已同你无牵挂。"①（《罗摩衍那》第6卷，103章13—18诗行，6.103.13—18下文同）

　　另一方面，面对强大的自然和社会异己力量，这些英雄人物进行着激烈卓绝的抗争，但同时也会具有人性色彩的迟滞和疑惑。如江格尔虽然是宝木巴的理想首领，但很多次敌方使者提出不平等的条件时，江格尔却想忍辱妥协，体现出软弱和优柔寡断的秉性。洪古尔虽然勇敢忠义，但也有狂暴残酷、自高自大的一面。《罗摩衍那》中的罗摩虽然正直高尚，但却对清白纯洁的妻子悉多表现出了狭隘和猜忌。《摩诃婆罗多》中，虽然般度五子站在正义的一方，但在大战中同样多次违背正法，残酷凶狠。般度五子虽然胜利，但是坚战面对这么多惨死的战士还是陷入了深深的疑惑和自责中，想要放弃国王的宝座。这些多层次的描述，都使英雄体现出更为多元丰富和具有人性色彩的特点。"同一个人物，既像人类文明时代的人，又像野蛮时代的人；既像理想化了的领袖人物，又像现实生活中的压迫者和剥削者。在他们身上，同时具有善良的一面和残忍的一面，理想的一面和现实的一面，优秀的一面和丑恶的一面，进步的一面和反动的一面，使人物的性格变得相当复杂，甚至不够和谐统一。"② 造成这种复杂性的原因，首先是史诗形成过程本就是漫长和多层次的，不同时代的民众对于英雄都有不同的期待和想象，这都会在史诗中留下印记。同时也是因为英雄史诗的产生来自个人意识的觉醒，来自对人的考察与观照。一方面对人力予以赞美和期待，另一方面会渴望神的助力，对人本身陷入反思和怀疑。史诗英雄的多面性正是其对复杂的人心人性的映照。

　　此外，随着史诗发生时代个人意识的觉醒，人的社会联系逐渐增强，社会生活，特别是社会关系的组织观念与复杂性开始越来越频繁地反映在史诗创作中。印度史诗中，有关君臣、父子、夫妻等关系的描写占据了非常大的比重。在蒙古族长篇史诗中，这方面题材也十分丰富。如在

---

① ［印］蚁垤：《罗摩衍那》第6卷，季羡林译，人民文学出版社1984年版，第103章13—18诗行。后文随文注卷章行，每段同一出处的仅注第一次，随后只注卷章行。

② 仁钦道尔吉：《〈江格尔〉论》，内蒙古大学出版社1994年版，第300页。

《江格尔》中，各勇士都团结在江格尔周围，并对江格尔有君臣和朋友之情。结义主题也是蒙古族史诗中常见的主题之一。《格斯尔》中，格斯尔的叔父却是屡屡陷害格斯尔的反面人物，这些都显出人们已开始告别原始的血缘关系而开始建构更趋文明的社会结构。

二 创作于社会的激荡转型期

蒙古民族的长篇史诗和印度两大史诗都创作于社会激荡演进的转型期，都记叙了部族间的战争、英雄的业绩等，反映了社会交替和民族融合的动荡现实。虽然两个民族由氏族社会进入奴隶社会，乃至进入封建社会的时间存在差异，但史诗都是根源于社会转型时期产生的心灵文化诉求。一方面，由于社会转型，产生了新的奴隶主封建领主，需要在意识形态层面进行相应的宣讲传播。另一方面，社会纷争动荡，人民从内心深处也渴望有英雄人物可以斩妖除魔，击退敌人，建构和平美好家园。

蒙古族史诗大约产生于蒙古氏族社会晚期，奴隶社会初期。史诗艺人唱诵史诗以适应新兴奴隶主贵族的需要，说唱他们的英雄业绩和传说故事。如著名的波斯文献《史集》中就有关于成吉思汗的叔祖父忽图剌汗的英雄传说在民间的流传情况。"蒙古诗人写下了许多诗颂扬他，描写他的勇敢大胆。他们说：他的声音洪亮极了，以致他的喊叫隔开七座山都能听到，就像是别座山里传来的回声，他的手犹如熊掌，他用双手抓起一个无比强壮的人，毫不费力地就能将他像木杆似的折成两半，将脊梁折断。"① 可见，蒙古人有用诗歌赞美英雄人物、部族领袖的传统。无论是蒙古族史诗还是印度史诗，其创作的原始素材很大程度上来自历史上真实发生过以及由此演化出的英雄传说，因此有许多相同或相近的特征蕴含其中。

据考证，印度史诗《罗摩衍那》的故事原型来源于古印度时期果萨拉国的一场王朝更替战争；《摩诃婆罗多》所涉及的王权争夺战，其原型来源于发生在古印度的一场部族战争，发生在公元前13世纪到公元前10

---

① ［波斯］拉施特主编：《史集》第一卷，余大钧、周建奇译，商务印书馆1983年版，第53页。

世纪，当时北印度的民族几乎都参加了这次大战，这次战争持续时间长，涉及区域广泛，影响深远，促进了民族的大融合和部族统治权的重新确定。德国著名梵文学者莫·温特尼茨在论及印度民族的大史诗时指出："我们从《夜柔吠陀》和梵书章已经得知，俱卢族的国土是俱卢之野，俱卢王室内的一起家庭纠纷导致了一场流血战争，这是一次名副其实的毁灭性战争。在战争中，古老的俱卢族，甚至整个婆罗多家族险些毁灭殆尽。我们也许可以把这场血战的故事看成一次历史事件，尽管我们只是从《摩诃婆罗多》里得知此事的。描述这次大战的诗歌在民间传诵着，一位姓名早已埋没的伟大诗人把这些诗歌编辑成了一部英雄颂歌，歌咏俱卢之野的伟大战争。"① 总之，正如泰戈尔所指出的：《罗摩衍那》和《摩诃婆罗多》不仅能称为历史，它们就是历史。

关于蒙古族史诗，特别是两大长篇史诗的产生年代，学界一直众说纷纭。蒙古族史诗从它所反映的内容和语言来考察，它的某些篇章很可能产生在蒙古民族的氏族社会末期，经过奴隶社会到了封建社会才基本得以定型下来。我国蒙古文学界一般把蒙古民族英雄史诗的发展划为三个阶段：第一阶段，从氏族社会晚期到 13 世纪初蒙古汗国建立，这一时期产生了远古中短篇史诗，史诗艺术逐渐产生发展起来；第二阶段，从 13 世纪中期到 17 世纪中期，为继续发展时期，长篇史诗《江格尔》《格斯尔》便有可能是这一阶段最终形成的；第三阶段，从 17 世纪后期到 19 世纪中期，为史诗的衰落时期。蒙古民族的发展历史大致是从各部战乱到 13 世纪汗国建立，再到 16、17 世纪东西蒙古动荡纷争，可见，蒙古社会的转型动荡直接决定着史诗的发展历程。《蒙古秘史》中就有对当时蒙古社会部族战乱状况的生动描绘："世界翻转，互相攻伐，连进被窝睡觉的功夫也没有，互相争夺杀伐。没有思考余暇，只有尽力行事。没有逃避的地方，只有冲锋打仗。没有平安幸福，只有互相杀伐。"② 蒙古统一前广大蒙古民众就是生活在一个纷争动荡、战火连绵的环境之下。蒙古

---

① 季羡林、刘安武选编：《印度两大史诗评论汇编》，中国社会科学出版社 1984 年版，第 313 页。

② 谢再善译：《蒙古秘史》，中华书局 1956 年版，第 250 页。

族史诗《江格尔》和《格斯尔》虽然不是对具体历史事件的直接反映，但同样是取材于部族统治权的争夺和保卫战。《江格尔》定型的时代，整个蒙古社会，包括卫拉特地区都处于割据状态，各部族和汗国之间战事连绵，史诗形象地反映了这一时期的社会斗争。

印度和蒙古民族的这几部史诗都经历了大体相同的社会形态，虽然印度和蒙古民族的几部史诗在产生时间上存在巨大的差距，由于各民族历史发展的不平衡性，两个民族由部族社会到奴隶社会再到封建社会的跨越和发展也存在时间差，但是史诗在流变的进程中还是具有很大的同一性，在内容上表达的都是由氏族社会向奴隶社会、由奴隶社会向封建社会过渡时期的英雄主题和事迹。此外，在英雄历险、结义、征战、婚姻情节和母题方面也有很大的相似性。

第三节　民族融合与文化互渗引发了史诗的分化

人类文明发展到今天，应该说是全世界曾经存在和现在仍然存在的民族和文化共同努力的结果。一个国家或民族的文化或者文明，总是受到周围一些国家和地区的影响，这种影响不是单向的，而是一个相互渗透、相互融合的过程。"不论是上古时期还是中古时期，世界范围内的史诗主要集中在欧亚大陆。从文化地理学的角度说，这一现象足以启示我们，史诗的发生与文化的运动和撞击密切相关。"[1] 欧亚大陆上的居民自古以来发生过多次大的迁徙战争，分裂与融合，发生着"蝴蝶效应"一般的连锁反应。就是在这样激荡的历史背景下，战争成为社会生活的主旋律，也就为英雄史诗的产生提供了素材。其间不同文化的交流碰撞、渗透融合也促使史诗不停歇地发展流变。

古代的金石之路与丝绸之路的繁华，使得物质交换往来频繁，但事实上文化交流是更为广泛而深远的。宗教、神话、史诗等构成了文化交流和影响的精神内涵，形成了具有整体性和多元性的世界文化景象。文明从来就不是以一种孤立的状态存在的，亚欧大陆各民族始终保持着顽

---

① 叶舒宪：《英雄与太阳》，陕西人民出版社 2005 年版，第 20 页。

强的联系，所以需要我们把古代东方作为一个整体来考察。印度和蒙古两个民族的史诗在主题、情节、人物塑造、审美价值观念等方面，表现出了极大的相似性。例如，史诗都源自历史上的重大事件，塑造了人性意味极强的英雄形象，都表现了部族间或部族内部的战争，弘扬了英雄主义精神，肯定了情欲的合理性等。从地理范畴看，印度和蒙古同属于欧亚大陆；从文化范畴看，又同属于东方文化圈；从文化发生看，他们之间有相同的气质和美学追求，也有趋同的思维习惯。随着历史的发展，区域性的民族融合和文化互渗越来越频繁，人们开始潜移默化地接受异族文明的影响，并在差异、矛盾、对立、融合中不断优化自身的发展。区域性的民族生活与世界文化的广泛交流与影响促使史诗从同质走向分化。区域性的民族生活主要指各个民族独特的自然地理、经济、社会政治、宗教文化环境，这些因素的差别决定了孕育其中的史诗形态的差异。在这一过程中，因开放与接纳程度的不同，人们往往会选择不同的生产生活方式和社会结构，并重新确立社会政治和宗教文化环境。在这种背景下，民族的审美趣味和思维结构也开始分化，并最终促使史诗从同质走向异质，因此研究史诗不能离开区域的民族交流和融合。黑格尔就曾说过"几乎每一个民族在它的最早的起源时代都或多或少地接收过某一种外来文化和异族宗教崇拜的影响"①。印度和蒙古文明都是在漫长的历史融合中，与其他民族和文化不断地交互渗透才逐渐形成的。

　　文化的交流与互渗改变着民族文化自身的面貌，而在接受外来文化的过程中，各个民族自身也在做着适应性调整。公元前 13 世纪前后，在印度史诗时代到来前，生活在高加索山脉一带的雅利安人西迁，一支进入欧洲，另一支逐渐进入印度。由于雅利安民族的侵入，印度在宗教观点和文学情调方面经历过多次的革命性变化。在这一过程中，入侵者为了保持其血统的纯正和统治的延续性，开始建立种姓制度，宣扬灵魂演化观念。这些新的文化与文明因子势必对史诗的创作产生影响。同印度民族一样，蒙古民族也绝不是墨守成规的。古代蒙古高原地域辽阔，虽身处内陆，却毗邻欧亚大陆和印度大陆，这样的地理位置十分有利于各

---

　　① ［德］黑格尔：《美学》第三卷（下），朱光潜译，商务印书馆 1981 年版，112 页。

民族的文化交往和商贸往来。历史上，蒙古民族对内不仅与汉、藏、维、哈等民族交流往来，对外还与俄、伊朗、印度和阿拉伯等国家和地区交往频繁，这些民族、地区或国家的先进文化和优秀成果，对蒙古族古典文化和文学的形成与发展起到过重要作用。东方文明悠久而丰富的文化遗产，在侵袭和融合过程中被蒙古民族广泛地借鉴和吸收，这种动态的过程成为蒙古族史诗文化繁荣的重要条件。在蒙古族统一——扩散—回缩等特殊的发展过程中，不断地打破历史文化环境的旧格局，建立新的格局，不断接受新的信息产生新的思维和行为模式。地域空间的扩展与收缩，社会组织结构的不断更新，多种宗教的接触，使蒙古族史诗结构乃至文化结构具有多样化、信息化、复杂化、系统化的特点①。

　　文化仅仅依靠开放和吸收是不足以形成的，每个民族在面对异质文化的侵袭时，它的接受程度和批判精神是不一样的，对本民族文化的固守和适应性调整也是不一样的。蒙古民族是典型的游牧民族，古代蒙古民族所处的特殊地理环境和流动性的生活生产方式，使其文化具有很大的弹性。他们对异族文化总是怀着比较大的好奇心，思辨精神强烈，善于吸收接纳。如在大蒙古帝国时期，幅员辽阔，民族众多，蒙古统治者实行宗教自由政策。于是在其统治下，萨满教、佛教、道教、伊斯兰教、涅斯脱里教等共存共生。众多外来文化的交织交汇和冲突融合，为蒙古民族的史诗创作提供了很好的参照，也使得他们更善于进行文化的取舍与调整，在肯定与否定中不断进行再创作、再调整，逐步使史诗内容更加丰富、结构渐趋完善稳定、思想逐渐走向深刻。此外，频繁的战争和贸易也扩大了蒙古人的视野和胸襟，使他们易于摆脱狭隘的地方性偏见。

　　从13、14世纪的文献描述和考古资料中，我们可以看到萨满教在蒙古民族信仰中已经较为成熟，形成了以腾格里信仰为主的多神信仰体系。随着历史的演进与多民族文化的接触融合，蒙古人抱着开放的心态接纳了多种宗教共存发展。佛教的传入，按官方的传统说法始于13世纪40年代。事实上在此之前，蒙古人通过契丹人、唐兀特人，特别是通过维吾尔人，已经同佛教有所接触。12世纪末，蒙古阔瑞汗镇守兰州地区，曾

----

① 萨仁格日勒：《蒙古史诗生成论》，中央民族大学出版社2001年版，第48页。

写信给吐蕃萨迦派高僧贡嘎坚赞，其内容证实了蒙古统治阶级已经对佛教教义有了较为深刻的理解。藏传佛教显密双修的特征接近蒙古人原初的萨满教文化心理，并得到了蒙元统治者的政策支持。这种宗教文化的变迁融合均被蒙古族史诗隐喻地记写了下来。如史诗中有许多佛教的用语和元素，但史诗的世界观以及人物塑造还是以萨满教为根本原则。当然两种宗教的斗争在史诗中也可得见，如史诗《汗哈冉惠》中，英雄交战的对手正是萨满天神，而常常作为萨满象征的鸟在史诗中成为不长毛的怪鸟，很可能是隐喻地丑化萨满教。同样，史诗《锡林噶拉珠》中，英雄咒骂佛教天神无用，并抽打佛像，也很有可能是萨满借英雄之口贬低佛教。蒙古族史诗作为口传活态史诗，民众是史诗的创作者、传播者，也是接受者，所以不同时代的心理诉求、文化信息都会被大众凝聚在史诗文本中。可以说，文化的冲突与交融直接决定了史诗的多层次面貌和发展走向。

印度史诗的创作流变与蒙古族史诗大致相同，印度民族在固守自己文化的同时，以博大的胸襟接受和融合了不同时代、不同地域、不同民族的多元文化因子，所有这些被交织穿插在一起，体系不断庞大，意识形态日趋复杂。例如，印度教思想极具包容性，现代印度伟大的思想家S. 拉达克里希南指出："宽容是一种责任，并不仅仅是一种让步。在履行这种责任时，印度教几乎把形形色色的信仰和教义都纳入了它的体系之中，并且把它们当作是精神努力的真实表现，不管它们看起来是怎样的对立……对印度教而言，尽管神是无形的，但它仍然使无数形式有活力并且保持它们。它既不气量狭窄、不偏颇，也不是冷漠的、不可名状的。它不仅是以色列的神、基督教世界的上帝，而且是你和我、所有的男人和女人、生与死、欢乐与悲哀的主宰和体现。"[1] 由此可见，印度文化与他种文化的巨大差异。也就是说，在民族交往融合的过程中，新的素材和思想不断涌入，而且被接收下来，但对旧的宗教文化和道德理念的固守，又使得原有的文化和信仰体系没有被扬弃，因而导致了其结构体系

———————

① ［印］A. L. 巴沙姆主编：《印度文化史》，闵光沛等译，商务印书馆1997年版，第102页。

的冗赘、宗教体系的庞杂和人物性格的矛盾。史诗在不经意间成为知识河流汇聚的载体和文化体系的总汇。

例如，《摩诃婆罗多》最初的形式或许叫作《胜利之歌》，讲述者为毗耶娑，内容是关于婆罗多一族大战的故事。之后，毗耶娑又将《胜利之歌》传授给自己的五个弟子，徒弟们在将《胜利之歌》不断传颂的过程中，内容也逐渐拓展，形成了多种版本的《婆罗多》。再之后，厉声又将此故事进一步充实、扩展，并且加入了大量的与核心故事关系不太密切的插话。而这些插话大多是可以独立成章的神话传说、英雄颂歌、寓言故事以及婆罗门教的哲学、政治、伦理和法律论著。据此，《摩诃婆罗多》又被看成是印度古代文化的集大成者，"第五吠陀经"。正是由于史诗形成的复杂性，传播过程中文化的互渗性，史诗中的人物性格也就比较复杂和充满矛盾性，如坚战、阿周那等，都表现出既坚持追求正法，又常常表现困惑和疑虑。《罗摩衍那》也同样是在文化互渗过程中形成的，季羡林先生在对《罗摩衍那》的形成进行研究时提出了很有创建性的设想。他提出在三国吴康僧会译的《六度集经》第五卷第十六个故事讲到一个国王，"声动遐迩，靡不叹懿"，虽然这个故事没有提到罗摩和他父亲以及兄弟的名字，但季先生认为，这个故事与罗摩的故事几乎是一模一样的故事。另外在元魏吉迦夜共昙曜译的《杂宝藏经》第一卷第一个故事叫作《十奢王缘》中，提到了十奢王（十车王）、罗摩、罗漫（罗什曼那）和婆罗陀（婆罗多）。季先生认为，如果将两个故事合在一起，就同《罗摩衍那》完全一致。这些故事在漫长的流传过程中不断得到充实与发展，由一万两千颂增加到二万四千颂。特别值得一提的是，《罗摩衍那》的第一篇和第七篇普遍被认为是后撰入的，其中的神猴哈奴曼身份的变化，季羡林先生认为，在第二篇和第六篇中虽然神通广大，英武无敌，但他毕竟只是一个神猴。但到了第一篇和第七篇中，哈奴曼却被大大的神化了，成了大神，这时几乎只看到神性，猴性完全被忽略了。[①] 由此可见，由于不同时期文化的发展变化，对史诗的内容产生了非常大的影响，所以，史诗最后定型的内容与原初的内容也有较大的差异。

---

① 《季羡林全集》第十七卷，外语教学与研究出版社 2010 年版，第 149—150 页。

苏联学者谢·尤·涅克留朵夫在《蒙古人民的英雄史诗》中写道："种族结合的过程，部落或国家的自我意识、经济结构的变化，都直接影响正在形成的艺术机体的类型面貌。史诗的古老形式诞生了，它的基础是神话观念或者产生于更晚阶段的'国家'内容的史诗，它奇特而曲折地反映着通常构成人民命运转折点的历史事件。"① 大型史诗通常是一个民族的"百科全书"，这一概念不仅指出史诗内容涵盖之丰富，也同样表明史诗的历史纵深，民族文化的分离聚合都会影响史诗的状貌。

第四节　神话是史诗形成的文化质料

任何一种文学形式的产生都有其自身发展的内在规律。众所周知，神话以幻想为主，它是远古民众为了解释自然而产生的想象结果，通常是一个民族文学样式的源头和土壤。当然，神话绝不是玄想，它是在客观存在基础上的幻想，有特殊的神话式思维规律，是将自然力人格化的过程，如所有民族的神话中都有太阳神、雷神、海神等，这些自然力被人格化而产生的诸神，在民众的心里受到崇拜，也就是说，这些神对于民众而言具有心理的真实性。"神话的真实是一种主观、心理的真实，是现实在人知觉体系中的一种表述。从这个角度看神话就是真实的，如同每种心理体验对于主体来讲都是真实的。"② 这种主观判断并非个人具有可变性的偶发心理状况，而通常是一个民族在相当长的一段时间内的集体选择。神话思维具有其特殊的客观观念和因果关系，它不对事物进行由表及里的分析，彼岸世界与此岸世界是含混杂糅的。神话思维常常"从单纯的共在关系直接发现因果"，如对北半球中纬度以上地区而言，春季的到来同燕子的出现有一种共在关系，于是便用燕子直接表示将到来的春季。这种思维方式建构了后世诗歌的内核，于是史诗中充满了蓬勃的想象力和神话式的激情。史诗与神话这类民间散体叙事也并非是虚

---

① ［俄］谢·尤·涅克留朵夫：《蒙古人民的英雄史诗》，徐汉昌等译，内蒙古大学出版社1991年版，第86页。

② David Bidney，"Myth symbolism and truth"，*The Journal of American Folklore*，Vol. 68，October，1955，p. 384.

构的某种洪荒年代的遗留物，而是具有内在理性，植根于特定文化，具有"传统型指涉"的符号库，与现实社会以及民众内心世界存在对应关系。

随着社会生产力的发展，人们对自然的认识能力不断增强，促使神话的现实因素不断增强，逐渐向"人化"过渡，最终从世界观上完成了自我否定。史诗正是在对神话世界观否定的基础上，融合了神话尤其是向"人化"过渡阶段的部分神话的内容而产生的。史诗作为人类早期的文学形式产生于氏族社会后期，它和古代神话有着天然的血缘关系，在内容与文体上存在着相通性与继承性。我们一般将史诗分为创世史诗和英雄史诗，这两种类型与创世神话和英雄神话构成了对应关系。也可以说，史诗是英雄神话的某种更为"人化"和历史化的置换形式。这在一定程度上反映了史诗与神话相互交融的性质。也可以说，史诗就是在神话的基础上发展起来的一种文学形式，神话与史诗的创作目的、内容、表现形式等都具有相关性。在语言表现形式上，神话是散文体，而史诗一般采用韵文形式，是"诗"与"史"的结合。总之，史诗是古代民族用集体智慧共同创作的，是民族历史的形象反映，是神话与历史的有机结合。史诗是在神话的基础上，用语言来记录和演绎历史，它极大地吸收了神话注重想象的特点。

蒙古族史诗和印度史诗中所包含的神话内容、神灵观念等都表明其与各自的民族神话的联系性。蒙古族史诗就是在神话、祝赞词、萨满神歌等众多文学样式的基础上发展而来的。如蒙古族神话《冰天大战》，讲述创世之初，天地分离，产生了天神，人民生活和平安宁。但随后天神之间产生了分歧，东方最高神霍尔姆斯塔与北方神阿岱乌兰展开了对冰天神的争夺。最终霍尔姆斯塔一方取胜，枪刺了阿岱乌兰，并将其摔至地面，又将其部下逐一击溃投入人间。从此阿岱乌兰变成了"沙尔魔汗"，他的部下也变成恶魔，给人间带来瘟疫病痛，寒冬酷暑。人们从而祈求天神庇护，禳灾平祸。天神遂将霍尔姆斯塔的幼子格斯尔宝格降生人间，斩妖除魔。

通过这则蒙古族神话，我们可以发现其与蒙古族史诗的密切联系。首先在题材上都是天神与恶魔的斗争，神话结尾处，还引出了史诗英雄格斯尔的降生。布里亚特史诗《阿拜格斯尔》中有类似的记载。于是有学者描述了神话与史诗的糅合过程："布里亚特地区自古流传着天地生成、冰天大战的神话传说，当卷帙浩繁的格斯尔故事流传到布里亚特地区后，布里亚特人加以吸收，又将祖祖辈辈流传的神话故事铸融其中。"①此外，史诗英雄通常神奇降生，例如从石头中降生，或者天神下凡等。英雄的战马也具有神性，可以口吐人言，救英雄于危难之中。史诗中常见的战斗方式即为萨满式的法术战斗，英雄和蟒古斯共同幻化，变成飞鸟走兽，如蟒古斯的灵魂变成蛇，英雄可以将自己的灵魂变作飞鸟将蟒古斯抓获。而英雄最终战胜蟒古斯的方法则是找到蟒古斯寄存灵魂的地方，除掉其真正的灵魂，如下文史诗选段所示，其灵魂不在身上而在他处，人物设计与神话天神有近似之处。"西拉·蟒古斯本领高强，/他施展法术，隐形变幻。/他的生命不在他的身上，/他的灵魂不附在他的躯干上。//如用刀砍他的皮肉，/立即变作一块顽石。/如用刀割他的喉咙，/鲜血流出立即变作一块红石头。"②

　　除了内容上的沿革，更为核心的一点是，史诗继承了许多神话观念。二元对立是神话思维的典型特征，日夜、天地、雌雄、强弱、生死，物质世界中大量的对立势必结构着人类的思维模式，将事物进行二分是人们思维的起点。而在游牧社会中，这种强与弱、生与死的辩证法，无论是在自然界中还是在人类社会中都在长久地激烈上演。二元对立也是以《江格尔》为代表的蒙古族史诗最为直观同时又非常深隐的特点。史诗叙事大都是围绕着英雄与蟒古斯的对立而展开的，在一些求婚型史诗里也表现为英雄和岳父或者竞争者之间的冲突。史诗中蟒古斯的内涵虽然发生了由自然属性到社会属性的转变，但始终是异己力量、敌对力量的化身。英雄与蟒古斯的对立具有极为多层次的内涵，例如善恶、好坏的伦理层面的对立，以及通过形象的描述达到美丑的对比，不仅仅是蟒古斯，当英雄变成秃头小儿，骏马变成小癞马，也是在外形上塑造强烈的反差。不同于中国南方等其他地区的史诗，蒙古族史诗缺少单纯表达爱情或者

① 荣苏赫、梁一儒：《蒙古族文学史》第 1 卷，内蒙古人民出版社 2000 年版，第 54 页。
② 色道尔吉译：《江格尔》，人民文学出版社 1983 年版，第 472 页。

英雄创世等同类题材，对立冲突是蒙古族史诗不可或缺的叙事要素，这也很大程度上承袭于蒙古神话中的善恶神的对立，以及萨满教东方四十四恶天神和西方五十五善天神的划分，渗透着深刻的二分法和善恶对立的思想。

印度两大史诗《罗摩衍那》和《摩诃婆罗多》的基础是建立在印度神话之上的，可以说，印度神话是印度史诗赖以存在的土壤。印度最古老的四部吠陀经，特别是最早的《梨俱吠陀》，以赞美诗式的神曲记录了印度文明初期的种种神话和传说。那时的人们误认为令人怖畏的自然现象背后有某种超自然的力量在操纵，因此，他们便把这些自然力人格化和神圣化。吠陀神话中，宇宙被看成是由三个世界组成，即天界、空界和地界，三界中分别住着各自的神，如天界有 11 神，蒂奥斯（天父神）、苏利耶（太阳神）、毗湿奴（遍入神）等，空界有 11 神，因陀罗（雷电神）等，地界有圣河女神、大地女神、火神等，总之，吠陀神话出现了多神，应为多神崇拜。到了史诗时代，就由多神崇拜过渡到主神崇拜，出现了与吠陀神话既有联系又有区别的三大主神，即梵天、毗湿奴和湿婆。两大史诗中出现的大量神话表明，史诗中保留了吠陀神话中的诸神，如因陀罗（天王）、阿耆尼（火神）、苏摩（酒神）、苏尔耶（太阳神）、双马童（医神）、伐楼拿（护法神）、伐由或伐多（风神）、摩录多（暴风雨神）、楼陀罗（凶神）、俱比罗（恶神）、阎魔（死神）、毗诃波提（祭司神）等，虽然有个别神的职能有所变化，但是各路神仙悉数出场，却又将它们说成是由梵天创造的，而且有些神的功能也发生了变化，这就充分反映出《摩诃婆罗多》与印度古老的《吠陀》中神话的密切关系。

《摩诃婆罗多》不仅讲述了开天辟地的神话，从毗湿奴的肚脐上长出莲花，从莲花中诞生梵天，梵天又创造出六个儿子，六个儿子又产生了天神、仙人、凡人、恶魔、动物和植物等世界万物。更重要的是，史诗中的重要人物都与神话中的神有着千丝万缕的联系。黑天是毗湿奴的化身，般度五子也是神的后代，罗摩四兄弟都是毗湿奴神的分身，可见，印度史诗与印度神话的联系之密切，神话对史诗影响之深远。当然史诗中的神并不单纯是以神的面目出现的，可以说他们是"人化"了的。黑天作为大神下凡，所以他身上的神性是非常明显的，如在难降要剥光黑公主的衣服时，黑天暗中让黑公主的纱裙无限长，使其永远也剥不完，保护了黑公主的尊严。黑天不仅具有神性，而且是一位除妖降魔的英雄，深谋远虑、足智多谋以及狡诈老到的政治家和军事家，同时在《薄伽梵歌》中又以一个倡导行动哲学的大师面目出现，成为史诗中维护正法的代表，总之，黑天是一个集神性、人性于一身的形象，在他的身上有着诸多与神话相联系的特征。

总之，从史诗与神话、传说的关系中我们可以看到，由于史诗是"艺术发展的不发达阶段"的产物，因而它与神话、古代传说的关系极为密切。神话史诗就是在神话的基础上，经过后人的不断加工努力才形成的，所以史诗具有神话的许多特点。蒙古族史诗和印度史诗本身都包含着大量的神话，史诗中呈现出神人魔交替出现、同台共舞的奇幻景象。但史诗中的神不是单纯地以神的面目出现的，而是被"人化"的，他们的思想、情感、行为、心理等还是符合人的特性的。所以说，神话成为史诗必不可少的文化质料。

第五节　史诗的流变加剧了史诗的发展和变异

不同于早已定型的古希腊荷马史诗，东方的印度史诗、蒙古族史诗都有着漫长的发展流变过程。约在公元前 6 世纪中叶，当皮西特拉图（Pisistratus，约公元前 605—527 年）在雅典执政时，希腊史诗便被文字固定了下来。如今的荷马史诗文本，是公元前 3—前 2 世纪由亚历山大里亚的学者们编订过的作品，此后就基本定型，较少进行改动。非洲史诗、北欧史诗等虽产生时间较晚，但也几乎没有出现过异文和异本。相比之下，同为东方史诗的印度史诗和蒙古族史诗，在流传过程中，异本和抄文众多。同一部史诗因人而异，因地而异，不断演变，不断增删，很多史诗写成文字后仍无定本，所以流传下来的抄本，千差万别、卷帙浩繁，这便是各种"异文"的由来。据说《摩诃婆罗多》的抄本有一千多种，《罗摩衍那》的抄本就更多了。蒙古族史诗由于是口传活态史诗，各种异文更是层出不穷、数量丰富。

史诗最初没有定型的模本，是在长期的流传演变、创作改写中形成的，其间，经历了漫长的创作与传播。在这一流传过程中，依靠民间行吟诗人和说唱艺人的聪明才智和创造精神，史诗的情节才逐渐丰富、人物性格更加饱满、内容日臻完善、艺术日趋成熟。这一过程具有很大的主观能动性，具体到每个艺人，他的性格特点、喜恶爱好、文化底蕴、生活经历都是不同的，对每个人物的创作动机也是不一样的，有些人甚至可能会针对某个反面人物来进行再创作。人为色彩的加工衍生使得史诗的原始内容开始改变分化，史诗的流变加剧。这种状况直到史诗出现一个最终的文学意义上的修订者，才能完成史诗由口头文学到书面文本文学的定型，内容也才能相对固定下来。

　　一部民族英雄史诗，其产生、流传、演变和发展的过程是漫长而复杂的，从最初的雏形到文字的定型往往会经历很长的时间跨度。蒙古族英雄史诗《江格尔》和《格斯尔》始终处于"活态"的流变状态，即使书面版本出现，民间的改写、演义和创作也仍在进行。这种"活态"特征主要是因为《江格尔》和《格斯尔》有着独特的传承方式，《江格尔》的演唱艺人被称为"江格尔奇"，他们不但以口传的形式保留了史诗的基本内容和创作风貌，还在传播过程中对其进行一定程度上的再创作和再加工，把它与自己时代的社会现实相结合，赋予史诗以新的文化内涵，延长了传统史诗的生命力。如《阿拜格斯尔》就吸纳了当地布里亚特神话作为史诗开头，成为独特的异文。目前，国内外搜集到《江格尔》的各种版本有200多个，这些作品都是靠这些"江格尔奇"——讲唱《江格尔》的艺人的口头传承才保留下来的。此外，在民间口头流传的同时，《江格尔》还以手抄本的形式流传在一些地区，这些手抄本的《江格尔》与早已刊行于世不再口头传承的印度史诗不同，是"活态史诗"的记录。一部英雄史诗定型的快慢和一个民族社会发展的进程密切相关。

　　蒙古族史诗经历了由远古中短篇史诗到长篇史诗的发展过程。母题单元逐渐组合，史诗的情节结构愈加复杂。"史诗形式从小向大深化，首先是一个组合的过程，卡尔梅克史诗《江格尔》就体现了这一组合的全过程。这里可以看到唱段向一起汇集的现象，一般都是单情节的唱段以一定的结构顺序，以史诗中的共同领域、共同地域和共同时间为基础向一起汇集。"① 史诗艺人就是凭借传统和个人才华对这些单情节的唱段进行合理而又具有艺术色彩的连缀组合。仁钦道尔吉在《江格尔论》中总结到，《江格尔》史诗的发展和变异是以人物变化和情节变化为基础的。人物变化有几种：正面人物或英雄人物不断增加；在英雄人物结构中，存在着由同一代人向三代人发展的趋向；反面人物不断增加。例如 20 世纪七八十年代从新疆记录的《江格尔》中，出现了 19 世纪或 20 世纪中叶以前从卡尔梅克地区记录的《江格尔》里尚未有过的一批人物，诸如勇士萨里亨塔布嘎、汗西尔宝东、小勇士乃尔巴特、小勇士巴特哈那、小勇士阿尔巴斯哈日、宝日芒乃等，而且他们每个人都成为一部新篇章的主人公。许多篇章中，江格尔、洪古尔已经不能完成斩灭蟒古斯的任务，甚至自己还遭到敌方捕获，而最终取得胜利的是他们的儿子，英雄已经由个体逐渐发展到英雄世系。除了人物发展，情节方面，仁钦道尔吉将《江格尔》及蒙古其他英雄史诗母题系列的发展变异方式概括为：史诗母题系列内，在那些固定的共同性的各个母题之间嵌入新的母题；在母题系列的前后增加新母题，新增加的部分可以成为序诗和结尾；在一个史诗母题系列内不但可以嵌入个别母题，而且同样可以嵌入整个史诗母题系列和母题群。《江格尔》各诗篇中的派生情节和插曲就是以这种方式出现的。

同样，印度史诗也经历了漫长的流变，但印刷本出现后，史诗有了定型文字，这使得史诗的面目和内容相对稳定下来，逐渐退出了民间艺人的演唱舞台。印度学者将其两大史诗称作"伶工文学"，这些作品通常都由许多短歌、短的叙述诗和被称为"赞颂诗"的赞歌组成，由伶工即行吟歌手到处歌唱，一代又一代，口耳相传，逐渐就发展成为史诗。有了文字之后，被记录下来，成了抄本。这种抄本最初是写在棕榈叶上，即通常所说的"贝叶本"，佛经最初也是写在棕榈叶上，被称作"贝叶经"，还有的雕刻在檀香木、兽皮等载体之上。造纸术发明以后，就书写在了纸上，这有利于史诗的生产和传播。至于铅印成书，则相对较为晚

---

① ［俄］谢·尤·涅克留朵夫：《蒙古人民的英雄史诗》，徐汉昌等译，内蒙古大学出版社1991 年版，第 94 页。

近,《罗摩衍那》最早的部分可能产生于公元前3、4世纪,而最后写定则在公元2世纪左右,前后经历了五六百年。

印度民族从民族构成、宗教信仰、文学语言方面看都具有多样化的特征。历史上,这种多样性导致的文化冲突从未停止过,并在很大程度上延缓了文化的统一。史诗由口头创作向文本定型的转化过程中,历代的统治者和口传诗人不断对其思想内容和程式主题进行改编修订,道德插话、宗教训诫不断增多。插话虽然不是史诗情节的主干,但它是一个特定环节,并不偏离原有的叙事内容,既各自独立又与史诗主体彼此关联,是对主体和情节的丰富和补充,这也使得史诗的内容体系日渐庞杂,结构上显得有些松散。

《摩诃婆罗多》可以说是一部名副其实的"发展中的史诗"。《摩诃婆罗多》从最初的以般度族与俱卢族为争夺王位而展开的大战为核心故事,拓展为包含有大量的神话传说、寓言故事、哲学、宗教等内容的长篇史诗,反映出印度民族往往以诗代史的独特文化特性。在大史诗中我们随处可见说教色彩很浓的传说或宗教哲学内容,如《薄伽梵歌》就是被视为《摩诃婆罗多》思想核心的一部宗教哲学诗。黑天在《薄伽梵歌》中向阿周那阐明达到人生最高目的——解脱的三条道路,即业瑜伽、智瑜伽和信瑜伽。我们知道,印度古代社会的种姓制度,特别强调四个种姓的职责,使印度古代社会的等级制度和阶级制度十分严格。黑天特别强调人要履行自己的社会职责,从事行动而不执着行动的成果,因此,他要求阿周那要尽到刹帝利的职责,投身于般度族和俱卢族战斗中。他对阿周那说:"对于刹帝利武士,有什么胜过合法的战斗?"①(《摩诃婆罗多》6.24.31)因此,实际上《薄伽梵歌》应为道德训诫类的内容,这是史诗在发展演变过程中适应种姓制社会的结果。《摩诃婆罗多》中还有一段在印度广为流传、家喻户晓的插话《莎维德丽》,这个插话塑造了一位有着"贤德女"称号的女性莎维德丽。莎维德丽是一位完美的女性,不仅天生丽质,而且有着女性所应具备的一切美好特征,她柔婉、恬静、

---

① [印]毗耶娑:《摩诃婆罗多》第6卷,金克木等译,中国社会科学出版社2005年版,24章第31行。后文随文注卷章行,每段同一出处的仅注第一次,随后只注卷章行。

贤淑、虔诚敬神、知礼守度。特别是在与阎魔的较量中，表现出了智慧、勇气和无私，最后获得"善果"。可以说，莎维德丽是符合"道德正法"的形象，这是史诗所宣扬的伦理道德的深刻体现。因此可以说，大史诗的定型和流变使其与原初的意义出现了巨大的差异。

总之，史诗版本的多样性、形式的丰富性充分反映出印度史诗与蒙古族史诗发生与传播过程中的行吟诗人再创作的多样性与复杂性，史诗形成时间的久远性。这一特征为我们呈现出地域辽阔的草原文明与森林文明的史诗发生与演变的必然历程。

原始文化具有很大的相似性，虽然分布于不同的文化区域内，分属于不同的民族范畴，但人类生存方式的相同或相似使人们在生理和心理结构上存在着极大的共通性。出于同源的人类，具有同一的智力结构、同一的物质形式，所以在相同文化状态中的人类经验成果，在一切时代与地域中都是具体相同的。人类的智力结构虽然由于能力各不相同而有细微差别，但对其理想标准的追求则始终是一致的，因此，它的活动在人类进步的一切阶段都是同一的。而且，越是在文化发展的较低阶段，这种相似性与共同发生的意味往往越浓。此外，人类的进化与发展经历了大致相同的历史进程，尤其是在远古生活时代，个人意识还没有完全从全民意识中独立出来，人的个性融合在集体共性之中。人们对客观世界往往产生相同或相近的理解与感知，人们之间的审美观虽有差异，但本质上是切近的，各民族的文学创作与文学表现也总是相同或相近的。所以，人类文化总的来说是由同质向异质发展的。

通过对同属于欧亚大陆印度和蒙古民族的史诗的生成做比较视野下的分析和研究，可以看到史诗的发生受到包括自然地缘、社会状况、文化传播、文学规律等多种因素的共同影响。蒙古族史诗和印度史诗所呈现出的相同点可以给我们一个宏观的视角，在东方史诗视阈下，梳理史诗发生与发展中共同的规律，探寻其显性和隐性的影响。而其二者的差异又体现出了各自的文化肌理，并有助于我们厘清史诗发展过程中的变量，揭示其普遍本质和流变规律。

第 二 章

蒙古族史诗与印度史诗的宗教文化

　　宗教是历史的钥匙，不理解宗教，我们就无法了解一个社会的内在形态，不理解文化背后的宗教信仰，我们也不可能理解一个民族的文学艺术。众所周知，宗教是人类社会发展到一定历史阶段出现的文化现象，是人类思维认识的巨大飞跃。人类首先将自我与自然相分离，然后生发出想要影响控制自然的愿望，但逐渐认识到自然力的强悍，最终认为在此岸生活之外有着至高至上的存在，从而对这种神秘强大的力量心生敬畏。原始宗教是人类蒙昧时期最初萌发的宗教意识和宗教活动，通常是一种群体式的意识活动，来源于人对自身和自然关系的思考，认为外部异己力量强悍莫测皆有灵魂，从而产生的某种直觉的崇拜。

　　史诗是社会转型期的产物，史诗产生的时代，民族信仰和个人信仰，尚未完全分离，所以史诗所揭示的不只是个人情感和个体体验，而是带有广泛的全民性特征，其中有整个民族的价值与体验。它真实地记录了民族由原始时代向文明时代过渡时期的生活感受与审美理想，以及各个民族独特的精神和文化特征。这一历史进程中，一方面，人类已经从混沌状态中觉醒过来，有了征服自然的力量，个体精神在史诗中逐渐昂扬起来，越来越多的人文因素融入史诗的创作潮流中；另一方面，人们还未完全摆脱原始宗教的影响。原始信仰体系的遗留，后起宗教的冲击，让史诗不自觉地充当宗教的载体与媒介。无论哪个民族都是从自己的直观经验出发，赋予史诗独特的宗教内涵及意义，从而寄托他们的神秘思情。正如黑格尔所说："史诗所反映出来的就是某一确定的民族的世界……民族的实在情况有两种……第二种是宗教，家庭和社会等方面的精神意识中的民族实体（理想）。"① 同时，因为众多吟游诗人和其他人的口口相传，史诗比神话具有更广泛的影响，它极容易深入人心，也容易被更广大的群体所接受。史诗在传播过程中所蕴含的宗教理想不断强化着人们的信仰意识，信仰者期望神灵的拯救与庇佑，希望避免神的惩罚，于是史诗就以一种文学叙事方式构造出了独特的宗教信仰体系。

18 世纪意大利哲学家维柯在对荷马史诗进行研究时谈道，"原始诗歌的真正创作者是人民"。这句话看似简单，但却是我们理解民间文学的关键所在，史诗产生之初都是靠艺人的口耳相传和零散抄录，所以广大民众可以说既是史诗的受众又是史诗的创造者，既是史诗萌发的土壤又是史诗壮大发展的养料，集体创作注定了史诗将会成为各民族社会全貌的缩影。史诗在保持着故事基本框架不改变的前提下，也一直在随着社会的发展而进行着相应改变。而宗教信仰又是对民众影响最深广的内容，所以史诗产生时代的宗教信仰对史诗有决定性的影响。蒙古族史诗作为口传活态史诗，始终在记录着蒙古人的精神世界，印度史诗甚至可以说就是婆罗门教理论经典，这些都使得史诗的研究空间被有效地放大，成为一个包含大量有价值的文化信息的综合体。

早期的蒙古人崇拜以万物有灵为核心的萨满教，佛教传入后，蒙古人又接受了藏传佛教；在印度，按照长期从事印度佛教遗迹挖掘的英国考古学家约翰·马歇尔爵士的说法：几乎无法把印度河流域居民的宗教信仰同印度教与万物有灵论以及湿婆崇拜和母神崇拜密切相关的那个方面区别开来。就是说印度这块广袤的土地可谓是多种信仰并存，或者说宗教是印度文化模式的基本因素。印度早期居民雅利安人信仰原始的万物有灵论，之后的吠陀教（又称婆罗门教、古印度教）、耆那教、佛教、印度教，以后又有伊斯兰教、基督教等。蒙古族史诗与印度史诗作为早期的文学形式，不可避免地体现着各自民族浓厚的宗教意识，例如，蒙古族史诗中充满着萨满文化，印度"两大史诗属于印度婆罗门教文化系

---

① ［德］黑格尔：《美学》第三卷（下），朱光潜译，商务印书馆 1991 年版，第 122—123 页。

统"①，甚至有关文献表明《摩诃婆罗多》已经成为一部宗教经典，被称为印度的"第五吠陀经"，而且，两个民族的史诗在不断传播的过程中又都渗入了佛教思想等等。虽然两个民族的史诗在其漫长的形成过程中混杂有较复杂的宗教思想，但萨满教对蒙古族史诗的影响与婆罗门教对印度两大史诗的影响是不可低估的。因此，本章研究的主要内容就是探究两个民族的史诗在此节点上的异同，进而考察两个民族的文化差异。

第一节　萨满教、婆罗门教与民族文化的关系

每一个民族都有特殊的文化心理，而宗教在其形成过程中起着重要的作用，它改变、激发、塑造着人们的精神世界。宗教思想浸入史诗中，抬高了天神在人们心目中的地位，使之更易于被人们接受，而史诗也借宗教信仰的神圣性，提升了认同地位，从而得到更广泛的传播。

一　萨满教对蒙古民族文化的影响

萨满教属于原始宗教，是蒙古民族的早期信仰宗教。原始宗教普遍自发地存在于各个民族的幼年阶段。众所周知，早期人类生产力水平极其低下，面对强大的自然力，原始初民是软弱无力的，对变幻莫测的自然现象，深感恐惧与不安。他们认为，"万物有灵"，于是，便将自然界视为一种异己力量的产物，幻想用祈祷或祭祀的方式来影响控制世界的神灵，这就出现了最初的宗教与宗教仪式。变幻无常的天气、寒冷漫长的严冬、浩瀚无垠的草原、强悍凶猛的野兽以及包括人在内的无数物种的生死轮回共同构成了古代游牧民族的生存环境。在强大的自然力面前，人们只能选择崇拜，并祈求通过崇拜而得到保护与福佑。这种认识形成了萨满教信仰，几乎构成了蒙古先民世界观的全部，虽然随着历史发展萨满教理论也在不断发生变化，并且蒙古民族在历史中也进行了其他宗教的选择，但萨满教观念始终沉淀在蒙古民族性格底色里世代传承。由

---

① ［印］毗耶婆：《摩诃婆罗多》第1卷，前言，金克木等译，中国社会科学出版社2005年版，第5页。

祝赞词、民歌和神话传说结合而成的蒙古英雄史诗，不但继承了萨满教祭词、神歌的音韵格律传统，而且直接继承了萨满教神秘虔敬的思维方式，希望通过赞美崇拜大自然获得自然神灵的佑助。

萨满教认为："万物有灵"，即一切自然外物包括天、地、山川、动植物均有自足自主的灵魂。其核心观念为"将人类赖以生息的客观广宇间所存在的众生物和无生物乃至人自身客体外的一切存在都认为是寓神之所。神无所不生，神无所不有，神无所不在，从而予以虔诚崇仰和膜拜"①。在渺小懵懂的人类面前，自然界意味着强力与永恒，并具有不可控的魔性，人们倾向于崇拜而非掌控自然，从而形成了大量的自然崇拜。蒙古人以长生天崇拜为首，除了崇拜天，蒙古人还有火崇拜、山神崇拜、动物崇拜等。人类学家泰勒指出"万物有灵"论具有两个基本信条：一是相信所有生物的灵魂在肉体灭亡后仍能继续存在；二是相信各种神灵可以影响和控制物质世界和人的今生来世，同时神和人是相通的，人的行为会引起神的高兴或不悦。② 这样的世界观下，物与人、人与神的限界均是模糊并可以被打破的，任何事物具有神秘主义色彩都不足为奇。自然界的事物都是可交流可对话的，随时可以参与到普通人的生活里并对你的行为给予回应，于是乎便产生了与自然对话的方式，如祭祀、祈祷等。在这样的神异世界里，蒙古族史诗也远不只是一个简单的文学样式，而被赋予了与天地先祖对话的神圣使命。

萨满教教义下的原始先民在经过自然崇拜、图腾崇拜后往往进入祖先崇拜的阶段。祖先崇拜本质上也是崇拜一种灵魂，只不过这种灵魂不是自然万物，而是人的鬼魂，与崇拜者有血缘关系的人的鬼魂。自然崇拜可以说是人类将自身从大自然中抽离出来的重要精神历程，对自我有了初步的界定和反观。祖先崇拜则意味着人类进一步加强个体意识，将个体意识凝聚形成了氏族意识，并且深化了与自然力的对抗。通过对祖先表达崇拜来削弱面对自然的恐惧感，并达到团结本民族、强化民族意

---

① 富育光：《萨满教与神话》，辽宁大学出版社 1990 年版，第 1 页。

② ［英］爱德华·泰勒：《原始文化》，国人译，广西师范大学出版社 2005 年版，第 349—350 页。

识的目的。蒙古族史诗通常描述伟大英雄人物的辉煌战绩，蒙古民众普遍认为史诗英雄是真实存在过的人物，其灵魂可以听到史诗讲唱的过程，所以随意删减史诗会触怒英雄灵魂，而通过吟咏祖先的显赫功绩和强大威力以呼唤祖先，凭借或依附祖先的威力来达到影响自然力的目的，所以无论是史诗的内容还是史诗的功用意义都处处渗透着萨满教的影响。

萨满教作为蒙古人的早期信仰，对蒙古人生活的方方面面均有影响。虽然蒙古人之后接受了佛教，但萨满教的教义已植根于蒙古民族性格底色之中，并随着种族记忆代代相承。蒙古民族自古至今，萨满不仅是神职人员还是医师，为当地的蒙古人占卜吉凶、驱鬼治病、组织仪式，他们通常是当地蒙古人的精神领袖。如今在部分蒙古地区萨满依然存在，其治疗的能力也进入了人类学的视野，并得到关注与研究。萨满教的自然崇拜，灵魂观在蒙古民间文学中均有体现，蒙古族史诗最初产生于蒙古的萨满教时代，所以史诗中流露出大量的萨满教观念认识，受到了萨满教巨大的影响。通过对萨满教教义的阐释以及对其和史诗的分析可以更深入地理解史诗的内涵。而对蒙古人的原始宗教萨满教的体悟认知，可以说是打开蒙古原始文化大门的钥匙，也为把握蒙古族史诗拓宽了视野。

二 婆罗门教对印度文化的影响

印度是多种宗教并存的国度。公元前 20 世纪产生了吠陀教，严格来讲，吠陀教只是一种自然崇拜的宗教，兴盛十多个世纪后出现了婆罗门教（公元前 10 世纪），两者基本是一脉相承的，后者对前者的理论有所发展，使其更系统化；公元前 6 世纪几乎同时产生了佛教和耆那教；公元 7 世纪，婆罗门教又发展成印度教，特别是 8—9 世纪经宗教大师商羯罗的改革，延续了古代的吠陀教和婆罗门教，融入了佛教等合理因素，最终形成了新婆罗门教，即印度教，它是世界主要宗教之一。12世纪伊斯兰教传入，15 世纪出现锡克教，之后基督教、拜火教等相继传入。可见，印度这片广袤的大地上，对各种宗教思想的包容。目前，印度主流宗教信仰是印度教，大约占总人口的 81.5% 的人信仰印度教，印度教教义对印度文化影响至深。对印度两大史诗产生的具体年代虽有不同看法，但一般认为，两部史诗大约出现在公元前 1000 年到前 700 年，最终成形时代大约在公元前 600 年至前 500 年，这是婆罗门教统治印度人精神世界的时代，因此，印度两大史诗也就成为婆罗门教文化的产物。

婆罗门教主要有三大特点，即吠陀天启、祭祀万能、婆罗门至上。

史诗时代的婆罗门教已从吠陀时代的多神崇拜转变成为三大主神崇拜。以"梵天"为全智全能的至高无上神，是万物的创造主。它不生不灭、不变不化、寂然立于万有之上。印度神话认为，梵天是从金蛋中破壳而出的，蛋壳分为两半，一半成为天，另一半成为地。此外，还有一种说法是梵天是没有父母的，在宇宙肇始时，毗湿奴肚脐上的莲花产生了梵天。梵是至高无上的存在，他的子孙创造出宇宙中的万物，因此大梵天又被称为"生主"。特别是在北印度，梵天永远有一撮白胡子，象征着永恒的存在。除了"梵天"，毗湿奴神和湿婆也是他们崇拜的神。毗湿奴被称为"遍入天"，吠陀时代毗湿奴可能是太阳神的一个称号，史诗跟往世书时代，他被称为保护之神。毗湿奴的妻子是天神搅乳海时产生的吉祥天女，象征着发财致富。湿婆前身是印度河文明时代的生殖之神"兽主"和吠陀风暴之神鲁陀罗，兼具生殖与毁灭，创造与破坏双重性格，呈现各种奇异怪诞的不同相貌。

婆罗门教信奉种姓制度，提倡婆罗门至上。雅利安人进入印度后，逐步确立了种姓制度。《梨俱吠陀》末尾部分的一首颂诗，提供了种姓的神话来源："当众神以'人'为祭品，而进行献祭时……／当他们分割'人'时，'人'将被分割成多少部分呢？／他的嘴，他的双臂，他的双腿和他的双脚叫什么呢？／婆罗门是他的嘴，他的双臂造出武士，／他的双腿变成吠舍，他的双脚生下了首陀罗，／众神献出了这祭品以用于献祭，这就是神圣法律的开端。／这些强大的存在到达天上，那里有不朽的精灵——众神。"① 这里把人分为四个等级，分别是婆罗门、刹帝利、吠舍和首陀罗。婆罗门是祭司贵族，是神的代言人，可以占卜吉凶，垄断文

---

① 《梨俱吠陀》，转引自［印］R. 塔帕尔《印度古代文明》，林太译、张荫桐校，浙江人民出版社 1990 年版，第 29 页。

化和告知大众农时季节，在社会中的地位是最高的。为了维护种姓制度，婆罗门僧侣宣扬，把人分为四个种姓完全是神的意志，是天经地义的。婆罗门由于职责和地位的特殊可以享受多种特权，可以免交各种捐税，因为人们认为婆罗门已经以自己的虔诚行为偿清了这种义务，不得被处以死刑或任何类型的肉刑，因为婆罗门是神圣不可侵犯的。印度流传着这样的认识："整个宇宙听从天神的支配，天神们听从符咒的支配，符咒听从婆罗门支配，因此婆罗门是我们的天神。"① 刹帝利是国王、大臣等统御民众、从事兵役的种族，所以也称为王种。印度两大史诗中的英雄属刹帝利种姓。刹帝利权势颇大，阶级仅次于婆罗门，是王族、贵族、士族所属的阶级，系从事军事、政治者。现代印度，刹帝利表示职业，统治和军事阶级，而且刹帝利是雅利安人的军事贵族，掌握国家的神权之外的一切权利；吠舍是农民、手工业者和商人，是印度四姓的第三阶级，主要是指从事农业、畜牧、手工业、商业等生产事业的一般平民阶级。吠舍在古印度社会中是雅利安人的中下阶层，他们必须向国家缴纳赋税，向神庙上供，供养第一、第二阶级；首陀罗是印度种姓中地位最低的阶级，随着婆罗门文化的繁盛而备受压迫，没有任何宗教特权，并被婆罗门教轻蔑为无来生的贱民。

婆罗门教主张祭祀万能。印度最早开化的种族达罗毗荼人敬神的一大特色就是人身献祭。雅利安人征服北印度以后，吸纳了达罗毗荼人的文化，将祭祀看作生活中最为重要的事件，献祭也就成为雅利安人宗教生活的中心特征，他们形成了一套从私人日常生活到国王即位时烦琐的理论和祭神仪式。对于征战不息的那些部落，神的保佑是必不可少的，雅利安人感到献祭使得神授给他们恩惠。他们深信神是会降临的，只是肉眼凡胎看不见罢了。印度早期的四本吠陀"本集"被认为是从事祭祀即吠陀礼仪的四类祭司的专用吠陀：《梨俱吠陀》属于诵者祭司，《娑摩吠陀》属于歌者祭司，《夜柔吠陀》属于行祭者祭司，《阿达婆吠陀》属于婆罗门祭司。吠陀文献中的"业"常常特指祭祀活动，因为婆罗门将

---

① ［英］詹姆斯·乔治·弗雷泽：《金枝》，徐育新等译，大众文艺出版社 2009 年版，第 50 页。

祭祀视为最高的"业"，宣扬祭祀保证现世幸福和死后升入天堂。可见，祭祀在当时的地位。

婆罗门教主张梵我一如、业报轮回、精神解脱、瑜伽修行。"梵我同一"指的是：人的灵魂或本质"我"，只是宇宙灵魂或本质"梵"在人世间的一种显现，"我"是"梵"的一部分，"我"是"梵"在人体中的代表，两者同根同源同体，是同一不二的。这种理论的提出，对后世的理论具有深远影响。《奥义书》的著作者们不仅认为大梵天创造了宇宙万物，而且还认为梵是一处具有无限欢乐的极乐福境，是人的一生追求的最高理想境界。所以，只要一个人专心一致修炼瑜伽，去除心魔、克制欲望，就能使"我"从肉体的桎梏中解放出来，回归于梵。这样，人的灵魂就能够实现超脱，达到一种永生极乐的至高境界。

婆罗门祭司被称为"人间之神"，是当时一切知识的垄断者和人民精神生活的指导者。他们不遗余力地宣扬造"业"和"轮回"说。"业报轮回"也就是指灵魂的转世。这种理论认为生命不是以生为始，以死告终，而是无穷无尽一系列生命之中的一个环节，每一段生命都是由前世造作的行为（业力）所限制和决定，动物、人类和神的存在都是这个链条中的环节。一个人行善便能积福，邪恶行为则令其堕为畜类。一切生命，即使在天上，死后必有终了之期，所以不能在人间或天上求得快乐。虔诚的印度人一般愿望是获得解脱，即脱离生死轮回，在一种永恒之中寻求最终的安宁，也就达成了"梵我合一"。所谓"解脱"就是使人的"精神"或灵魂从生死轮回中，从肉体的束缚中彻底解放出来，达到永生不灭、无限福乐的境界。"世上有两种超越太阳轨道（获得解脱）的方式：在瑜伽中离弃世间与在战场上委弃身体。"①

对于虔诚的教徒而言，他们一生追求的最终目标是实现精神解脱，于是，瑜伽修持成为他们实现解脱的唯一方法。依照《薄伽梵歌》的解释：瑜伽就是通过修炼，从而使个人灵魂（小我）与宇宙灵魂（梵或大我）化而为一。当人们获得了真正的大智慧，他就会感知"真我"的存在，领悟到"梵我同一"的真谛，最终达到人神结合、梵我合一的理想

---

① ［加］沙尔玛：《印度教》，张志强译，上海古籍出版社 2008 年版，第 35 页。

境界。

自古至今，宗教可谓印度文化的核心内容，特别是从吠陀教—婆罗门教—印度教，如此一脉相承的宗教思想，其精髓深深融入印度人的物质生活和精神生活中，在印度人民看来，没有宗教就没有生活，宗教和生活密不可分，而且保护和尊重宗教的人将受到宗教的保护。因此，人们虔诚地信仰宗教、按宗教教义行事。在印度，绝大多数人从出生到死亡，他们的一举一动都与宗教有着密切关系，例如，印度教刚出生的小孩，要选择一个良辰吉日来进行起名仪式，而且很多人喜欢起与神有关的名字。不仅如此，一个人的家庭生活也与宗教有着密切关系，例如印度教把结婚当作一项重要的宗教仪式来举行，并进行一系列的宗教活动，举行婚礼时，女方家要升起一盆火，由火神作证，并且还要向神灵祈祷，希望她们能够得到神灵的恩宠，幸福美满。她们结婚的首要目的就是将其视为宗教职责来履行，因为在印度教中，没有妻子的男人，是没有权利进行祭祀的。结婚的第二个目的是生育后代，为了免入地狱，死后升天，生个儿子就成为一件头等大事。此外，有些人出门或者远行，也都要选个良辰吉日，否则会招来不幸，可见，印度人民的生活与宗教的关系是多么密切。印度人把经济生活也同宗教联系起来，很多人一天拜好几次神，如果得到了升职的机会，或者丰衣足食，便认为这都是敬神的结果。城市商人、店铺老板等，在开始营业之前也都先要祈祷，目的是希望罗其密女财神能赐福于他们，让他们富贵显赫，享有荣华富贵。也正是因为这样的宗教氛围使得再现社会状貌的史诗充满了宗教意识和宗教观念。印度两大史诗可谓是印度教的经典，从史诗整体的故事脉络、人物形象，到具体的仪式祭祀都透露出浓重的印度教理论色彩。

第二节　蒙古族史诗与印度史诗的"三界"文化

无论是蒙古还是印度的古代先民都生活在万物有灵观念之中，不能科学如实地认识自然界里的一切错综复杂、变化无穷的物质的和非物质的现象，如酷暑难耐的盛夏、寒冷漫长的严冬、河水泛滥的祸患、山崩地裂的灾难以及包括人在内的无数物种非同寻常的生死轮回等等，人们对此只能怀抱恐惧和疑惑，误以为在这些令人恐怖的自然现象背后有某种超自然的力量在操纵，于是对于宇宙的种种想象油然而生，包括古埃及、古巴比伦、古印度、古希伯来等民族神话在内的创世过程即是最好的例证。产生在人类早期的蒙古族史诗与印度史诗中都蕴含着以"万物有灵"论为基础的宗教文化，远古的人类也都在以意所能及的想象力勾勒着外界的形貌，将世界划分为三界就是早期人类想象力的结果。

一　萨满文化和印度宗教哲学中的三界观

（一）萨满教三界观

蒙古族萨满教的宇宙观是将世界分为上、中、下三界。上界是长生天所在的天界，有99"腾格里"，为首的是"永恒的长生天"，但随着萨满教的发展以及外来文化的影响，最高神变成了霍尔穆斯塔天神。与诸多宗教不同，这99天神并不都是善神，而是分为东方44天神，西方55天神。中界是人类和牲畜动物的居住地带，但中界也有许多自然神，其中最重要的便是山神。古代北亚民族多为牧猎民族，所以山神与人们的生活密切相关，认为崇拜山神取悦山神便能在打猎时满载而归。此外，中界也有害人的鬼怪，多是由亡灵和天界大战中失败的恶神演变而来。下界虽然由鬼怪统治，但基本状况还是与中界一样，人们和牛羊牲畜一样可以在地下生活。这三界都是相通的，有作为通道的"天门""天窗"。值得注意的是萨满教的三界很有可能并不是层叠状分布，而是平行共存在同一个空间里，尤其与佛教不同的是，原始萨满教并没有地狱观念，并且如前文所述，上界也同样有恶神，并非极乐净土。约翰·普兰诺·加宾尼在他的《蒙古史》中写道："他们根本不知道永久的生命和永恒的惩罚，但是他们相信，在死去以后他们将生活在另一个世界里，在那里，他们的畜群将会繁殖，并且吃喝和做其他事情，像人们生活在这个世界时所做的一样。"① 关于三界形成的布里亚特神话是这样描述的：那时，在天界，意为北部的一角有一个叫作策根策布德格腾格里的天，还没有

---

① ［英］道森编：《出使蒙古记》，吕浦译，周良霄注，中国社会科学出版社1983年版，第12页。

哪一个腾格里神去统治它。这时居住在西方的最高神帖尔昆察干的长子汗霍尔穆斯塔腾格里和居住在东方的阿泰乌兰腾格里两位神，开始争夺对这块没有主人的策根策布德格腾格里的统治权。他们约好三天后通过战争决出雌雄，以此作为统治权归谁的依据。但在为战斗做准备时，西方神汗霍尔穆斯塔腾格里喝醉酒忘了约定，到了第三天由他小儿子格斯尔博格多替父亲出战并打败了东方神阿泰乌兰腾格里，被格尔斯博格多打落下界的阿泰乌兰神转到了地上世界，就变成凶恶的魔王，其部下变作蟒古斯。于是出现了可怕的魔鬼，开始伤害和平幸福地游牧着的玛拉特人。① 这个神话形象地反映了三界是如何形成的，虽然这是幻想的结果，但是这个观念却被后人接受了。

（二）印度宗教哲学思想中的三界观

印度文明是由古代的蒙达人或达罗毗荼人揭开序幕，后来由雅利安人发扬光大的，如印度教里的许多神祇，就可以一直追溯到前雅利安的哈拉帕文化时期。雅利安人作为游牧部落大约在公元前15世纪前从中亚地带向南，再向东进入印度本土。印度的宗教哲学主要集中在四部吠陀本集、梵书、森林书、《奥义书》中。其中吠陀本集中的《梨俱吠陀》是古雅利安人的集体创作，约在公元前2000年出现，具有百科全书性质。从《梨俱吠陀》中可以见到，宇宙划分为天、空（大气层）、地三界。天界最高，时明时暗；空界（大气层）居于天界和地界中间，弥漫着致雨的云层；地界广袤，延伸无尽，宛如车轮，在这里分别居住着神性的和非神性的生物。就神性生物而言，《梨俱吠陀》和《阿达婆吠陀》经常提到有33个神，以11个为一组，分别住在天界、空界和地界，三界中的33个神统称为善神。与善神相对立的是恶神，恶神享有同善神一样的生活待遇，但没有善神那样崇高的伦理美德，而且常常和以因陀罗为首的善神们为敌，他们存心捣乱，在天上和半空中制造种种的恶作剧，威胁着善神们的安全，故被称为"非天"，意谓有天神之福，而无天神之德。在《梨俱吠陀》中又出现了"尼尔里地"的一个地方，按照《梨俱吠陀》所讲，"尼尔里地"（nirrti）有三个意义，其中之一便是"地下深

---

① 满都呼主编：《中国阿尔泰语系诸民族神话故事》，民族出版社1997年版，第154页。

渊"之意，这个黑暗可怕的地下深渊，设想是那些生前没有积蓄善德的或有罪的鬼魂的去处，当然，地下深渊还不是吠陀时代以后的所谓地狱。到了《阿达婆吠陀》里地下深渊开始被赋予近似"地狱"的含义："罪恶的罗网。"到了后《奥义书》的《摩奴法典》《摩诃婆罗多》以及往世书等才见到与尼尔里地（nirrti）和地狱（naraka）等同起来，并发展成一个地狱世界系统。①

　　总之，蒙古萨满的三界与古印度人观念中的三界都是在万物有灵论的前提下出现的带有神话色彩的对宇宙构成的幻想，同时也都带有古朴的自然神论色彩，但印度三界观的发展变化显然带有更加复杂的宗教哲学文化色彩，故而在史诗中的反映也存在差异。

二　蒙古族史诗与印度史诗宇宙空间观描写对比

　　蒙古族史诗产生于蒙古萨满教盛行的时代，虽然蒙古族史诗始终记写着蒙古人的社会发展和宗教选择，但萨满教的观念已毋庸置疑地深深印刻在蒙古族史诗当中。比如萨满教的宇宙观、灵魂观、山水崇拜，以及萨满所具有的占卜、通灵、变化的法术，都在史诗中得以体现。史诗讲唱的仪式与功能很多也与萨满教活动相似，桑热耶夫在研究布里亚特英雄史诗作品以后认为："亲口歌颂叙事文学中人物的吟唱者实质上只不过是一种特殊形式的萨满而已。"② 由于蒙古族史诗是活态史诗，佛教进入蒙古社会对萨满教进行压制排挤，史诗中出现了较多的佛教信息，并且对之前的萨满教内容进行了一些有意的改写，所以如何确定并分析史诗中的萨满教因素具有一定的难度，例如，关于《江格尔》的宗教信仰的讨论便尤为激烈，因为史诗中对佛教的描写较为直接，而相对来说萨满教对于整个蒙古族史诗的影响都是较为深入的，可以说是一种古老的、决定性的影响。

　　首先，蒙古族史诗与印度史诗所体现的宇宙空间观大体上是一致的，

---

　　①　巫白慧：《印度哲学》，东方出版社 2000 年版，第 71、93 页。

　　②　［俄］谢·尤·涅克留朵夫：《蒙古人民的英雄史诗》，徐汉昌等译，内蒙古大学出版社 1991 年版，第 69 页。

都将世界描写成分为上、中、下三个部分。

蒙古族史诗中的上界为天神居所,当人们有求于天神时常会出现对天界的描写,例如英雄死亡会有帮英雄起死回生的人或马进入天界寻求帮助。天界的神也会被中界的人和事惊扰到,人和神之间多是可交流可对话的,史诗《洪古尔》中洪古尔夫妇因为多年无子便骑乘飞马,通过天门进入天界,向那里的神表达自己渴望得子的愿望。"他们渐渐看见了天井,/玉石的栏杆在四周围定,/一个小满金站在井旁,/好像期待着什么人的惠临。"① 通过洪古尔真诚地陈情,最终如愿得子。《洪古尔》一书第三、四部分描述的天界是一个善神的世界,腾格里天神主宰着人们的幸福。而英雄能够乘骑飞马进入天界如萨满一般与神沟通,这也显然是萨满教观念下的产物。

蒙古人对下界的认识较为模糊,史诗中的下界通常是蟒古斯的居所,但同样有人类牲畜、山川湖泊。地狱观是随着佛教的引入才慢慢地影响了蒙古人的认知。《江格尔》之《沙日·古尔古之部》中对地下世界有着丰富的描写,洪古尔被俘,从地洞拖入七层地下,落入了8000魔兵之手,遭受了种种虐待。江格尔去解救洪古尔,用绳索顺着地道进入地下,可见中界与下界可以相通,如同天井天门一样连通上界。在下界,江格尔遇到了吞海和举山的小孩大力士、女妖婆以及被妖婆抓来的美丽的天女,这个天女是"天鹅姑娘型"仙女,救助了受伤的江格尔,之后江格尔用从老鼠那里学到的树叶疗法让洪古尔恢复人形起死回生。这部史诗中对地下世界的描述较为详尽,首先地下也有分层,但不同于佛教的十八层地狱,这里只有七层,并且与中界差别不大,可以与中界相通。除了妖魔还有大力士,甚至有本该在天界的天女。仁钦道尔吉论述道:"在蒙古佛教文献中有几种地狱游记,江格尔奇们可能运用地狱游记的形式虚构这个下界的,但其内容与地狱不同。在这一下界的描述中有蒙古原始神话和传说因素,又有印度和西藏佛教神话影响,也有现实的反映。"② 阿尔泰语系民族中与《沙日·古尔古之部》类似的故事还有很多,如乌孜

---

① 边垣编:《洪古尔》,作家出版社1958年版,第14页。
② 仁钦道尔吉:《江格尔论》,内蒙古大学出版社1994年版,第145页。

别克族的《熊力士》、哈萨克族的《镶巴图尔》，因为都以萨满教为原始宗教，所以对下界都有相似的描述。在《镶巴图尔》中，镶巴图尔从井中进入，井底有一个洞，这个洞越走越宽敞，到了一个地面一般的世界，这个世界即便没有太阳也很明亮，可见，这个下界的描述与蒙古族史诗是很相近的。

中界是人类的现实世界，史诗中即为英雄所居住的世界，如《江格尔》中的宝木巴王国："他征集了神驹般最快的骏马，/他聚结了雄狮般最壮的好汉，/把周围四方/四十二个可汗的领土攻占。/他的国土上人们长生不老，/永远保持二十五岁的容颜，/这里没有冬天，阳春常驻，/这里没有酷暑，金秋绵延，/这里没有袭人的严寒，/这里没有炙人的烈焰，/微风习习，细雨绵绵，蚌巴国赛如天堂一般！"① 虽然中界是人们居住的真实世界，但是在史诗中也充满了理想化的描述，史诗英雄本身就具有很多神异的本领，并且中界中同样有神灵鬼怪，山川河流都有神主宰，尤其是山神与人们生活可谓息息相关。许多蟒古斯也居住在这里，而并非只生活在下界。

印度史诗中有天界与地界之分，天国位于高耸入云的弥卢山上，阿修罗则住在地下或海域，《摩诃婆罗多》所表现的世界里有地、空、天三界，天、地、人、神四域。史诗中描写的神住在天国，如，因陀罗（天王）、阿耆尼（火神）、苏摩（酒神）等。天神们的形体和生理功能一般与凡人相同，特异之处在于他们能随意变形，不流汗、不眨眼，没有污垢、没有影子，拥有相当奢华的生活。印度史诗中神具有超出凡人的能力，如英雄的武器是天神所赐，他们可用这些武器消灭罗刹；黑天作为大神毗湿奴的化身，不仅成为般度族的军事统帅，而且直接左右着这场战争的胜负，当阿周那看到敌对的阵营中都是自己的同宗或老师等人时，忧心忡忡，认为这样的战争罪孽深重，宁可放下武器束手待毙，这时，黑天劝导阿周那，解除他心中的疑虑，要求他尽到刹帝利的职责，投入战斗，最终般度族取得了战争的胜利。

地狱是邪恶势力的去所，是恶魔的所在。《摩诃婆罗多·森林篇》中

---

① 胡尔查：《胡尔查译文集》第一卷，远方出版社 2009 年版，第 9 页。

披发仙人讲述了投山仙人的故事：这些叫迦哩耶的阿修罗把大海，把水神伐楼拿的水宫作了安乐窝，动手消灭三界逞威风。这些阿修罗本来就是与死亡为伴的恶魔，凭着臂力大，一到夜里就疯狂地跑到各处净修林骚扰，杀死无数的婆罗门。搅得净修林狼藉不堪，人心不宁，人们纷纷出逃。众天神向毗湿奴神求救，毗湿奴神指点他们求助于投山仙人，投山仙人与求救者来到海边，喝光了海水，这时天神们见海水已被喝光，拿起神奇的武器，斗志昂扬，开始杀戮那些恶魔檀那婆，最终檀那婆们被打得丢盔弃甲，狼狈逃窜，其中有几个迦哩耶逃了命，他们穿过大地，到地狱去藏身。① 这里虽然只是提到了地狱，并没有像蒙古族史诗那样细致地描写地狱的情景，但是能够感觉到，地狱是邪恶势力的去所，是恶魔的所在。《摩诃婆罗多·森林篇》讲述的尊行正法的国王苏摩迦的故事中，描述了苏摩迦娶了一百个妻子，但只生了一个儿子，名叫瞻度，有一天，瞻度被蚂蚁咬了，所有母亲围着他哭，甚至影响到了国王议事。苏摩迦希望能得到一百个儿子，求教于祭司，祭司告诉他，想要一百个儿子就得用他唯一的儿子做祭品，当然，那个儿子还是会由他原来的母亲生下来。事情果然就这样成了，国王非常满意。后来祭司死了，苏摩迦也去世了，苏摩迦死后，看见那位祭司在可怕的地狱里受煎熬，就问其原因，祭司告诉他，这是为国王举行那场祭祀的业果。苏摩迦请求法王阎摩放了祭司，自己去受地狱之火煎熬，法王不许，但国王情愿与祭司一同受地狱之苦。在这个故事中，对地狱的描写进了一步，讲到了地狱之火，死者如生前有罪就要受到煎熬和折磨。《薄伽梵歌》描写阿周那在俱卢族和般度族摆开阵势的战场上，看到自己的父辈、祖辈和老师，舅父、儿子和孙子，还有兄弟们和同伴，以及所有的亲族都站在两军之中，他浑身颤抖、周身发烧、脚站不稳、头在旋转，他对黑天说："种姓混乱导致家族和毁灭家族者坠入地狱；祖先失去贡品饭和水，跟着遭殃，纷纷坠落……我们已听说，折磨敌人者啊！毁弃宗法的人，注定住进地狱。"（《摩诃婆罗多》3. 23. 39—44）在这里，明显反映出，地狱是罪恶

---

① ［印］毗耶婆：《摩诃婆罗多》第 2 卷，黄宝生等译，中国社会科学出版社 2005 年版，211—216 页。

之人受惩罚的地方。

　　从蒙古族史诗与印度史诗对三界的描写可以看到，首先，远古人类的宗教感情与人的宇宙空间观是密切相关的。在整个世界对于初民来说充满神秘感的神话时代，天在宇宙的形成和发展过程中占有极其重要的地位，它昭示着美和秩序，因此是比一切阴府力量之崇拜更高级的崇拜对象。人们对变幻莫测又高高在上的天空充满惊奇与敬畏。因此，每一个民族的神话中都有一位"天神"。蒙古族神话中的长生天所在的天界，有99位"腾格里"，为首的是"永恒的长生天"，他们具有至高无上的地位，同时也左右着中界生活的人与恶魔的命运，如无论是江格尔和格斯尔的降生都是天神为降妖除魔而来到人间。印度史诗中的毗湿奴神亦如是，《罗摩衍那》中的罗摩四兄弟是毗湿奴神的分身，《摩诃婆罗多》中的黑天也是毗湿奴神的化身。毗湿奴的化身下凡是要完成他的使命，使命完成之后，还会返回天国，即返回自身。

　　其次，两个民族史诗中描写的三界又都是相通的。

　　两个民族的史诗中都描写了天神可以随时来到地上，参与人间的活动，而且神可以在三界中自由往来，人、魔也可以在中界和下界之间穿梭。例如，江格尔和格斯尔是天神的化身，他们来到人间就是要降妖除魔，行正义之举。江格尔遇难之时，仙女姐姐会下凡帮助他脱离险境。蒙古族史诗描写到生活在下界的魔来到人间兴风作浪；而人可入地狱，再返回人间，如江格尔到地狱解救洪古尔，又从地狱返回人间，由此可见，地界与下界是相连通的。《摩诃婆罗多》所表现的世界里有地、空、天三界，天、地、人、神四域，全部是一气贯通，因果相连的。当阿修罗肆虐人间，众生身陷苦难之时，大神往往采取化身下凡的方法，消灭阿修罗，拯救众生。《摩诃婆罗多》中写到大神毗湿奴曾向摩根德耶仙人显身，告诉他说："什么时候正法衰微，非法猖獗，优秀者啊！我就创造自己。提迭热衷杀生，而优秀的天神消灭不了他们。一旦他们和凶恶的罗刹在这世上横行，我就诞生在善人家里，采取人的形体，平息一切。"（《摩诃婆罗多》3.187.26—28）黑天也对阿周那说过类似的话："一旦正法衰微，非法滋生蔓延，婆罗多子孙啊！我就创造自己。为了保护善人，为了铲除恶人，为了维持正法，我一次次降生。"（6.27.7—8）毗湿奴化身下凡的传说在印度两大史诗中多次出现，在《摩诃婆罗多》中，黑天本身就是毗湿奴的化身，另外，史诗中还提到毗湿奴神化身为罗摩、野猪、侏儒和人狮等。《罗摩衍那》中毗湿奴神为了消灭罗波那而将自己一分为四，投生到十车王的家里，十车王的三个王后所生的罗摩、婆罗多、罗什曼那和设睹卢祇那，便是毗湿奴神的化身。就是说，印度史诗中虽有天界与地界之分，天国位于高耸入云的弥卢山上，阿修罗则住在地下或海域，但史诗中的天、空、地三界是贯通的，天神们可以在此期间穿梭往来，不受阻隔，化身下凡的天神，完成使命后还可返回天国；另一些因受诅咒而下凡，化身为人或动物的天神、天女，咒期结束后也会重返天国。在两个民族的史诗中，无论是人，或是神，能够往返天界或地界，就说明其观念中的三界是相通相连的，是一个整体。大史诗中，人、动物与天神、半人半神、仙人、夜叉、阿修罗等一起出场，展示出一种浩大的气魄。

从三界的描写，不难发现蒙古族史诗深受萨满教影响。总体来说，三界相对较为模糊，并且可以相通，这符合原始宗教的认识。万物有灵但神灵同样有情欲和缺陷，并非高高在上不可逾越。"在人类思想发展的这一阶段，世界被视为一个伟大平等的社会，所有的人，无论自然或超自然的，都被认为处于相当平等的地位。"① 并且由于没有社会伦理道德的影响，上界与下界并不与现世的生活直接相关，从而不对人进行约束和引导。但蒙古族史诗在发展的过程中，由于受佛教的影响，地狱和天国变成了对人生的终极审判。地狱观随着佛教引入也逐渐影响了蒙古人的世界观，但萨满教的三界观以及蒙古原始神话的色彩还是很大程度上影响了史诗的面貌。而印度两大史诗在婆罗门教的影响下，由达摩支配一切，无论是在天界还是地界，追求达摩的天神统领一切，而破坏达摩的阿修罗则会战败，危害众生，被打入地狱，足见印度史诗中宗教所占的至高无上的地位。

另外，值得注意的是萨满天神形象的丰富性在史诗中的反映，萨满

---

① ［英］詹姆斯·乔治·弗雷泽：《金枝》，徐育新等译，大众文艺出版社 2009 年版，第 87 页。

天神虽然有善恶对立之分，但先民对天神既崇拜又畏惧，因为惹怒了任何天神都会招致灾祸，可见，无论善神还是恶神都有其复杂的一面。再如，有很多原始民族都有"惩罚神偶"的习俗，所以先民与原始宗教神的关系可以说是对立统一的。蒙古民间文学中英雄与天神争斗是一个古老的母题，在英雄史诗中也常常出现此类情景，其中有的天神在与人交战过程中，会受到攻击甚至受伤，这显然是萨满教观念影响的结果，因为这里的天神并非具有绝对超越凡人的力量，像《伊利亚特》中的战神就被希腊大将刺得嗷嗷大叫。蒙古族史诗《汗哈冉贵》中的天神时常如蟒古斯般掠劫人民牲畜，甚至还劫掠蟒古斯军队。为保护人民财产，史诗英雄与天神大战，天神派出了雷神、勇士，但最终天神未能得逞，英雄取得胜利。这样的故事只能来源于原始宗教的精神世界当中。

第三节　蒙古族史诗与印度史诗自然崇拜意识

自然崇拜是最原始的宗教，它是人类在有限的生产水平下面对强悍的自然，不由自主地把自然力和自然物神化的结果。原始人类对捉摸不定的自然力产生了种种幻想，幻想的结果，就是把各种自然现象人格化、社会化，于是就产生了各种自然界的精灵、魔力、神等表象。原始宗教大致有几种主要形式：大自然崇拜、动物崇拜、鬼魂崇拜、祖先崇拜、图腾崇拜、灵物崇拜、偶像崇拜等。蒙古族史诗与印度两大史诗均产生在原始思维状态下，都具有原始宗教的意识，史诗中出现了大量的对自然力和自然现象的直接崇拜现象。

一　蒙古族史诗对天、山神、火、马的崇拜

原始人的思维中，通常是把生活中接触最为频繁、对自己影响最为深刻的自然物奉为神灵。天空对于原始人无疑是最为神秘不可知又强悍不可控的，电闪雷鸣、风霜雨雪直接影响甚至可以摧毁人们的生活。而个人的生老病死、稚弱无力使得人不免对不灭的天心生敬畏。古代蒙古人认识到天是一种永恒的存在，并能看到人的一切行为和意图，人什么时候都不能逃脱天的审判。在《蒙古秘史》和《史集》中记载，成吉思

汗曾多次虔诚地跪倒在尘埃上，向青天顶礼膜拜。每当他脱离险境时，总相信是长生天保佑，而史料里各位蒙古大汗写给别国的信件都以"凭借长生天力量"为开头。蒙古人的长生天崇拜分为两层，一层为对自然天的崇拜，另一层是指天神"腾格里"。史诗中的天崇拜多表现为天神崇拜，天神居于上界，在英雄需要的时候可以帮助英雄化解危难，对人们的幸福灾祸具有主宰功能。如格斯尔汗便是天神霍尔穆斯塔腾格里的儿子，以此来表达自己的神圣出身和天赋异禀。

山神崇拜是萨满教的重要内容之一。山神的形象也丰富多彩，在意大利学者图齐和德国学者海西希的著作里，就有多种山神的形象，包括人形、动物形等。山神信仰也常常和天神信仰联系在一起，在萨满教的宇宙观中，联系天地的"宇宙中心最重要的意向是山"，萨满教中称为"宇宙山"或"世界山"。蒙古先民相信神都是可交流对话的，而山神尤其喜欢听史诗讲唱。有些地方史诗艺人讲唱之前会先唱一段《阿尔泰颂》来赞颂山神，巴亦特史诗艺人谈道："所谓史诗，无非就是唱诵山神还在人间的时候建立的伟大功绩。因此，演唱史诗的时候聚集的不仅是人，而且还有诸山神。"[①] 而如果取悦了山神，就会使狩猎获得丰收，如在蒙古国和中国卫拉特蒙古人生活区域广泛流传的关于蒙古族史诗的神话《两个猎人》，就说明了史诗演唱时会有山神在场。传说如下：

> 从前，两位猎人一起打猎，其中一位是一个萨满，两人已经很久没有收获了。一天晚上，萨满猎人对他的伙伴说："今晚你好好赞美一下阿尔泰山吧！那样山神就会高兴，说不定会给我们猎物呢。"晚上猎人以优美的语言和动听的歌声唱起了阿尔泰山赞歌，另一位萨满则在旁边观察。猎人的赞歌打动了阿尔泰山所有的神灵，那些神灵都长着各种动物的模样。他们一齐涌向唱赞歌的猎人身上，有的爬到了头上，有的坐在肩膀、胳臂、腿上，有的贴在后背上、胸脯上，有的甚至爬到鼻梁上，总之在猎人全身上下挤满了阿尔泰山的各种神灵。他们并不喧闹，而是聚精会神地听着阿尔泰赞歌。这

---

① 斯钦巴图：《蒙古族史诗从程式到隐喻》，民族出版社 2006 年版，第 217 页。

时，来了一位拄着拐杖的瘸腿老妇人，由于迟到，猎人身上已经没有地方可坐，于是她干脆往猎人的嘴上爬，爬着爬着，一不小心滑落下来。但当她滑落的瞬间，唱着歌的猎人的嘴发出了异样但是却美妙的声音。坐在一旁的萨满把这一切都看在眼里，禁不住笑了。这一笑惹火了唱歌的同伴，伙伴说这山上只有你我两个人，你为什么要笑我，于是中止了演唱。这样一来阿尔泰山神灵也吵了起来，其中一位责怪瘸腿妇人："好好的一部赞美诗被你打断了，你等着，明天要把属于你的那头长疥疮的鹿送给这两位猎人。"第二天，猎人果然猎到了一只脊梁上长着疥疮的公鹿。①

　　这个传说广泛流传于蒙古国和卫拉特地区并产生了多个版本的变体。这个传说充分说明了山神对史诗的喜好，并且可以参与其中，之后给猎人以猎物作为报酬，表达了蒙古人对山神的崇拜。

　　火在不同国度和不同文化中具有不同的意义内涵。弗雷泽的《金枝》中就提到，在欧洲的一些部落中，节日的时候，要烧死人和动物，他们选用火的原因就是，在他们看来火具有净化的能力，消除邪恶，铲除祸端最有效、最可靠的方式就是火烧。萨满教同样崇拜火，认为火具有净化功能，如在蒙古族法典《大扎撒》中规定禁止向火中小便、禁止从火上跨越。民间谚语也提道"地是生命之源，火是生活之源"。史诗中常见的程式是英雄战胜蟒古斯后焚烧它的尸体，如在史诗《勇士谷诺干》当中，英雄战胜蟒古斯后"随手点起了一堆野火，/把魔鬼尸首烧成灰烬"。在《大无畏的楚伦勇士》中"金色的太阳在草原上升起，/驱散了令人窒息的阴暗妖气。/楚伦勇士燃起了熊熊大火，/把魔窟烧成了一片瓦砾"②。

　　先民认为火具有净化驱邪的功能，所以焚烧蟒古斯的尸体洞窟可以镇妖平魔。在《洪古尔的儿子和顺降伏那仁达来汗的儿子古南—哈日—

----

① ［蒙古］图雅巴特尔：《阿尔泰乌梁海史诗及其渊源、特征》，转引自斯钦巴图《蒙古史诗从程式到隐喻》，民族出版社 2006 年版，第 218 页。

② 胡尔查：《胡尔查译文集》第一卷，远方出版社 2009 年版，第 350、471 页。

苏能开之部》中，洪古尔杀死那仁达来汗的儿子古南—哈日—苏能开之前，问了它临死前的三大遗憾，然后将它砍成两段，把四肢和头颅装进了它的胸腔里，挖了一口99尺深的洞，将其尸体扔到洞中。但由于他没有把它的尸体焚烧而仅仅是用巨石镇压，结果苏能开复活了，给宝木巴国造成了很大的威胁。最后由洪古尔的儿子除掉了它，并碎尸万段，付之一炬，这才彻底清除了恶魔。"《江格尔》的勇士们杀死敌人或蟒古斯之后都把它们焚烧，用剑打火是自古以来的传统，用火驱逐敌人或蟒古斯，这是萨满教的习俗。"①

　　马在古代以游牧为主要生存方式的蒙古民族生活中具有极其重要的意义和价值，扮演着重要的角色，担当着重要的职责，因此，蒙古民族对马有着深厚的情感。怀着崇拜之情，他们甚至将马"神化"，使其成为神马。史诗《江格尔》中，讲唱者们将马看作神仙，他们用敌人的神射手的话赞美阿兰扎尔骏马和洪古尔道："第一箭我瞄准洪古尔的心脏，/我那箭猛如霹雳迅如闪电。/阿兰扎尔猛然卧倒，/我的箭掠过洪古尔头顶飞向蓝天。/我痛恨阿兰扎尔的机敏，/又向他发了第二箭。/顿时，那马越蹄腾空，/我那神箭呵，我那神箭，/却射入它蹄下的泥土中。//它不是牲畜，/它是稀世珍宝，/它的主人不是血肉凡人，他是天神。"可见，《江格尔》中勇士的骏马，不仅具有马的属性，而且具有人的性格和神的本领。英雄的马不但外形漂亮，还能力非凡，它们能跨过大海，飞过高山，能上天入地，而且在关键时刻还能运用智慧为主人出谋划策，在英雄意志消沉时，鼓舞他们的斗志，如洪古尔与图赫布斯战斗时，铁青马跑来鼓舞主人的勇气："残酷的战斗中，/你是江格尔的盾甲；/艰难的旅途中，/你是江格尔的战马。//你年方十八，/为娶亲来到他乡，/怎能忍受被人打败的耻辱？"② 之后它还为主人出主意，使洪古尔最终战胜了情敌图赫布斯。正如满都夫在《蒙古族美学史》里所说，"在蒙古族古代英雄史诗中，神马既是人化的马，亦是神化的马；既有英雄的个性本质及其性格，亦有超自然和人的本质力量；既有人的意识，又会说人的

---

① 贺西格陶克陶：《〈江格尔〉与宗教》，《蒙古语言文学》1984年第1期。

② 色道尔吉译：《江格尔》，人民文学出版社1983年版，第499—500、130页。

语言。这是蒙古族古代萨满世界观在马这一自然对象上的艺术显现"①。

《江格尔》描写人物时所用的比喻也可见其崇拜自然的萨满教心理。例如《黑那斯全军覆灭记》中这样描写江格尔："从背后看江格尔／高大魁梧，／就像一棵巨大的如意神树；／从前面端详江格尔，／勇猛威武，／就像高山上腾跃的雄狮猛虎。／／江格尔宽阔的脊背上，／荷重的骆驼可以自由奔跑。／二十个美女并在他的背后／给他梳理光泽的发辫。／……两撇乌黑的胡须，／像雕鹰张开的翅膀。／深邃明亮的眼睛，／像攫取猎物的鹰隼的目光。／／江格尔的双肩有七十庹宽，／孕育着三十三尊天神的力量……他的巨背和十指的每个关节上，／都潜藏着雄狮、猛虎和大象的力量。"② 这段描写在形容英雄的身体、力气、胆量、神威等方面，用了诸如树、雄狮、猛虎、月亮、鹰隼、大象等做比喻，而这些喻体都是萨满教崇拜的神物，是萨满教的神灵。显然，这里暗示着英雄江格尔与萨满神灵之间的特殊关系。

二　印度史诗对万物、火的崇拜

古代印度雅利安人的原始自然宗教中，自然万物皆是神。《梨俱吠陀》把自然界分为三界：天界有日月星辰，空界有风雨雷电，地界有山河草木神。麦克斯·缪勒在《宗教的起源和发展》一书中，解析印度的《吠陀》时说："我们已经看到印度古代雅利安人或《吠陀》诗人是如何面对树木、山岭、河流、黎明和太阳、火、狂风、暴雨和惊雷中的不可见、不得知的无限。他们认为它们全都有一个内在物，此物我们可以称之为神力。"③ 例如，恒河是女神，喜马拉雅山是雪山女神，有火神、雷电神以及数不清的动物植物和各种实物之神。A. L. 巴沙姆也讲道，"据说印度教徒接受多神论、泛神论、一神论，并且信仰精灵、英雄和祖先……对树木、动物和河流的崇拜……吠陀雅利安人构想出的高级神，

---

① 满都夫：《蒙古族美学史》，辽宁民族出版社 2000 年版，第 150 页。

② 色道尔吉译：《江格尔》，人民文学出版社 1983 年版，第 295—297 页。

③ ［英］麦克斯·缪勒：《宗教的起源和发展》，金泽译，上海人民出版社 2010 年版，第 142 页。

如天神和地神、太阳神和火神"①。这就可以看出，印度的祖先秉承着原始的思维方式，崇拜着他们能够感受到的自然万物。

《摩诃婆罗多·初篇》"宝沙篇"中描写优腾迦的耳环被蛇王拿走后，他跟着蛇王进了地洞，为了得到耳环，他用诗歌赞颂蛇王，可是仍然得不到耳环，这时他看见两个女人在织布机上织一块布。织布机上有黑的线和白的线，他又看见六个童子在转一个轮子，他又看见一个俊美的男人，他用这些歌颂赞美这一切：

"此轮永恒不息常回转，／中有三百又加六十分，／且有二十又四分关节，／六名童子推动甚殷勤。／／此一包罗万象织布机，／二位少女织布永不息，／黑线白线来回常转动，／一切众生世界共推移。／／手持雷杵，保护全世界，／杀弗栗多，又斩那牟吉，／英武天神，身披黝黑衣，／在此世间分别真伪理；／／大海深处曾获一神马，／实是火神，充当神坐骑，／世界之主，三界之主宰，／因陀罗神，我将永顶礼。"（1.3.150—153）优腾迦的师父告诉他：那两个女人是陀多和毗陀多（维持者和创造者）；那黑线和白线是黑夜和白昼；六个童子推动着有十二个辐的轮子是六季和年；那个人是雨神；那匹马是火神；骑牛的人是天神因陀罗。这段赞美诗具有象征意义，表明史诗对自然物的崇拜，金克木先生剖析道："用象征方式说了年、月、日、季以及星辰、日、月、火，还有雨、牛、马等，其中含有对自然界的惊异和了解自然规律的欢乐。这里对所谓天神的歌颂和对所谓蛇王的歌颂一样，只是对超人的自然力和社会力量的幻想反映。"②

火神阿耆尼因火在人们生活中的重要作用，而为人所崇拜。在吠陀中，火是祭祀不可或缺的东西，它不仅是连接人与神的重要媒介，而且能给人带来福祉的光：介手于阿耆尼，人能得到财富，实在而丰饶，日复一日的充满。《梨俱吠陀》中，专门有诗歌赞美火神，印度教有崇火的习俗。火葬是印度教的重要仪式，不论任何身份的人，都以能得到火葬为荣。火葬后将骨灰抛撒入河，灵魂便可以摆脱肉体束缚，进入永恒的

---

①　［印］A. L. 巴沙姆主编：《印度文化史》，闵光沛等译，商务印书馆1997年版，第97页。

②　金克木：《印度大史诗〈摩诃婆罗多〉的楔子剖析》，《外国文学研究》1979年第3期。

神的领域。《罗摩衍那》中，十车王和魔王罗波那采用的都是火葬。印度民族对火有种奇特的情愫。"有很多印度人认为，活人是由于灵魂寄居在躯体之间才活着，当灵魂一旦离开躯体，人就死亡。尸体被烧，化为灰烬，但灵魂永存。"① 而关于蒙古族拜火的习俗也有学者讨论是来自异文化，但笔者认为拜火是各民族早期信仰的自然选择。

总之，产生于神话时代的英雄史诗，对自然的崇拜自在情理之中，蒙古族史诗与印度史诗的这一表现足以证明远古时代的人类具有大致相同的宗教观。

第四节　史诗人物的宗教文化色彩

两个民族的宗教文化思想，必然在史诗人物身上打上印记。就史诗人物的宗教意识而言，分别体现了不同民族的宗教文化因素，蒙古族史诗人物更多地表现出了萨满性，而印度史诗的人物则反映了婆罗门教的更多特点，其中对"正法"的追求尤为突出。

一　蒙古族史诗人物的萨满属性

萨满是沟通天神与人的媒介，在请神仪式中萨满常会被神灵附身，失去人格，陷入迷狂，英文"Ecstasy"可表示萨满的这种出神状态。萨满是整个萨满活动的组织者，要完成设坛、请神、献祭、祷告、送神仪式，此外在蒙古社会中萨满还要承担治病驱邪等工作。"所谓萨满者，即沟通人神之间的使者，亦即萨满既能吁请各种神的灵附在自己身上，同时自己的灵魂也可以离开肉体达到鬼神的世界。"② 《多桑蒙古史》简短地概括了萨满及其各种功能，"珊蛮者，其幼稚宗教之教师也，兼幻人，解梦人，卜人，星者，医师于一身，此辈自以各有其亲狎之神灵，告彼以现在过去未来之秘密。击鼓诵咒，逐渐激昂，以至迷惘，及神灵之附

---

① 王树英：《印度文化与民俗》，中国社会科学出版社 2007 年版，第 119—120 页。
② 荣苏赫、赵永铣：《蒙古族文学史》第一卷，内蒙古人民出版社 2000 年版，第 78 页。

身也，则舞跃瞑眩，妄言吉凶，人生大事皆询此辈巫师，信之甚切"[①]。上述引文表现了萨满的"卜人"功能及人们那种"人生大事皆询此辈巫师"现象。蒙古族史诗中，无论是英雄，还是女人，抑或是蟒古斯身上都带有某些萨满的属性。

（一）英雄的神异品质

法伊特学者在研究"勇士"这个概念的"局部"含义时，通过整合归纳列举了蒙古阶级社会叙事文学主人公的如下特征：

> 天生有神奇本领；生活在幸福生活受到外敌破坏时期；肩负着对家人的责任；未来的冒险经历在预言、占卜或梦兆中得到预示；勇敢少谋诚实，诡计和魔法往往出自他的骏马；他的勇敢是为了恢复被破坏了的秩序。[②]

这些典型特征里写到了英雄的神异能力，其中充满预兆和占卜，并且英雄的骏马会使用魔法诡计，都是萨满教中常见的现象。蒙古族史诗英雄几乎全部都天赋异秉，并具有一切战胜妖魔的有利因素，他从降生开始所显示出的力量使其迎战蟒古斯并战胜蟒古斯具有必然性。英雄们半神的品质就如同萨满一般，是人与神的中介，是天神选出的人间代表。

首先，英雄们常常神奇地降生。著名蒙古学家海西希把主人公的出身划分为三种形式："正常"出生于人类父母、出生于石头、天神所生。第一类所谓"正常"出生，也往往是一对年迈无子的夫妻真诚祷告后所生，英雄一出生就有"金胸银臀"或者是脐带坚韧只能用燧石割断类似的描述。随后英雄们神速长大是史诗共有的母题，如江格尔两岁时故乡被恶魔洗劫，随后从三岁开始他征伐妖魔，神力逐年递增，到七岁时便已声名远扬建立宝木巴王国。英雄们在征讨蟒古斯时往往有神的帮助，许多学者都指出了骏马的神化意义和英雄之间的特殊关系。英雄的骏马

---

① ［瑞典］多桑：《多桑蒙古史》，冯承钧译，中华书局1962年版，第30页。

② ［俄］谢·尤·涅克留朵夫：《蒙古人民的英雄史诗》，徐汉昌等译，内蒙古大学出版社1991年版，第110页。

常常口吐人言，细致谨慎常挽救英雄于危难之中，骏马自己会法术甚至可以飞入天界寻求神的帮助。英雄自己也会法术可以变形，一个常见的母题就是英雄变成秃头小儿，骏马也变成匹毛色很差的小癞马。除此之外，英雄也常会受到三姐妹型仙女或其他神灵的帮助，英雄死亡后也可以神奇地起死回生。这种种迹象都体现了英雄异于常人的超自然品质，虽然蒙古族史诗作为口传活态史诗一直在伴随蒙古社会发展，晚期史诗中的英雄的人性增强，但浓郁的神话色彩始终是英雄的最突出品质，并没有随着社会需求而显著改变，这点无疑是较为特别并应该寻求合理解释，与蒙古族史诗的萨满起源和对生活起实际意义的巫术功用有着密切的关系。"史诗中的英雄都是介于神和人之间的形象，英雄的故乡也是人间天堂，人战胜自然，正义战胜邪恶。"① 英雄的这种神异品质从某种程度上使英雄个人的努力和作为伟大的人的品质遭到弱化。但这种神异性是其战胜蟒古斯的有力保障，一个半神的形象对蒙古民众来说也无疑是更大的慰藉。

（二）多头多魂的蟒古斯

蒙古族萨满教认为，人有三种灵魂：一是永久生存的灵魂，不会因为肉体死亡而灭亡，萨满教里的祖灵崇拜也是由此而来，相信可以福泽后代；二是临时灵魂，这种灵魂可以附身可以离体；三是投胎转生灵魂，这种灵魂观在史诗中广泛存在。史诗中的蟒古斯往往是一个相貌狰狞，性情残暴的多头魔怪，是英雄和蒙古民族永远的敌人。在描写蟒古斯时最常用的就是蟒古斯有多个灵魂，并且可以将这些灵魂寄存在体外，这是萨满教典型的灵魂观。如在史诗《智勇的王子喜热图》中英雄将蟒古斯的灵魂一一击破。"王子离开了魔窟，／赶到了南山。／魔鬼的第一个魂灵——骆驼大的蜘蛛精，跳得天一般高，／向王子扑来——伸展铁爪。／王子取下钢弓，／拉得像'碌碡'一般圆，／瞄准蜘蛛射去，／飞箭射进了蜘蛛的心间。／王子调马奔向西南，去消灭魔鬼的第二个魂灵。／魔鬼的第二个魂灵黑公山羊精，／低头向王子冲来。"②

---

① 荣苏赫、赵永铣：《蒙古族文学史》第一卷，内蒙古人民出版社 2000 年版，第 135 页。
② 胡尔查：《胡尔查译文集》第一卷，远方出版社 2009 年版，第 370 页。

史诗中蟒古斯通常有许多脑袋许多灵魂，想要铲除蟒古斯必须将这些灵魂全部杀死。同样英雄也可以将灵魂寄存体外并采用法术，如蟒古斯的灵魂变成蛇，英雄可以将自己的灵魂变作飞鸟将蟒古斯抓获。英雄寻找妖魔的灵魂并将其毁坏的母题是众多蒙古英雄史诗所共同拥有的。破坏灵魂这一母题与北亚、西伯利亚等诸多萨满教信仰下的民族对灵魂抱有的观念密切相关，认为人的灵魂可以脱离人的肉体四处流浪，梦和疾病都是由灵魂的行动所造成的。萨满的根本任务就是在于让四处游荡的灵魂返回肉体内，当灵魂被恶灵捉住时，萨满就会与恶灵进行激烈的战斗。

（三）女萨满式的史诗女性

史诗中的女性也通常有萨满的特征。蒙古族将男萨满称作"博"，将女萨满称作"伊都干"。世界各民族原始文化当中女性常常更具备通灵的能力，一方面由于母系社会中最初由女性来担当萨满和氏族首领；另一方面女性具有生育能力，并且月经代表着某种更新与不朽，所以对于先民来说女性更具有神力。史诗中英雄的夫人通常可以占卜，一个常见的程式就是"能知过去九十九年的往事，能预知未来九十九年的吉凶"。史诗中很多蟒古斯的进犯都是在宴会之中由英雄夫人预感到，并及时提醒英雄，如江格尔的阿盖夫人，毛岱赛汗的阿拜格尔勒夫人。当江格尔与众将领高枕无忧，豪饮之时，天神之女阿拜格尔勒有不祥的预感，预感到有敌人正在向这里进发。她指责江格尔道："你终日摆宴欢乐，／摆得马镫的耳环都已生锈，／你还感到不满足吗？／你整天聚会行乐，／聚得你自己都已老态龙钟，／你还感到不称心吗？／看来要发生可怕的动乱，／国家要遇到不寻常的麻烦。"[1] 在预言之后，果然敌军进犯。但英雄们常常忽略女性的警告甚至妄加斥责，而最终女性的占卜预言一一实现，英雄们置预言警告于不顾，最终往往受到惩罚。这些女预言家的身上都可以看出女萨满的鲜明印记。

此外，史诗中常常有仙女出现，可以施展法术帮助英雄渡过危难，

---

[1]　黑勒、丁师浩译：《〈江格尔〉汉文全译本》第 1 册，新疆人民出版社 1993 年版，第 464 页。

可以在英雄伤病时进行治疗。《格斯尔》中，英雄格斯尔遇难，三位仙女化作三只鸟飞来使格斯尔转危为安。卫拉特英雄传说《阿勒吞江莫尔根》中英雄被害，他的六个姐妹变成鸟飞来使英雄死而复生。总之，史诗中的女性变成鸟飞来帮助英雄这一母题极为常见。鸟类也多是萨满的化身，先民相信鸟来自天界，萨满如同鸟一样可以连接人与天界。此外英雄起死回生时多由女性施展法术，例如让女性从英雄的身上跨过，由于女性具有生育能力，从英雄身上跨过象征进入母体得到新生。史诗中江格尔之父乌仲阿尔德尔汗陷入昏厥，车琴仙女和阿荣查干仙女迅速赶来，用史诗中常见的神奇药膏"乌音"白药使其死而复生。六岁的江格尔因偷马，被阿拉坦策吉的毒箭射中而昏死过去，在同龄伙伴洪古尔的请求下，洪古尔的母亲姗丹格日勒夫人取下发簪，轻轻敲几下，又在江格尔身边走三步，江格尔身上的毒箭便神奇地退了出来。英雄洪古尔在战场上身中敌人毒箭身亡，他的妻子珠拉赞丹拿出仙药使他重获生命。史诗大致这样记载：珠拉赞丹公主拿起药给洪古尔涂抹，刚开始他的腿动了一下，过了一会儿他的两只手也动了一下，八支有毒的翎箭也从洪古尔身上掉了下来，这时跑来三营人马，拖走了那八支毒箭，此时洪古尔复活了。《江格尔》中多次出现英雄死亡的情节，而英雄的未婚妻、妻子或者母亲常常使他们死而复生。

总之，蒙古族史诗中无论是英雄、蟒古斯还是女性人物，其身上或多或少体现着萨满教的特点，可见，蒙古族史诗不但在其形成时深受萨满教的影响，而且在其传播讲唱过程中，讲唱者和蒙古听众对萨满文化依然表现出浓厚的兴趣。

二　印度史诗人物对"正法"的执着追求

所谓"正法"，也有译作"达摩"，但一般认为译为"正法"更接近原义。对正法的解释虽各有不同，就不同时代的学者普遍的观点而言，正法具有秩序、责任、正义、法规等含义，同时，正法也有宗教信仰之意，金克木先生在《梵语文学史》中说："大史诗里的正法思想后来随着社会发展而改变了……适应奴隶社会的正法观念转而结合了宗教，到后来（以至现在）正法这个词的含义便被解说为宗教，严格服从宗教的规定便是正法。"① 刘安武先生也认为："今天，所谓正法或达摩，的确已经转化为宗教或教义了。"② 因此，我们认为，印度史诗人物对正法的追求，其实就是他们对婆罗门教信仰的体现，而史诗在传播过程中，印度人对具有正法思想的史诗人物的崇敬，也反映出了人们生存在具有浓郁的印度宗教文化背景之下，所以才以遵行正法而行事的英雄为偶像。

（一）《罗摩衍那》中人物对正法的追求

《罗摩衍那》中最触动人的地方就是：对承诺的履行，对信仰的坚守，在追求中磨炼自我，最终达到梵我合一。

罗摩是十车王的长子，英武超凡。就在十车王决定为罗摩举行灌顶礼、立他为太子的前几天，十车王的皇妃吉迦伊利用国王曾钦赐她两个恩惠来要挟十车王，她要求十车王改立他的儿子婆罗多为太子，十车王恳求吉迦伊，但是却无力改变。于是，因为一个诺言，十车王心痛地为儿子婆罗多举行了灌顶礼。为了体谅父亲的苦衷，不让父亲的许诺落空，罗摩决定离开都城，甘愿去过被放逐的苦难时日。而同时，十车王的行为也反映了婆罗门教所要求人们的诚实守信。后来，悉多与罗什曼那一同追随罗摩。他们用森林里的苦行代替了王宫里的优越生活，他们体谅一个父亲的难处，用自我的牺牲换来了父亲承诺的兑现。

史诗中的人物有一个共同的信仰，那就是达摩，即正法。在梵天这个大标准下，他们严格要求自己，尽管生活似乎有了一定的限制，但是他们却因为这份信仰，因为这份坚守而自得其乐。罗摩作为十车王的儿子，他需要更多的付出。于是，他以一个儿子的标准来要求自己，选择到森林中流放，虽然流放很苦，但是他觉得那是在与至高无上的神灵相通，在那里，他能找到信仰的至高境界。作为罗摩妻子的悉多，没有选择安逸生活留在皇宫，而是选择了追随，她想在任何地方都充当那个分担丈夫忧愁和欢乐的角色，而且，父母的教诲以及行动的要求，都需要她在这个时候体现妇女的忠贞和美德，她只想默默陪在丈夫身边，最重要的是她信任自己的丈夫，她认为这个神勇的男人可以保护森林

---

① 金克木：《梵语文学史》，人民文学出版社 1964 年版，第 123 页。

② 刘安武：《印度两大史诗研究》，北京大学出版社 2001 年版，第 135 页。

里的万物，当然还有她。罗摩心疼自己的妻子，想说服她不要去净修林里受苦，而是守在家中侍奉双亲，悉多的坚持，让他决定带着她一起流放，即使再苦再难，他们始终可以相守。作为弟弟的罗什曼那，他以哥哥为榜样，他信仰那份兄弟情谊，哥哥即将流放的时候，他毅然地选择了追随哥哥，在哥哥最难的时候，他陪在哥哥身边，和他风雨与共。

《森林篇》中，人物活动的舞台从城市转移到森林，人与魔鬼的斗争是这一阶段的主线，从现实世界转入了神话世界。罗摩等三人进入弹宅迦林，那些仙人们在林中以吃根茎、野果为生，身穿树皮衣，他们精通吠陀，实际上他们是在以一种行苦行的方式修行达摩。在净修林的生活中，罗摩帮很多仙人除掉了罗刹，这实际也是一种历练，一种积善除恶的表现。他遵从达摩，并苦行达摩，他与罗什曼那以及悉多，都在这个过程中不断提升和历练了自己。他们在森林里不同的净修林中苦行十四年，很多净修林中风景很美，他们也被这些美景所感染，虽然流放中时刻充满了艰难险阻，但他们却用行动在追随达摩。

（二）《摩诃婆罗多》中人物对正法的坚守

《摩诃婆罗多》反映的时代正法衰微，所以阿修罗纷纷转生到人间，在人间兴风作浪。为了铲除罗刹，天神也纷纷下凡通过化身投生。经过天神与妖魔，人与妖魔，人与人之间的漫长斗争，人间恢复了被破坏的社会秩序，重建了正法。《摩诃婆罗多》在这种时代背景下承担了这样的任务，即起了宗教经典的教化作用，它不是通过枯燥无味的说教，而是通过艺术化了的人物形象生动地表现出来的，如黑天代表天神下凡救世恢复正法，而坚战是人间所崇尚的正法的守护者。印度学者契特也认为："《摩诃婆罗多》的核心思想就是达摩（正法）的最终胜利。"[①] 所以《摩诃婆罗多》是当之无愧的婆罗门教的推行教化经典，甚至被称为"第五吠陀经"，因此，我们认为这部史诗中的人物已经是在信仰的层面上执着于"正法"，特别是黑天、坚战、维杜罗等人身上体现了坚定的"正法"

① ［印］G. K. 契特：《中印学者畅谈中印合作与发展前景》，郁龙余译，《南亚研究》2006年第1期。

精神，可谓是正法精神之代表。

首先，从身世来讲，坚战、维度罗、黑天都与正法有关。

坚战和维度罗的身世与正法之神关系密切。维度罗是执法的正法之王阎王投生人间，而坚战也是其母亲贡蒂用咒语召请正法之王与其所生的儿子，这位正法之神即为梵天大神的也被称为正法之王的一个儿子。黑天是大神毗湿奴的化身，在史诗时代崇拜的三大神即梵天、毗湿奴、湿婆之中，毗湿奴主要的职责就是维护人间"正法"，在对自己职责的态度上，毗湿奴神积极投入，异常繁忙，它常常化身到人间，来维护遭到破坏的正法。

其次，在行动上，坚战、维度罗、黑天处处践行正法。

坚战作为《摩诃婆罗多》的中心人物，史诗的作者以较多笔墨描述了其对正法的坚守。流放的岁月里，一天黄昏时分，在林中忍受忧伤和痛苦的般度五公子和黑公主一起闲谈，展开了关于"正法"的争论。黑公主不能忘记自己在丈夫坚战赌输时受到的侮辱，她认为：灵魂邪恶、凶狠残酷的持国之子，对坚战这样恪守正法的好人做出如此伤天害理的事，逼得坚战兄弟及黑公主身穿兽皮，流放森林，却毫无歉疚之意，自己的心实难平静。可是坚战却毫无愤怒之意，那也就是说，他的心中毫无痛苦。黑公主说："俗话说，世上没有不发怒的刹帝利，而今天我在你这位刹帝利身上看到不是这样。普利塔之子啊！一个刹帝利在必要的时候不显示威力，一切众生就会永远鄙视他。所以，你对敌人无论如何不能忍让。"（《摩诃婆罗多》3.28.34—36）黑公主表达了她对宽容和愤怒的看法：愤怒不总是不好的，而宽容也不是完全都对，而坚战却完全肯定宽容，否定愤怒。

坚战认为：愤怒可以使人毁灭，世上的好人都赞成克制愤怒，行为正常的人应该摒弃愤怒。如果人世间没有像大地一样的宽容者，人类就不能共处，因为愤怒是争斗的根源。坚战引用灵魂高尚而宽容大度的迦叶波仙人吟诵的对宽容的见解表达自己的想法："宽容是正法，宽容是祭祀，宽容是吠陀，宽容是所闻。懂得这种宽容的人，他能容忍一切。宽容是梵，宽容是真，宽容是过去，宽容是未来，宽容是苦行，宽容是纯洁，这个世界由宽容支撑。"（《摩诃婆罗多》3.30.36—37）他告诉黑公主，"像这样含有梵、真理、祭祀和世界的宽容，像我这样的人怎么能将它抛弃？……宽容和仁慈，这是有自制能力的人的行为，是他们永恒的正法。因此，我将正确地行动。"（3. 30. 40—50）

黑公主进一步质问他，你依靠正法行事，你仁慈、宽容、正直和慈悲，得到了什么？你为什么抛弃一切，包括你的王国、你的生命、你的兄弟和我，也不抛弃正法呢？坚战回答：

"公主啊！我做事不是为了求得好报。我给予是因为应该给予……我不是为了得到正法得好报而行正法。我不违背经典，并且观察善人们的行为，然后才行正法，黑公主啊！我的天性倾向正法。有所企图而行正法，或者，心怀恶念，对神不敬，行正法又怀疑正法，这样的人不会得到正法之果……对正法怀疑的人，从其他东西中找不到准则，便以自己为准则，狂妄自大……对于想去天国的人，正法是唯一的运载工具……如果人们奉行正法，而正法没有结果，那么，这个世界就会陷入无边的黑暗之中。"（《摩诃婆罗多》3. 32. 2—23）可见，坚战坚持忍让、宽容、行善不是为了得到什么，而是天职的一部分。

正因为坚战是如此信守正法，所以在对待难敌的态度上才与众不同。难敌处处与他为敌，夺取他的王国，侮辱他的妻子，可是在难敌落难时，他依然劝自己的弟弟去营救。对于是否与难敌开战的问题，坚战也坚持和平解决问题，不希望发生战争，但是难敌不愿归还国土，史诗描述坚战是出于无奈和责任的束缚才与难敌开战。

维度罗在史诗中无论是个人出身还是社会地位，乃至在政治生活中所起的作用，都在俱卢族和般度族兄弟之下，史诗对其描写的分量也相对较轻，尽管如此，我们还是能够看到维度罗一心维护正法，践行正法的身影。首先，维度罗的立场是希望两方和睦共处，但无奈难敌却由于嫉妒而不断加害于般度五兄弟，故而，维度罗站在受害者一方，通风报信，使其免受灾难。维度罗这样做，主要是因为，按照正法精神，人应有正义感，有责任心，维度罗同情弱者的行为就是对正法的诠释。其次，维度罗坚决拥护般度族和俱卢族分而治国，以防由此引起冲突，因此，他坚决反对难敌与坚战的赌博，但事情偏偏朝着他预料的相反方向发展，战争已经不可避免，维度罗束手无策，无能为力。虽然维度罗左右不了双方大战，但他的心和他的行动已经证明了他对正法的坚守。

黑天作为毗湿奴神的化身，更是正法的代表。《摩诃婆罗多》中写到毗湿奴神向摩根德仙人显身，告诉他说："什么时候正法衰微，非法猖獗，优秀者啊！我就创造自己。"（3.187.26）黑天对阿周那也说过类似的话："一旦正法衰落，非法滋生蔓延，婆罗多子孙啊！我就创造自己。为了保护善人，为了铲除恶人，为了维护正法，我一次次降生。"（6.26.7—8）《摩诃婆罗多》中描写坚战问毗湿摩：谁是世界上唯一的神？什么是世人追求的唯一目标？什么是一切法中的最高之法？毗湿摩回答：毗湿奴是无始无终，永恒的存在，是世界的监督者，全宇宙的大自在天，是世界的保护者。毗湿奴精通全部正法。在他的一千个名号中有"正法监督者""正法""正法柱石""正法保护者""正法执行者""正法的本源""献身真理正法者"，作为毗湿奴的化身黑天的如此称号，足以证明黑天是正法的代表。

为此，阿周那这样赞美黑天："黑天啊！你在适合有德之士停留的波罗帕沙圣地，单足独立，严守规则，站了一千个天神之年。"（3.13.14）"黑天啊！你是通晓领域者，一切众生的起源和终结，苦行的宝藏，永恒的祭祀。你杀死大地之子妖魔那罗迦。"（3.13.15—16）"折磨敌人的黑天啊！你曾是那罗延，又是诃利、梵天、月亮、太阳、正法……人中俊杰啊！你无生无始。"（3.13.19—20）"杀死摩图的黑天啊！你哪有一点欺诈？愤怒、嫉妒、虚伪和残酷也都与你无缘。"（3.13.32）

在英雄的集会上，黑公主渴求庇护，走到黑天跟前说："最优秀的仙人啊！那些仙人修炼知识的苦行，以苦行磨炼自我，成功地洞察自我，行为圣洁，不逃避战争，遵行一切正法，人中俊杰啊！你是这些王仙的归宿。"（3.13.48—49）黑公主认为，丈夫保护妻子，这是善人永远遵行的正法之路。然而她的五个丈夫却任凭她受辱，所以她请求黑天庇护她，黑天发誓保护黑公主："美人啊！那些惹你生气的人，将来他们的妻子都会痛哭。因为他们全身会插满阿周那的箭，血流如注，丢掉性命，躺倒在大地上。你不要伤心，凡是般度五子能做到的，我也会做到。我向你发誓，你将成为五位国王的王后。即使天空塌下，雪山崩溃，大地崩裂，大海枯竭，黑公主啊！我的话也不会落空。"（3.13.114—117）

　　大史诗的《薄伽梵歌》是黑天对正法的阐释。阿周那面对同族相残，忧虑疑惧，质疑战争的意义，不愿意再投入战争当中去。而这种拷问出现在英雄史诗当中，具有极为深刻的哲理，是人对自己成熟的反思与审视。黑天为他扫除迷惘，用婆罗门教的教义解答了存在于阿周那，乃至所有人关于人生中处处存在的这种无谓消耗的疑惑，于是，便有了这部长达十八章、七百颂的神歌。黑天告诉阿周那达到人生最终境界的三条道路是：业瑜伽、智瑜伽和信瑜伽。"瑜伽一词源自动词词根 Yuj，意思是约束、连接或结合。这样，黑天所谓的瑜伽，要求行动者约束自己，与至高存在合一。"① "业"为行动，强调求得真正的解脱不是靠逃避责任，而是明白自己所处的位置，履行位置所赋予的责任，要求减轻自己的欲望，不考虑个人得失结果，而注重社会的需求以及需要完成的义务。黑天宣讲道："即使考虑自己的正法，你也不应该犹疑动摇，因为对于刹帝利武士，有什么胜过合法战斗。"（《摩诃婆罗多》6.24.31）古代印度社会责任的核心内容便是种姓责任，阿周那处在刹帝利的位置就应该担负相应的社会责任，参与合法的战斗便是人生达到解脱、践行正法的途径。而阿周那却想要回避责任放弃战斗，这将永远无法通达与正法合一的终点。这个实践"业瑜伽"的过程要以"智瑜伽"也就是《奥义书》和数论中的智慧来佐证和指导自己的行动。"信"则指要保持对黑天也就是毗湿奴的崇敬，而黑天代表"最高的梵"是"至高原人"。在《薄伽梵歌》第十一章中黑天为阿周那显示出了他的自我，阿周那看毕后诚惶诚恐，感到由衷地震慑与信服。"凡是思想不愚痴，知道我是至高原人，他就是通晓一切的人，全心全意崇拜我。这种最秘密的学问，我已告诉你，阿周那啊！知道了它，就会变聪明，完成自己的职责。"　（《摩诃婆罗多》6.37.19—20）对黑天的信仰实际上就是对正法的信仰，只有对黑天的信仰才能达到婆罗门教最为核心的梵我合一。

三　以不同方式展现宗教文化的史诗人物

　　蒙古族史诗与印度史诗在讲述历史传说的同时，其民众群体的宗教

---

　　①　黄宝生：《摩诃摩罗多》，导读，中国社会科学出版社 2005 年版，第 70 页。

信仰也深深地融入其中，史诗人物身上都不同程度地体现着各自群体的宗教文化意识，就是说，不同时期产生的宗教，对史诗人物的特征会产生不同的影响，史诗人物不仅透视着不同的宗教文化色彩，而且显现的方式也不尽相同。

（一）史诗人物宗教文化意识的不同显现方式

考察两个民族史诗人物与宗教文化的关系时，我们发现，史诗叙述者在史诗人物身上所赋予的宗教文化特征的表现方式有所不同，一般来看，蒙古族史诗人物身上的萨满性特点具有外在性的表征，而印度史诗人物对正法的追求则更具有主观色彩。

这里所谓史诗人物萨满属性的外在性，是指人物身上的萨满性特征是与生俱来的，即伴随着人物的出生，他们的身上就具备着超乎常人的神异性：超凡性、变形性、多魂性、占卜预知性等。史诗《江格尔》中我们看到英雄往往具有神奇地诞生、神速地成长的经历，他们的能力超出常人，江格尔的儿子出生时带着神奇的"黑钢"肚脐带，出生三天便能骑上宝马，出门打猎；洪古尔可从一个雄壮无比的男子汉变形为弱小的秃头儿；蟒古斯往往具有多头多魂；伊都干（女萨满）通过占卜得知洪古尔的下落；江格尔的妻子预知敌人来袭；等等，在这些故事中，我们看不到这些人物有主观追求萨满性的行为，当然这些特性也不是主观努力能得到的。

印度史诗人物身上宗教意识的体现具有主观色彩。所谓主观色彩，就是这些人物，虽然客观上具有某种精神的原质，但更多的表现是在后天，在人生的经历中不断地从主观上克制自己，自觉地去遵守宗教的法规，去追寻婆罗门教的精神——正法，并采用苦修等方法以实现与梵的合一。《摩诃婆罗多》中的坚战、阿周那等，虽然他们也有神奇的出身，但是在现实生活中他们却不能像蒙古族史诗人物那样继续与神相通，或预知未来；印度史诗的英雄们也有蒙古族史诗英雄的许多超常人的能力，显然印度史诗也带有神话时代的色彩，但是这些与生俱来的能力与他们身上所彰显的正法并没有必然的关系。事实上，在故事的发展中，有时英雄还有可能偏离正法的轨迹，所以就会不断需要通过自身的努力去修正自己，或经过外在因素的指点走上正法的道路。坚战就是在流放生涯中不断遵循正法完善自己的，阿周那又是在黑天的教导之下去履行自己的职责，完成自己的义务。

由此可见，蒙古族史诗英雄的神异品质从某种程度上使英雄个人的努力和作为伟大的人的品质遭到了弱化，蟒古斯的邪恶也会因其魔性具有外在性的特征而减弱；而印度史诗人物对正法的追寻则需要个人顽强坚韧品性的支撑，而使人物性格更加复杂丰富，也更具人性的魅力。

（二）史诗人物宗教色彩显现方式不同的根源

人类的宗教经历了由原始宗教、多神崇拜向人为宗教发展的历史过程，在不同的发展阶段对与之相依存的文学所产生的影响也不尽相同。蒙古族史诗主要是在具有原始宗教性质的萨满教观念影响下产生的，而印度史诗则是深受原始宗教（吠陀教）之后兴起的婆罗门教影响的结果，因此，史诗人物身上的宗教特征必然是相异的。

萨满教认为"万物有灵"，其核心观念是"将人类赖以生息的客观广宇间所存在的众生物和无生物乃至人自身客体外的一切存在都认为是寓神之所。神无所不生，神无所不有，神无所不在，从而予以虔诚崇仰和膜拜"。① 人类学家泰勒指出"万物有灵"论具有两个基本信条：一是相信所有生物的灵魂在肉体灭亡后仍能继续存在；二是相信各种神灵可以影响和控制物质世界和人的今生来世，同时神和人是相通的，人的行为会引起神的高兴或不悦。基于这种认识，物与人、人与神的限界均是模糊并可以被打破的，任何事物具有神秘主义色彩都不足为奇。自然界的事物都是可交流可对话的，随时可以参与到普通人的生活里并对你的行为给予回应，于是便产生了与自然对话的方式，如祭祀、祈祷等。在这样的神异世界里，蒙古族史诗也远不只是一个简单的文学样式，而是被赋予了与天地先祖对话的神圣使命。因此，可以说，正是在以神话和萨满教观念指导下创作完成的蒙古族史诗，才使其人物身上具备着与生俱来的神异性，且这种神异性并不是人物经过磨炼修行之后才能表现出来的，而是从他们出生到死亡无时无刻不在的生命表征。

---

① 富育光：《萨满教与神话》，辽宁大学出版社 1990 年版，第 1 页。

宗教作为一种意识形态，历来指导着印度人民的思想、言行和生活。从吠陀教到婆罗门教，再发展成后来的印度教，其理论体系一直对印度人的思想和行动产生着巨大影响。信徒们为了达到灵魂解脱，实现梵我合一的理想境界，就要专心一致进行修炼瑜伽，去除心魔，战胜私欲，这样，就能使"我"从肉体的束缚中彻底释放出来，还原于梵，人的灵魂就能够实现超脱，达到一种永生极乐的至高境界。"对印度教徒来说，宗教是心灵的体验或心态。它不是一种想象，而是一种力量；不是一种理智的命题，而是一种生活的信念。宗教是对基本现实的感知，而不是一种关于神的理论……当灵魂向内进入心灵本身时，它就接近自己的神性的根本，并逐渐为另一种自然力的光辉所充满。"[①] 由此可见，要达到印度人宗教信仰的最高境界必须通过个人主观上的努力，所以，在具有婆罗门教经典之称的《摩诃婆罗多》中的人物身上展现出主观色彩也就不足为奇了，史诗也正是通过这些人物的不断努力追求正法，坚守正法，维护正法来达到宣传婆罗门教思想的目的。

总之，两个民族史诗中的人物身上都不同程度地体现着各自群体的宗教文化意识，同时也透视出不同宗教文化背景下产生的史诗，其人物身上不但展现着不同的宗教文化特征，而且表现的方式也不尽相同。

第五节　史诗讲唱中的宗教仪式与宗教祭祀

文学是社会生活的反映，而社会生活中宗教文化又是不可或缺的，因此，在文学作品里，或文学作品的传播过程中，从宗教内容到宗教仪式就会成为常见的东西。特别是在史诗产生的时代，宗教信仰成为人们日常生活的重要内容，史诗反映宗教信仰的形式也就成为必然。蒙古族史诗在其讲唱过程中充斥着萨满教的仪式，而宗教色彩更为浓郁的印度史诗中，描写了诸多宗教祭祀典礼仪式。这样的演唱过程与描写内容，充分反映出两个民族的史诗与宗教文化的密切关系，当然比较而言，

---

① ［印］A. L. 巴沙姆主编：《印度文化史》，闵光沛等译，商务印书馆1997年版，第91页。

蒙古族史诗原始宗教色彩更加浓重，而印度史诗明显透露出人为宗教痕迹。

一　蒙古族史诗讲唱中的宗教仪式

古代蒙古民众把英雄史诗中的人物看作是神，那么讲唱史诗相当于进行萨满教的祭祀活动了。原始人似乎认为，用语言吟唱某一位神灵的事迹就可以依附于这一位神灵，吟唱他某方面的事迹就可以感应他某方面的神力。有很多学者认为史诗是为了祭祀山神而作，在远古英雄史诗里，山神以勇士的形象出现。因此，史诗英雄的伟大事迹实际上就是在歌颂山神的功绩。"演唱史诗的时候人们聚集在一起聆听，山神也同样来听。山神听到后对人们产生好感，他们会缩短严寒的冬季，给人们带来温暖，使人和家畜避免疾病和死亡，帮助民众过上幸福的生活。"①

史诗的神异功能在某些地区逐渐地形成了稳定的风俗习惯，成为被大众普遍接受的公共认知。很多地区史诗艺人担任了与萨满和喇嘛一样的职能，蒙古国学者乐·胡日乐巴托尔博士说："西部蒙古人有时驱恶辟邪等一些情况下，请喇嘛念经来解决问题，也可以邀请艺人来演唱史诗而代替解决。""把喇嘛诵经式的形式或者以一家人为单位的小型祭祀式的演唱形式与超自然的意义联系起来，以驱鬼治病，排忧解难，甚至有些地方有些时候民间喇嘛与史诗艺人，为民间习俗活动所主持的事项或作用，基本上没有绝对严格的区别。比如酿马奶酒的时候、春夏之际第一次做酸奶的时候、家里有慢性病人治疗无效时，出征时、出去打猎时，有些地方请喇嘛来诵经，有些地方却请艺人来唱史诗，功能是一样的。"②虽然蒙古民众的宗教思想经历了由萨满教向喇嘛教的转变，但是在蒙古民众的种族记忆中萨满教永远占据不可磨灭的重要地位，由于史诗艺人与萨满相通的属性使得史诗艺人承担了与萨满相近的功用。

蒙古族史诗的演唱存在多种多样的禁忌，这些禁忌也与蒙古人的萨

---

① ［俄］谢·尤·涅克留朵夫：《蒙古人民的英雄史诗》，徐汉昌等译，内蒙古大学出版社1991年版，第63页。

② 萨仁格日勒：《蒙古史诗生成论》，中央民族大学出版社2001年版，第216、295—296页。

满教信仰相关。"史诗演唱活动至今仍在蒙古人心目中很神圣,有些艺人不敢坐着唱,而是跪着唱。在演唱活动的现场,演唱者和收听者都有一些规矩和禁忌。有的艺人能不吃不喝,连续几天演唱,越唱越出汗,出现类似萨满巫师唱诵表演时的状态。"① 在这段描述中再次点明了史诗演唱与萨满祭祀的相通性,并且显示演唱者和收听者都有相应的禁忌。史诗艺人可以说是召唤史诗英雄的关键,如萨满一样是神和人的中介,而听众渴望得到史诗神力的庇佑,所以二者都要遵守规定与禁忌。著名史诗学者贾木查在其《关于〈江格尔〉在新疆蒙古地区的保存与流传》中谈道:"温泉县江格尔奇噶尔布、吉瓦告诉我,演唱《江格尔》时要关好蒙古包的门和天窗。这是因为,演唱《江格尔》时连霍尔穆斯塔腾格里神也会感动而可能降雨或降下暴风雪。噶尔布等一些江格尔奇视《江格尔》为神圣而不可冒犯,他们演唱前紧闭门户、烧香祈祷,这才开始演唱。"② 诸如此类的禁忌还有很多,这都可以说是蒙古民众对史诗神力崇拜的结果,也是史诗在蒙古民众心里具有神异力量的证据,而不只是传统文学观下单纯的文学娱乐作品。英雄的神灵与整个史诗讲唱的过程紧密联系在一起,我们不难发现原始人世界观中的神往往不同于一神教中的至上神那般肃穆神圣,而是与人、与有灵的万物界限模糊,他们会因为事情而高兴或生气,会被讨好或激怒,从而对人们凭借自己的心情施以不同的影响力。所以史诗讲唱是一项需要依照传统谨慎完成的仪式,以取悦神灵为最终目的。

二 印度史诗中的宗教祭祀

婆罗门教的中心教义之一便是祭祀万能,因此,印度史诗中宗教文化自然地体现在对宗教祭祀活动的描写上。史诗时代的印度人,无论是生活中的点滴小事还是重大事件,都离不开祭祀活动,可以说,祭祀是印度人日常生活的必需。这些祭祀仪式反映的是人们对至高无上之神的

① 丹布尔扎甫田野调查资料,引自萨仁格日勒《蒙古史诗生成论》,中央民族大学出版社2001年版,第287页。

② 贾木查:《关于〈江格尔〉在新疆蒙古地区的保存与流传》,《启明星》1985年第1期。

一种虔诚，人们在祭祀等活动中寻求的是一种与神相通的快慰，灵魂纯净的快乐。同时，通过祭祀活动，人们也会使自己的希望得到满足。

《罗摩衍那》中提到了很多重大的典礼仪式，这些都带有浓郁的宗教色彩。例如，《童年篇》中，十车王请到鹿角仙人为他举行了马祭，目的是得到儿子。举行祭祀的时候要把法物都准备齐全，按照既定的规则来进行祭祀。这位虔诚的十车王向所有的人致敬，并且说道："我渴望得到儿子，／我感觉不到幸福，／我就想举行马祠，／为了得子的缘故。"（1.11.8）这些仙人看到了十车王的虔敬，就让他建造一个祭坛，按照规定和仪式，避免一切恶兆。鹿角仙人答应十车王，一定让他得到四个英俊无比的儿子。而那匹马则要被放掉，以完成这个祭祀活动从而保证求子的成功。《阿逾陀篇》中讲到了十车王要为罗摩举行灌顶大典之前情景："罗摩沐浴，神凝思潜，／……他遵照规定好的仪式，／头上顶着一个供品碟子，／他把供养湿婆的祭品，／向燃烧着的祭火里投掷。／／剩下的祭品他就吃掉，／他希望把心爱的东西得到，／躺在吉祥草铺好的席上，／他对那罗延天潜心默祷。／……他跪在毗湿奴面前，／以头触地对他礼赞，／他穿上了麻布净服，／让婆罗门把事情干。／／他们的那种深沉的，／甜美的节日的歌声，／伴随着乐器的声音，／响彻了阿逾陀全城。／／罗摩同悉多一起，／在那里实行斋戒。阿逾陀人听到了，／人人喜乐满心怀。"（2.6.1—9）这一篇还提到了婆罗多和众王妃为国王举行葬礼，婆罗多依照规定的礼节，完成了全部的葬礼。国王被抬放在了镶嵌着宝石的床上，众人痛哭，从十车王的火房里出现了火种，祭官们和祭主们遵礼把火把拿在手中，并且把已经死了的国王放到轿子里。国王被抬起，在国王前面有一群人，她们都走在大路上散放着钱币和金子，还有各种各样的衣裳。随后把国王的尸体放在尸堆上。那些祭官们把火种点上，沙磨诗人把沙磨来唱，随后所有的人开始痛哭。精细的宗教典礼仪式的刻画，生动地体现了史诗浓郁的宗教意味，这也为全诗增添了一份神圣的美感。

《摩诃婆罗多》中同样有大量的祭祀，如在第一卷中，般度五子将国家治理得风调雨顺，百姓安康。由于坚战坚持正法，所以没有洪涝、干旱、瘟疫和火灾。般度五子认为是合适举行王祭的时候了，黑天对坚战说道："王中之虎啊，你完全配做皇帝，所以，你就举行王祭吧！你完成了祭祀，我们也就完成使命。"（2.30.23）可见只有举行了王祭才真正得到了天神的认可，实现了王的地位。"在祭祀中，熟悉经咒的大仙们念诵祷辞，向火里投放酥油祭品，使天神们心满意足。众婆罗门得到食品和大量钱财的布施，像天神们一样心满意足。一切种姓的人在这次祭祀中都非常高兴。"（2.32.17—18）可见祭祀的重要作用就是供奉祭品使得天神满意，从此福佑国家，助力自己的统治。第六卷的《马祭篇》也详尽地叙述了坚战通过马祭来排除罪恶，净化大地，排解自己内心的自责与苦闷。这种宗教意味的祭祀在史诗中处处可见，也是史诗对笃信祭祀的时代的忠实反映。

以上所述，均为史诗依照不同的宗教信仰，真实记录了人们在信仰道路上所呈现出的多样形式，而这些描述有助于后人对宗教文化的了解与感受，我们的确可以通过这些祭祀活动、演唱的禁忌等感受着当时人宗教信仰之虔诚，不觉对他们产生敬畏之情。

第六节 宗教文化比较之困惑

众所周知，想要对两种宗教进行比较无疑是十分困难的，首先对其界定和分类就是极为复杂的问题。萨满教作为原始宗教来源于先民对自然的崇拜，但随着其自身的发展，萨满教出现了善恶观，有了东西方的善恶神对立，其中的自然神逐渐人格化。而婆罗门教的复杂性几乎是学术界的共识，它在吠陀教的基础上发展而成以后，又从多神崇拜发展为史诗时代的三大主神崇拜，之后，婆罗门教又吸纳了佛教和耆那教的某些因素，最后发展成印度教，因此，有学者也认为史诗英雄可以称为印度教英雄，而印度教也是非常复杂的，朱明忠在其《恒河沐浴——印度教概览》中写道："印度教是一个非常复杂的意识形态和社会现象，是由多种宗教信仰、民间习俗和社会组织相糅合的混合物。与其他宗教相比，它在信仰和实践方面都显得那样纷繁杂多、光怪陆离，甚至自相矛盾。"[1]

---

① 朱明忠：《恒河沐浴——印度教概览》，四川民族出版社1994年版，第9页。

所以虽然可以大致将萨满教与婆罗门教，或印度教分为自然宗教与人为宗教，氏族部落宗教与民族国家宗教，但实际上还是有许多交叉与变化。

蒙古族史诗和印度史诗中都记叙了大量相应的宗教仪式，这些仪式都具有一定的巫术意味。因为蒙古族史诗是口传活态史诗，所以萨满仪式多体现在史诗的讲唱过程中，如史诗讲唱的环境、准备、功能、禁忌等。印度史诗则是直接在文中对各类仪式进行相关描写；萨满教作为原始宗教具有较强的急功近利的特点，婆罗门教同样呈现出这一特点。无论是蒙古族史诗还是印度史诗中的宗教祭祀活动目的性都很强，基本上都是用于解决生活实际问题，通过讨好神灵，来解决自身所面对的困难。虽然这种认识是宗教普遍具有的心理机制，但无论是婆罗门教还是萨满教其功利性和目的性都表现得更为直露，体现出了神灵对人类较大的影响力，有浓重的巫术心理，认为天神可以受控于巫师与咒语，早期历史上的献祭仪式普遍带有最原始的巫术精神。

蒙古族史诗中所体现出的萨满教教义是一种隐含的影响，因为萨满教在蒙古先民精神世界当中占据主导，所以不自觉地影响了史诗的世界观、灵魂观以及史诗人物形象。印度史诗是婆罗门教的教义经典，被誉为"第五吠陀经"，整个史诗旗帜鲜明地表达了婆罗门教的教义，如文中有大段大段对宗教教义的直接表述，从而达到宣传婆罗门教，教化印度民众的作用。所以二者虽然都体现出明显的宗教文化色彩，但产生的程度与目的有很大差异。

萨满教和婆罗门教对史诗影响的差异集中体现在伦理教化功能上。二者同样影响了史诗人物的特性，蒙古族史诗中受到萨满教影响，英雄和蟒古斯都体现出较强的神性魔性，都有些类似于萨满法师，而不具有指导其行为的核心准则；而印度史诗中以追求"正法"为原则，几乎所有人物都体现着这一婆罗门教的核心理论，从而在民众当中起到范式作用。再如，蒙古族史诗中的三界缺少地狱概念，相比于婆罗门教的"业报轮回"，体现出萨满教影响下的原始风貌，缺少社会伦理道德的因素；而印度史诗中每个人物的特性和行动背后几乎都有隐含的伦理准则。当然这种伦理标准是不好跨越时间空间轻易确定的，伦理学通常是建构在特定的社会历史背景之上的。所以我们不难发现印度史诗人物体现出的丰富性与矛盾性，但其朝向"正法"的趋势还是十分清晰明了的，因为印度教的首要教导，就是呼吁每一个人应当找到他在社会上的立足点，找到自己在生活中的位置，以便忠实地恪守其义务。

印度史诗中，人的价值和命运都与宗教有着深切的联系，个人的小我不是史诗所要呈现的终极目的，命运的偶然与颠沛仿佛都合情合理。罗摩的流放和对悉多的误解，般度五子的坎坷多舛并不是为了引人扼腕的哀叹，而这当中的苦行以及在神辅佐下的超越凡俗，与梵合一才是最终的价值所在。蒙古族史诗中也常有助人的天神，但天神的辅助也只是帮助英雄解决现世的灾祸。因为原始宗教中神的阶梯并未完工，与人的分野并不绝对。巫术的重要心理特征就是想控制操纵神灵为人服务。所以蒙古族史诗中并没有终极的彼岸世界，并没有修渡的正果，史诗英雄凭借个人的超越常人的天赋，甚至天生半神的品质来解决眼前的灾难，获得现世之美好满足。

萨满教属于氏族部落宗教，整体风格包括其影响下的文学都是较为自然质朴的，蒙古族史诗里的蟒古斯可以说是蒙古民众天灾人祸的象征表达，史诗中人与自然的关系是一个核心的焦虑根源，于是史诗表现出了很多隐喻的自然以及自然崇拜。婆罗门教同样具有自然崇拜，但其作为民族国家型宗教，表现出了明显的人为因素和阶级性。婆罗门教影响下的印度史诗一直在歌颂婆罗门的美德，为其种姓制度增强合理性合法性，如史诗中的《薄伽梵歌》，正如季羡林先生所言：《薄伽梵歌》的中心思想却正是提倡使用暴力，主张种姓制度。

由此，我们深感对两个民族宗教文化意识比较之艰难，目前我国也鲜见有人去做这样的对比研究。本研究只能说提出一些值得研究的问题，为后人的研究积累资料和经验而已，供后来者参考，众多深奥的问题还待后来者深入探索，期待有识之士的研究成果。

第 三 章

蒙古族史诗与印度史诗的
文学治疗和禳灾功能

人类文明进程中各学科的独立与细化始终是一项极为重要的内容，于是现代人不自觉地享受了人类千百年来发展的成果。但当我们想要溯求古老智慧时便不得不破除这种"成果"的限制而努力寻求一种原始本初的眼光。文学无疑是与人类心灵情感史关系最为密切的学科，作为有关人的学问其深度与广度可以说远远超出现代人目力与脑力所企及的范围。所以，在分析文学的功能时仅仅用传统文艺观所限定的审美与认识功能不免是有局限性的。从注重文学的内部研究、独立研究为主要内容的模式，走向对文学的多元性、还原性研究范式的演化可以说是文学理论发展的新走向，于是如文学人类学这样注重文学的原始多元功用的理论将会给现代人以越来越多的启发与帮助。

第一节　文学人类学理论与史诗阐释

随着世界交往活动的日益频繁，知识全球化进程也在不断加快，各国之间的文化交流也随之增多，越来越多的人在关注本民族文化的同时，对他民族的文化也产生了浓厚的兴趣。众所周知，文学是人学，文学不仅是一个时代文化、哲学、宗教、经济的彰显，更是对人类自身生存状态的一种反映。当今世界，更多的人开始关注人自身，开始为人自身的生存环境、人类的精神困境所忧虑。于是，人类学诞生了。人类学的主要研究对象是非西方的文化传统，而且人类学的文化相对主义原则要求平等客观地看待世界各民族的文化，从而有助于我们建立起成熟全面的全球文化观。人类学这门学科十分关注"精英文化"的对立面，即"俗民文化""大众文化"和"亚文化"。也正因为如此，人类学也把人重新定义为"文化动物"，并且将文化视为一个整体，在这种思潮指导下的跨学科研究也必将愈加具有合理性和必要性。

文学人类学是文学和人类学的边缘交叉性学科，所以，它包含着"文学"和"人类学"两个层面的含义。文学人类学批评的实质，其实就是运用人类学的视野、方法和材料对文学作品进行审视。文学人类学作为批评方法的一种，首先体现的是一种"深度透视"。在这种"深度透视"的要求下，文学人类学对文学进行文化观照，将文学放在这个宏大的社会文化背景当中，与此同时，文学人类学还不断地将文学与其他学科，如政治学、经济学、美学、哲学、宗教学等学科形成一种相互联系的关系。"深度透视"强调一种联系，这是一种对学科限制的打破。文学人类学还关注宗教、民俗、神话、历史，并且认识到，文学是生长在文化土壤里的。所以，文学在文化这个有机整体中才能展示它独有的魅力，才能在这片土壤中开出绚烂的花朵。其次，文学人类学在空间上，强调的是一种"打通"。这种"打通"打破民族和地域的限制，把文学看成是人类的共同表达方式，把文学置于世界文化的大背景中去研究，从而在考察中探析出文学深奥的意义和思想内涵。

史诗艺术通常产生于民族发展之初，"原始性史诗的整体形态，应该包括原始性史诗这个多层积淀的结构体本身和它口头流传的形态，即不仅包括史诗内容本身，还包括它赖以存在的空间形式和物质手段——具体的场合、述者、声音、动作、物具、听众等，以及更远一点的当时当地人们的精神氛围、风俗民情等"①。所以应积极拓宽史诗研究的眼界与领域，通过整合内容与空间形式、物质手段等方面的因素，力求还原史诗发生的文化语境。早期先民朴素的世界观中各种时间空间、具体抽象的概念是含混在一起的，在这样多元整一模糊流动的世界观下，人神的

---

① 刘亚湖：《原始叙事性艺术的结晶》，内蒙古大学出版社 1991 年版，第 18 页。

界限不甚明晰，许多事物都带有咒力和神隐，事物神异性的特点也通常被仪式化地记忆和保存下来。在这种世界观下产生的文学作品并非仅仅是人对外部世界认识的表达，而是有着某种神异力量并能对现实生活起到实际的功用。蒙古族史诗诞生于蒙古民族的幼年时期，因其口传活态史诗的性质始终在被不断地重新激活和上演，所以蒙古族史诗不仅是蒙古先民原始智慧的集中体现，也蕴含着随后世世代代蒙古人对它的选择和再创造。据不完全统计，目前搜集到的流传在国内外的蒙古族中短篇英雄史诗有 500 余部，著名的长篇蒙古族史诗《江格尔》长度达到 60 余篇 10 万多行。这宏大的数字无疑说明了史诗在蒙古人精神世界中所占据的重要位置，也意味着蒙古族史诗必然具有多元丰富的意义，因为缺少文字这一有力保证的活态口传史诗假如仅具有审美功能，可能会大大降低其穿越历史流传至今的可能性。所以史诗不仅仅是单纯的具有娱乐性质的文学作品，而且是先民整合自身与外界关系的必要手段，一种民族发展过程中回溯历史与先祖对话的重要方式。所以对史诗的研究不能仅仅挖掘史诗的内容与意义，更应该以采集到的史诗文本和田野调查为线索，努力置身于那个笃信英雄、崇拜力量的残酷并浪漫的时代，再来重新定位史诗对那个时代所具有的真正意义。

蒙古族史诗作为一部口传活态史诗穿越历史流传至今，是蒙古民族最为重要的精神财富之一。早期蒙古先民所面对的是强悍的自然力，他们认识到自身命运脆弱不可知，内心对外界与命运充满忧惧、敬畏、期待等复杂情感，从而构建了一个理想的英雄战胜邪魔的模式并凭借语言的咒力使其发挥作用，能够与神灵沟通并取悦神灵，获得佑助，疗救禳灾，为其艰难的生活寻得保障，在脆弱自身与强力外界之间寻求平衡。史诗是现代人了解早期蒙古人风俗、信仰乃至精神世界的重要渠道与窗口，随后蒙古民族发展中的社会生活、精神世界的变化都可以从史诗中寻得记写与印证。蒙古族史诗的每一次演绎都伴随有当时的文化背景，以及具体的史诗内容、讲唱者、听众、环境、目的等多方面的文化信息的激活。所以对蒙古族史诗的研究如果只抓取史诗内容与文本无疑是史诗文化价值的重大流失。而通过还原文学发生的文化背景，尽量降低现代文化语境对古代文学作品的影响来全面宏观地研究文学作品，可以说是研究古代文学、民间文学的一条新颖且必要的道路。

印度古代两大史诗在印度文学史乃至世界文坛上都可谓是熠熠生辉，其中几乎映射着印度先民世界观的全部内容，凝聚着印度先民的全部情感。其对于印度先民的意义和功用是现代人极尽脑力都难以揣摩估计的。这使人类在童年时代创作出来的作品更加彰显了一种诗性的智慧，它更富有人类早期的纯真和质朴，笃信史诗所具有的具体实用的神异功能。而在这两部作品中所体现的原始性是一种原始文化，体现了人类对社会与自然的原初的认知。从中体悟古代人类对语言的敬畏，对宗教的崇拜，对信仰的坚守，从而让那些在现代社会中迷茫的灵魂找到精神的家园，重建信仰的殿堂，在压力重重的现代社会中找到滋养自己心灵的一片沃土。

文学人类学作为文学与人类学的交叉学科，以田野调查记录历史文献资料为依据，着重探讨文学与人的多元关系，力求破除现代人的既有观念，将文学置于其文化背景下重新阐释理解。其在努力还原文学产生的文化语境后发现文学的许多"超文学"功能，如文学治疗、文学禳灾功能，正如叶舒宪先生所言："文学最初的也是最重要的作用：包括治病和救灾在内的文化整合与治疗功能——人通过法术性的语言实践获得精神的自我救援与自我确证。"① 对于注重实证与理性的现代人来说这些功能已经被人们不自觉地回避和否认了，但却往往不被发现地存在于我们的生活方式和种族记忆中而没有被我们意识和重视。所以将文学的文化功能发掘放大再去重新解读先民的原始伟大的智慧，无疑会是一条较为可行可靠的道路。

用文学人类学理论解读史诗，全面阐释史诗的治疗功能和禳灾功能，目前来讲具有一定的创新性和探索性。通过对史诗的文化功能分析可以极大地拓宽史诗研究的领域，重构并深化对史诗的认识。近年来，世界范围内越来越重视史诗研究，学者们进行了大量的田野调查并采用了人类学、类型学、宗教学、文学等多个角度对史诗展开研究。新时期的史诗研究，结合田野调查，运用新型理论，具备比较视野，这对史诗内涵

---

① 叶舒宪：《文学人类学教程》，中国社会科学出版社 2010 年版，第 219 页。

的深入剖析，史诗价值的进一步彰显无疑有着重要的意义。本章通过对蒙古族史诗和印度史诗的治疗功能和禳灾功能进行对比分析，希望能拓展史诗的研究思路，获得史诗的人类学信息，力图破除已有的传统文学观念限制，并希望能为史诗研究者爱好者提供有价值的资料，对文学人类学理论的构建提供实例。

第二节　史诗文学功能的生发土壤

史诗之所以会具有"超文学"的功用，是因为大部分民众认为史诗具有神异性与杀伐性。史诗具有什么功能取决于听众的心理基础和外部环境。不论是蒙古民族生活的草原，还是古老的印度，在萨满教和婆罗门教影响下，史诗生发的背景中神秘主义文化盛行，巫术祭祀频繁。这种文化土壤中民众很容易将史诗神化，结合祈祝期待敬畏崇拜的心理，赋予史诗超文学的功能。

一　蒙古民众对史诗神异性的认识

萨满教观念使得蒙古民众对史诗的认识具有神异性。大量的田野调查笔记都可以具体体现蒙古民众内心中神奇的史诗世界。著名的《江格尔》研究学者德·塔亚在其《新疆卫拉特的〈江格尔〉演唱礼仪》一文中论述道："卫拉特人演唱《江格尔》时并不认为是娱乐行为，而是把它当作自己对另一个世界的信仰性质的民俗来看待。所以一直坚持着演唱前煨桑、洗漱、祈祷、吟诵祝赞词和在演唱间隙、结束时的传统礼仪。"[1]他还分析了关于《江格尔》讲唱的季节、场所的限制，强调了在蒙古民众心中讲唱蒙古族史诗并非普通的文学娱乐项目，而是与天地互通与英灵交流的神圣活动。

东方初民心中的史诗是可以取悦神并且在唱诵过程中是有神在场作为听众的，所以讲唱史诗的终极目的并非取悦听众而是娱神乐鬼。蒙古人民共和国西部巴亦特部，阿尔泰乌梁海部史诗艺人在演唱史诗前都会

---

[1]　德·塔亚：《新疆卫拉特的〈江格尔〉演唱礼仪》，《卫拉特研究》2004 年第 3 期。

先演唱一段《阿尔泰颂》来赞美山神。《阿尔泰颂》通常是赞颂阿尔泰山的美丽湖泊、雄伟山川，最后赞美阿尔泰山的主人——山神阿利亚洪古尔。山神对于描写自身传奇的史诗兴趣非常之大，而人们取悦了山神就会猎获到更多的猎物。史诗这种召唤山神亲临的功能无疑是先民的一种非常古老的认识，也是对史诗所具有的神秘力量的集中猜想。而史诗这种能勾连人神并取悦神祇的功能无疑说明了史诗禳灾功能的可行性。

史诗讲唱者与史诗内容的关系也是活态史诗的特殊性所在。藏族英雄史诗《格萨尔》有大量的"神授说""梦授说"的说法，即史诗艺人是在梦中或是通过其他机缘直接向神学习了史诗演唱的技艺。史诗艺人可以仅凭记忆演唱出上万诗行的长篇史诗的确是人类的记忆之谜，而有神的直接助力则能解释这一现象，并让史诗更具威力和神秘色彩。布里亚特共和国也有过类似的说法。1910 年，陶兀里奇帕尔臣给俄国学者布尔杜克夫讲了他听到的关于史诗《宝玛额尔德尼》起源的传说。据说关其格小时候在那林河流域放羊，突然看见一位巨人出现在他的眼前，巨人骑着一条巨龙，从嘴里往外喷火。巨人对关其格说："小伙子，你愿意学唱史诗吗？""愿意。""我教你演唱史诗，你给我什么？你给我那只戴彩带的大青山羊吧。""那么，你就要那只青山羊吧。"说了一声好，巨人拍了关其格的肩膀。小关其格便学会了演唱《宝玛额尔德尼》，可是巨人却不见了，只见一条狼正在吃大青山羊。① 这神奇的习得经历使史诗本身和史诗艺人都具有一定的神秘色彩。在听众的心目中，史诗英雄是神，史诗艺人是被神选取以代表神说话的代理神。"讲唱者则是神灵所选取的对象，讲唱者的称号是世袭的，犹如萨满的称号一样。总之亲口歌颂叙事文学中人物的吟唱者实质上只不过是一种特殊形式的萨满。"② 在这里史诗艺人与萨满有一定的相通性，都是沟通人与神之间的媒介。

史诗的神异性的反证就是史诗所具有的杀伐性，集中体现在关于史

---

① 仁钦道尔吉：《萨满教与蒙古英雄史诗》，《民族文学研究》2001 年第 4 期。
② ［俄］谢·尤·涅克留朵夫：《蒙古人民的英雄史诗》，徐汉昌等译，内蒙古大学出版社 1991 年版，第 69 页。

诗的诸多禁忌上。禁忌是人类普遍具有的文化现象，是属于风俗习惯中的一类观念。在蒙古地区史诗讲唱中就存在言行上被"禁止"或者心理上被"抑制"的行为控制模式。在蒙古民众心里，史诗从某种程度上可以说是神的言说，无疑具有超越平凡与世俗的意义与能力。相应地，如果对这种神圣没有给予合理的尊重就会受到惩罚，或者是赞美英雄就会激怒蟒古斯，受到蟒古斯的报复。于是有大量关于讲唱蒙古族史诗的禁忌存在并被艺人与听众保留下来，尽管最初禁忌的理由已经逐渐淹没在历史进步的洪流里。朝戈金在新疆的一段田野调查笔记记载："演唱前要在房前拴上匹白马。《江格尔》要 80 多部呢，说着说着，到最后'历史'讲完了，那匹白马就会立即死去，假如那匹白马不死的话，说《江格尔》的江格尔奇就会立即死去。"[1] 这段记载虽然是传说，但从中可以看出，讲唱史诗具有一定的危险性，能杀死白马甚至是史诗艺人。因为想要与神交流并获得保护就要付出一定的代价，承担相应的风险，神力通常与禁忌相伴相生。这一切都说明史诗并非是平凡的文学样式，而是从神那里获得，有神在场并且可以与神对话获得福佑的手段。所以在蒙古民众这样的认识下史诗具有消灾疗救的功能就在情理之中了。

二　印度神秘文化与史诗文学功能的生发

弗雷泽的《金枝》不仅是现代人类学的奠基之作，也是一部阐释巫术和宗教起源的权威之作。这部书中就提到了树神崇拜、转嫁灾祸、公众驱邪等方面的内容。这说明了在人类生存初期，人敬畏自然，认为在人之外还有超自然的神力存在是一种普遍现象，这种神力能帮人达到辟邪、疗救、免除灾祸的目的。印度的吠陀文学中我们可以见到十分明显的巫术成分，例如，《娑摩吠陀》的曲调就是从遥远的古代传下来的，被认为具有明显的巫术力量。温特尼茨认为，这些曲调肯定不是祭司和神学家自己发明的，其中最古老的应该是民间曲调。古时候，人们用这些曲调在节日庆祝和民族欢宴中唱半宗教的歌。还有一些可以追溯到前

---

[1]　朝戈金：《千年绝唱英雄歌——卫拉特蒙古族史诗传统田野散记》，广西人民出版社 2004 年版，第 71 页。

于婆罗门的巫术祭司——与原始民族的巫术士、道士、医士并无不同——所使用的喧闹的乐曲，他们用这些乐曲陪伴他们粗野的歌唱和仪式。① 另外《阿达婆吠陀》，主要是一部原始巫术咒语的集子，这些咒语用来保证各种愿望的实现，从医治热病到赢得情人的心。印度史诗产生的时代，出现了代表一种纯粹的原始思维的神秘文化，这是那个时代的人们对未知世界的一种朴素认识方式和思维模式，是史诗具有实用文学功能的思想基础。例如，预兆、幻术、诅咒、隐身术等，这些神秘文化也正是文学人类学关注的对象。印度古代的神话中就有"咒语"一类的故事，例如，住在塞纳格国山洞里的一位蛇王为感谢国王的救命之恩教给他咒语的故事等。印度神话与其他民族神话相异的一点就是神话、传说和历史事实混合在一起，这类神话充分反映出远古的印度人民相信咒语的神秘主义心理。

印度两大史诗中，预兆、幻术、诅咒、隐身术等随处可见。其中的预兆包括不祥之兆、吉祥之兆，例如，《摩诃婆罗多》中坚战掷骰子输掉了所有，即将被流放至森林时就有关于不祥预兆的描写，"这些人中俊杰走出象城时，空中无云，却出现雷电，大地也震动起来。大王啊！这不是日食的时候，罗睺却吞没太阳；流星右绕京城，崩溃陨落。食肉的兀鹰、豺狼和乌鸦围绕神殿、寺塔、城墙和门楼，大声号叫"。（《摩诃婆罗多》2.71.25—27）显然，这些征兆预示着婆罗多族的毁灭。《罗摩衍那》的《战斗篇》中，记叙了罗波那和罗摩作战的时候，出现了许多恶兆，这些都预示着罗波那将要死亡，而罗摩要取得胜利。"天神洒下了鲜血雨，／洒在罗波那车上，／旋风阵阵起车前，／绕着魔王向右方。／／成群老鹫在天空，／盘旋飞翔车四周；／魔王战车到何处，／何处就来秃老鹫。／……乌鸦凶残发悲声，／数百成群飞空中；／飞向魔王战车去，／凶狠暴戾喧纷争。"（6.94.15—16，25）乌鸦周身皆黑色，颈项处有一圈白毛、与丧服相似，它又喜食腐尸，特别是乌鸦的情声凄厉节调，自古以来，诸多民族皆将其视为不祥之物，乌鸦在中国也代表一些不吉利的寓意，这就充分表现出了

---

① ［印］德·恰托巴底亚耶：《印度哲学》，黄宝生、郭良鋆译，商务印书馆1980年版，第52页。

罗波那这场战争的凶兆。楞伽城这时也仿佛被黄昏所笼罩，虽然当时是白昼，但仿佛是火在燃烧一样。彗星也纷纷地坠落，飓风刮着，吼声惊天动地。只要罗波那走向哪个方向，大地就开始震动。罗刹们正在战斗，但双臂仿佛被捉住一般。在作战的阵前吹起了打头风，吹起了飘浮在空中的尘埃，这些尘埃挡住了魔王罗波那的双眼，也不利于他作战。天帝因陀罗在空中响起了霹雳，从四面八方击打着这些魔军，致使他们在战争中节节失利，正如文本中所写："如此恶兆可百数，/望之令人生恐怖；/预示罗波那死亡，/悲惨恶兆频频出。"（《罗摩衍那》6.94.27）

再如，《罗摩衍那·森林篇》第二十二章开头讲述罗刹们要与罗摩决战到底，在罗刹最终将要毁灭之前，用大量的篇幅描写了不祥的预兆："这时一片响着雷的彩云，/倾泻出了可怕的血雨，/颜色像驴子那样灰黄，/它预示着灾殃不吉利。/……那可怕的豺狼，/面孔转向那太阳，/它们发出了叫声，/预示着罗刹不祥。"（《罗摩衍那》3.22.1—6）紧接着写到可怕的黑色云层中含着水和鲜血，黑暗笼罩一切；不分天上地下，可怕的飞禽走兽在怪叫；豺狼嘴里喷火；大风吹起，太阳失去光芒，不是夜间竟出了星星；刹那间树上的繁花败落；乌鸦大声乱叫；可怕的彗星掉在地上，大地震动……这一系列可怕的迹象，都预兆着罗刹必将毁灭的结局。

史诗中还有许多吉祥之兆，《罗摩衍那》第五篇中，当悉多被囚于无忧园的时候，她自叹自己命苦，想结束自己的生命，她想，或许这是能证明自己对罗摩忠贞的一种最好的方式。就在她满怀愁绪的时候，出现了吉祥的征兆，"她那一只左眼，/长着卷曲的睫毛；/眼睛黑白分明，/长大又很美妙；/这美发女郎的左眼，/现在无端跳动；/好像深红的荷花，/水中被鱼碰撞。//她那美妙的胳臂，/弯曲着又圆又壮；/上面涂着绝妙的/速香还有旃檀香。/有很长的时间，/情郎枕在上面；/现在这只胳臂，/无端抖抖颤颤。//女郎两条腿，/肥壮又圆实；/一条真美妙，/形如象鼻子；/现在这条腿，/无端抖颤颤；/好像那罗摩，/就站在眼前。"（5.27.2—4）这一些征兆，再加上一些别的征兆，都预示着一切顺利。这使得悉多很高兴，因为她知道罗摩会来救她，于是，她又燃起了对生活的希望。

幻术是一种精神攻击的方法，通过自身强大的精神意念和一些看来是不经意但却隐秘的动作、声音、图片、药物或物件，使对方陷入精神恍惚的状态而在意识中产生各种各样的幻觉。幻术和幻想往往是被那些技艺超群的人用来引诱迷惑敌人，从而达到自己克敌制胜的目的。在两部史诗中都出现了很多描写幻术的情节，例如，《罗摩衍那·战斗篇》讲述魔王罗波那请来精通幻术的毗鸠吉诃婆用幻术迷惑悉多，希望悉多能够嫁给他。毗鸠吉诃婆利用幻术制造了一个罗摩的头颅和一张大弓，上面带着许多箭镞，罗波那告诉悉多，罗摩已经被他派人杀死。幻术发挥了应有的作用，当悉多看到罗摩美丽的脸庞时，悲痛万分，她觉得她失掉了整个世界，魔王的这一幻术将悉多带入了悲哀的深渊中。《战斗篇》中，同样写了因陀罗用幻术幻化出悉多的形象，猴子哈奴曼重整部队迎战。从这里我们不难发现，在听众的幻想中，拥有幻术者往往具有非凡的神力，从而给人造成一种幻觉，以便达到自己的目的。远古时代，幻术代表了一种神秘的力量，仿佛这是一种与神相通的语言，一种拥有无穷奥妙和威力的法术，于是，幻术才受人崇拜和敬仰。《罗摩衍那》第七篇中，因为崇拜幻术，罗波那的儿子就祈求幻术，希望能够利用幻术在战争中取得胜利。可见，幻术在当时还是很受崇拜的，这也反映了人们对超自然力量的敬畏。

诅咒指祈求鬼神降祸于所恨之人。这些施咒的人或者是神仙，或者是恶魔，抑或只是凡人。这些诅咒有的应验，有的没有应验。但是无论如何，其实都代表了当时的民众对于人类未知世界的一种认识。他们认为，冥冥之中自有一种神奇的力量，只要足够虔诚，就会得到这种神灵的庇佑。而诅咒，是他们对不满之人、不满之事的一种恨的释放。他们希望，这是人与神的一种对话，与神相通，依靠神就能实现自己的愿望，就会替自己解恨。其实在一定程度上，诅咒是人或神在无能为力时，希望一种更高级的东西能在宿命中惩罚自己所憎恶的人和事。《罗摩衍那·童年篇》中，众友因为不满婆私吒之子，于是开始诅咒他们："这一群坏蛋都将成灰，/这一点绝无可疑之处。//死神的绳索就在今天，/把他们牵去见阎罗。/在今后的七百次转生中，/他们将靠死人生活。"（1.58.18—19）他还说他们将受到无情的打击，并将长期倒霉，原因只是因为惹他生气了。《罗摩衍那·阿逾陀篇》中，国王因为无意中用箭射死了苦行人的儿子，于是受到了诅咒：诅咒他与儿子分离而死。这位国王就是十车王，他因为一个小小的过错而受到了诅咒，而且这个诅咒在后来的生活中应验了。《罗摩衍那·后篇》中，罗波那将要统领各国，于是他来到了阿逾陀城，有个护卫名叫阿那兰若，与魔王罗波那交战，但是却不是罗波那的对手，于是他在生命垂危之际对罗波那发出了诅咒，而且他坚信他的话一定灵验，因为他不仅善于施舍，而且还祭祀，遵循达摩行苦行，也曾保卫众生。于是他诅咒罗波那将来定会被自己的国王罗摩所灭，这个咒语也得到了应验。

总之，蒙古民众对史诗神异性的认识和印度神话、史诗中的神秘主义文化都是那个时代的巫术和宗教在文学作品中的映射。探究这些神秘文化，更是对巫术、宗教、科学发展的一种探究，是对人自身的一种解码和发现。也正是在这样神秘主义的土壤下，文学作品有了超越文本而对现实生活产生具体功用的前提。

第三节　史诗的文学治疗功能

一　文学治疗功能与蒙古民族、印度民众的言语治疗传统

（一）文学治疗功能

文学治疗是文学最初具有的重要功能之一，原始社会中巫师、萨满通常都承担医生的职责，巫师通过咒语使患者康复是原始人生活中平常而重要的场景。叶舒宪认为："文学是人类独有的符号创造的世界，它作为文化动物——人的精神生存的特殊家园，对于调节情感、意志和理性之间的冲突和张力，消解内心生活的障碍，维持身与心、个人与社会之间的健康均衡关系，培育和滋养健全完满的人性，均具有不可替代的作用。"[①] 而在先民的世界观中，疾病通常来源于失衡，肉体与灵魂的失衡，个人与外界的失衡，所以通过具有咒力的语言影响心身，重新获取均衡

---

① 叶舒宪：《文学与治疗——关于文学功能的人类学研究》，《中国比较文学》1998 年第 2 期。

健康也就极为可行和必要。各民族的原始宗教中通常将肉体和灵魂进行区分，认为肉体死亡但灵魂不灭，治愈疾病也得将肉体和灵魂分别治愈才能真正地好转。笃信语言咒力的时代，原始人相信可以通过语言文学来抚慰灵魂，这无疑是治疗疾病的前提。现代医学认为，人的免疫力可以实现部分疾病的自愈，而巫师、萨满的法力无法救治的患者，通常不被记录，传诵他们治病神功的也是这些史诗的传唱者、文学的传播者。虽然文学的这种"超文学"功能已经被现代科学所摒弃，但通过语言获得力量、心理慰藉甚至是全新的生存状态依然是现代人类的寻常选择。

中国医学史上曾有过治病不用药而只用语言的方法，叫作"祝由"。《祝由十三科·序》说："有疾病者，对天祝其由，故名祝由科。"《素问·移精变气论》也载："古之病，惟其移精变气，可祝由而已。注：由，从也，言通祝于神明，不劳钱石，病从而可愈也。"[1] 徐大明指出："在对病人进行诊断和治疗的时候，医生应当培养一种感受病人的能力，他应该懂得病人一旦对医生建立了信任感和信心，其力量可以超过医术。"[2] 而这种感受病人、建立信任的渠道便通常是语言，所以通过语言治疗病患不论古今中外都有范例。

人类学家维克多·特纳的妻子伊迪斯·特纳记录了这样一次关于言语治疗的田野调查。她在恩旦布人的村庄参加了当地人的伊班巴仪式，她将其体验详细地记录在《体验仪式·对非洲治疗的一种新解释》之中。她写道，在伊班巴仪式中，病人的亲戚和朋友被要求大声说出他们彼此和对痛苦病人的个人怨恨和愤怒之情，而病人自己也要说出她的愤怒和怨恨。参与者有力的歌唱和愤怒的"言语"将吸引伊班巴精灵的注意并唤醒它，因此它将离开病人的身体。通过歌唱和言语使伊班巴精灵离去从而解除病人的痛苦。祭师们带领人们唱强有力的歌曲并激发人们的情感，以使他们说出心里话。参与者的"言语"被认为是此过程中的活跃媒介，通过说出这些言语，致使致病的精灵离去。随着越来越激烈地表达，仪式进入高潮，伊迪斯自己感到了一种"迷狂"，随后看见病人失去

---

① 孟慧英：《原始宗教与萨满教卷》，民族出版社 2008 年版，第 355 页。
② 徐大明：《当代社会语言学》，中国社会科学出版社 1997 年版，第 240 页。

意识陷入昏迷，病人被治愈。伊迪斯解释道：人们说出的愤恨的语言从字面上便会使病人产生一种内在的精神变化。

这种具体鲜明的言语治疗案例如今只在某些原始部落当中存在着，但在早期的文学作品中，这种方式被认为广泛地包蕴着疗救意识，众多文学作品均能体现出文学的这种治疗功能。如我国少数民族史诗艺人往往同时兼任医生的职责，通过讲唱史诗而使病人痊愈。"在广西巴马地区，壮族魔公给人看病要唱史诗《布洛陀》的'造人'章，给牛看病要唱《布洛陀》的'造牛'章，以求祖先布洛陀拯救人魂牛魂"①。三千年前的古印度梵语文献《阿达婆吠陀》中收录的731首诗歌多为治疗疾病所用。柯尔克孜人也相信《玛纳斯》具有神力，"过去有些柯尔克孜牧民家里的人或畜病了，或者妇女要分娩，便去请玛纳斯奇来家里演唱一段《玛纳斯》，以祛病消灾，驱邪镇魔。"② 这些都说明了文学作品曾经或者现在存在的神奇而具体的治疗功用。

（二）蒙古民族与印度民众的言语治疗传统

蒙古族社会中，萨满基本承担了医生的职责，通过萨满神歌、祭词、法术、咒语来为患者进行身体和精神疗救。古代蒙古人包括贵族生了病通常要请萨满来医治。这是一段萨满治病神歌：

> 有座位的神主，/法力无边的翁衮。/先师的神主，/英雄无敌的翁衮。/弟子在禀告病情，/户主在表白虔诚。/您来看顾是什么时候，/您表恩赐是什么时辰？
>
> 居于十八层的天庭呵。/我的金身翁衮，/清除病魔吧，/穿花衣的博在向您乞求怜悯。③

萨满治病要经历很复杂的过程，需要完成一个萨满请神仪式，其间伴有舞蹈、神歌、咒语，而且还要表演与病魔搏斗的法术。

---

① 刘亚湖：《原始叙事性艺术的结晶》，内蒙古大学出版社1991年版，第35页。
② 郎樱：《〈玛纳斯〉论析》，内蒙古大学出版社1991年版，第9页。
③ 泰·满昌：《蒙古萨满》，内蒙古人民出版社1990年版，第207页。

古代印度同样有着咒语治病的传统。最著名的就是巫术诗歌集《阿达婆吠陀》。《阿达婆吠陀》最古老的名称为《阿达婆安吉罗》，前者表示祝福咒语，后者表示驱邪咒语。《阿达婆吠陀》当中有很多治病的咒语，如这首治咳嗽的咒语：

> 像心中的愿望/迅速飞向远方，/咳嗽啊！远远飞去吧，/随着心愿的飞翔。
>
> 像磨尖了的箭，/迅速飞向远方，/咳嗽啊！远远飞去吧，/在这广阔的地面上。
>
> 像太阳的光芒，/迅速飞向远方，/咳嗽啊！远远飞去吧，/跟着大海的波浪。（《阿达婆吠陀》Ⅵ·105.1—3，金克木译）①

可见，文学的治疗功能在蒙古和印度社会中都具有一定的传统和基础。民众呈现出将史诗神圣化的倾向，先民心中的史诗并非是简单的文学娱乐作品，而是具有改变现实的神异力量。所以民众相信可以通过讲唱史诗赞美史诗英雄而取悦于英雄的神灵，得到英雄的庇佑与眷顾。同时相信发挥语言的咒力可以让故事中的好运与胜利对现实生活产生类似的积极影响，从而起到疗救禳灾等具体的现实功用。

二　蒙古族史诗与印度史诗的文学治疗功能

（一）史诗讲唱中的治疗功能

一般来说，印度两大史诗与蒙古族史诗一个是定型史诗、一个是活态史诗，但两者在本民族历史与文学史中的影响同样是不可低估的，两个民族的史诗在不断地讲唱过程中发挥着独特的文学治疗功能。

蒙古族史诗作为口传活态史诗，史诗内容和讲唱过程共同构成一个完整的史诗表演，史诗的治疗功能在每一次具体的表演中被激活实现。有大量的田野调查笔记记载了蒙古族民众通过讲唱史诗进行治疗的实例，可见，史诗的文学功能是普遍存在于古代蒙古人生活中的。据蒙古族艺

---

① 季羡林主编：《印度古代文学史》，北京大学出版社1991年版，第28页。

人苏鲁封嘎回忆，巴林右旗一带发生了瘟疫，牛羊大量病死，乡亲们相信史诗《格斯尔》具有驱妖降魔、驱邪治病的神力，于是请来了民间艺人普荣，这位艺人在村子里唱了三天三夜的《格斯尔》。

调查乌梁海人的时候，发现他们也广泛认为史诗可以让人达到某种目的。据乌梁海著名艺人阿毕米尔德说："有些人家里灾难多的时候，比如畜群死亡多了，家里老人孩子病了，常遭受种种不幸或者由于某种原因要驱邪避邪时，就随时请艺人到家里来演唱史诗。有些人家在演唱时，有时会喉咙积血，嗓子哑而唱不下去。如果出现这种情况，双方都觉得不吉利。请去的人家则认为他们家里灾难多而一两天内驱不出邪恶，或有什么障碍……类似的情况下，一般要唱《塔拉恩·哈日·伯通》《雄狮·乌兰·洪古尔》等史诗，因为这些史诗具有一定的镇压和征服意义，不是类似的情况一般就不唱上述史诗。平时唱《阿尔格乐·查干老人》等温和一点的史诗，特别是过春节的时候，以恭贺新年，祝幸福快乐、吉祥如意、长命百岁等。"[1] 由此可见，蒙古民族将史诗的演唱当成禳灾治病的手段，使文学作品实现了超越文学的功能。

印度史诗在讲唱方面也有与蒙古族史诗相同的功能，只不过印度史诗的这一功能是在文本中完成的。例如，《摩诃婆罗多》的故事结构本身就是由讲唱者"护民子"与史诗中人物的对话构成的，在讲唱与聆听的过程中，发挥了文学的治疗功能。《摩诃婆罗多》"初篇"中，作为讲唱者的护民子应镇群王的请求讲述"摩诃婆罗多"的故事，他对镇群王说："这部故事有十万颂，颂颂都能带来幸福。它是光焰无际的贞信之子（毗耶娑）讲述出来的。知道它的人，如果说与别人听，以及聆听它的人，他们都会到达大梵天的乐土，获得天神一般的地位。因为它与四部吠陀一样，能使人得到最高尚的净化。"（1.56.13—15）可见，无论是史诗的讲唱者还是聆听者都能够从中得到心灵的洗涤和道德的净化，这也充分显示了"摩诃婆罗多"故事的神圣治疗作用。

罗摩在印度是人人尽皆知的英雄，他受到人们的广泛崇拜。哈奴曼这只猴子是普通老百姓们崇拜的对象，它的雕像在农村中随处可见。般

---

[1] 萨仁格日勒：《蒙古史诗生成论》，中央民族大学出版社 2001 年版，第 215 页。

度五子的智勇更是印度人对德与勇的终极追求。两部作品所折射出来的关于宗教信仰方面的内容，更是让喜欢阅读这部作品的人们从中感受到达摩和梵的力量，从而在日常生活中乐善好施，以达摩的准则要求自己，使他们在信仰中获得真知，从而过得更加充实，起到一种精神疗救作用。除了对本国人民产生影响之外，这两部作品还流传到了国外，对别的国家和人民也产生了一定的影响。

印度尼西亚的传统民间戏剧中，哇扬戏最负盛名，这种戏剧以印度两大史诗为题材，其独特的表演形式和文化内涵使它成为该国传统文化的重要组成部分。印度尼西亚的曼特尔·胡德（Mantle Hood）说过，"对爪哇和巴厘艺术形式的最大促进因素，以及对它们的延续与发展的激励，是印度教的《摩诃婆罗多》和《罗摩衍那》文学"①。即印度两大史诗《摩诃婆罗多》和《罗摩衍那》在东南亚的广泛流传为印尼艺术的发展带来极大的促进作用，并且对以哇扬戏为代表的表演艺术的影响更为深远。

印度尼西亚裔美国医师麦地娜·萨丽芭曾提出神圣治疗。她看到了以印度史诗为题材的皮影戏（Wayang Kulit。Wayang 是"影子、灵魂"，Kulit 是"皮"，Wayang Kulit 即为用皮做成的影子的游戏）对民众的神圣治疗作用，曾发表一篇论文《故事语言：一种神圣的治疗空间》（*Story Language：A Sacred Healing Space*）。这篇文章中，麦地娜·萨丽芭从古老的部落社会讲起，也讲述了印度的史诗传播到印度尼西亚，从而对印度尼西亚产生重大的影响，并阐明了故事讲述行为所蕴含的对听者身心的治疗能量。印度尼西亚的民间皮影戏以印度史诗为题材，其主要通过象征叙事来调动故事的神秘力量，从而实现对观众的精神净化与再整合。在她看来，"反观印度尼西亚的文化，认为皮影戏提供了一种精神性的、学习性的治疗空间"②。

皮影戏开始之前，人们首先要营造一种神圣的氛围。村落中的人们要在约定的夜晚聚集在村中广场，并要演奏歌曲，在树之间挂起白布，并且用灯笼来提供表演所需要的光。这样也就为他们的皮影仪式创造出

---

① 张玉安：《以印度两大史诗为题材的印尼哇扬戏》，《南亚研究》2007 年第 1 期。
② 叶舒宪：《文学人类学教程》，中国社会科学出版社 2010 年版，第 242—244 页。

了一个专门的神圣领域。在这种有神秘感的特殊空间中，讲述的故事是有一定的治疗作用的。观众观看这些故事的过程中，故事又以自己的方式告诉我们生命应该以一种协调的舞蹈方式运转，自我控制、牺牲和智慧之间的平衡都用来强化我们的精神，从而也强化了我们的身心。在观看者的眼中，故事中的事件被看作是他们自己生活的一部分，每个人身上都存在着善和恶的潜能，因此每个角色都可以体现一个完整人格的某一部分。皮影戏用戏剧性表现了这些部分，用形象来提醒人们：他们会在哪里误入歧途，能在哪里找到力量。皮影戏结尾，人们要用故事来启发和强化他们自己，并治疗他们在皮影戏中所目睹的各种弊病。

皮影戏所展示的故事增强了他们反观生活的能力，进而使人们重新审视自己的生活，让人们感悟到他们应该怎样改变自己的观念模式。故事告诉人们应该忠诚，因为所有的答案都来自自己的内心。在这个过程中，人们承担起自己的责任，不断做出改变和判断，同时使这种改变成为现实。也通过讲述的故事来理解我们自己，从而获得神圣的治疗，救赎自己的灵魂。

总之，作为古代的民族史诗，其所肩负的功能是多方面的，影响力更是空前的。比较而言，印度史诗因其所具有的神圣力量，使其超乎想象地慰藉着全体民众的心灵；蒙古族史诗在具有原始思维的民众之中，以讲唱民族英雄的惊天伟业或具有神圣法典意义的史诗文本作为医治病魔、净化灵魂的工具，但两者是殊途同归的，即都体现了史诗的文学治疗功能。

（二）史诗的复活情节与治疗功能

人最终都要死亡，这是不争的事实，所以从上古时期到今天的艺术品与文学作品中都会看到对死亡的表现，这些艺术品既表达了对死的强烈畏惧，也表现了死亡的神秘和怪异。这种现象的出现，源于初民时代的人们对自然认识的有限，对世界、人生和死亡本身也缺乏正确的了解。但是，认识的有限并不能阻挡人们要探索死亡的问题，正如刘安武所说："人为什么死亡？人死后到哪里去了？能不能让死了的人又活过来？人怎样才能长生不死？可以说，这是苦恼着先民的最重要的问题之一。"① 所

---

① 刘安武：《印度两大史诗研究》，北京大学出版社 2001 年版，第 267 页。

以，对死亡的探讨成了哲学问题之一，死而复活成了人们不断的幻想，为求长生不死，人们也曾做过各种努力，中国古人炼制仙丹便是典型的例证。古代的英雄史诗叙述的许多内容、表达的诸多观点即是当时人类对自然与社会的认识。于是，作为文学样式的史诗不仅能使人享受精神的愉悦，也成为影响人们意识、思维的工具，其中的许多故事对人们的心灵有着巨大的慰藉和疗救作用。例如，史诗中常见的母题——英雄起死回生的故事情节就非常具有代表性，印度史诗、古巴比伦史诗中都曾出现，在蒙古族史诗中更是尤为普遍。对英雄起死回生情节的解释角度众多，如成年礼、象征性等，但如果从文学治疗的角度来阐释，英雄人物的复活可以给史诗受众带来极大的鼓舞和慰藉。原始思维主宰人类心理的时代，交感顺势巫术支配着初民的思维逻辑，他们认为主宰当地的保护神精力充沛则会牧草肥美五谷丰登，而保护神衰弱老化就会致使疾病灾害发生。史诗英雄在早期民众心中是具有神力的可交流可对话的"神王"，通过讲唱英雄的复活喻指一种扭转和新生，极大地满足受众的心理期待，并希望史诗英雄的神力福泽现实，给人以治愈和新生般的肉体与心灵慰藉。

印度史诗中，"复活"的实现通常借助仙草或者神咒。这种"复活"情节的出现，是早期民间文学常见的母题，说明了当时的原始初民对于生命的渴望，反映出一定的疗救意识。先民希望通过吟咏史诗英雄的复活，借助文学所具有的神力，可以对现实生活中人的病痛死亡起到顺势的积极影响。《摩诃婆罗多·初篇》里，天神和天魔之间战争不断，天魔虽然屡战屡败，但他们的祭司和导师太白仙人懂得起死回生的咒语，只要一念咒语就能让死者复生，由此天魔在战斗中占据了绝对的优势。于是乎天神们决定要将起死回生咒学到手改变这一劣势，他们派了祭司和导师祭主仙人的儿子云发去到太白仙人处学艺，伺机学习咒语。太白仙人的女儿天乘悄悄爱上了云发，而云发的来意也被天魔发觉。天魔先后两次杀死了云发，都被天乘说服父亲用咒语使他复活。但第三次天魔为了使太白仙人无法使用咒语，就将死去的云发烧成灰烬，并将灰烬置于太白仙人的酒里使其喝进肚中，当太白仙人再次念咒时，云发若活，就必须冲破太白仙人的肚子，也就是说太白仙人必须死去，结果是太白仙人必须将咒语交给云发，才能救云发和自己。史诗的描写虽然充满神话色彩，但代表正义力量的云发几次遇害都奇迹般复活的情节，代表正义力量的天神能够死而复活，会给读者积极顺势的心理影响，使人坚信正义必胜，进而人类在现实生活中就会崇尚善和正义。

《摩诃婆罗多·森林篇》中坚战的弟弟们都死于药叉的魔池水，药叉是正法神阎魔变化而成，当坚战听从药叉的嘱咐没有擅自喝水并且回答了药叉的难题后，他的四个弟弟死而复生。印度先民在创作这一情节时自知人必然会死，但他们认为死去的只是肉体，灵魂仍然存在，所以通过咒语使人复活是先民终极的愿望，也是对语言咒力最大的笃信，正如《阿达婆吠陀》的治疗诗歌一般，史诗主人公的复活也能给听众带来一定的身心重组和释放。

《罗摩衍那·战斗篇》描写魔王罗波那的儿子因陀罗耆施展隐身术，并利用法术让利箭从四面八方射来，使罗摩和弟弟罗什曼那身上中满了箭，浑身上下沾满了鲜血。他们两人躺在地上，好像是两个箭猪，昏死过去。猴王须羯哩婆的岳父须私那想到了当年的一场战争，那场战争中提到了如何让昏迷的人苏醒过来。

　　　当年爆发了一场恶战，／天神勇斗阿修罗。／／都是射箭的能手，／当年那些檀那婆们；／他们不时隐蔽自己，／杀死武艺精通的天神。／／天神们受苦失去知觉，／天神们丢掉了性命；／祈祷主用药草来治疗，／他还把神咒念诵。（6.40.26—28）

须私那的回忆中所谈到的运用药草和念神咒相结合的方式给人治病，使人复活，体现了明显的疗救意识。于是，猴王须羯哩婆命令他的那些猕猴们迅速到奶海那里去，把这种仙草找回来，给罗摩和罗什曼那治病。猴子们都知道在大海深处有两座大山，而仙草就长在那两座山里，于是，他们准备去寻找。而接下来一只美丽的金翅鸟的出现更显神奇，史诗中描写道，金翅鸟"又用翅膀拂拭他俩的面孔，／这面孔像是明月一般。／／金翅鸟这样一拂拭，／他们的伤口立刻愈合；／他们两个的身躯，／迅速变得美丽柔和。"（6.40.38—39）于是，罗摩和罗什曼那复苏了，光辉、精力、力量、精神、渴望、大德行、美貌、智慧、记忆力又在他们俩身上重新复苏，他们又充满了活力。这里的金翅鸟显然带有神性，当疾病出现的时候，正是这只神鸟轻轻地拂拭，他们的伤口才立刻愈合。这一情节，既体现了古代先民探索生命奥秘的欲望，也表达了通过史诗传达古人的疗救意识，更是通过英雄的复活彰显了文学作品满足民众的心理期待、慰藉他们心灵的治疗功能。

蒙古族史诗《江格尔》（色道尔吉译本）中，五岁的江格尔抢劫了阿拉坦策吉的马群，被阿拉坦策吉的毒箭射中昏死过去。洪古尔的母亲姗丹夫人施以神术逼出毒箭，使得江格尔死而复生。英雄洪古尔同样有死而复活的经历，江格尔外出巡视，蟒古斯趁机洗劫宝木巴，洪古尔誓死抵抗，终因寡不敌众被敌人俘获，遭遇杀害，他的尸体被扔进七层地下的红海之中。江格尔返乡后，杀死妖魔，来到地下海滨捞出洪古尔的尸骨，将其依次排列。江格尔向上苍祈祷，并把嚼碎的神树叶子吹到尸骨上，白骨长出肌肉，再将神树叶子吹到肌肉上变出一个酣睡的洪古尔，最后把一片神树叶放入洪古尔口中，英雄的生命复苏了。此外，洪古尔对战哈日·托博图可汗时，洪古尔背后中箭，被菊花青骏驮回宝木巴，江格尔便让与洪古尔指腹为婚的贞洁少女从其身上迈过。少女前后迈了两下，鹅掌箭立即脱落，洪古尔死而复活，腾地挺身站起。[①] 史诗《洪古尔》中也讲述了洪古尔在远征途中被敌人害死，他的坐骑带着他的妻子到天神那里询问让他复活的方法，洪古尔的妻子按照天神的意旨，焚烧三炷香，再把他的尸骨焚烧撒向天空使其复活。这一母题模式可以概括为神与英雄被杀害—拯救者（多为女性）—搭救过程（咒语，神药，法术，仪式）—神与英雄死而复生的模式。值得注意的是，这里的拯救者多为女性，拯救的办法常见的有被女性跨过，埋入地下，进入深洞等，都有暗含进入母体获得新生的含义，这就使得英雄死而复生母题不仅仅是一种法术的成功，还具有极为广阔的外延，喻指生命万物从母体获得的新生。这种新生的英雄与神较之先前往往有更大的神力，更重要的是这种隐喻万物生死规律的新生能使所有的听众获得更为深切的共鸣并感

---

① 胡尔查：《胡尔查译文集》第一卷，远方出版社 2009 年版，第 213 页。

到振奋和慰藉。

《格斯尔》中也有死而复活的情节。十方圣主格斯尔可汗继位期间，娶了五位夫人，其中最后娶的阿拉坦阿日嗒仙女，是位远近闻名的窈窕女子，格斯尔可汗对她疼爱有加。但不幸的是阿拉坦阿日嗒夫人误吃了罗布苏尔嘎喇嘛的毒食而背叛了格斯尔可汗。格斯尔可汗为此怒发冲冠，大动干戈，用神鞭抽打她百万下，并没收了她的所有财产，包括随从、仆人、牲畜等，又将其流放到深山老林，关在一座黑色房子里。可是，严惩亲爱的夫人后，可汗心里异常难过，无比苦闷，整日茶饭不思，痛苦煎熬了七七四十九天之后，坠入苦难深渊逝世了。而阿拉坦阿日嗒夫人也后悔莫及，伤心沉痛之中也离开了这个世界。失去了圣主的夫人们和失去了父母的儿子想方设法拯救他们，希望他们能够起死回生。孩子们的悲切哭声感动了赡部洲的众生灵，遍地沉浸在悲伤气氛之中。于是三位天神和三位神姐带上了圣洁的美酒，三十位勇士、三百名先锋带上了洁白的哈达和醇香的美酒，来到鲁莫尔根夫人门前，请求几位夫人想高招、出计策，尽快使格斯尔可汗和阿拉坦阿日嗒夫人摆脱困境。鲁莫尔根夫人告诉他们，格斯尔可汗和阿拉坦阿日嗒夫人理应受一次丧生之重大磨难，过一百零八天之后，会想办法让他们复活。过了七天，鲁莫尔根夫人找到了他们的灵魂并使其洁净，两天之内将灵魂附于身体之中，之后在鲁莫尔根夫人统一指挥下，用咒语之力，打开了房间，之后，四位夫人从四面八方做了各种令人复活的动作。第九天早晨，当百花盛开，百鸟齐鸣之际，众人虔诚的跪拜在地上，点起香火，还有一些人，敲锣打鼓、念诵祝词。之后夫人们收拾好房间，点上香火，摆好水果与各类圣品。准备就绪，鲁莫尔根夫人和图门吉尔嘎拉夫人从两边将手放在圣主可汗胸口上，齐声呼唤可汗醒来，她俩边说边向上天合掌祈祷念咒，于是，奇迹发生了，可汗一声长叹，苏醒过来。这里可以见到，当时的蒙古人是相信咒语的，值得注意的是，使人复活的主角依然是女人。

值得注意的是虽然起死回生母题都来源于原始人对破除死亡的期待，有浓厚的巫术心理，是疗救意识的彰显，但由于古代印度与古代蒙古诸部文化的差异，故而"复活"的方式存在一定的差异。蒙古族史诗多与女性相连，并暗含回到母体获得新生的隐喻，表现出了更为古老的顺势巫术的心理。因为萨满教世界观支配下的蒙古诸部族古代先民的精神世界积淀了母权制社会思想观念，例如，蒙古萨满们敬崇的"萨满树"的观念，就保留着母权制时代萨满教的某些历史特征。而印度史诗往往表现为咒语，这大概与印度传统上被奉为"圣典"的《吠陀本集》的内容有关，由古代祭司们编成的四部《吠陀本集》是古代印度宗教、神话的伟大集成，其内容多为颂神的诗歌和驱魔的咒语，流传广远，历久不衰，对印度人的精神文化和世俗生活有着重大影响。

（三）灵言或插话的治疗慰藉作用

英雄史诗中往往会出现英雄信心不足、精神沮丧、意志消沉等情节，史诗对处于情绪彷徨状态的英雄往往通过符合民族心理特点的人或物进行心理治疗。蒙古族史诗一般是通过能够口吐灵言的马来鼓舞英雄的士气；而印度史诗则通过大量的插话对英雄进行心理的疗救，这里所说的插话是歌人在演唱史诗的过程中，停止原诗的演唱，插入与原来的史诗没有关系的故事诗，如神话、传说等，印度史诗的这种叙述方式更加充分地反映了文学的治疗功能。

蒙古族史诗中担任口吐灵言并在关键时刻起到慰藉救助作用的通常是英雄的骏马，"在欧亚游牧民族中，马是一种神秘力量的代名词，是亡灵的庇护神。阿尔泰语系一些民族也有让死者头枕马鞍，以便马正确引导其灵魂的去向"①。蒙古族史诗对战马的赞美可谓夸张至极，像江格尔的坐骑阿兰扎尔就是饱含着蒙古民族的精神与情感进行描绘的，"阿兰扎尔的劲秀的前腿，/孕育着无比神速。阿兰扎尔明亮的两眼，/显露着无比的机敏。//阿兰扎尔的后胯，/好像巨大的铁砧，/展示了体态的雄伟；/阿兰扎尔的长尾，/八十八庹长，好像珊瑚，/显示了它的潇洒俊美。/……/阿兰扎尔的四蹄，如钢腾空，/急于奔跑四十九个日夜，/要把敌国的土地踩成稀泥"②。马与蒙古民众的日常生活息息相关，一匹好马不仅是蒙古人物质生活的助力，是蒙古人进入世界认识世界的路，也是蒙古人精神生活的重要依托。

---

① 萨仁格日勒：《蒙古史诗生成论》，中央民族大学出版社2001年版，第38页。
② 色道尔吉译：《江格尔》，人民文学出版社1983年版，第112页。

　　蒙古族史诗中的马通常被神化，甚至担当了"代理神"的功能，英雄们在征讨蟒古斯时往往有神的帮助，许多学者都指出了骏马的神化意义和英雄之间的特殊关系。英雄的骏马常常口吐人言，给英雄出谋划策、慰藉精神，并且细致谨慎可以使用法术，常挽救英雄于危难之中。英雄在危难或气馁的时候通常是骏马的灵言给英雄以力量和建议，如同印度史诗中神和各路仙人的意义。史诗《智勇的王子喜热图》中，喜热图无论是回乡探亲还是征战蟒古斯都在问朱黄色的银合马的意见，银合马不仅为主人指点方向，更重要的是给喜热图以鼓励和安慰，"喜热图又去向他的马儿问道：马儿呀，请你告诉我，征讨魔鬼的路上，会遇到什么凶险？马儿答道：如果有志气，我的主人哟，魔窟可以走上百遭。不要怕困苦艰辛，有我，你尽管放心！"① 喜热图听毕便一扫犹豫，踏上了征讨之旅，而这种话语所带来的整合人心的功能在印度史诗中表达得更为明显。

　　印度两部史诗中有大量精彩的插话，特别是在《摩诃婆罗多》中，据统计有两百多个大大小小的插话。这些插话的内容丰富多彩，作用也各种各样，正如刘安武所说，"根据插话内容，有时起着鼓舞人心的作用，有的起着安慰听众的作用，有的进行某种劝诫，有的则纯粹是神话传说"②。总之，这些插话的一个不可忽视的作用就是精神疗救的作用。

　　《罗摩衍那·森林篇》中，罗摩与弟弟罗什曼那以及妻子悉多进入净修林中行苦行，在这里他们遇到了很多仙人。罗摩一行人每到一个净修林，这里的仙人们就会给他们讲述神的故事，这些故事引起了他们的共鸣，从而让他们三人能够继续坚持信仰，不断自我完善，与达摩相通。罗摩由于被流放，情绪苦闷，但是这里具有高尚德行的神仙们的故事，却在无形中为他慢慢疗伤，他又重新找到了自我。例如，阿竭多不仅为罗摩讲述了毗湿奴的故事，还送给他毗湿奴的兵器。这种精神感化作用改变了罗摩失落的心境，重塑了他为仙除恶、苦行达摩的信心。此外，罗摩在净修林中还遇到了金翅鸟王，鸟王也为罗摩讲述了自己的历史。

---

　　①　胡尔查：《胡尔查译文集》第一卷，远方出版社 2009 年版，第 368 页。
　　②　刘安武：《印度两大史诗研究》，北京大学出版社 2001 年版，第 211 页。

从他的故事中，罗摩学会了坚持。神猴哈奴曼在无忧园中想要营救悉多的时候，因为悉多对它身份的质疑，它就给悉多讲述了从罗摩口中听来的关于他们的爱情故事，由此才取得了悉多的信任。悉多听故事的过程中，感受到了罗摩对她的爱，那种日夜思念的创伤也在一点一滴地好转，她又有了生命的希望，有了继续坚持下去的理由。

《摩诃婆罗多》中插话也一样起到了疗救抚慰的作用。《森林篇》描写坚战掷骰子输给难敌之后，按照约定流放森林十二年，坚战带着般度族五兄弟和他们共同的妻子黑公主到森林中度过这漫长的流放生涯。坚战为此灰心而自责，各路仙人因此纷纷为坚战讲故事疏解坚战的愁绪。巨马仙人为坚战讲述《那罗传》，旨在说明同样是在掷骰子赌博中输掉王国，但那罗在独自一人经历过磨难后又获得好运，而相比之下坚战在弟弟和黑公主的陪伴下境况好很多，所以更是不必扼腕悲叹。坚战询问天下是否还有国王比自己更不幸，摩根德耶仙人又为坚战讲述古代国王罗摩的故事，以此鼓励坚战。罗摩是甘蔗族的名王，他也曾经历过巨大的挫折。当初作为太子的罗摩不仅没能继承王位，反而被流放森林。罗摩与妻子悉多、弟弟罗什曼那在森林中受苦之时，妻子又被劫走，最后在猴王哈奴曼的相助之下，与楞伽岛的罗刹王决战，救回妻子并回国继承王位，从此出现了罗摩盛世。罗摩的坚持与坚守精神正是坚战学习的榜样。这些插话使得坚战心灵得以抚慰，重拾勇气与信心，这可以说是得益于文学所具有的治疗整合的功用。

《莎维德丽传》是《摩诃婆罗多》中著名的插话，这个故事在印度广为流传，几乎是家喻户晓。《莎维德丽传》的插话是修道仙人玛尔根德耶向五兄弟讲述的传说故事。故事的中心人物是莎维德丽，此女出身高贵，貌美绝伦，性情温婉，恬静贤淑，孝敬公婆，体贴丈夫，可谓集才、貌、德于一身。然而她却交上了噩运，婚后一年，丈夫便应了善知过去与未来的大仙人的预言，死神夺去了他的生命。莎维德丽没有放弃，以她的智慧和贤德说服了掳走丈夫灵魂的阎摩，最后不但死神让步，丈夫复活，夫妻团圆，而且她的双目失明的公公眼睛复明，自己的父亲也因她的请求有了传宗接代的子嗣，莎维德丽也因此赢得了"贤德女"的称号。这是一个典型的东方大团圆结局的故事，这个插话为受难的黑公主树立了榜样，鼓励她成为一个有德有福忠于丈夫的女人，而史诗的实际也证明了这个插话是成功的。

此外，坚战与婆罗门寿那迦的对话更是直接点明文学的治愈能力。"这个世界为身心产生的痛苦折磨，如何消除这身心的痛苦请容我逐一详细告诉你。疾病、劳累与怨憎者聚合与心爱者别离这四种原因造成身心痛苦。如果迅速克服这四种原因或始终不放在心上，也就能平息身心的痛苦。所以聪明的医生首先会用愉快的谈话和良好的服务来安抚病人的心灵。心灵上的痛苦会折磨身体，就像把烧热的铁球放入水罐一样，水也会变热。因此要像用水灭火一样，用智慧去安抚心灵。心灵的痛苦平息了，身体上的痛苦也就消失了。"①

《罗摩衍那·童年篇》中记录了史诗作者蚁垤在河里沐浴，看到林中一对麻鹬正在愉快交欢，一个尼沙陀凶狠地杀死了公麻鹬，失去伴侣的雌麻鹬在一旁悲哀地鸣叫，凄惨动人，蚁垤动了怜悯悲慈之意，为了安慰痛哭的母麻鹬，蚁垤说出了这段话："你永远不会，尼沙陀！／享盛名获得善果；／一对麻鹬耽乐交欢，／你竟杀死其中一个。"（《罗摩衍那》1.2.14）说完之后他才意识到"我说的话都是诗，音节均等"（1.2.17），这段情节最真实地反映了文学治疗的情形，蚁垤是在心灵受到创伤之后，用诗的形式表达自己的悲愤之情，疗救个人的心灵。

纵观印度两大史诗，无论是罗摩还是般度五子都在经历了一番苦难后获得真正的"正法"，灵魂得以升华进入一种澄明之境，在苦行中，仿佛与梵天相通，驱除了他们内心深处的那份留恋和痛楚。相信这种自我净化的文学体验无论对于当时的印度民众还是对于欲望横流、心灵浮躁的现代人都是一剂良药。

综上所述，无论是蒙古族史诗还是印度史诗，文学的治疗功能不但广泛存在，而且具有诸多相似之处。例如，通过史诗讲唱达到治疗功效；描写英雄的死而复生体现人们崇拜英雄的心理需求；或对现实生活中身处病痛折磨的人起到顺势积极影响的作用。当然，相同的功能，由于民族文化与文学传统的差异，也会在史诗中出现不同的表现形式。例如，蒙古

---

① ［印］毗耶娑：《摩诃婆罗多》，董友忱译，中国社会科学出版社 2005 年版，第 41 页。

族史诗往往通过具有灵性的马给英雄以心理慰藉；而印度史诗则常用插话的形式，达到疗救的目的。挖掘史诗的文学治疗功能不仅使我们能够了解远古时代人类的文化状态、思维模式，而且也使后人意识到文学在古代人类生活中的地位与作用，这是非常值得后人认真研究的课题。

第四节　史诗的文学禳灾功能

一　文学禳灾功能的概念

"禳"意为祈祷鬼神，以求消除灾殃。文学禳灾即指文学作品所起到的消灾避祸的功能。古代先民常常通过吟咏诗歌或表演剧目来起到消除灾祸的实际功用。

文学可以具有类似禳灾等某种实际功能这种说法对于现代人来说无异于天方夜谭，但对于具有原始思维、原始崇拜的先民来说，他们对任何事情的认识都具有一定的神秘意义，事物间的联系也并非如我们所想的单纯地处在某种因果联系的线条中，因为我们已了解事物的本质用途甚至是物理结构化学组成而用尽了所有的可能性，但对于原始人来说每件东西的背后都完全可以容纳一个神隐的世界。许多原始民族相信语言所具有的咒力，他们难以将语言和具体事物明确区分，这集中体现在他们关于词汇的禁忌上。例如，"北美印第安人把自己的名字不仅看作是一种标记，而且还是自己的一部分，正如自己的眼睛和牙齿一样，并且相信对自己名字的恶意对待就会像损害自己肌体一样造成同样的伤害"[1]。原始人认为大声呼唤神灵便真的可以使神灵现身，祝福可以使人福泽降临，诅咒也同样能让人遭受灾祸。既然语言具有这般神秘的力量，将语言精密排列赋予情感和目的的文学当然更是如此。

文学的禳灾功能并不是只存在于某个特定民族中的个例，而是符合早期先民心理特点和实际需求，是广泛存在于世界各民族中的普遍现象。柯尔克孜长篇英雄史诗《玛纳斯》是与藏族的《格萨尔》、蒙古族的

---

① ［英］詹姆斯·乔治·弗雷泽：《金枝》，徐育新等译，大众文艺出版社 2009 年版，第 231 页。

《江格尔》齐名的中国三大少数民族英雄史诗。《玛纳斯》中描写最多的仪式就是可以禳灾祈福的"萨达阿"，英雄出征或归来，都要举行"萨达阿"。具体内容是宰杀牛或羊后用其肺来敲打英雄的头，他们相信肺为珍贵之物，用肺来敲打头部可以起到祛灾避祸的作用。在"玛纳斯诞生篇"中，玛纳斯的妈妈绮依尔迪因难产而痛苦不堪，加克普汗按照柯尔克孜的习俗，宰杀了一只黄头绵羊，用羊肺敲打妻子的头部，进行了"萨达阿"仪式，之后他又宰牛散钱，施舍乡邻。由于他这一系列举措，灾消福至，玛纳斯得以顺利诞生。随后在玛纳斯成长中，一次离家后返乡时，乡亲们也为他进行了"萨达阿"仪式。玛纳斯与他的勇士们要出征时，他的叔父加木额尔奇为他们做了"萨达阿"来保佑他们征战顺利，"他拉来一只黄头山羊，用刀子割下了它的头，剖开它的肚子，取出羊肺，敲打他们的头。他手提羊肺，肺上的鲜血像水一样向下流淌"[1]。从这段史诗的记载中我们可以了解到通过仪式禳灾祈福的心理与现象存在于柯尔克孜民族风俗传统中。而在先民的思维认识中，史诗里所出现的"萨达阿"以及故事中实现的禳灾祈福的功能势必对现实生活也能产生积极的正面影响。

我国南方少数民族有着极为丰富的原始史诗资源。通过深入的了解研究不难发现其史诗讲唱大都与巫术祭祀有着一定的关联。广西大瑶山山子瑶每年在禾苗生长期间的六月初六这一天要举行"求苗"的祝祷仪式。他们认为，禾苗谷物也有灵魂，有感情，所以每年必须举行这种仪式来收赎它们的灵魂，否则大水会冲泡它们。师公在仪式上要吟唱叙述始祖伏羲兄妹洪水后繁衍人类等事迹的《伏羲兄妹》，以迎请始祖伏羲兄妹降临收赎禾魂，或凭借伏羲兄妹的繁衍功能感应禾苗快长谷多长谷，来祐五谷丰登。中国南方少数民族地区几乎每一种生产活动，例如狩猎、农耕、盖房，每一个生产环节，例如撒种、保苗、抗旱等几乎都可以找到相应的、或多或少带有巫术性质的吟唱史诗活动，如壮族在祈雨仪式上吟诵《布伯》、瑶族在"求苗"仪式上吟诵《伏羲兄妹》等。这些与人们最基本生产活动和最强烈愿望交织在一起的吟唱原始性史诗的活动，

---

①　郎樱：《玛纳斯论》，内蒙古大学出版社 1999 年版，第 64 页。

体现了史诗的"超文学"实用价值,希望通过讲唱史诗能够使自然和顺、人畜平安,使灾祸移除福泽降临。

面对强悍的自然力和多变难测的人类命运,通过言语的咒力,庄严的仪式,向更高存在表达自己的愿望和自己的虔敬,是原始人疏解内心恐惧获得安全感的重要手段。各个民族的早期文学作品中普遍蕴含着丰富的文化信息,包括原始人的思维逻辑、情感需要等。将文学作品还原到其发生的文化背景下是研究他们的重要渠道,也是现代人研究早期文学样式时需要克服的一大思维障碍。

从广义上说,治疗和禳灾都是原始社会赖以维系其生活秩序和宇宙秩序的重要行为手段。文学作为集思维情感于一体的人类独创物,自觉地承担了协调个人内部冲突的责任,也成为超越个体与更大存在交流的工具。原始人相信并需要通过文学对自己的现实生活起到具体的功用。如著名的悲剧《俄狄浦斯王》在忒拜城遍布瘟疫的背景下展开,最终找到了导致瘟疫肆虐的那桩罪孽以求祛除掉灾祸。如今我们只能看到这撼人心魄的故事本身,无法还原到当时的具体背景,但想必悲剧能如此深沉而震撼也正是源于人类面对困境时向命运之神最真挚的祈求与献礼,渴求通过语言的咒力,通过俄狄浦斯王刺瞎双眼来表达人类对自身罪恶的反思,以及对祓除灾祸的殷切渴望。

二 史诗中的文学禳灾功能

(一) 史诗文本中的禳灾情节

无论蒙古族史诗还是印度史诗都隐含着这样的叙述模式:秩序混乱灾祸横行,英雄扫除祸患,保卫或收复人们身体和心灵的家园。蒙古族史诗的产生原因说法众多,包括天神起源说、萨满起源说、贵族起源说等,无论是哪种学说都注定与史诗产生年代的蒙古人生存状况有着密不可分的关系。所以,蒙古族史诗很大程度上也可以认为是因为蒙古民众面对严酷的自然环境、纷争动荡的社会状况而产生的一种对美好家园、伟大英雄的期待与向往。虽然随着社会的发展史诗也产生了相应的变化,出现了一些隐含氏族战争封建割据等与社会发展相适应的内容,但我们认为,蒙古族史诗文本从它的初始意义和根本意义上讲可以概括为对一个民族被除灾祸过程的诗意表达。

蒙古族史诗中的英雄与西方史诗中的英雄重要区别在于，英雄人物永远可以战胜敌人，可以说，蒙古族史诗中的英雄人物战胜蟒古斯娶回新娘，建立和平幸福的美好家园是史诗永恒的主题，由此便形成了英雄不败的主题。而这种恢复被破坏的秩序也是印度史诗的一个根本主题。

探究蒙古族史诗中的英雄缘何不败，要从史诗所面对的敌人——蟒古斯所代表的真正意义入手。蒙古族史诗中的蟒古斯往往是一个相貌狰狞、性情残暴的多头魔怪，是英雄和蒙古民众的敌人。如《乌赫贵灭魔记》这样描写蟒古斯："它的魔爪触到哪里，/哪里便生长毒疮；/它的毒气所喷之处，/一切生灵都得死亡。//它以人血解渴，/它拿人肉充饥，/这罪恶的恶魔啊，/它是灾难的根蒂。"① 虽然随着史诗的发展蟒古斯形象的内涵发生了由自然意义向社会意义的转变，但无论是哪一个时期的蒙古族史诗中的蟒古斯形象始终具有一定的魔性，它们恐怖狰狞、戕害人民、往往具有法力，并可以将灵魂寄存体外。可以说是一种天灾人祸的终极化身，是蒙古民众永恒的异己力量。因此，消除自然灾害，战胜敌人，过上和平安定的生活，就成了草原人民的心理需求。而蟒古斯恰恰代表了人们心目中的灾祸，所以英雄不败就有了不容置疑的必要性，因为如若英雄失败就无法实现史诗对于现实生活的禳灾功能。在没有发生变异的古老蒙古族史诗中，常有的情节是无论战败后的蟒古斯如何向英雄求情，英雄始终会将其杀死消灭，强调这种面对一般的敌人与罪大恶极的敌人时无差别的坚决态度，似乎缺少合理性，但如果解释民众战胜灾难的彻底与决心，就显得可以理解了。正如陈岗龙教授在《蒙古民间文学》中所说："蒙古英雄史诗不是讲述有关英雄的命运的故事，而更确切地说是反复叙述着一种民俗模式。即所有蒙古族史诗作品中的不同主人公却都重复已经程式化了的统一行为模式。"② 所以，史诗中英雄的使命大抵相同，因为他们需要实现蒙古民众的心理需求从而完成史诗的功能意义。通过英雄战胜蟒古斯的故事来对现实生活起到顺势的积极

① 胡尔查：《胡尔查译文集》第一卷，远方出版社 2009 年版，第 400 页。
② 陈岗龙：《蒙古民间文学》，宁夏人民出版社 2008 年版，第 135 页。

影响。

印度两大史诗都体现了英雄对"正法"的追寻，因为"正法"代表着世界万物自然合理的规律，一旦"正法"失落世界就会陷入灾祸，如同蒙古族史诗中的"蟒古斯"，印度史诗中的罗刹就会肆虐人间，所以英雄战胜代表终极祸患的罗刹和蟒古斯可以说是早期先民祛除灾祸的一种美好愿望和诗意表达。《摩诃婆罗多》描写道，"这个巨型的檀那婆，下颚搁在大地上，上颚顶在天国，有一千颗锋利可怕的牙齿，每颗一百由甸长"。（《摩诃婆罗多》14.9.37）这段对罗刹的描写与蒙古族史诗中描写蟒古斯的程式极为相似，都是写到上下颚（唇）触及天地，都是恐怖狰狞极具魔性。《摩诃婆罗多》中的大神毗湿奴曾向摩根德耶显身，告诉他说："什么时候正法衰微，非法猖獗，优秀者啊！我就创造自己。提迭热衷杀生，而优秀的天神消灭不了他们。一旦他们和凶恶的罗刹在这世界上横行，我就诞生在善人的家里，采取人的形体，平息一切。"（3.187.26—28）史诗中毗湿奴一次次化作各种形体显身为诛杀妖魔，拯救世界，平息祸患。

这里需要强调的是，史诗禳灾功能的体现并不是在讨论某一个具有消灾情节的故事本身，并不是仅仅意味着故事中的英雄战胜蟒古斯这一情节的设立，而是需要通过民众禳灾功能的心理需要来解释蒙古族史诗英雄不败的根本原因所在。活态史诗的内容不同于文字记载的史诗，它可以在每一次演唱的环境中被激活，通过史诗故事的讲唱可以对听众产生影响。民众真正的期许是史诗故事的英雄跳出史诗之外而对现实生活产生具体实际的功用。比较两个民族的史诗，蒙古族史诗所喻指的灾祸多为自然或社会的灾难，而与之不同的是，印度史诗中的灾难多隐喻人的心灵混乱，正法衰微，所以需要天神下凡扫除由此而生的心魔，重新带领民众追寻正法。

（二）史诗文本的禳灾愿望

对禳灾愿望的直接表达在蒙古族史诗中主要是通过祝词和赞词。祝赞词是蒙古民族文学中的一种重要体裁，是在一部分萨满教祭祀仪式民俗化的过程中，由民俗化的萨满祭词演化而来的民间文学形式。蒙古民族往往运用语言的功能，通过对自然万物的颂赞，对人生礼仪的祝祷来改善人与外界的关系，并最终达到祈福消灾的积极意义。蒙古族史诗的文本中大量的祝词赞词，就明显反映出祈福慰藉以及禳灾的功能。蒙古族的古老先民在萨满教教义影响下，对世间万物心怀敬畏，并相信语言的神秘力量，认为通过语言可以在祭祀上发挥重要作用，从而对现实生活起到直接而具体的影响。

蒙古民间赞词和史诗里的赞词往往将自然描写成令人向往的美好家园，充满了对英雄以及战马的祝福与赞美。而通过对事物美好化的处理并以语言形式保存下来，无疑能给听众以莫大的信心与鼓励，以此来面对现实生活中的困境与灾难。如《江格尔》中对宝木巴王国的描述：

> 他的国土上人们长生不老，／永远保持二十五岁的容颜，／这里没有冬天，阳春常驻，／这里没有酷暑，金秋绵延，／这里没有袭人的严寒，／这里没有炙人的烈焰。①

这短短的一个片段充满了蒙古民众最为迫切关心的问题，从对强健生命力的执着到对理想自然的向往。通过塑造一个理想化的生活环境并适时地吟咏表达出来，希望能使现实生活受到语言力量的积极影响，进而避免灾祸，实现永久平安祥和。

祝词作为古老而悠久的民间文学形式是祈祝愿望的直接表达，在人们普遍相信语言魔力的背景下，祝词有着重要的现实意义。例如，蒙古族史诗对英雄征战的祝福是常见的程式，《江格尔·雄狮洪古尔镇压弟兄三魔王》中洪古尔在出征前其父母对他说的祝词是："孩子啊！祝愿你：／出征到遥远的地方，／早日除尽万恶的魔王！／调转金缰凯旋而归，／平平安安地返回阿日蚌巴，／美丽如画的阿尔泰故乡！""'祝你的愿望能够兑现！／愿你信奉的神灵保佑你成功！'／他洒滴着雹粒大的泪珠，／将美好的祝词朗朗诵颂。"② 这段祝词反映出父母希望能够保佑洪古尔在战场上斩妖除魔，平安归来。同样对于听众来说，这些对英雄的祝

---

① 胡尔查：《胡尔查译文集》第一卷，远方出版社2009年版，第9页。
② 同上书，第47页。

福保佑也可以取悦于英雄，并希望自己的生活同英雄战胜妖魔一样顺利无虞。

由此我们不难看出，包含着大量赞词的史诗对于蒙古族民众精神与物质世界的重大意义。在先民心中它绝不是某种无缘由的漫天想象，而是一种解决眼前问题的方法与渠道。希望通过艺人对美好生活的讲唱与自己认真地聆听而使理想与现实达到一种勾连，从而对现实产生消灾祈福的积极影响。

印度史诗中虽然没有专门的文体来表达祈祝的意愿，但也有对禳灾心理的描写。《罗摩衍那·童年篇》中，蚁垤从那陀罗的嘴里听到了罗摩的故事，罗摩的故事影响很大，正如文中所言："罗摩故事真神奇，/纯洁无邪像吠陀，/无论何人把它诵，/就避免一切灾祸。//《罗摩衍那》这部书，/使人长寿福无穷，/无论何人把它诵，/死后全家入天宫。//婆罗门读了它，/会辩才无碍。/刹帝利读了它，/会统治世界。/商人们读了它，/会获得功果。/首陀罗读了它，/会受到优待。"（1.1.77—79）这几句话，不仅说明了《罗摩衍那》这部书的重要影响，而且从中也可以得知，在古代印度人眼中，诵读史诗可以免除灾患。

《摩诃婆罗多》中也有类似的表述，"初篇"之"序目篇"中写道："《婆罗多》的这一章名为《序目篇》，诚信的人从头常听（宣讲）就不会堕入困境。在清晨和薄暮诵读这《序目篇》的一部分，就可以顿时脱离在白昼和黑夜中犯的罪过。"（1.1.199，200）"由于更大和更重，它被称为《摩诃（大）婆罗多》。知晓它的含义的人消除一切罪恶。"（1.1.209）"初篇"之"原始宗族降世篇"中也有大致相同的叙述：

> 了解这部《黑仙吠陀》的人，把它讲给思想高尚的、慷慨为怀的、言而有信的、心地诚实的人们听，他将会获得利养。即使一个极为凶险的人，造下了杀死胎儿的罪孽，他聆听了这部历史传说，也会涤罪……
> 它是神圣的利论，它是最高的法论，它是解脱论。它是有无量智慧的毗耶娑仙人讲述出来的。人们今天讲述着它，后人将来也会讲述它。儿子们会变得唯命是从，奴仆们会变得讨人喜欢。一个人

只要经常聆听它，身体造下的罪，言语造下的罪，以及心意造下的罪，全都会很快的消除一空。聆听婆罗多族的伟大历史而不持异议的人，他们没有对疾病的恐惧，对另一世界的恐惧又从何而来？

……如同神圣的海洋，如同神圣的雪山，二者是驰名的宝藏。人们说，婆罗多族的故事也是如此。一个知道它的人，如果在每一个月的变日讲给婆罗门听，他会涤净罪恶，赢得天堂，到达梵境。如果有人在祭祖的时候，对婆罗门宣读它，只要宣读了其中的一句。他献给祖先的饮食就永垂不灭，并能到达祖先的身边。一个人在白天做事时，出于无知犯下了罪过，他听了《摩诃婆罗多》，那罪过就消除了。婆罗多族的伟大历史，被称为《摩诃婆罗多》。知道这一诠释的人，会消除他的全部罪过。（《摩诃婆罗多》1. 56. 17—31）

这就可以说明在先民眼中文学不仅仅是一种艺术，它更有祛恶禳灾的功能。

比较蒙古族史诗与印度史诗，蒙古族史诗中的禳灾心理主要是表达对未知灾难的防范和消除，这种灾难多是一种来自外界的祸患。而印度史诗强调用史诗净化心灵洗脱罪恶，这种灾祸是来自自己内心的混乱并已然发生而通过史诗来补救涤除。

（三）史诗讲唱和文本中的禳灾仪式

田野调查中我们发现，有些蒙古族史诗的讲唱过程可以说是一次完成禳灾功能的仪式，许多蒙古民众都会通过请艺人演唱史诗来为自己家消灾避祸。

通过请艺人演唱史诗来为自己家消灾避祸在一定时期的蒙古人中间具有相当的普遍性。上到王宫贵族下到平民百姓，在各个不同的蒙古部族之间都有相关的资料记录着蒙古人所赋予史诗的这一功能。据记载："蒙古封建时期的王公贵族，王公诺彦们很重视史诗艺人。许多王宫里有专职艺人。这些王宫贵族不但把专职艺人请到王宫里来演唱史诗，而且走到哪带到哪。他们喜欢听史诗演唱，以此消遣娱乐，庆贺节日，并驱邪避难。"① 仁钦道尔吉在其田野调查笔记中记录："在新疆和布克赛尔的道诺洛布才登王爷时代和奥尔洛郭加甫王爷时代（20世纪初，引者注），每年从正月初三或初五开始到正月底，王、公、活佛、大喇嘛和官吏们聚集在王府欣赏著名的江格尔奇西西那·布拉尔、胡里巴尔·巴雅尔等人演唱的《江格尔》。据说正月里在王府演唱《江格尔》，首先是把江格尔及其英雄看作是佛的化身，认为他们具有征服蟒古斯的本领，如能在正月演唱史诗，就可以祛除一切作祟的妖魔鬼怪，避免全年的灾难。"② 届时王公及其家属子女都一起来听。可见这一活动的目的除了节日文化娱乐外最为重要的目的就是驱逐消灭恶魔，祝福全家平安，幸福美满，从而形成一种听史诗演唱的习俗。这两段资料都表明了史诗讲唱受到王公贵族的极端重视，并在点明史诗功用的时候都强调了其所具有的消灾避难的功用，这一点对于渴求天神庇佑福运绵延的贵族们的重要意义无疑远胜于普通的消遣娱乐。而蒙古王公贵族都认可史诗的消灾功用并形成专门的制度，可见史诗消灾功能的影响力之深远。

先民心中史诗讲唱的目的具有实用性和功利性，单纯的娱乐和审美功能对于先民残酷艰辛的生活环境来说无疑是较为淡薄脆弱的。学者扎·策旺在《蒙古英雄史诗札记》中写道："演唱史诗不仅是为消遣娱乐，还要对听众具有教育意义。史诗是为了让听众得到一切福而演唱的，例如：病人为康复，盲人为复明，狩猎渔捞等事业为了获得丰收，如果远征途中一直讲述史诗就会一路平安……因为史诗中的英雄不是普通的人，而是有受天命者。"③

乌梁海蒙古人对史诗的禳灾功能更为笃信推崇，通过调查乌梁海人，我们发现他们也广泛认为史诗可以让人达到某种目的。史诗禳灾的功能十分具体并与蒙古民众生产生活联系紧密，而随着生活水平的提高、灾难的减少，史诗的神异力量有所弱化而逐渐演变成一般的祈祝福佑功能了。还有一个值得我们关注的信息是民众将史诗的功能细化，使其成为

---

① 萨仁格日勒：《蒙古史诗生成论》，中央民族大学出版社2001年版，第282页。

② 仁钦道尔吉：《萨满教与蒙古英雄史诗》，《民族文学研究》2001年第4期。

③ ［蒙古］乌·扎格德苏伦：《蒙古英雄史诗原理》，科学院出版社1966年版，第113页。转引自萨仁格日勒《蒙古史诗生成论》，中央民族大学出版社2001年版，第296页。

一套禳灾系统。"假如家中发生不幸，就让演唱《塔拉音哈日宝东》《布金达瓦汗》；如果夫妇没有子女，就请演唱《阿日噶勒查干鄂布根》；如果家乡遭受了干旱等自然灾害，就请演唱《阿尔泰海拉乎》，等等。"①从这条史诗禳灾功用甚至得到了细化和固化的例证中，更让我们很清楚地感受到蒙古族史诗对于听众的实际意义，也可以作为解释史诗如此盛行的原因。

此外，蒙古族史诗的禳灾功能在蒙古民族当中还特别表现为对军事力量的强化。著名蒙古族史诗学者德·塔亚在其论文《关于〈江格尔〉演唱场所》中记载了许多在征战前演唱《江格尔》的例子。"在新疆三区革命时期，江格尔奇其木德前往战场讲唱史诗。""1920 年，土尔扈特部征兵军训时邀请江格尔奇讲唱《江格尔》。""二次世界大战时，卡尔梅克江格尔奇巴桑果瓦为即将前往战场的战士讲唱史诗。"② 塔亚学者在分析战前演唱《江格尔》这一习俗时谈到了以下几点原因：一方面，通过讲唱史诗可以得到上天和江格尔灵魂的帮助，并能赶走扶持敌方的神灵，减弱敌方的士气，从而获得胜利；另一方面，被史诗呼唤而来的逝去的史诗战士的灵魂可以附在战士身上而使他们免受刀剑的伤害，并且通过赞颂江格尔的神力，为即将步入战场的战士们注入史诗英雄那不败的灵魂。

一位德国医生、旅行家在其《内陆亚洲厄鲁特历史资料》一书中记录了一段准噶尔部在战斗打响前使用的祷文。这段祷文是向神化了的格斯尔汗发出的："高贵的赫鲁德·博格多·腾格里·忽必勒干，你是战役的胜利者，格斯尔汗！你是这支部队的统帅，现在率领我们前进吧！"③这段资料表明准噶尔战士在战斗开始前呼唤格斯尔汗的名字，渴求格斯尔汗的庇护，希望智勇的格斯尔汗能统领他们从而必能获得战争的胜利。如同成吉思汗出征前一定要请大萨满举行祭祀，并使自己的征战得到了腾格里天神的授意。对于蒙古战士来说得到神的认可和庇佑，定能使其

---

① ［蒙古］巴·卡托：《阿尔泰乌梁海史诗》，科学院出版社 2001 年版，第 8 页。

② 德·塔亚：《关于〈江格尔〉演唱场所》，《内蒙古大学学报》2004 年第 1 期。

③ ［德］P. S. 帕拉斯：《内陆亚洲厄鲁特历史资料》，邵建东、刘迎胜译，云南人民出版社 2002 年版，第 339 页。

信心与勇气大为增益，从而提高其战力并获得胜利。

另外一个较为特别的例子也说明了史诗可以强化军事能力。笔者调查了解到如今在新疆厄鲁特人当中流传着这样的说法，不能讲唱史诗，不然会激扬士气招致灾祸。这样的说法表面上看来是否定了史诗的禳灾功能，其实并非如此，而正是肯定了史诗的神力以及对民族凝聚力的作用。其原因为厄鲁特人的准噶尔汗国在清朝因为叛乱而遭到残酷打击，所以对厄鲁特人来说以团结、凝聚、充满斗志的后果意味着遭遇无情屠杀，这种认识沉淀进厄鲁特人的民族记忆里并被继承保留下来。正因为史诗具有激扬士气强化军事的能力，而触发了厄鲁特人记忆深处的痛隐从而感到畏惧和回避。

战争无疑是史诗中最重要的内容之一，也是蒙古人所面对的主要的祸患与难题之一。蒙古人希望通过吟咏史诗呼唤史诗英雄的神灵来提高整个军队的士气并获得胜利，这对于认可史诗消灾功能的蒙古民众无疑是极为可行和必要的。史诗英雄的天生神力与战无不胜的特点使其具有战神的品质，蒙古人认为史诗英雄是神，可以帮助人们禳灾祛祸，而当具体面临战争时，可以说蒙古民众认为史诗英雄是战神，可以帮助人们获得胜利。

演唱史诗的仪式从某种意义上等同于萨满教祭祀仪式。这样的行为虽然与现代人对文学功能的理解相去甚远，但上文中大量的田野调查笔记非常直观而有力地印证了蒙古族史诗曾经所具有的禳灾功能。这一功能不但存在于民众的想象之中，而且被付诸实践在蒙古民俗史当中。但随着历史的发展，现代科学观念的引入，人们对事物的神异性表现出了怀疑与否定，进而导致了史诗禳灾功能的消解。当史诗的神异性和严肃性都在被世俗性、娱乐性取代的时候，这也可以说是史诗衰落的重要原因之一。

我们知道，印度文化的一项重要内容就是以祭祀为中心的宗教文化，婆罗门教强调祭祀万能，祭祀活动本身就是祈求神的护佑，因此，印度史诗中记载了诸多禳灾祈福的仪式，祈求神灵的助佑。《阿逾陀篇》中，侨萨厘雅为儿子罗摩祈福送行，她的祷告就是希望儿子在森林中能一切顺利，免除动物猛兽的侵扰，没有忧患，平安归来。然后，侨萨厘雅还用许多美丽的花环，再加上巧妙的颂歌来称赞神，希望罗摩能受到神灵的保护。随后，侨萨厘雅把一只吉祥镯子戴在了罗摩的手腕上，就是希望这只镯子能够救灾又祛难，她在嘴里还喃喃地念着咒语，按照规定的仪式，把祷告完成，以此让罗摩避免灾难，在森林里一切平安顺利。《后篇》中，蚁垤受众人邀请，为悉多的两个儿子举行了护婴大典，目的是保护他们不被恶魔所吞噬，让他们免除灾难。这个过程中，蚁垤还用俱舍草和俱舍草的草梗分别为他们擦身，而且念着咒语，这样就可以为他们免除灾患，健康快乐地成长。这种护婴典礼也说明了人们的一种禳灾意识和祈求神灵保佑的美好夙愿。

举行祭祀，取悦天神，洗脱罪恶也是《摩诃婆罗多》中常见的内容。坚战取得胜利后却因为杀掉了毗湿奴和迦尔那，失去了众多兄弟而一蹶不振，于是众人建议他举行马祭。因为马祭可以"净化大地"获取神的原谅，停止灾祸重得和平与安宁。仪式的内容是让祭马走遍大地，周游全国，最后在马祭仪式上将其杀死，类似"替罪羊"仪式，是早期先民转嫁灾祸的普遍做法。如"在阿拉伯，遇到瘟疫流行的时候。人们有的牵一只骆驼，走遍城里各个地区，使骆驼把瘟疫驮到自己身上。然后他们在一个圣地把它勒死，认为他们此举去掉了骆驼也就去掉了瘟疫"[1]。走遍大地的祭马承担了人类的罪恶，而将其杀死就代表罪恶被洗脱灾祸将中止。

比较蒙古族史诗和印度史诗所体现的禳灾仪式，可以发现蒙古族史诗的禳灾功能多与生活中的仪式相连，并在民众生活中起着实际的功用。而印度史诗文本中记载的禳灾仪式，反映了史诗创作时代民众的禳灾心理，随着社会的发展，这种心理和仪式在民众生活中弱化了。因为蒙古族史诗是口传活态史诗，每一次演唱都是史诗的再激活，需要伴随一系列相关的仪式功用；而印度史诗虽然最开始是集体创作的成果，表达了古代印度社会的多元文化信息，但其作为文本史诗在发展中的功用，主要是宣传表达印度教的理论与教义，因此，两者也就有了一定的差异。

---

① ［英］詹姆斯·乔治·弗雷泽：《金枝》，徐育新等译，大众文艺出版社 1998 年版，第490 页。

　　蒙古族史诗和印度史诗的禳灾功能体现出一定的相通性，反映了古代先民共同的祈祝禳灾心理。但也有一定差别，这主要取决于两个民族文化背景的诸多差异。随着现代科学观念的发展，史诗的神圣意义逐渐被消解，出现了世俗性、娱乐性的转向，史诗抑或是作为文学经典局限于书页，这对于史诗的存在理由无疑是极为淡薄脆弱的，很轻易地就被不断新生的娱乐项目所取代，所以流传千年的史诗在现今科技繁荣生活丰富的时代日渐衰微。如今史诗往往只是一部文学史开头的一个章节，我们可以将其中的人物形象和内容主旨分析得极为透彻，但一种更为有意义的思路是尝试去理解史诗等早期文学样式发生的环境，史诗所蕴含的文化信息，捕捉史诗对于原始人的真正功用与意义，从而了解其背后所映射的先民的精神世界。

　　文学人类学从内容上来说具有跨学科的性质。以这种理论方法对文学作品的解读，让我们看到的是文学作品背后庞杂的社会、政治、经济、哲学、宗教等各个方面的内容。而且文学人类学关注人类早期的巫术，在这种古老的形式中，探寻神秘文化彰显的人文色彩，在面对灾难、面对人的精神困境时，人类更需要一种精神上的信仰。文学是这种疗救中不可缺少的一个部分。文学人类学还强调一种打通，这是一种古老与现代之间的对话和交流，在这种打通中，人类反观自身获得一种来自过去与未来相接的深刻体悟与真正的智慧。

第 四 章

蒙古族史诗与印度史诗的
原始思维特征

    蒙古族史诗与印度史诗都产生于人们的认识水平低下的神话时代，虽然在长期流传的过程中，表现出了向高级社会形态转折过渡的内容，但总体来看，史诗的神话色彩还是十分浓郁的。可以说，两个民族的史诗都包含着大量的原始思维信息，通过对这些信息的比较研究，我们认识到不同地域的原始初民的思维方式是具有趋同性的。当然，由于史诗产生年代的差异，文化背景和地理生存环境的不同，不同民族对同一种事物或现象的思维方式或表达方式上也存在一定的差异。

    早在 18 世纪，意大利学者维柯就曾在《新科学》一书中探讨了人类思维发生、发展的演变历史，维柯将原始思维称为"诗性的智慧"；到了 19 世纪，人类学家泰勒又提出了著名的"万物有灵观"（Animism）；之后，著名的人类学家弗雷泽对原始人类的巫术、宗教和习俗进行了深入考察后，将人类思维的发展划分为三个阶段，即"巫术—宗教—科学"；20 世纪初期，法国学者列维 - 布留尔在前人研究的基础上，结合大量的田野调查，指出原始思维是一种以被互渗律支配的集体表象为基础的、神秘的、原逻辑的思维；1962 年，另一位人类学家列维 - 斯特劳斯并不十分赞同布留尔的观点，他认为原始思维和现代思维的差别并不涉及根本，只是"野生"和"园植"之别而已。1993 年，我国学者苗启明出版了《原始思维》一书，从中国人的角度阐述了原始思维的各个方面，为我们进一步认识原始思维开拓了新的领域。基于上述学者的研究，我们对原始思维有了基本的认识，将原始思维的特征初步总结概括出以下几个方面：直感形象性、整体性、互渗性和原逻辑性，并以此为切入点对比研究蒙古族史诗和印度史诗的原始思维特征。

第一节　史诗的直感形象性思维

一　直感形象性的思维特征

直感形象性包括直感性和形象性两方面。直感即"直接感知"，众所周知，原始人类知识和智力水平相对低下，他们很少有判断推理的逻辑能力，对世间万物的认知往往只凭直觉（感觉），因此，他们往往把感性的理解当成事物的本质，常常是就物论物，以物解物，因此，他们所谓的思维，其实就是在感觉和体验。

人类学家维柯认为：原始初民的意识中没有抽象、洗练或精神化的痕迹，他们的心灵完全沉浸在感觉里，他们也没有能力把形状和属性从事物本身中抽象出来，各种感官是他们认识事物的唯一渠道，他们凭借其感觉和想象构思事物的意象或观念。因而，原始思维的一个重要特点就是原始初民通过他们的各种感官来感受和体会万物，在大脑里形成的对事物的概念也是混沌的，主体和客体还没有完全清楚地分开。[①] 正如费尔巴哈所说的，人类最初并没有"把自己与自然分开，因而也不把自然与自己分开，所以他把一个自然对象在他身上所激起的那些感觉，直接看成了对象本身的形态……因此人们不由自主地——亦即必然地……将自然的东西弄成了一个心情的东西，弄成了一个主观的、亦即人的东西"[②]。

不难看出，直感性是原始思维最基本的特征之一。直感性是原始思维认识方式的基本起点，原始思维建立在感觉之上。原始人类凭借主体的感觉、知觉、表象记忆、幻觉、情绪、欲望、体验、意志、信仰等，对外物进行直接感受，所以，古人对事物的理解就往往局限于其日常生活中的个体感受，而日常生活又是具体直观的，由此引出了思维的形象

① ［意］维柯：《新科学》，朱光潜译，人民文学出版社1997年版，第161—164页。
② ［德］费尔巴哈：《宗教的本质》，王太庆译，人民出版社1999年版，第3页。

性。这种形象性表现为原始人总是借助于"象"来认识陌生事物。由于原始思维的主体是情感的、心理的，因此原始先民更喜欢借助于具象的、简单的、来自经验的客观世界的"象"进行思维。维柯曾经用不同语言中涉及无生命的事物的表达方式与人的关系来说明这个问题，他举例如用"首"（头）来表达顶或开始，用"额"或"肩"来表达一座山的部位等等，这实际上就是一种具象思维方式，是一种以感官力为基础的思维活动。笼统地说，"象"即"具象"，它可以说是原始思维的基本"思维筹码"，就像一个个音素组成了词语一样，原始人也利用具体可感的"象"来构造他们的思维，形成他们的语言。

二　形象直感性在史诗中的表现

两个民族的史诗都不太注重刻画主体所获得的印象，如心理、感情、精神等，而是注重表现客体在空间里的形状、位置和动态，也就是喜欢描写直观和具体的东西，即所谓用具体比抽象。正如布留尔所指出的："原始民族的语言'永远是精确地按照事物和行动呈现在眼睛里和耳朵里的那种形式来表现他们的观念。'……这些语言力求把它们想要表现的东西的可画的和可塑的因素结合起来。"①

首先，两个民族的史诗在描写人物的外貌、体态、能力、行为、心理、感情等方面的内容时，往往选取与生存环境相关的自然现象或动植物等作喻体，他们将自己能够看得到摸得着的事物选取来表现人物的外在与内在，这种描写手法就是时人思维直感性的结果。

蒙古族史诗和印度史诗在描写英雄时都运用了大量的直感形象性的比喻：蒙古族史诗形容英雄江格尔坐在金座上"好比十五的月亮"②；可见其有令人仰望的气质；江格尔深邃明亮的眼睛，"像攫取猎物的鹰隼的目光"，可见其锐利机敏；两撇乌黑的胡须，"像雕鹰张开的翅膀"，可见其胡须的浓密和茂盛；宽阔厚实的脊背，"荷重的骆驼可以自由奔跑"，

---

① ［法］列维－布留尔：《原始思维》，丁由译，商务印书馆1985年版，第71页。
② 黑勒、丁师浩译：《〈江格尔〉汉文全译本》第1册，新疆人民出版社1993年版，第8页。

可见壮硕的身躯；双肩有七十庹宽，孕育着三十三位天尊的力量，他的巨背和十指的每个关节上，都潜藏着雄狮猛虎和大象的力量，可见其力大无穷；江格尔的嘶喊声"好似晴天霹雳"，可见其非凡的声音。形容阿拉坦策吉"他那翘动的胡须，/像雕鹰在扇动翅膀。/他那转动的两眼，/像雄鹰攫取猎物的目光。/他的前额上出现的一道道皱纹，/像角斗的公牛威武雄壮。/他咬牙切齿发出巨响，/像发怒的公驼凶猛异常"，可见他有蒙古英雄共同的特征，尖利的目光和翘动的胡须，同时也具有与洪古尔等英雄一样"膂力非凡，十指的每个关节上，都有雄狮和大象的力量"；形容萨纳拉头上的金盔发出耀眼的光辉，"像灿烂的太阳升起东方"①。印度史诗中的比喻则往往选取与森林有关的物象，如罗摩的眼睛像蓝莲花，"走起路来像怀春的大象，//面孔像月亮一般可爱"，（《罗摩衍那》2.3.11，12）罗摩拉断神弓，迸出了巨大的声响"像是扫过来的飓风；/又像是那大山崩裂，/大地为之激烈震动"。（1.66.18）十车王的声音"像是大鼓的轰鸣，又像是雷电的云雨"；（2.2.2）罗摩与罗什曼那"他们伸出了合捧的双手，好像是一朵一朵的莲花"；（2.3.1）罗摩即将灌顶前等上车飞行："他就像千眼因陀罗，/浑身闪耀着光明。//这个光辉的人像块云彩，/出现在天空响出低咽声音/；他从房子里走出来，/像那月亮走出大块雨云。"（2.14.21）

两个民族的史诗描写英雄时所用的比喻最大特点就是直接、感性、形象。蒙古族史诗的比喻中显然能看到马背民族的特点，蒙古草原上的雄狮、猛虎、公驼等，往往用来比喻英雄巨大的力量；雄鹰往往用来形容英雄锐利的目光；太阳和月亮往往比喻英雄的光辉和美好。印度史诗所用的莲花、大象、雷电云雨等，又都是印度自然中常见的，因陀罗是印度神话中的众神之王，因为宗教生活是印度人生活的重要组成部分，所以印度神话中的神也就成为与他们息息相关的物象了。

史诗对女性美的描写也大量运用了直观形象的比喻。蒙古族史诗《江格尔》中的阿盖"像大理石山上的玻璃一样发着金光。/阿盖的光辉，

---

① 色道尔吉译：《江格尔》，人民文学出版社1983年版，第296、296、296、17、31、32、61、40页。

给人带来快乐和光明，//阿盖有整齐的四十个牙齿，/白皙的十指像纤纤柔软的白玉，/她的红嘴唇如同五月的樱桃，/她的头如美丽的孔雀，/她的品德是人间的表率，/她的声音是动听的音乐。"① 印度史诗《罗摩衍那》中的悉多："好像初升太阳，/光芒照耀天空"，（《罗摩衍那》2.34.18）"像烈火光焰辉映"，（3.35.19）"她像满月一样美丽"，（3.32.19）她的"面庞像荷花般美丽，/又像满月般丰满；……她的那双脚……像荷花蓓蕾一般美丽"；（2.54.14、15）《摩诃婆罗多》中黑公主的姿容也同样美妙，她"体态绝美，腰身纤细犹如祭坛，妩媚动人。她肤色黝黑，目若莲瓣，靛青色的头发弯弯曲曲，恍若姿容曼妙的女神变成了凡人的身形，来到了尘世。她身上香气浓郁，宛若蓝莲花一般，香飘数里"。（《摩诃婆罗多》1.155.41—43）

虽然两个民族都用"太阳""月亮"等比喻女性的光艳照人，女性的柔美，但不同的是，史诗大量运用了眼前所见的与自然环境和生活环境相关的物象作比，蒙古民族更多的是用草原上的"牧人可以牧马河滩""晚间也能放牧马群"等日常所见的物象作比；而印度人则更喜欢用荷花瓣、祭坛、女神等作比，作为宗教极其发达的民族，祭坛是印度人最常见的物象，在印度人的意识里，女神之美是最受他们追捧的，而荷花更是印度人常见的植物。

史诗对动物的描写也运用了身边的物象做比喻。两个民族的史诗中都描写了与人类共存共在的动物，其中描写最多、意义最大的要数蒙古族史诗中的"马"和印度史诗中的"猴子"了。对这两种动物，史诗运用了大量的比喻进行表现，如蒙古族史诗对马的比喻："大红马迅猛疾飞，/好像离弦的箭一样快，/好像呼啸的弹丸一样强"，"大红马劈波斩浪，气势磅礴，/好像八千骏马在竞赛奔驰"②，萨纳拉的红沙马：劲秀的两条前腿，犹如美丽的翅膀，丰满的臀部，好似巨大的铁砧。《罗摩衍那》对猴子的描写，如猴群之王，"一个个像成堆的云彩，/一个个像山岳一样"，（《罗摩衍那》1.16.20）成群的神仙聚在那里，他们身上宝饰

---

① 色道尔吉译：《江格尔》，人民文学出版社 1983 年版，第 221—222 页。
② 同上书，第 33、35 页。

发光，好像一个个的太阳，把无云的天空照亮。蒙古族史诗中的"离弦的箭""巨大的铁砧""八千骏马在竞赛奔驰"等喻体离不开草原人的生活，印度史诗"云彩""山岳"等喻体又具有在森林中生活的民族特点。

　　总之，无论是对人还是对动物的描写，两个民族的史诗都选取了大量的具体形象的、日常所见的，或自然环境，或常见的动植物，或社会生活现象等做比喻进行描绘。这样的描写在现代人看来，只会感受到史诗比喻的丰富，使人物更加生动形象，我们往往不会将其与思维方式联系起来。但是事实上，我们必须认识到，原始人类具有超凡的感觉能力，有时他们的感受能力并不是现代人所能理解的，他们的想象力没有抽象的或精神化的痕迹，而是完全沉浸在感觉里，因此，我们所领会到的史诗的比喻是如此具象，这就是古人诗性智慧的结果。

　　其次，抽象能力匮乏，造就了原始人卓越的想象力，他们可以用类比的方式将某种抽象的概念用具体而形象的东西恰如其分地表达出来。

　　蒙古族史诗形容人的友情，将其用具体可感的物象来比喻。如江格尔与铁臂力士萨布尔僵持不下之时，他呼唤洪古尔救援，洪古尔的到来使江格尔兴高采烈："洪古尔，寒冷的时候，/你是我御寒的皮外套呵！/洪古尔，紧急的时候，/你是我嘹亮的螺号！//洪古尔，战斗的时候，/你是我坚固的盔甲！洪古尔，奔驰的时候，/你是我飞快的骏马！"[①] 印度史诗《罗摩衍那》形容人愤怒的情绪时，如此比喻"发怒像劫末烈火"；（《罗摩衍那》1.1.17）形容沮丧的情绪，"御者像一只年老的象，/新被捉到痛苦难当；/他又像一只长叹的象，/垂了头，身体不舒畅"；（2.52.2）形容恐惧的状态则是："他惊慌失措目瞪口呆，/活像小鹿见到母老虎"。（2.10.30）对英雄人品的描写也是用具象来比喻，如罗摩"坚定得像喜马拉雅山，/像喜马拉雅山一样稳固"，（1.1.16）"像大地那样容忍"，（1.1.17）"勇武像毗湿奴，/美丽像苏摩神（一种植物，后神格化，成为《梨俱吠陀》主要神之一。亦有'月光'之义）"，（1.1.17）两位王子，"勇敢可以比得上神仙"；（1.47.2）"甘蔗王朝的英雄，/虔诚、守德又武勇，/宛如一个大仙人，/这王仙在三界扬名。"

----

　　① 色道尔吉译：《江格尔》，人民文学出版社 1983 年版，第 63 页。

（1.6.2）

描写人的情绪、性格、秉性等抽象事物，对于远古的人类是一大考验，但是在史诗中我们可喜地看到，他们用形象的比喻将抽象的事物具象化了，使读者对人物的理解变得十分容易，明显有感性思维的特点。蒙古族史诗用"御寒的皮外套""嘹亮的螺号""坚固的盔甲""飞快的骏马"等草原英雄战斗生活中必备的物品比喻两位英雄的友情，十分贴切、合情合理；印度史诗使用"年老的象""长叹的象"比喻人的沮丧，用"像小鹿见到母老虎"形容人的惊恐，非常形象、逼真。用"像喜马拉雅山一样稳固""勇武像毗湿奴""步伐像是大象和狮子""虔诚、守德又武勇，宛如一个大仙人"，这些比喻将人物的品位惟妙惟肖地表现出来了。总之，两个民族史诗选取的喻体都是他们身边的自然物和精神生活中的崇拜物，所以直感性思维的特点是十分明显的。

再次，对环境的描写，史诗也是采用了比喻的表达方式。

蒙古族史诗形容圣主江格尔的家园"犹如仙境一般"；常年积雪的查干山"犹如接连天地的纽带"；图木布河"犹如脱缰狂奔的烈马"①；《罗摩衍那》描写罗摩即将灌顶前，宫殿挤满人"像是飞满了狂乐的小鸟，布满了盛开的荷花的池塘"；（《罗摩衍那》2.5.13）帝师登上国王的宫殿"像是白云缭绕的高峰"；（2.5.21）国王走回后宫，"好像狮子走进山洞"；（2.5.23）到处激荡的人潮发出的声响"听上去像是涨潮的大海，涛声轰鸣，波浪翻滚"；（2.6.27）失去了十车王的宫殿"像没有狮子的山洞一般"。（2.106.24）这里的"仙境""脱缰狂奔的烈马""荷花池塘""白云缭绕的高峰"等喻体直感性十分鲜明。

总之，两个民族的史诗都用具体直白的语言对外在的世界和人的自身进行了形象的描绘，所用的喻体是他们生活中常见的物象，是与他们的生存环境、生活方式、宗教信仰等密切相关的，这种表现方式充分反映了远古人类直观的思维方式和他们丰富的想象力。当然，两个民族在具体的喻体选取上因其地理环境和生存方式不同，而有一定的差异。但大量具体性的描述，还是证明了列维－斯特劳斯所概括的"对应着知觉

---

①　色道尔吉译：《江格尔》，人民文学出版社1983年版，第4、5页。

和想象的平面"的原始思维方式的存在性，证实了原始人"感性直观"的认识方式的相似性。

第二节　史诗的整体性思维

一　整体性思维特征

所谓整体性是一种以具体的形象性认识为前提，以建立某种秩序、系统和结构为目的的思维特征和思维方式。

英国人类学家泰勒通过搜集远古时代各个氏族的习俗和仪式提出了万物有灵观。泰勒认为：万物有灵既包括生物的灵魂，也包括各个精灵本身，生物的灵魂在肉体消亡之后仍能够继续存在，精灵则上升到诸神行列，如此一来，万物有灵魂就包括了信奉灵魂和未来的生活，而这种信奉在实践中便转化为某种实际的崇拜。[①] 可见泰勒所阐述的灵魂观念是原始人对万事万物的一种解释，或者说是人类寓主观于客观的一次尝试和实践。可以说，万物有灵观鲜明展示出原始人类思维的混沌性或整体性。由于初民难以将对于自我的认知从周遭环境中脱离出来，因此，灵魂观的出现便将物我的相互转化和传递的观念变成了真实的存在。从这一点说，灵魂思想成为真实记录原始人思维方式的镜子。总之，泰勒的万物有灵观，展示出原始人类思维方式的超凡一体性或整体性，列维－斯特劳斯将其归纳为整体性特征。

列维－斯特劳斯在原始思维具象性特征的基础上，进一步发现原始人"把直接呈现于感觉的东西加以系统化"，并且建立起属于自己的秩序和结构，体现出一种整体性特征。斯特劳斯通过研究原始社会的图腾和等级制度，认为，图腾信仰的等级制度化，便是整体性思维的结果，而原始思维的整体性又是具体思维深入发展的必然结果。因为随着具体的直感认识的不断增加，原始人必然会自觉不自觉地对各种各样的具体事物进行辨别区分，分类整理，由此也就自然而然地形成了秩序性或系统

---

① ［英］爱德华·泰勒：《原始文化》，连树生译，广西师范大学出版社2005年版，第345—350页。

的思想和观念。① 可以说，斯特劳斯的研究，实际上是在探讨原始人面对大自然时所应产生的最本真的思维和意识。总之，原始人类的整体性思维是原始人不断感知外在世界的必然结果，体现出一种渴望了解世界、掌控世界的愿望。

二　整体性思维在史诗中的表现

众所周知，远古人类在渴望解释自然的追求中，生发出了万物有灵的思想，这其实是他们健康理智的思维方式。万物有灵思想使他们又产生了关于神的存在和生物的灵魂在肉体消亡后依然存在的观念。因此，他们的思维中，上界、下界、中界，即天上、地下和人间是相连通的，神、人甚至动物、植物是可以相互转换的，这就是原始人的一种整体思维方式。蒙古族史诗和印度史诗中非常明显地体现出了这种思维方式。

首先，史诗叙述的英雄故事总是从远古的蛮荒时代开始，从神的世界讲到人间，从神讲到人。在他们的观念中，人间现在发生的一切与很早以前的事是相连的，人的事与神是相关的。他们将远古与现在相连，三界空间打通，这就构成了一种整体性思维。

蒙古族史诗《江格尔》一开始就告诉读者："故事发生在珠宝般时代，/人类世界刚刚形成的年代……天神满珠希里，/将宝座赐给了人主。/那仙境般的本巴乐园，/是天神满珠希里修建。/它的英雄是天神所降，/它有着源远流长的历史。"② 这就将宝木巴和宝木巴的英雄与遥远的过去和神的世界联系在一起了。《格斯尔》也是从"很早很早，释迦牟尼佛祖涅槃之前"③ 开始的，帝释天拜谒佛祖，佛祖降旨，让帝释天的三皇子之一下凡。这样就把格斯尔的降生神化了，与神的世界联系到了一起。

印度史诗也同蒙古族史诗一样，讲述任何一个人物时都要从其祖上

---

① ［法］列维－斯特劳斯：《野性的思维》，李幼蒸译，商务印书馆1997年版，第124—150页。

② 黑勒、丁师浩译：《〈江格尔〉汉文全译本》第1册，新疆人民出版社1993年版，第15—16页。

③ 内蒙古社科院文学研究所编：《卫拉特〈格斯尔传〉》，赤峰印刷厂1986年版，第79页。

开始，如史诗的中心人物罗摩的故事就是从自有造物的生主以来，所有执掌世界的帝主人王中的一个叫萨竭罗的开始，他就是后来的甘蔗王朝国王的祖先，而这部伟大的传奇《罗摩衍那》就产生在这个世系中。之后详细介绍罗摩父亲的国家，城市，尽情赞美罗摩的父亲十车王如何在三界扬名，以及这里的城市如何富足，人民如何善良，大臣如何守节，叙述相当细致，然后才引出十车王无子。之后又倒叙十车王的降生，十分细致地叙述十车王举行马祭的过程，以及众神得到祭品后如何向大梵天请求，大梵天命毗湿奴神化身为四，成为十车王的儿子。《摩诃婆罗多》更是从这部史诗的创作和传播开始讲起，首先讲到了开天辟地的神话，然后广博仙人请求梵天大神帮助，让自己创作的长篇叙事诗流传于人间。之后讲到史诗的创作过程。讲到史诗中心事件两个家族的人物时，也是从其祖上开始讲起，而他们的祖上又是同神相连的。持国百子和般度五子的祖父是贞信幼年时生的儿子广博仙人，贞信又是古时的国王空行落入河里的原阳，被梵天大神诅咒后变成鱼的仙女吞吃，怀孕后生出来的渔民的女儿。也就是说，贞信实际上是仙女的后代，仙女生下一男一女后升天，这就与神的世界联系到了一起。

可见，古代史诗在叙事的过程中，为了表现其完整真实，总是要将故事的来龙去脉一一道来，且与神的世界相连，尽力构建完善的信息，这就是整体思维方式的表现。两个民族的史诗有所不同的是，印度史诗的整体性思维要比蒙古族史诗体现得更加明显，因为印度两大史诗不但从人的神源开始，而且结尾时，人又回归到神，这就形成了"神—人—神"的一个循环，这是一种秩序，一个系统。蒙古族史诗在表现江格尔、格斯尔的神源性之后，便展开了弘扬正义，保卫家乡的战斗，史诗的结尾，只是带有象征意味地表现了"回归"，如《江格尔》中写道"江格尔如意至宝的化身，/好比生活在三十三层天上，/永世恒昌，幸福无疆"①。卫拉特《格斯尔》只是讲述到格斯尔取得了胜利，人们的欢庆场面，战斗似乎还可以继续下去。这就不仅仅是思维方式的问题了，而是与两个民族的文化相关，蒙古民族是乐观积极的，而印度民族是悲情的。

---

① 色道尔吉译：《江格尔》，人民文学出版社1983年版，第522—523页。

其次，思维的完整性还表现在，史诗叙事的繁复、细致、毫无遗漏地描写一切，极尽铺陈来描述每一个事件和人物，且常常采用插叙的手法交代因果和往事，尽量完善细节，不留疑点。因为原始初民认为，只有如此准确、细致、详尽、全面的叙述，才是真实的。

蒙古族史诗《江格尔》讲述每到盛大的聚会，都要举行宴席，敲打庙堂里的巨鼓，史诗极其细致地叙述了如何敲打巨鼓，"上面敲打七下，/中间敲打七下，/下面敲打七下，/共敲三七二十一下。/敲打大号的金鼓，/招来大努图克的百姓；/敲打中号的金鼓，/招来中努图克的百姓；/敲打小号的金鼓，/招来小努图克的百姓。"可见叙述之详细。《江格尔》描写蒙根希格西力格的战袍，叙述之细致，更是无以复加，从脚穿的靴子，到腰带、裤子、摔跤服、身披的铁甲，头上的战盔，手里的钢鞭，腋下的长戟，不仅一一道来，而且每件服饰和武器上的装饰也不厌其烦地详细介绍，如红色的靴子是用生皮制的，靴筒是一万个哈腾缝制，靴帮是一百个哈腾纳成。钢鞭是"用七十头公牛的皮子，/做成钢鞭的里心；/用八十头公牛的皮子，/做成钢鞭的外套；/用北方的黄色木头，/做成钢鞭的把柄；/用上等的白银，/包了钢鞭的柄把/用纯粹的精钢，/扎了钢鞭的尖梢。"[1]叙述之详尽全面达到了极致。

如果说蒙古族史诗的叙述是全面的，那么比较而言，印度史诗的叙述就更加细致周全、繁复详尽了，《罗摩衍那》叙述罗摩拉开神弓迎娶悉多的过程就是相当细致全面的。首先悉多的父亲遮那竭讲述神弓的来历，"古时候，有个大精力的湿婆"，讲述时总是要从"古时候"开始，也就是从头讲起，这张弓就是湿婆的，然后湿婆将弓交到遮那竭的祖先手里。之后讲述悉多的来历，再讲述罗摩仿佛游戏似的将弓拉断。再后，国王请罗摩的父亲前来为女儿举行婚礼。十车王到来之后，又讲述罗摩家族的历史，遮那竭又讲述自己家族的历史，之后才给他们举行了婚礼。这里，史诗出现任何一个人物或物件，都要追根溯源，详细介绍其来龙去脉，明显表现出了整体思维的特点。再如，《罗摩衍那》描写阿逾陀城，

---

① 黑勒、丁师浩译：《〈江格尔〉汉文全译本》第一册，新疆人民出版社1993年版，第51—52、61页。

从这个国家的地理位置写起，写到它的辽阔、繁荣、富庶。然后引出阿逾陀城，讲到建城的人、城市的大小、道路的宽敞美丽洁净，然后再引出这里的主人国王名叫十车；再从城门写起，写到城市里面有各种器械、兵器，各样手艺人，这里还有歌手、舞女，有花园和芒果林，城市有难以接近的工事，城里挤满了骏马、大象、牛、拉犁的牛和驴子；城里还住满了藩属王公，贡物充盈，各国的商人；宫殿庄严、宝山、离宫别馆；城市分八区，里面有妙女娇娥、各色宝石、楼台殿阁，房屋栉比，土地平整、粮食充盈；响着大鼓和杖鼓，荡着琵琶和打声；房屋内部坚牢结实，住的人善良圣洁……城里挤满了大英雄；住满了得道的事火僧，婆罗门的魁首，高贵尊严的大仙。（《罗摩衍那·童年篇》）叙述之细致、烦琐无以复加。

总之，现代人看来，这种叙事方式是烦琐的、累赘的、重复的，也是他们不肯使用的方法，但是，远古人类却将这样的叙事方式看成是史诗真实的可能。

再次，史诗的整体性思维还体现在，史诗中存在一个庞大的神、魔的世界，而这个世界与人的世界相互勾连，形成了一个完整的体系。在神的世界里，神的地位不同，本领各异，形成了一个丰富多彩、变幻莫测的世界。

蒙古族史诗中我们能够看到宇宙分三层结构的观念，《江格尔》中，把中界叫赡部洲，是宝木巴的所在地；《格斯尔》中也将人间称为赡部洲。把上界称作"上天界""上赡部洲"和"上宝木巴地方"。下界称作"下赡部洲""下宝木巴地方"和"地狱"或"黑暗地狱"。史诗中天与地，地上与地下之间有通道可以上下。《江格尔》描写，洪古尔被俘后，被关在地狱，江格尔"进入地洞，/经过两次宽阔的地道，/又经过一次狭窄的地道，/受尽了地狱的痛苦，/来到了第四层地狱。/又经过两次宽道一层窄道，/江格尔来到第七层地狱"①。在这里，江格尔与女妖搏斗，杀死七个秃头小妖，又和三个月大的小妖精战斗二十四天，又遇到了仙女、八千个恶魔，并与之战斗，之后站在海滨，在大海的深处发现洪古

---

① 色道尔吉译：《江格尔》，人民文学出版社 1983 年版，第 268—269 页。

尔的白骨，最后他们又通过宽阔和狭窄的地道回到了人间。由此可见，上、中、下三界构成了一个整体。

印度史诗更是完整地描写了神的世界，人的世界和妖的世界。史诗中出现了诸多的神，如因陀罗（天王）、阿耆尼（火神）、苏摩（酒神）、苏尔耶（太阳神）、双马童（医神），以及护法神、风神、暴风雨神、凶神、恶神、死神、祭祀神等，这些神都是由大梵天创造的。天神们生活在天国，天国位于高耸入天的弥卢山上。阿修罗原本也是生活在天国，但他们在与天神争夺甘露的战斗中失败，于是逃往地下或海中。阿修罗一旦肆虐人间，众生陷入苦难，大神便化身下凡，消灭阿修罗，拯救众生。由此可见，印度史诗中的三界同样也是相互连通、形成一体的。

两个民族史诗三界的出现，让人有身临其境之感。在这相互勾连的三界中，人神魔可自由穿行，人可上天，可入地，神可下凡，魔可在人间兴风作浪，原始人类的眼里，这三者本就是一个统一的整体，这也证明了列维－斯特劳斯的观点，原始思维是以"对于秩序的要求为基础"，是一种"量化的思维"。

总之，两个民族的史诗在万物有灵观念的支配下，在具体形象性认识的前提下，把直接呈现于感觉的东西系统化了，如他们都将宇宙分为三界，天界住着神，中界住着人，下界住着魔，这实际上是根据目所能及的自然界进行想象的结果，也是他们要建立某种秩序的一种表现。再如，他们在叙述过程中，总爱不厌其烦地极其仔细地描述，或追根溯源，或展开铺陈，这种不同于现代的叙述方式也是他们试图将具体的事物进行全面系统化尝试的结果。当然，比较而言，印度史诗的整体性思维意识更浓，叙述也更清晰，而蒙古族史诗相对要弱一些，叙述也更简单。这与印度史诗中的神话色彩更浓不无关系，也就是说，印度史诗最初的形成应该是当地民众处于更加原始的时代，而蒙古族史诗的形成相对要晚一些。同时，这也与蒙古族史诗的活态形式有关，由于在不断地传播中，后人思想的介入就会更加明显，由此造成了两个民族的史诗在整体性思维方面的强弱差异。

第三节　史诗的神人互渗性思维

一　互渗性思维特征

弗雷泽在《金枝》中通过大量的文化实例研究了"原始巫术",深化了泰勒的"万物有灵观",进一步阐释了原始思维的特点。他认为,原始人的思维方式是建立在一切事物之间相互联系的基础上的,任何巫术或行为都存在某种神秘的彼此相连的规律。此后,法国学者布留尔在对原始思维的研究中,首先阐释了原始思维的神秘性。指出,原始思维的神秘性不是愚昧和无知,而是在初民感性认知的前提下,对周围世界的胡乱猜测和错误判断,体现的是初民与周围世界的相互联系。而"这些关系全部都以不同形式和不同程度包含着那个作为集体表象之一部分的人和物之间的'互渗'"。列维-布留尔,"把这个为'原始'思维所特有的支配这些表象的关联和前关联的原则叫作'互渗律'"①。所谓的互渗性思维就是在原始思维中,人的意识与存在、主体与客体是相互渗透、相互交织和相互融合的,它体现的是一种物我不分、物我交融的特性。

原始初民深信各种形式的生命在本质上是一体的、相互感应的、彼此渗透沟通的,甚至可以互相转换。布留尔认为,"客体、存在物、现象能够以我们不可思议的方式同时是它们自身,又是其他什么东西。它们以差不多同样不可思议的方式发出和接受那些在它们之外被感觉的、继续留在它们里面的神秘力量、能力、性质、作用",而且"存在物和现象的出现,这个或那个事件的发生,也是在一定的神秘性质的条件下由一个存在物或客体传给另一个的神秘作用的结果。它们取决于被原始人以最多种多样的形式来想象的'互渗':如接触、转移、感应、远距离作用,等等"②,可见,互渗成为原始人类支配一切现象关联的根本法则。

原始思维的互渗性不仅体现在主客体相互转化,即主体的客体化与

① ［法］列维-布留尔:《原始思维》,丁由译,商务印书馆 1985 年版,第 60、69 页。
② 同上书,第 60 页。

客体的主体化，而且逻辑的因果关系也被互渗律所取代。在原始初民那里，把人的精神、意识想象成是某种物质的东西，它可以寄居于肉体，也可以转移到某一植物、动物或其他任何东西中，他们认为不但动物和人一样有生命，而且一切看似无生命的东西也都有意识，那些无生命的东西同自己一样也有一种生命力，那些有生命的东西也有思想、有意识，于是，天地日月、山川河流、飞禽走兽、花草树木均被人格化了，客体和主体的界限也就模糊不清了。

总之，原始思维的互渗性特征揭示了原始人类思维方式的神秘面纱，这种思维方式实际上是一种在具体性和整体性高度发展的前提下所产生的物我一致、物我交融的联系性思维形式。

二　互渗性思维在史诗中的表现

互渗是原始先民以己观物、物我不分、移形换物，与自然万物完全融合的一种状态。当我们徜徉在史诗世界，会感觉仿佛进入了奇妙的神话天地，在这样的世界里，人与神之间的界限常常是模糊的，同时，某种神秘性和传递性也总是弥漫在身边。按照布留尔的观点，这是"在一定的神秘性质的条件下由一个存在物或客体传给另一个的神秘作用的结果"①。具体而言，两个民族的史诗主要通过人神互化、对法宝的运用等来消解物我的界限，从而达到人神互渗的效果。

首先，思维的互渗性体现在人神之间的相互转化与融合。史诗将人神化，又将神人化，这种人性与神性之间的相互融合，实际上是原始初民思维方式的结果。

我们看到，史诗中的英雄们都在不同程度上具有神的属性，他们的身世非同一般。蒙古族史诗中江格尔的母亲是龙王的后代；格斯尔是霍尔姆斯塔的皇子下凡。印度史诗中的英雄也都有不凡的身世，可谓神性在身。十车王的四个王子是毗湿奴神的分身；坚战五兄弟分别是贡蒂国公主贡蒂和摩德罗国公主玛德利与神所生；迦尔纳是其母亲贡蒂出嫁前，通过咒语招来太阳神，与她交合的结果；毗湿摩是被贬下凡的天神；黑天是毗湿奴

---

① ［法］列维－布留尔：《原始思维》，丁由译，商务印书馆1985年版，第69—70页。

神的化身。可见，英雄们都有神的血统，与神的亲缘关系可见一斑。

英雄们还具有神的本领。江格尔有八十二个变化，七十二种法术；阿拉谭策吉"能追述过去九十九年的往事，也能预卜未来九十九年的吉凶"①；江格尔、洪古尔等都能作法："洪古尔弯腰抓起一把泥土，/嘴里念着活佛教给的真言，/将手中的泥土撒向天空。//霎时蓝天上乌云密布，/落下清爽细雨。/飒飒的清风徐徐吹拂，/马鬃被清风吹到一边，/珍珠般的银尾发出优美的声音，/好像牧人在演奏悠扬的胡琴。"英雄们还有神一样的力气，"洪古尔的膂力非凡，/十指的每个关节上，/都有雄狮和大象的力量"；"江格尔的吼声，/吓得山沟里的三岁熊罴，/胆破血流"②；萨纳拉能够黑夜不住宿，白天不休息，马不停蹄，一连跑四十九个日夜。显然，这一切正常人是做不到的，只有神性在身，才能有如此身手。印度史诗的英雄们同样具有超凡的本领，英雄力大如神，罗摩拉断神弓迎娶悉多，阿周那也是拉断神弓，五兄弟共娶黑公主；罗摩十六岁时就用神器打败了两个妖怪，为众仙友消除了祸患；在与罗波那战斗中，罗摩奔驰在千军万马之中，罗刹们却看不见他，他在一天的八分之一时间内，就杀死十万个罗刹兵卒，而他却一点也不觉疲倦。

总之，史诗中的英雄都是神化的，而神也人化了，他们或下凡投胎为人，或直接参与人的战斗生活。他们的心性与品格也是人化的，因为人间妖魔作恶，善神怜悯百姓，便降临人间，降妖除魔。蒙古英雄格斯尔，关键时刻常常求助于天神姐姐，而她们为了格斯尔正义的事业，也每每慷慨相助。史诗正是通过这种神人之间的转换体现出了互渗性思维特征。

其次，史诗通过人、神、妖的"变形"来表现思维的互渗性。

蒙古族史诗中的英雄常常变幻成秃头小儿；妖魔也常常变幻成人迷惑英雄。十方圣主格斯尔遵照帝释天的旨意来到赡部洲，转生投胎后，魔鬼们得知消息，惶惶不可终日，决定除掉他，便让一个魔鬼变成喇嘛

---

① 黑勒、丁师浩译：《〈江格尔〉汉文全译本》第一册，新疆人民出版社1993年版，第6页。

② 色道尔吉译：《江格尔》，人民文学出版社1983年版，第239、61、59页。

杀掉格斯尔。有时天界的仙女降临人间，例如，江格尔营救洪古尔的过程中就遇到了为妖所困的仙女等。印度史诗中的变形就更多了，摩哩遮化作金鹿，引诱悉多；罗波那施展幻术，伪造罗摩首级，迷惑悉多；哈奴曼与随意变形的须罗娑斗法，三次身体变形，等等。事实上，人与神灵的各种变幻，都只是行为方式或者外形的某种改变，它并不涉及人或神灵内在本质的根本转变。也就是说，这种改变只是将一种形式内植到另一种形式里的"移形换物"，变幻之后的物体除增加了某种新的东西之外并不改变其本身的特质，这正是布留尔所说的"同时是它们自身，又是其他什么东西"的"不可思议的方式"。

再次，史诗思维的互渗性还体现在万物有灵观的普遍存在。

两个民族的史诗充斥着万物有灵观念，蒙古族史诗《格斯尔》中十二头魔王曾说："我神力无比法气无穷，具有无数个灵魂"，史诗中讲到他的灵魂到处都在，有黑牛虻、红鹿腹中金匣子里的三颗白色蛋、檀香树梢上三个妹妹保存的三个瓶子里的大黑虫、三棵檀香树、白天鹅般洁白的骏马、火红的骏马、墨黑骏马、神姐坛子中的小虫，以及鼻孔中钻出的金鱼和金蜘蛛等等，这些寄魂物是他生命的依托和力量的来源，如果这个寄魂物受到伤害，他本人就要受害，正如魔王所说：如果"把三个蛋埋在坑里，使其闷死，就会杀害了我"，"如果把三棵檀香树挖出来弄死，那就征服我了"。而且灵魂越多，生命力就越旺盛，越不容易受到伤害。可见，灵魂是个体存在的象征，他可以被转移到其他地方或事物身上。《江格尔》中，我们还看到了动物也是有灵性的，如，草会哭泣，马会说话，老鼠会治病等。《江格尔》中的萨纳拉骑着红沙马被女魔追了四十九个日日夜夜，女魔的铁嘴钢牙几乎咬到红沙马的长尾，"红沙马深深地叹息：'不能跑得再快了，你想办法把她除掉。'"萨纳拉中途应姑娘之邀，来到她父亲的毡房，答应他的救子请求，不知不觉耽搁了两个七天，"这时，红沙马嘶鸣：'妖魔未除，你不要久停。'"[1] 萨布尔因受辱离开江格尔，来到沙拉·裕固三汗的宫殿，夜深人静时，听见毡房不断响动，知道这是栗色马有事相告，果然栗色马告诉他，由于他的出走，

---

① 色道尔吉译：《江格尔》，人民文学出版社 1983 年版，第 78、81 页。

江格尔的宫殿被包围，江格尔被捆缚，现在他在向萨布尔呼救。江格尔的阿兰扎尔能像军师一样给它的主人出谋划策，挽救主人的生命，如此等等，都展示了古代人类万物有灵的观念。

印度史诗的神话背景也充分反映了印度史诗的万物有灵思想。印度古代的雅利安民族信奉原始的自然宗教，自然神特别多，自然万物皆是神。约翰·马歇尔爵士认为："几乎无法把印度河流域居民的宗教信仰同'印度教与万物有灵论以及湿婆神崇拜和母神崇拜密切相关的那个方面'区别开来。"①史诗神话中，三大主神梵天、毗湿奴和湿婆是永恒的，众天神喝了甘露，也都长生不死。人、动物和阿修罗则是有生有死，处在轮回转生之中。但是人死后，灵魂不灭，按照生前的业，或投胎为人（种姓不同），或投胎为动物（有高级和低级之分），或投胎为阿修罗，或坠入地狱，或升入天国。总之，灵魂是永生永在的。《薄伽梵歌》中黑天规劝阿周那时就论述了"灵魂不灭"的思想："我、你和这些国王，过去无时不存在，我们大家死去后，仍将无时不存在，正如灵魂在这个身体里，经历童年、青年、老年，进入另一身体也这样，智者们不会为此困惑。"（《摩诃婆罗多》6.24.12—13）也就是说，囚困在身体里的灵魂是不会随着躯体的消亡而消亡的，当躯体死亡时它又进入另一躯体。《摩诃婆罗多》结尾讲述到，当因陀罗的神车将坚战接到天界时，他看到了难敌，又找到了在地狱受苦的弟弟们，最后，在因陀罗的帮助下，他再次回到天界，见到了黑天、阿周那、迦尔纳等。《罗摩衍那》的结尾，罗摩、罗什曼那以及另外两个弟弟等也都脱了凡身，升入天界。总之，印度史诗几乎每个生物都有神性在身，都是永恒的。

另外，《罗摩衍那》中具备人性的猴子，也可见其人神的互渗性。大梵天告知所有神仙，要给毗湿奴创造伙伴，他们要精通幻术，行走起来赛过风，知礼明法又聪明，女神们、仙人们等就创造了猴样的儿子。具备神性的猴国成员全体助战罗摩，特别是哈奴曼可谓是在忠诚、勇敢、智慧方面超过人的英雄；大牟尼毗奢蜜多罗的姐姐嫁给了哩质竭，肉身升上天堂，

---

① ［印］A. L. 巴沙姆主编：《印度文化史》，闵光沛、陶笑虹、庄万友、周柏青等译，涂厚善校，商务印书馆1997年版，第88页。

跟在自己丈夫后面，被变成一条大河；神圣的恒河也是天神下凡；等等。

总之，两个民族的史诗都展现了三界互相沟通；人、神、物界限模糊；人性与神性又是可以互相转化的；万物都是有生命的个体，且灵魂不灭的思维状态，作为原始思维最重要的特征之一的互渗性赋予两部史诗更多的是神话般的神秘色彩和魔幻美，使得史诗具有极强的吸引力和很高的欣赏性。

第四节　史诗的原逻辑性思维

一　原逻辑性思维特征

所谓原始思维的原逻辑性，实际上是一种以神秘性为依据、以不避矛盾的推理判定为特征、以确立某种关联为目的的思维特征和思维形式。

列维－布留尔特别强调了原始思维既不害怕矛盾，也不刻意避免矛盾，而是用原始人自己特有的理解来进行推理，并解释各种事物和现象。而原始人的推理判断往往又与某种神秘因素相关联，也就是说，原始人在看待外界事物之间的联系时，常常与神秘力量相联系，往往用一种神秘力量来解释某种现象的产生。例如原始人认为战争的起因与神有关系，战争的结局也取决于神灵的喜好等等，或者将某种行动的失败或行动过程中某人的死亡归咎于行动开始前的某一行为，这就是他们的思维逻辑，我们称为"原逻辑"。当然，现代人一看便知，这样的思维漏洞百出，前后矛盾，但原始人类却对此毫不在意，乐此不疲，矛盾性或者不避矛盾对他们来讲是一种无关紧要的东西，绝不可能影响他们对这种思维方式的运用。由此，原始思维也就成了一种"不怎么害怕矛盾"的思维方式。布留尔认为，原逻辑思维绝对不是指逻辑性的前一个阶段或某一阶段，而是一种带有推理判断色彩的思维方式，他指出："原始人的思维在很多场合中都显示了经验行不通和对矛盾不关心，它们永远是与前知觉、前表象、前关联紧密联系着。"①

---

① ［法］列维－布留尔：《原始思维》，丁由译，商务印书馆1985年版，第102页。

二 原逻辑性思维在史诗中的表现

首先，坚信预言、咒语和征兆的力量。

列维－布留尔认为，原逻辑性的一个突出表现就是原始人将某种行动的成败归因于行动开始之前的某种预言或某一现象，蒙古族和印度史诗中都存在着这种预言、征兆和咒语，史诗讲述者却将这种缺乏根据的预言、征兆和咒语作为判断事理和做出决策的依据，这就体现了非逻辑思维或原逻辑思维的特点。

蒙古族史诗《江格尔》中展示了各种各样的预言和征兆。如先知阿拉谭策吉预言江格尔将成为人间圣主，于是归顺江格尔并且成为他的"右手头名勇士"，事实是，江格尔真的成为人间圣主。不仅如此，江格尔日后的一切，包括他的国土、他的盖世英名、他的妻子还有他身边的无数勇士都在阿拉谭策吉的预言当中一一实现。史诗讲述车琴坦布绍的父王早有预言，不听他的肺腑忠言，也就是等三年之后娶车琴坦布绍，他们的幸福不会长久，头五年的日子过得快活，到第六个年头就会遭受大祸。果然乌仲阿拉德尔汗与车琴坦布绍快活地生活到第五年，江格尔神奇地降生了，他英俊聪明，一家人十分幸福。可是第六年果然遭到劫难，江格尔两岁时，北方冰海魔王将塔黑国烧成灰烬，人畜洗劫一空，活人只留下孤儿江格尔。从预言和征兆一一实现这种叙事中可见，古代蒙古人不但是按照这种逻辑思考问题，而且对此坚信不疑。此外，《江格尔》中还不同程度地展示了天地、日月、山川、鸟兽等所显示的某种征兆。

印度史诗中的预兆非常多，预兆包括不祥之兆和吉祥之兆。如《罗摩衍那》中的罗摩要被取消灌顶，流放森林之前，十车王做了一个不吉利的噩梦，梦见巨大的流星，大声落下来，卷起旋风。史诗中说："一般来说，如果出现了，/诸如此类的凶相恶兆，/那么国王就会遭到不幸，/或者甚至把命都丧掉。"（《罗摩衍那》2.4.19）事实上是，国王比丢了自己的性命还要痛苦的事发生了，他流放了自己最心爱的儿子。此后不久，国王也离开了这个世界。再如，女罗刹首哩薄那迦爱上了罗摩，被罗什曼那割掉了耳朵和鼻子，首哩薄那迦的哥哥伽罗为妹妹报仇，与罗摩大战，伽罗战败前，史诗先叙述了灾难的预兆，"这时一片响着雷的云彩，／倾泻出了可怕的血雨，／颜色像驴子那样灰黄，／它预示着灾殃不吉利"，（3.22.1）"那可怕的豺狼，／面孔转向那太阳，／它们发出了叫声，／预示着罗刹不祥"。（3.22.6）史诗中还描写了一系列不符合自然规律的事件发生，来凸显灾难的即将来临：黑云里含着水和鲜血，把天空弄得模糊不清；黑暗笼罩一切；不到时候黄昏就来临，颜色像鲜血；伽罗来到净修林前，罗摩和弟弟看到了一些怪异的天象，罗摩说："这突然兴起的天变，／将会消灭所有的生物，／一切罗刹都将会完蛋"，（3.23.3）通过反复出现违背规律的物象的描写，来突出预兆的准确性。罗摩杀死变形的罗刹以后，回去找悉多，这时，一个豺狗在他背后大声起劲地吆喝，豺狗的叫声悲苦，使人毛发直竖，罗摩感觉不妙，果然发生了悉多被劫的不幸事件。《摩诃婆罗多》中同样有相当多的预兆描写，坚战掷骰子输掉了所有，即将被流放至森林时就有关于不祥预兆的描写，"这些人中俊杰走出象城时，空中无云，却出现雷电，大地也震动起来。大王啊！这不是日食的时候，罗睺却吞没太阳；流星右绕京城，崩溃陨落。食肉的兀鹰、豺狼和乌鸦围绕神殿、寺塔、城墙和门楼，大声号叫。"（《摩诃婆罗多》2.71.25—27）显然，这些征兆预示着婆罗多族的毁灭。史诗中还有许多吉祥之兆，如当悉多被囚于无忧园，想以结束自己生命的方式证明她对罗摩的忠贞，此时出现吉祥的征兆，她的一只左眼无端地跳动；她的胳臂无端抖抖颤颤；两条腿，无端的抖颤，这些征兆，都预示着一切顺利，这使得悉多很高兴，因为她知道罗摩会来救她，她又燃起了对生活的希望。

印度史诗中对于咒语的描写是非常多的，他们以无理性的推理认为诅咒是会实现的。《罗摩衍那》中仙人对罗摩说：学会咒语——婆罗和阿底婆罗，"你将不会疲劳，不发烧，／你的形貌也不会衰败，／不管你是睡着还是喝醉，／恶魔们不会把你伤害。"（《罗摩衍那》1.21.11）这两个咒语来自梵天，它俩具有大威力；般度王的死是因为不能与妻子交欢的咒语，当他兴奋之余忘记咒语，与妻子交欢后，就毙命了。再如，《罗摩衍那》中大仙乔达摩因妻子与因陀罗私通，诅咒他的老婆"今后你将住在这里，／把好几个一千年度过。／／你吃不到粮食，只吸空气，

/你要行苦行，躺在灰里，/你就住在这座净修林中，/所有众生都将看不到你"，（1.47.28—29），"等到十车王儿子罗摩，/来到这个可怕的林内，/那时才能涤恶除罪。//……然后才能同时破镜重圆，恢复你那青春的美丽"。（1.47.30—31）后来罗摩来到这片净修林，诅咒才结束。

尽管两个民族史诗中预言和征兆的具体表现有所不同，特别是蒙古族史诗里很少有咒语的出现，但它们的内涵是一致的，即都将猜测性或判断性的东西当作现实本身，从而使观念性的东西与事实混为一谈。通过这些预言和征兆，史诗向我们生动地展现出原始人判断和推理的感性特征，同时也鲜明地显示出远古人类缺乏逻辑性的思维特点。按照这个原逻辑，印度史诗中还特别突出强调了正义和善存在的地方就是完美的，反之，失去了善和正义的地方即是恐怖的所在。《罗摩衍那》描写有圣主在的阿逾陀城，城池坚固、宫殿辉煌、房屋栉比、环境优美、粮食充足、商业繁荣、兵器量足、大臣尽责、人民知礼、一片繁荣。而失去圣主的阿逾陀城，猫和猫头鹰在游荡，城市为黑暗所吞噬；好像月亮的爱妻受到威逼；好像山中的小河里的水被酷暑蒸干，鱼都隐藏不见；好像火焰从祭火中奔突腾冲，祭品投进，火焰却无影无踪；好像战场上的大军，铠甲被打的破烂不堪；好像大海里的波浪，突然变得风平浪静；好像没有祭祀者和祭品的祭坛；好像被公牛遗弃的母牛……总之，这里听不到从前的音乐，闻不到从前的酒香，没有了骏马的嘶鸣，怀春大象的吼声，没有人聚在一起，走路也不再器宇轩昂。国王如果犯错误，天就将大旱不雨。邪恶的妖魔生活的地方阴森可怕："这片森林真正艰险，/连成群的蟋蟀都难钻进，/里面住满了可怕的野兽，还有叫声可怖的鸟群/……里面住满了各种各样的鸟，/吱吱乱叫，鸣声可怕。/里面还点缀着狮子和老虎，/野猪和猴子在这里安了家。/……这一片森林看上去多么可怕！"（《罗摩衍那》1.23.12—14）总而言之，无论是预言还是征兆都是原逻辑性的直接而内在的特征，即使在科技高度发达的现代社会，人们仍然不能摆脱它们的影响。

其次，对梦的笃信。

弗洛伊德认为，梦与现实关系密切，当人们的愿望都无法实现时，便通过梦的方式得以释怀。但是在原始思维那里，梦境和现实的界限是模糊的，原始人认为"梦即是真，真即是梦"。正如列维－布留尔所指出的那样，原逻辑思维很不喜欢分析，所以原始人很难运用判断推理等现代逻辑思维的手段来分析产生梦的原因，也就很难用正确的态度和方式来对待梦，相信梦的真实性是他们唯一安全的做法。两个民族的史诗都通过梦的描述向我们展现了原逻辑思维的特点。

蒙古族史诗《江格尔》讲述乌仲阿拉德尔汗做了一场噩梦，惊吓不小，跑来禀告汗王兄嫂，请求圆梦。兄嫂告知他早就知道梦的来龙去脉，表示托梦的人是与他有缘分的龙王的嫡孙车琴坦布绍姑娘；洪古尔梦见他生命中的女子的方向，起来后就杀死了不贞的妻子，不远万里不辞辛劳地去追寻他的梦中人——卓莉赞丹，甚至连江格尔可汗也带了许多英雄来帮他实现那个现代思维认为根本不可能实现的梦。托尔浒国的阿拉坦可汗"梦见从日出的东方，来了一个恶魔"[①]，结果是美男子明彦来驱赶他的"万匹豹花马群"。印度史诗中也有梦境的描写：《罗摩衍那》中罗摩被迫流放森林之后，婆罗多做了场噩梦，梦见自己的父亲，浑身肮脏，头发脱光，从一座山峰上掉进充满牛粪的池塘，微笑着喝油；又梦见大海干涸，月亮往地上掉，燃烧的烈火忽然间火灭烟消；大地开裂，树木干瘪，山岳带着浓烟迸裂；国王穿着黑衣裳，乘着驴拉的车向前奔。史诗写道："因为谁要是在梦里，/乘着驴拉的车奔向前，/为他焚尸的木堆上的烟，/不久就一定会出现。"（《罗摩衍那》2. 63. 16）果然不久，他就听到了父亲离世的噩耗。按照现代人的逻辑，我们一般不会如此相信梦境里的事情会发生，但史诗中不但梦境与现实完全一致，可谓梦想成真，而且史诗直接告诉读者梦意味着什么。可见，在原逻辑思维中，梦境和现实是没有什么明显界限的，人们认真地相信梦的真实性，并且以现实的方式对待它。

再次，祭祀活动的描写。

祭祀行为从本质上来说是一种巫术行为，通过祭祀这一非理性的行为，达到实现理想的理性目的。蒙古族史诗虽然也有类似祭祀的祈祷等活动，通过祈祷达到目的，如江格尔在虔诚的祈祷后，把树叶放到嘴里

---

① 色道尔吉译：《江格尔》，人民文学出版社 1983 年版，第 395 页。

嚼碎，然后涂在伤口上，伤口立即愈合。但与印度史诗大量的祭祀活动的描写相比就逊色多了。婆罗门教相信祭祀万能，因此，古印度人做任何事都要祭祀：求子要祭祀、结婚要祭祀、出行要祭祀、战争要祭祀，甚至一些日常生活的小事也要祭祀。如罗摩一行来到森林之后，用各种树木搭建了草棚，罗摩首先做的就是用鹿肉祭一祭草棚；史诗的祭祀活动中，求子祭祀是非常隆重的，十车王为了得到儿子，决定举行祭祀，他说"我渴望得到儿子，/我感觉不到幸福，/我就想举行马祠，/为了得子的缘故。//我想举行祭祀，/遵照经典的规定，/我将要满足愿望，/借助仙人子的威灵。"（《罗摩衍那》1.11.8—9）求子祭祀首先"要把法物准备齐，/把那匹马放掉。//你一定能够得到/四个儿子，英俊无比"。（1.11.11—12）祭祀的过程相当严格复杂，他们做事时是十分虔诚的，似乎有神或魔在监视。举行祭祀的人只能把法事做好，"因为那些机灵的梵罗刹（恶魔的名称，据说他们是道德败坏的婆罗门的鬼魂）/正在那里吹求缺点；/祭祀如果不按照仪节，/举行者立即遭到危险。"（1.11.17）最后鹿角仙人将得到的祭品向祭火中投掷，天神和乾闼婆等遵照仪规来到这里，得到了祭品，之后他们便请求大梵天，去消灭一个叫罗波那的罗刹，大梵天答应，只有凡人能够杀死他，恰好这时毗湿奴来到，天神们便恳请毗湿奴为天下老百姓造福。"那国王十车王，主呀！……毗湿奴呀！你化身为四，/当他的儿子去托生"，（1.14.18）最终求子成功。这些祭祀活动十分典型地体现了原逻辑思维，因为古人十分虔诚地相信自然界的既定秩序，但是他们还没有能力去驾驭这种秩序，于是他们便构造出幕后的至上神，并将这种终极权力交托给它。

　　总之，原逻辑思维体现了原始思维的神秘性，无论是蒙古民族还是印度民众，他们都将现象背后的原因归结于神秘的力量，因此他们相信征兆与咒语，相信梦境，相信人通过祭祀或祈祷行为能够传递出自己的意图，并且得以实现。虽然两个民族的原逻辑思维表现形式有所不同，蒙古族史诗中往往直接由人进行预言，而印度史诗则通过描写反常的自然现象来进行预示；蒙古族史诗通过简单的祈祷达到目的，而印度史诗则要通过十分严格虔诚烦琐的仪式来达到理想的目的等，但其本质是一致的，那就是他们的判断和推理往往以神秘性为依据，这就进一步证明了古代人类生活的神秘色彩，他们的心理并不认为这样的神秘现象是不真实的，史诗作品是我们了解古人真实生活和真实心理的样本。

两个民族史诗中的原始思维特征主要显现出的是趋同性，其原因在于，同为东方民族，两个民族的史诗都深受原始宗教"万物有灵观"的影响，因此，在思维的直观形象性、整体性、互渗性和原逻辑方面，表现出了一致的特点。其间的些许差异只是由于民族文化与生活地域的不同，神话体系不一样，所以在表现形式上有一定的差异。但深入比较会发现，由于印度史诗的宗教性要浓于蒙古族史诗，故史诗的整体氛围与背景的渲染要比蒙古族史诗表现出更多的神秘色彩，印度史诗的咒语、预兆、祭祀等活动和现象随处可见；印度史诗的整体性思维也要高于蒙古族史诗，形成了源于神——归于神的思维定式。总之，两个民族史诗的神秘色彩印证了原始思维存在的真实性和普遍性，也让我们领略了原始人思维方式的神奇与独特。

第 五 章

蒙古族史诗与印度史诗的
故事主题和民族精神

　　史诗从远古走来，经过千百年的传唱增补，汇集了一个民族大量的
文化信息，凝聚了丰富的精神与情感，是关于一个民族的"超级故事"
和"百科全书"。史诗也是民众根据历史传统和现实生活的集体创作，植
根于广阔的文化语境，具有大跨度的历史纵深，并与人民现实生活息息
相关。可以说，史诗能够"显示出民族精神的全貌"。无论是印度两大史
诗还是大大小小的蒙古族史诗，都以其丰富的内涵向后人展示了当时社
会的政治、经济、军事、宗教、婚姻、伦理等状况，可谓古代民族的百
科全书。由于蒙古族史诗在内容上，主要可以分为"征战型"和"婚姻
型"两大故事主题，而征战与婚姻也是印度史诗中最为重要的内容。因
此，本章将通过对两个民族史诗中征战与婚姻故事主题的比较，透视其
中所隐含的战争观、伦理观。而这些观念无疑植根于深层次的民族精神
文化的土壤之中，最终以故事的形式，隐喻地呈现在读者和听众面前。

第一节　史诗中的战争及其展示的战争观

　　荣苏赫与梁一儒先生撰写的《蒙古族文学史》将蒙古族中短篇英雄
史诗的内容归结为"征战"和"婚姻"两种类型。"所谓'征战'主题，
即远古英雄史诗中以征战母题系列所组成的一类模式化的故事：魔王蟒
古斯入侵英雄的国土，夺走英雄的妻子、家室、属民、畜群，英雄奋起

反抗，经过反复征战，最后战胜蟒古斯，夺回自己被夺走的一切，重新过上幸福美好的生活。"① 所谓模式化，就说明征战这一主题是数量丰富并且高度稳定的。长篇史诗《江格尔》《格斯尔》中征战型故事也是篇幅最多、地位最为重要。同样，印度史诗虽然包罗万象，但最初主题的起源却相对比较简单。《罗摩衍那》和《摩诃婆罗多》的主要故事以及插话的核心是基于早在吠陀时代就广泛流传的罗摩、俱卢族和般度族的故事，而这些故事的基调就是英雄颂歌，我们现在所看到的史诗就是在此基础上的拓展和延伸。《摩诃婆罗多》的核心故事描写了俱卢族与般度族为了国土与权力而展开的十八天鏖战；《罗摩衍那》的核心故事讲述了罗摩为了解救悉多，联合猴国兵将，攻打十首王的楞伽城的战争。"著名的历史学家、学者温特尼茨的说法是：最初，《摩诃婆罗多》主题的原始形式只是作为一部英雄颂歌而流行的。""语法学家波你尼解释'婆罗多'为'战争'，因之，摩诃婆罗多表示为伟大的战争"，实际上，也就是说大史诗的核心故事是与英雄的出征，以及在战斗中展示的英雄主义精神相关联的。印度学者瓦·盖罗拉认为："划时代的人物蚁垤和毗耶婆用宗教、哲学、政治、道德、历史、神话传说以及美丽的诗歌修饰和充实那些传统的故事和英雄业绩。"② 所以，我们可以肯定地说两大史诗的核心故事就是写英雄的出征，写英雄对战争的态度和在战争中的表现。

一　史诗对战争起因与过程的描写

描写战争是英雄史诗的首要任务，每个民族的英雄史诗都是以战争作为贯穿始终的主线。《伊利亚特》写了特洛伊战争；《吉尔伽美什》写了吉尔伽美什与恩启杜以及两英雄与妖魔的战争；《罗摩衍那》写了罗摩与魔王罗波那的战争；《摩诃婆罗多》写了般度族和俱卢族的十八天大战；《江格尔》和《格斯尔》等蒙古族史诗写了蒙古英雄为保卫家乡而进行的多次征战。总之，写战争是英雄史诗的核心内容。但是，不同民族

① 荣苏赫、梁一儒：《蒙古族文学史》第一卷，内蒙古人民出版社 2000 年版，第 235 页。
② 季羡林、刘安武：《印度两大史诗评论汇编》，中国社会科学出版社 1984 年版，第 82、83、113 页。

的史诗对战争的描写因其地域、民族性格等因素,有近似之处也有不同点。

首先,从战争的起因来看,无论是蒙古族史诗还是印度史诗都是围绕着关于财产、权力、属民、配偶的争夺展开的。

《江格尔》中,以"三项要求"为起因的征战母题系列极为常见。敌人派遣使者,向江格尔提出三项或者五项要求,内容通常是敌方派来使者挑衅,要求江格尔交出他的夫人、雄狮英雄洪古尔或者美男子明彦和战马——阿兰扎尔骏马等,宝木巴国的勇士们,尤其是雄狮洪古尔愤怒,同敌人交战而取胜的故事。例如,卡尔梅克《江格尔》之《芒乃汗的勇士那仁格日勒逼江格尔进贡五样宝贝之部》,敌方将领那仁格日勒来到江格尔的宫殿,逼江格尔交出洪古尔、威武的雄胡尔、阿拜格日勒夫人、阿兰扎尔枣红马和宝木巴国旗。洪古尔大怒,越过芒乃汗的军队,将那仁格日勒和另外十一人一道抓住捆绑起来。洪古尔又打败了敌人的大军,生擒了芒乃汗,在他的脸上打上宝木巴国的印记,让他做了江格尔的臣民,方才返回宝木巴国。敌方对于宝木巴的挑衅,通常是象征性的,例如索要旗帜、印章等代表试图获得宝木巴的所有权,战马代表江格尔的财产,索取猛将代表想要霸占江格尔的属民,而最终洪古尔战胜敌方并在对方脸上打上宝木巴国的印记,体现出游牧封建领主争夺领地的性质。

印度两大史诗中的核心战争主要是源于部族之间的土地权力之争和解救被劫掠的妻子。《摩诃婆罗多》讲述了般度族和俱卢族堂兄弟之间的权利之争,这是一场毁灭性的战争。以坚战为首的般度五兄弟,本应得到国土与王位,但有野心又贪婪的难敌却不听劝阻,不断加害于五兄弟,特别是十二年流放期满,第十三年又隐名埋姓的生活之后,难敌依然没有还给他们应有的东西,而且黑公主又蒙受羞辱,最后逼得坚战五兄弟毫无退路,被迫应战,亲属之间展开了一场毁灭性的战争。《罗摩衍那》讲述的是英雄罗摩带着妻子悉多和弟弟罗什曼那在森林中过着艰难的流放生活时,发生了不幸,由于悉多的美貌,魔王使用幻术骗走罗摩和罗什曼那,趁机劫掠了悉多。妻子的丢失,使罗摩失魂落魄,他到处打探悉多的下落,最后在猴王哈奴曼的帮助下,得知悉多的藏身之所,于是,罗摩联合猴国兵将,攻打楞伽城,与十首魔王展开了一场惊天动地的大战。

　　总之，两个民族史诗所展示的战争起因，有极大的相似性。财产、权力、属民、配偶是争夺的中心。这样的原因不仅仅反映了古代战争的性质，也是后世战争的重要动因。因此，可以说，史诗不仅反映了初民时代人们的物质生活状态、政治生活形态，而且对人类文化的发展趋势的预示也是相当准确的。

　　其次，对于战争过程的描写，无论是蒙古族史诗还是印度史诗描写战争过程时都极尽铺陈渲染之能事，往往要用很多的篇幅描写战前的准备和决策，战斗过程的激烈残酷；战争结果的触目惊心等程式化的内容，特别是对各种战马和旗帜的描写等，叙述极其细致详尽。如《摩诃婆罗多》之《德罗纳篇》描写了德罗纳担任俱卢族军队统帅五天期间的战斗情况，其中对战马的描写相当详尽，如不同将领驾驭的战马的颜色、马身上的装饰、战马的速度等，史诗写道，"狼腹（怖军）驾着羚羊鹿色的驷马前进……英雄悉尼之孙（萨谛奇）驾着银色驷马跟进，甘波阇骏马身被绿鹦鹉的羽毛，载着无种迅速地向你方逼近。色似乌云，快速似风，几匹迅猛的黑马驮着高举武器的人中之虎偕天"。（7.22.2—4）史诗还描写了杀敌勇士摩差王的与粉红喇叭花同色的漂亮骏马，优多罗的色如黄金、迅疾如飞的战马、坚战的金色骏马等。关于旗帜的描写也相当详细，全胜对持国讲述道：那些灵魂伟大的勇士的幡幢各色各样，"胜财（阿周那）的幡幢以猿猴为标志，那猿猴面目狰狞，尾若狮子尾"，（7.80.8）"德罗纳之子（马嘶）的幡幢上有狮子尾，闪耀着旭日的光芒"（7.80.10），"升车之子（迦尔纳）的幡幢上有金制象索，在战斗中仿佛占满空间，迦尔纳的幡幢装饰有金环和旗帜"。（7.80.12）史诗在对两军的排兵布阵等进行细致描写后，便进入了激烈的短兵相接肉搏战。

　　蒙古族史诗中英雄出征之前通常也有很大篇幅的装备程式，对英雄的衣着、战马等进行精彩华丽的描绘。如下文《江格尔》中英雄出征前为马佩戴马具的描写："胡德尔哈拉转身走到他的前面，／系好鬃毛上的飘带，／胸前挂上八个护身的铁环，／颈椎上系上八个护胸的金环，／颈上戴上八个叮当作响的铜铃。然后又转身走到它后面，／把护后腿的护甲，／蒙在他的后腿上；／把毒汁泡过的护甲，／盖在它前腿的臂部，／不让毒箭伤害它。/把二十一个银铃,/挂在它的胯骨上;/把一百又八个金玲,/戴在它的前胸上。/顺着六十六根肋骨,/系上六十六根皮绳。"①

但是蒙古族史诗大大小小五百余部,在许多篇章中,征战过程多是英雄单枪匹马进行挑战,虽然《江格尔》中开始出现军队出击迎战的描写,但还是以将领间的战斗为主。印度史诗中多是两军之间规模宏大的大战,蒙古族史诗中的战斗描写通常是围绕英雄与敌方主帅一对一的作战,主要有兵器作战、摔跤肉搏和运用法术等类型。游牧民族自古具有尚武精神,骁勇善战,摔跤、骑马、射箭是蒙古民族男儿三艺,无论在过去还是当代都是蒙古民俗游艺的重要内容。清代文献中记载:"相扑之戏,蒙古最重,筵宴时必陈之。本朝亦以是练习健士,谓之布库,蒙古语谓之布克。脱帽短裤,两两相角以搏之,扑地分为胜负。"② 所以,两个力士之间的角斗是游牧生活中的常态。

印度史诗中则有很多排兵布阵的描写。例如,《摩诃婆罗多》中每一天战斗都要先写双方的布阵,《毗湿摩篇》讲述了前十天的战斗,史诗对双方的布阵进行了详细的描述,如苍鹭阵容、大阵容、大鹏阵容、半月阵容、鳄鱼阵容、兀鹰阵容、雷杵阵容、圆形阵容、三叉阵容、全福阵容等。《罗摩衍那》的核心战争是攻打楞伽城的战斗,战前双方也是积极备战,举行战前会议,商量对策。罗摩兄弟争取了须羯哩婆所带领的猴兵猴将支持,魔王罗波那召集大臣和亲属,商议战事,弟弟维毗沙反对战争,希望罗波那将悉多还给罗摩,与罗摩修好,但遭到反对,维毗沙投靠罗摩。然后是互探军情,罗波那派间谍刺探罗摩和猴军的动静,罗摩也派人进入城中探听情况。最终经过殊死搏斗,魔王战败死亡,罗摩军队攻进楞伽城,维毗沙登基为王。

二　史诗对征战特点的描写

首先,蒙古族史诗和印度史诗作为英雄史诗,讲述战争过程时,实

①　黑勒、丁师浩译:《〈江格尔〉汉文全译本》第一册,新疆人民出版社 1993 年版,第168 页。

②　白·特木尔巴根:《汉籍蒙古族民俗文献辑注》,民族出版社 2011 年版,第 248 页。

际上是以写人为重点的。写人时，不仅表现了人物的超凡勇力，还重点刻画了他们的性格与心理活动，透视出他们的道德观和价值观，使这些人物栩栩如生，活灵活现。

蒙古族史诗中对英雄的塑造是其最为主要的内容，英雄个人的活动是推进战争发生的线索。《江格尔》塑造了诸多性格鲜明的勇士，勇猛忠义的洪古尔，谋略出众的阿拉坦策吉，能言善辩的赫吉拉干，力大无穷的萨布尔，等等。江格尔本人宽容大度有时也怯懦犹疑，《格斯尔》中的格斯尔则在勇武的同时兼具智慧甚至几分活泼，体现了丰富的鲜活的人物性格。史诗中的战斗也多是围绕人物展开的，伴随大量的外貌描写、语言描写、动作和心理描写，着重刻画英雄所具有的英雄主义、个人主义以及重视名誉的特点，如萨纳拉出征前，听到阿拉坦策吉说胡德里·扎噶尔的扎干泰吉可汗正和勇士们谈论要征服东方的江格尔的宝木巴，"愤怒的烈火在心中燃烧，／十二对牙齿咬得咔咔响，／他摩拳擦掌，心中思想：死亡吓不倒勇士，／纵然在战斗中死去，／青山埋白骨，／草原洒热血，／英雄的美名亘古流传。"① 再如以下的引文，就表现二人要进行肉搏摔跤时的情景，从神态到动作，充满了坦然磊落的英雄气魄。"两位英雄主意一定，／一齐唱着悠扬的小调，／信步走到宝日胡德草原，／把两匹骏马牵到一旁，／用最好的钢绳拴住，／用最好的铁绊绊住，／解下兵器脱下战甲，／放在宝日陶乐盖山上；脱下角羊皮做的套裤，／盘在小腿肚的下面，／脱下鹿皮做的套裤，／盘在膝盖骨的下面，／二人死死抱做一团，／彼此施展钩背的摔跤术。"②

从《摩诃婆罗多》描写战争部分的篇名即可得知写人是战争描写的重点。其中写战争的部分分别是《毗湿摩篇》《德罗纳篇》《迦尔纳篇》和《沙利耶篇》。两军将领不仅力大无穷、武艺精湛，同时他们的性格也十分鲜明突出，内心的矛盾冲突十分尖锐。总体来讲，人物的塑造与主题的展开是相辅相成的，史诗赞美般度族是公正、温和、豁达的，当然，

---

① 色道尔吉译：《江格尔》，人民文学出版社 1983 年版，第 71—72 页。

② 黑勒、丁师浩译：《〈江格尔〉汉文全译本》第四册，新疆人民出版社 1999 年版，第 1913 页。

怖军有些例外。史诗称俱卢族是充满妒意、骄傲自大、邪恶狠毒的。但是，史诗并没有将人物绝对化，例如，俱卢族的统帅毗湿摩就是一位理想的人物，他的身上体现出了责任感，他不仅为了父亲放弃结婚，而且作为俱卢族的家长他也履行了劝告者的责任，即避免战争，保持平和。他在战场上英勇无畏，尽心尽力地作战，因此，史诗高调描写了他的死，在他弥留之际，战斗的喧嚣骤然止息，太阳也黯淡无光，大地也为他悲泣。阿周那作为般度族的一员，不仅有拉断神弓之力，而且具有公正、豪侠的英雄气概，面对亲族的厮杀，他的内心充满矛盾和痛苦。总之，印度史诗虽然描写了宏大的两军对阵，但重点还是在写人。

史诗是文学不是历史，作为文学作品，塑造人物丰富复杂的性格是其使命所在。两个民族史诗正是通过战争过程的描写，描绘出了一组英雄群像。比较而言，印度史诗对人物的描写更细腻，而蒙古族史诗则相对粗犷。

其次，史诗的征战主题具有人、神、魔共同参战的神话性质。史诗中的战争本是部族之间为争夺土地和权力，或为维护尊严，解救被劫掠的妻子而进行的厮杀，但是由于史诗产生于从神话时代向英雄时代过渡时期，因此，史诗的叙事常常与神话交织在一起，战争呈现出人、神、魔混杂的错综局面。

蒙古族史诗中英雄具有半人半神性，交战时常常也会得到仙女、天神的帮助。前来帮助的天神有佛教神也有萨满神，例如，"身居上界腾格里宫的，/阿尔善格日勒大叔，/早已料知洪古尔落难，/当即唤来忙罕腾格里的，/三十三位格尼来可汗。" 此中前去帮助英雄的神灵是萨满神。"如今咱们的佛祖，/释迦牟尼委派我们，/给你二人带来了，/一副脖子上戴的金璋噶，/一瓶驱邪洁身的圣水……敖荣噶塞音英雄，/执意不受佛祖的神物说道，/快收起你这玩意。/吃奶的娃娃乌兰洪古尔，/接下金璋噶戴在脖子上，/接下苯八瓶喝了一口圣水，/两人又开始厮打起来"[1]，文中洪古尔接受了佛祖的帮助，从而战胜了敌人，可见英雄与天神达成

---

① 黑勒、丁师浩译：《〈江格尔〉汉文全译本》第四册，新疆人民出版社1999年版，第2087、1914页。

了同盟。此外，史诗英雄的神话性质，还体现在史诗中常见的战斗方式，即萨满式的法术战斗。英雄和蟒古斯常常共同幻化，变成秃头少年、飞鸟走兽，如蟒古斯的灵魂变成蛇，英雄可以将自己的灵魂变作飞鸟将蟒古斯抓获。而英雄最终战胜蟒古斯的方法则是找到蟒古斯寄存灵魂的地方，除掉其真正的灵魂，"西拉·蟒古斯本领高强，/他施展法术，隐形变幻。/他的生命不在他的身上，/他的灵魂不附在他的躯干上。//如用刀砍他的皮肉，/立即变作一块顽石。/如用刀割他的喉咙，/鲜血流出立即变作一块红石头"①。

印度史诗中神的参与往往是隐在的，而且神往往是正义的一方，《摩诃婆罗多》中毗湿奴神化身黑天；魔则是代表邪恶的一方，《罗摩衍那》中的罗波那；而人则是或善或恶，罗摩、坚战是正法的代表，正义和善的化身，而难敌则是贪婪和邪恶的代表。史诗虽然展现了如此错综复杂的战斗局面，但是，代表正义一方的神和人永远在智谋和武艺上占上风，邪恶的魔和人无论有多大的能量最终也要被消灭。

毗湿奴神作为正义之神，降临人间，助力人类铲除邪恶。《摩诃婆罗多》中的黑天是毗湿奴神的化身，他从一出现就站在了史诗所颂扬的般度族一边，从为坚战的称帝开路，到维护黑公主的尊严，再到支持同情流放中的般度族五兄弟，特别是大战之时，他成为般度族实际上的统帅，并左右着战局，关键时刻出手相助，使般度族处于有利位置。在怖军和难敌之间的杵战即将开始之际，大力罗摩来到，两人势均力敌，杵战难分胜负，假如难敌取胜，他就会成为国王，因此，黑天告诉阿周那，假如遵照规则进行战斗，怖军将难以取胜，他让怖军采用非法手段攻击难敌，以达到制胜的目的，来实现他打断难敌大腿的誓言。于是，阿周那击打自己大腿暗示怖军，怖军明白，便趁难敌跳跃起身的机会，用铁杵砸断了难敌的双腿，使其倒地。大力罗摩看到怖军采用非法手段战胜难敌，举起手中的犁头，冲向怖军，被黑天拦住，并以刹帝利应履行诺言制止大力罗摩的行动。《罗摩衍那》中十车王的儿子也是毗湿奴的化身，罗摩四兄弟，坚守正法，与十首魔王进行了生死较量，最终消灭了魔王。

---

① 色道尔吉译：《江格尔》，人民文学出版社 1983 年版，第 472 页。

　　总之，史诗中都可见到神不仅参战，而且起到了重要作用。神站在正义的一方，支持正义者，助力他们的战斗，这就表明了史诗的征战主题是对正义者和善的张扬。

　　再次，史诗表现了战争要遵守规则，信守誓言的武士风范。蒙古族史诗中，即便英雄与蟒古斯交战，战斗的双方通常也都是正面对决，光明正大。信义和忠勇是蒙古人极为重视的品质，誓言常常是联结英雄们的重要纽带。例如在《江格尔》中，洪古尔的誓言如下："我愿把我的年岁，／献给你的长矛，／我愿把我的志趣，／献给你江格尔。／即使遇到熊熊的烈火，／我也绝不退后半步；／即使遇到汹涌的毒流，／我也绝不畏缩偷生。"① 可以看到，用词壮阔、慷慨激昂，使人能直观感受到史诗年代所具有的激情。勇士们将自己的生命交付给领袖，立下誓言从此获得了强有力的生命契约，使勇士们变得勇敢而无畏，变得坚不可摧。它所体现的是一种相互间靠信任和忠义联结起来的关系模式。实际上双方的责任义务是相互的，承及天命的江格尔要想完成使命就必须将勇士们团结起来，这既是他与生俱来的使命，也是他不可推卸的责任义务。从史诗的描述中我们看到，江格尔对自己的勇士也是尽心尽力的，如在《黑那斯全军覆灭记》中，当江格尔得知洪古尔遇难时，他悲痛万分，发誓要救出洪古尔。我们认为，史诗中这种以忠诚为核心维系起来的关系，带有浓郁的封建色彩。江格尔的众勇士们大都有自己的汗国和属民，为了伟大的江格尔和宝木巴，他们走到一起，靠着誓言成为江格尔手下的勇士，他们与江格尔之间的那种基本的忠诚纽带，成为维持社会统一的主要力量。

　　蒙古族史诗中英雄与蟒古斯战斗也常会事先规定战斗方式，是进行兵器战还是肉搏战，双方都会表达并信守诺言。而《摩诃婆罗多》在写两军大战之前，双方先达成了需要互相遵守的战争规则，例如，太阳落山之后双方要停止敌对行动；战争的兵器和军种要对等；不能攻击离开战场的、脱离军队的、放下武器的人等。虽说战争过程中也会不断出现

---

　　① 黑勒、丁师浩译：《〈江格尔〉汉文全译本》第一册，新疆人民出版社 1993 年版，第 356 页。

违反规定的现象，但是一般情况下，双方都会遵守规则。史诗中还表现了作为刹帝利武士一定要遵守诺言的武士风范，如《摩诃婆罗多》中的沙利耶。沙利耶作为般度之子偕天和无种的舅父，本来是来助力般度族的，但是途中因受到俱卢族的款待，便赐予难敌一个恩惠。难敌充分利用了这个恩惠，那就是要他担任俱卢族的统帅，沙利耶既已出言，只得守信。之后，他向般度族通报了此事，坚战请求他在大战中当迦尔纳和阿周那进行车战时，遏制迦尔纳，保护阿周那，沙利耶答应了这个请求。战斗中，沙利耶的确为俱卢族出生入死，但也一直在保护着阿周那，彰显了信守诺言的武士风范。

总之，蒙古族史诗和印度史诗中表现出的征战特点有诸多相似之处。其中既反映了神话时代的特点，又体现了封建社会的道德观，同时也体现出文学色彩。当然，两个民族地域与文化的差异又使其对战争的描写表现出不同的特点。比较而言，蒙古族史诗的征战描写更具有程式化特征，每次征战均大同小异，而印度史诗的每一次战斗的描写都是各具神韵；蒙古族史诗征战的描写重视外在过程的叙述，而印度史诗则在战斗中更关注人物的心理情感的变化。两个民族史诗的征战描写，可谓是同中有异，色彩纷呈。

三 两个民族史诗战争观的异同

蒙古族史诗与印度史诗对整个战争的描写，使读者感受到了古代战争的特点，以及战争中涌现出的英雄的风采，正是通过这些宏大的战争场面、残酷的战争过程、敌我双方较量，以及战后的凄惨景象，史诗给后人提供了最宝贵的战争思想，表达了他们的战争观。同为古代民族的蒙古与印度民族对战争有着共同的理解，但作为草原文明和森林文明的两个民族，又各自显示出了独到的认识。总体而言，蒙古族史诗与印度史诗都描写了战争给人民的物质生活和精神生活带来的灾难与创伤，具有反战的思想情绪，但蒙古民族认为战争可以换来和平安宁，因此，蒙古族史诗既认可战争、歌颂战争，但又反对战争；印度民族则显示出宽容和仁爱精神，因此，印度史诗表现了止戈息武，彰显非战和平的思想观念。

首先，蒙古族史诗表现了认可战争，但又反对战争的复杂思想。

蒙古族史诗征战的故事主题数量最多，描写也最为精彩，是蒙古族史诗的核心内容。通常是描写蟒古斯主动挑衅，主动进犯，掳走了英雄的属民领地，使得人民陷入水深火热的境地，而英雄通过激烈艰苦的战斗，战胜蟒古斯，恢复被破坏的秩序，最终在和平喜乐中拉下帷幕。从史诗文本我们可以看到，人民对于侵略战争、家园倾覆的痛恨。蒙古族史诗从短篇到长篇的发展过程，无疑都伴随着由氏族部落到封建割据势力的连绵战火，所以人民对于战争的厌恶、对于和平的渴望也催生了史诗的创作。《江格尔》中四季和煦、平安祥和的宝木巴王国正是人民的终极期待，而这美好家园被蟒古斯破坏时，史诗也详细地表达出战争的恐怖凄凉，反映出人民反战的情绪。如在《志勇的王子喜热图》中，描写人民遭到蟒古斯奴役的情景："院里圈着成千上万的百姓，/魔鬼强迫他们日夜地劳动。/将他们个个都累病，/劳动所得的果实，/都被魔鬼入库、独吞。/使他们累断了骨头，/把他们打得皮开肉绽，/把他们折磨得昏迷倒地，/然后将他们的血肉吞咽。/让百姓们给他当奴隶，/为他敬茶端饭；/让他们替代牛马驾辕，/累得背驼腰弯，/把他们榨取的筋疲力尽，/把他们剥削得濒于死命。"以史诗的方式，表达出人民对于受奴役、受压迫的愤恨。

从征战主题之受重视以及胜利结尾中可见，大众对于英雄的战斗持肯定的态度，并认为以战争方式恢复秩序和重建秩序具有一定的必然性。于是喜热图王子道："一心为了保护父母，/解救百姓，繁殖后代，/挣脱奴役，重建家园，永享和平。/他使尽一切计谋和本领，/一心要报仇雪恨。"① 可见，民众认为史诗英雄的战争可以为人民解除灾难，带来福祉与和平，具有正义性。所以蒙古民众虽然厌恶战争，但是对于通过战争获得和平的方式还是认可接纳，并大力歌颂的。

其次，印度史诗表现了止戈息武，彰显非战和平的思想。

徜徉在两大印度史诗所描写的场面壮阔、人喊马嘶、刀光剑影、血流成河的古代战场上，深感印度史诗对战争的描写与其他民族英雄史诗

---

① 胡尔查：《胡尔查译文集》第一卷，远方出版社 2009 年版，第 371—372 页。

的不同。印度两大史诗在展现英雄超人武艺、非凡智慧、英勇精神的同时，我们很难看到史诗对战争的歌颂，它既不像《伊利亚特》那样赞美英雄的残忍——以杀死更多的敌人而自豪和骄傲，也不像蒙古族史诗那样歌颂英雄为保卫家乡而英勇杀敌的功绩。我国学者郁龙余先生认为："《摩诃婆罗多》的主旨并不在歌颂战争，它极状战争之惨烈，意在止戈息武，彰显非战和平思想。"①《罗摩衍那》也同样表现了避免战争、渴望和平的思想。由此可见古代印度人民的战争观，即战争未爆发之前，应遏止战争，尽一切努力争取和平。但是，如果敌人硬要挑起战争，就坚决以"无畏的决心"斗争到底。

印度史诗描写较多的是人对战争的态度，彰显了印度民族反对暴力，渴望和平的性格特征。我们发现，几乎所有民族的英雄史诗都会用很大篇幅描写古代战争的残酷惨烈的场面，特别是蒙古族史诗几乎每个章节就是一场战斗，史诗从头至尾就在描写出征和战斗。但比较而言，印度史诗对战争场面的描写相对其长度而言则较少，更多的篇幅是在描写矛盾的起因，流放森林的生活、战前的准备，战后的经验教训总结以及大量的插话等。我国根据精校本翻译的《摩诃婆罗多》共十八篇，其中描写战争的部分是从第六篇《毗湿摩篇》的后半开始，到第十篇《夜袭篇》，大概占总篇幅的四分之一，而且其中还有插话等。《罗摩衍那》共七篇，真正描写罗摩攻打楞伽城的大战只有《战斗篇》，其他的战斗都是小规模的。从史诗对战斗所用的笔墨来讲，印度史诗本身就表现出了厌战的情绪。

从史诗故事发展来看，避免战争，争取和解的思想贯穿始终。《摩诃婆罗多》中，毗湿摩从一开始就反对般度族和俱卢族的战争，当难敌企图霸占王位，千方百计陷害般度五兄弟时，毗湿摩出面调停，但最终坚战因赌博输掉一切，毗湿摩也无计可施。十三年流亡期满，难敌依然不归还国土，毗湿摩一再力劝难敌与坚战和解，但难敌顽固不化，大战在所难免。战斗中，毗湿摩满身中箭，躺在箭床上，依然不忘劝说难敌，他满心希望以自己的死换取俱卢族和般度族的和解。

---

① 郁龙余：《〈摩诃婆罗多〉全译汉本的意义》，《外国文学评论》2003 年第 3 期。

阿周那在战场上，面对父亲们、祖父们、舅父们、儿子们、孙子们，还有兄弟们和同伴们，以及岳父们和朋友们，总之是阿周那及其所有的亲戚站在两军中间，"他满怀怜悯之情，忧心忡忡地说道：'看到自己人。黑天啊！聚集在这里渴望战斗，我四肢发沉，嘴巴发干，我浑身颤抖，汗毛直竖。神弓从手中脱落，周身皮肤直发烧，我的脚跟站立不稳，脑子仿佛在旋转。我看到了不祥之兆，黑天啊！我不明白，打仗杀死自己人，能得到什么好处？……即使我被杀，黑天啊！即使能获得三界王权，我也不愿杀死他们，何况为了地上的王权？'"（《摩诃婆罗多》6.23.28—44）阿周那不愿意杀死亲族，把杀死他们看成是毁灭家族的罪孽，是毁灭宗法。尽管在黑天的教导下，阿周那重新投入了战斗，但是阿周那的思想充分表现出了厌战的情绪。

黑天的哥哥大力罗摩坚决反对般度族和俱卢族的对战。黑天建议般度族索要国土如果失败，就用武力夺回时，在场的大力罗摩则赞同采用和平方式解决问题，也希望难敌能够归还般度族一半的国土，大家可以共享安定的生活。但由于不能站到黑天的对面，于是采取了不参与的态度，到圣地漫游。《罗摩衍那》中的罗摩也是为了避免宫廷内部的冲突才决然放弃宫廷生活，甘愿流放森林的。史诗描写，当听到十车王取消罗摩的灌顶，并要将他流放的不幸消息后，罗什曼那是要通过武力维护罗摩的权利的，但罗摩却劝阻他，认为这是神意，是命运，是不可违抗的。罗摩的做法固然是要父亲不食言，为了对父亲的孝顺，但是，罗摩的行动实际上反映了他平和、仁忍、宽容的性格，他的行为就是为了避免冲突，使国家能够安宁。

总之，两个民族的史诗，虽然都有战争给人民带来的痛苦与灾难的描写，有对战争的厌恶思想情绪的显现，也都有对战争中的英雄视死如归精神的弘扬，但是，两者的表现目的与出发点是不同的，蒙古族史诗在本质上倡导战争能为人民解除不幸，英雄的勇武是为了保护人民免受战争带来的伤害，因此是受到尊敬和崇拜的。而印度史诗则是以制止战争为出发点，控诉战争造成的生灵涂炭的罪恶，他们认为，只有避免战争的爆发，才能使社会安宁，因此在战斗中才常常出现令人匪夷所思的现象，如《摩诃婆罗多》中被认为正义一方的阿周那面对敌人，放下了武器；而被认为非正义一方的将领暗中帮助正义一方。由此可见，两个民族史诗的战争观有很大的差异，当然，这种不同与其民族性格和民族精神有着直接的关系。

第二节　史诗中的婚姻及其反映的伦理观

描写英雄的婚姻是史诗重要的内容之一。史诗中战争的起因往往与女人有关，如《伊利亚特》中的特洛伊战争是由海伦引起的；《罗摩衍那》中的战争是由悉多引起的；《摩诃婆罗多》中的俱卢之野大战也与黑公主有关；《江格尔》中的多次战争都与阿盖夫人有关；《格斯尔》中的几次战争也与格斯尔的王妃有关。苏联故事学家普洛普谈道："史诗最古老的题材包括求婚、寻找妻室，以及为妻室而斗争的题材，此外还包括与各种恶魔、其中包括与毒蛇搏斗的题材。这些题材不是一个人所创造出来的，也不是在某一固定年代里所创造出来的，它们是人类与自然界的斗争，是人类一定发展阶段上的世界观的合乎规律的产物。它们是由全民所创造的。"① 所以对英雄婚姻的描写成了史诗的重要组成部分，而从对英雄们的不凡婚姻以及对妻子的争夺的描写中，我们可以清楚地窥见两个民族当时的婚俗制度以及伦理观和道德观。蒙古族史诗与印度史诗比较而言，蒙古族史诗对英雄婚姻的描写比较简单，它突出的是英雄的业绩，女性的责任心，妻子对丈夫事业的支持，而印度史诗相对描写得更复杂细腻，对男女主人的悲欢离合描写得更具抒情色彩。

一　史诗对英雄婚姻的描写

无论是蒙古族史诗还是印度史诗，英雄的婚姻往往是通过竞技的方式获得的，如赛马、摔跤、射箭、拉神弓等；女主角也绝非一般女子，她们出身名门，有显赫的家世，如有的是公主，有的是神的后代；这些女性秀外慧中，贤良温柔；她们出嫁时都有大量的财富作为陪嫁，以显

---

① 转引自中国民间文艺研究会研究部编《民间文学参考资料》，第九辑，1964 年版，第133 页。

示自己的身份；更为重要的是，英雄们对自己的妻子都呵护有加，他们的婚姻也是幸福美满的。通过史诗也可以看出当时的婚俗婚制，印度史诗对婚姻情况的描写是较为丰富的，也是非常复杂的，它反映了印度不同历史发展阶段的婚姻状态。两大史诗描写了多个国王的婚姻、英雄的婚姻、插话里也有许多描写爱情婚姻的故事等，在众多的婚姻中有一夫多妻、一妻多夫、一妻一夫、群婚等不同婚姻形式。蒙古族史诗的婚姻也有国王的婚姻与英雄的婚姻等，婚姻形式也有一夫多妻和一夫一妻等形式。就婚姻观念而言，有的婚姻是遵循父母之命，有的则是自由的婚姻。

"婚姻型"史诗是蒙古族史诗的两大故事主题之一。主要讲述关于英雄成年之后，跋山涉水，经历各种磨难和斗争，去远方国度赢取新娘的故事。仁钦道尔吉将婚姻型史诗主要划分为两种类型，即抢婚型史诗、考验女婿型史诗。抢婚型史诗中，英雄的对手除了蟒古斯，还有岳父，岳父通常不愿意嫁女并提出种种难以达成的要求，而英雄常需要克服艰难险阻，采用威胁、恫吓的手段，并且排除来自岳父的种种阻挠，最终迫使岳父同意嫁女。而英雄的妻子，也常常被蟒古斯抢去，从而引发英雄与蟒古斯的大战。如鄂尔多斯史诗《呼勒格泰莫日根》中，英雄呼勒格泰莫日根十八岁时，前去求娶定下婚约的阿拉腾嘎鲁海可汗的女儿。呼勒格泰莫日根变身成秃头小儿，与三个蟒古斯进行三项技艺的比试。呼勒格泰莫日根每项都取得胜利，可汗答应将女儿许配给他，但却在最后一刻反悔，出兵想要抓捕呼勒格泰莫日根，好在他早有所料，事先要了辣椒和白灰，迷住了士兵的双眼，趁机带着妻子回到了家乡。

不同于抢婚型史诗，考验婚型史诗中的英雄相对处于被动的地位，需要接受岳父提出的种种考验，岳父满意后方将女儿嫁与英雄。岳父提出的考验通常有战胜三大猛兽、取来神话中的宝物、在男儿三项中胜出等。喀尔喀史诗《海日土哈尔》里，英雄海日土哈尔与弟弟乌拉岱一起前往土布吉尔嘎拉汗的家乡求婚。他们进入土布吉尔嘎拉汗的帐房，发现又来了其他三个英雄，土布吉尔嘎拉汗无法做出决定，对求婚者提出要求，谁杀死在南方大戈壁的七头蓝色疯狼，就把姑娘嫁给谁。这时，乌拉岱出发，杀掉七头疯狼。姑娘的父亲又借口说这么多人，无法做出决定，让他们第二天相互搏斗，谁赢了谁可以娶他女儿为妻。另外三个英雄害怕海日土哈尔兄弟俩而临阵脱逃，海日土哈尔娶了可汗的女儿。第二次乌拉岱娶妻，是东方胡金胡日勒汗的姑娘胡仁格日勒。两人到了可汗家，同样又来了其他三个英雄，可汗无法解决婚事纠纷，向求婚者提出要求，谁战胜原野上的五个蟒古斯，谁便可以娶他的姑娘。这次，海日土哈尔为乌拉岱作战，杀死了四个蟒古斯，另外来的三个英雄之中的一个英雄杀死了剩下的一个蟒古斯，最后乌拉岱迎娶了胡金胡日勒汗的女儿。

最著名的蒙古族史诗《江格尔》和《格斯尔》中，对英雄江格尔、洪古尔和格斯尔的婚姻都有详细的描写，英雄的妻子都出身高贵，她们都深爱着英雄。江格尔的妻子阿盖是可汗的女儿，她永远像十六岁少女一样美丽，温婉贤淑，有责任心；洪古尔通过三项比赛迎娶了查干兆拉可汗的女儿格莲金娜；格斯尔有多位夫人，她们也都有高贵的出身，并且深爱着格斯尔。

印度史诗对英雄婚姻的描写要比蒙古族史诗完整全面，生动细腻得多，两大史诗中大量的婚姻故事情节，充分反映了印度古代丰富多样的婚姻生活。

《罗摩衍那》主要描写了英雄罗摩与悉多的婚姻。悉多在印度历史与神话传说中多次出现，悉多的意思是"犁沟"，在《梨俱吠陀》中已经被认为是农业女神而被崇拜，在一些神话传说中悉多是吉祥天或优摩的化身。《罗摩衍那》中的悉多是罗摩之妻，遮那竭王女儿，她是国王犁地时从犁里跳出的女孩，可见，悉多身世之非凡。遮那竭王嫁女的条件是，此人要有力量，即要能够拉开神弓，这张神弓的重量是超出凡人能力的，需五千个强壮的男人费很大劲才能拉动里面装有神弓的八轮大箱，即使是成群的神仙，阿修罗和罗刹等都难以拉动。众多想得到悉多的人既不能抓住神弓，更无法举得动，罗摩却仿佛游耍戏乐似的把弦装到弓上，毫不费力地拉断了弓。在竞技中获胜的罗摩，得到了高贵尊严的遮那竭王的赞许，决定将女儿嫁给他。国王为悉多准备了大量金钱和各样珍宝做嫁妆，两人在众亲友的祝福声中举行了婚礼。婚后的罗摩与悉多非常相爱，史诗写到悉多"有德又美貌无双，爱情与日俱增"。（《罗摩衍那》

1.76.15）然而，好景不长，罗摩被流放森林之时，夫妻的感情面临考验。悉多毅然放弃了在宫中的安逸生活，决定与丈夫同甘共苦。在艰难的日子里，罗摩因为有悉多的陪伴，心情十分舒畅。但是，悉多被劫，使两人的感情又一次面临考验。悉多不被魔王的财富和享乐生活所诱惑，一心思念着罗摩，表示"我活着真没有意思……没有罗摩那英勇的丈夫"。（5.24.5）罗摩也因失去悉多而悲伤到失去理智。探听到悉多的下落之后，罗摩联合猴国攻打城堡，最终取胜，救出悉多。然而，罗摩却怀疑悉多的贞节，悉多跳入火中，证明自己的清白。坐上国王的宝座之后，罗摩又对悉多心存疑虑，最终遗弃了悉多。总之，《罗摩衍那》对罗摩与悉多婚姻的描写细腻生动，一波三折，宛若一曲优美动听而又伤感幽怨的乐曲。

　　《摩诃婆罗多》故事情节繁复，描写婚姻的内容线索众多，但核心故事是描写坚战五兄弟与黑公主的婚姻。黑公主是般遮罗国木柱王祭祀时在祭坛上生出的女儿，木柱王为女儿举行了选婿大典，被爱神之箭所伤的各路英雄和国王们纷纷前来参加竞技，但他们只能望弓兴叹了。阿周那在眨眼工夫就安上了弓箭，并且射中靶心，因此赢得黑公主的心。当坚战要阿周那与黑公主完婚时，阿周那却说不要让自己违背正法，要既不违背正法，又能受到称赞，还能让般遮罗国王欢喜。最后，坚战决定："美好的木柱王之女将成为我们大家的妻室。"（《摩诃婆罗多》1.182.15）这种婚姻状态是很奇特的，婚后，五兄弟轮流与黑公主生活，黑公主为五兄弟分别生了一个儿子；但同时，五兄弟还有其他的妻子。怖军在与兄弟共娶黑公主之前，曾临时娶妻，生了儿子瓶首；阿周那也是在娶了黑公主后，又分别与龙女乌鲁比、花钏女结合生子，又通过抢亲，得到了黑天的妹妹妙贤，并生子激昂，后来，他又将龙女乌鲁比和花钏女带回象城。坚战即位后，黑公主依然作为王后，受到尊重，直到与五位丈夫远行朝圣，死在途中，六人最终脱离凡身，到达天界。

　　就对婚姻的整体描写情况而言，印度史诗是完整的，对英雄婚姻的结局有清楚的交代，两大史诗最后的结局都是夫妻摆脱凡身，在天上团圆。而就史诗对婚姻状况的描写来说，《罗摩衍那》中罗摩与悉多悲欢离合的故事更能够代表印度人民美好的愿望与当时的婚姻伦理观，因此也备受后世的推崇。而蒙古族史诗则不如印度史诗刻画得细腻丰满，更多的是一种对蒙古民族民俗模式的反映，因此，从一定意义上来讲，印度史诗较之蒙古族史诗更具人情味。

二　从英雄的婚姻看两个民族的婚姻观与伦理观

史诗所呈现出的婚姻故事主题的外在形式，势必受当时社会的婚俗婚制以及伦理观念的影响。德国学者海希西认为包括好汉三项比赛式考验婚在内的蒙古英雄史诗婚姻是族外婚的反映，他认为，早在19世纪蒙古英雄史诗就已把求婚、结婚的"个人"主题同维护崇高社会秩序的"民族社会"主题联系在一个不可分割的文学统一体中了。泰戈尔在论述《罗摩衍那》的意义时写道："《罗摩衍那》的主要特点是非常广泛地描写了家庭的内部事物。它使父子之间、兄弟之间、夫妻之间的相亲相爱的伦理关系变得如此崇高和伟大，从而，很自然地用这种题材来创作了这部史诗。"① 两个民族的史诗所描写的各种婚姻状况，充分地反映出不同民族因其历史阶段不同、文化的相异，呈现出了不同的婚姻观、伦理观以及妇女观。

（一）婚姻观

首先，史诗中的婚姻受种姓与门第的制约。

一般来讲，古代的婚姻，特别是上层统治者的婚姻，是扩大自己的势力，增加自己的经济实力，提高自己社会地位的手段，因此，他们往往会想方设法攀附比自己更高阶层和更有权势的人来联姻，这样，婚姻必然受到门第的制约。无论是蒙古民族还是印度民族无一例外都存在深受等级制度森严的社会制度影响的婚姻状况，特别是印度更是受到极其严格的种姓制度的影响。

蒙古族史诗中英雄的配偶，通常不是平凡牧户家的女儿，而是遥远国度的可汗的公主。江格尔刚满二十岁时，他离开故乡求娶妻子。他拒绝了四大可汗的美女，拒绝了特步新·扎木巴可汗的爱女，从远方聘娶了诺敏·特古斯可汗的女儿阿盖，可以看出江格尔的择妻范围都是在可

---

① 季羡林、刘安武：《印度两大史诗评论汇编》，中国社会科学出版社1984年版，第48页。

汗之女当中，因为英雄的婚姻通常意味着两个部落的联盟，英雄从中可以获得岳父部落一定的财产和属民。英雄通过考验后，岳父通常会询问女儿有什么要求，一个常见的程式是，女儿提出要未断奶的幼畜。而母畜因为离不开幼畜往往会自动地跟着英雄和公主返回家乡，从而获得数量丰厚的畜群。这种通过婚姻达成政治联盟，壮大个人实力的例子在当时的蒙古社会极具普遍性，如成吉思汗九岁时，其父也速该让他去翁吉剌惕部定亲，迎娶首领之女孛尔帖。可见，部族首领的婚姻都具有相当多的政治因素，而史诗忠实地反映了这一观念。

　　印度史诗产生的时代，作为阶级社会等级制度的复杂表现的种姓制度已经形成，《罗摩衍那·森林篇》中谈到过：嘴里长出婆罗门，臂里生出刹帝利，两条大腿里生出吠舍，双脚中生出首陀罗。这种论调虽属无稽之谈，但也能看出各种姓之间的高低贵贱之分。种姓制度不但对人的职业有严格的限制，而且对人的婚姻、行为规范、社会交往等方面都有严格的要求和禁忌。从婚姻的角度来看，同一种姓之间的婚姻是受到认可的，或高种姓男子可娶邻近的低种姓女子，此为顺婚。而逆婚，即低种姓男子娶高种姓女子，逆婚被明令禁止。两大史诗中英雄的婚姻完全符合种姓制度的要求，即英雄们的婚姻都是刹帝利之间的联姻。不仅如此，两大史诗中描写的婚姻都是门当户对的，如悉多与黑公主选婚时，前来参加竞技的都是王公贵族，而婚姻的达成也必定是英雄美人，王子公主，因此，王子罗摩与悉多、般度五兄弟与黑公主联姻是符合当时的门第观念的。《罗摩衍那》描写当悉多被劫入魔宫后，她曾表示："那一个夜游的罗刹鬼，/连用左脚我都不想戳；/我怎么能爱罗波那……他也不看看自己的门第"，(《罗摩衍那》5.24.9—10) 这就反映出了婚姻与种姓门第之间的密切联系。

　　其次，发展中的婚姻观。

　　从服役婚到抢婚，再到一夫多妻、一妻多夫、一夫一妻等婚制都在史诗中有所体现。人类社会进入父系制氏族社会之后，婚姻生活由夫从妻居逐渐转变为妻从夫居，所以妻子需要离开所在氏族加入男方所在氏族。为此女方需要让男方付出一定的代价，这便开始了真正意义上的有偿婚姻。服役婚是氏族社会有偿婚姻的一种重要类型，男方常需要以提供劳动力的方式来对女方进行补偿。蒙古族史诗中的考验婚型史诗，英雄常常被要求捕获凶猛的神话动物，很可能就是反映要求男方在女方家进行狩猎劳动。九月博士在其博士论文中分析了史诗考验婚的婚姻意识："第一，英雄为自己婚姻必须付出一定的代价，含有有偿婚姻意识。第二，这代价不能以物品来代替，具有劳务服务意义，含有服役婚意识。第三，考验男方婚姻当事人及其所属的社会团体的势力，含有考验婚意识。第四，岳父掌握一定的支配权力，含有包办婚意识。"①

抢婚是原始社会的一种外婚婚俗，产生于对偶婚向个体婚演进，母系氏族社会向父系氏族社会过渡的时代，盛行于以男性为中心的游牧社会中。由于男性地位的提升，将女性物化为男性的财产，所以女性经常成为部落间的抢夺对象。如成吉思汗的母亲、妻子都有过被抢婚的经历。"11—13世纪的蒙古人为了娶妻，有时不得不到很远的地方去，以便在远方的氏族中缔结婚约……由于这个原因，以及根据老人的回忆，妇女常常被人乘各种机会诱拐或以暴力抢去。"② 所以蒙古族史诗中英雄的妻子常常遭到蟒古斯的抢夺，《罗摩衍那》中的悉多也曾被魔王劫持，这并不是单纯的文学创作，而是对古代抢婚制的直接反映。

一夫多妻制是人类社会进入父系氏族阶段以后的一种典型的婚姻形式，从本质上来说，这是一种畸形的婚姻形态，古代各个国家或民族的上层统治者中普遍存在。古代史诗中不乏对此种婚姻状况的描写，如《伊利亚特》中希腊将领们不但在家乡有妻室，而且在战争中又将俘虏来的女子纳入帐中，生儿育女，战后带回希腊共同生活。直到现在，多妻制的婚姻形式依然存在，蒙古族史诗和印度史诗中也普遍存在这种婚姻。就多妻或多夫的婚姻状况比较而言，蒙古族史诗中英雄的婚姻似乎相对美满，而印度史诗中的婚姻则会出现种种问题，但是对一夫一妻的婚姻却描写得幸福美满，令人向往。因此，我们有理由认为，随着印度社会的发展，史诗在传唱过程中，新的思想观念不断渗透进来，一夫一妻制

---

① 九月：《蒙古英雄史诗考验婚研究》，博士学位论文，中国社会科学院，2001年，第26页。

② ［苏联］鲍·雅·弗拉基米尔佐夫：《蒙古社会制度史》，刘荣焌译，中国社科院民族研究所1978年版，第68页。

受到普遍认同；印度史诗与蒙古族史诗中既有表现遵从父母之命的婚姻，也有自由结合的婚姻，但相对而言，印度史诗更着重于表现个人的诉求，更具有复杂性。

蒙古族史诗中虽有一夫多妻现象，但总体来讲，夫妻情感是和谐的，婚姻是幸福的。如《格斯尔》中，格斯尔可汗有多位妻子，格斯尔对每位妻子都呵护有加，十分珍惜，夫妻的情感十分恩爱，各位妻子之间也相处和谐，婚姻生活可谓幸福美满。史诗描写了格斯尔对妻子们的保护，而且各位妻子也同样愿为格斯尔付出一切。格斯尔娶了固穆可汗的女儿红娜高娃以后，给她起了尊号图门吉尔嘎拉。恶毒的朝通得知后，心怀不轨，挑拨离间，被图门吉尔嘎拉揭穿，她坚信两人的爱情。朝通又施毒计，骗走了深爱丈夫的图门吉尔嘎拉，为了使丈夫能够恢复健康，图门吉尔嘎拉远离家乡，流落他乡。格斯尔得知后，魔穴救妻，最终使得夫妻团圆。《格斯尔》还描写了阿鲁莫尔根夫人和图门吉日嘎拉夫人共同使格斯尔和阿拉坦阿日嗒夫人死而复活的故事，可见，格斯尔婚姻的美满。

印度两大史诗也描写了一夫多妻或一妻多夫的婚姻现象，但与蒙古族史诗不同的是，印度史诗着重刻画了女性在婚姻中的不幸。般度和持国各有两个妻子，般度五子也各有不止一个妻子，黑天的妻子更多，十车王除王后以外，也有多个妃子。印度史诗中不仅有一夫多妻，还有一妻多夫的婚姻现象，如黑公主与般度五子的婚姻。但在史诗中我们看到，这种多妻婚姻或多夫婚姻大多是或以悲剧而告终，或以女性的嫉妒、忧伤为代价。《罗摩衍那》中的十车王有三个王后，虽然她们都生有王子，但最后十车王因忧伤过度早逝，她们也就难以逃脱寡妇的凄惨命运。十首王罗波那的王后、嫔妃充满后宫，但是这些女人生活得并不幸福，在哈奴曼的眼中，看到的是被荒淫生活折磨得垂头丧气的女人们，更不幸的是悉多因魔王劫持招致灭顶之灾。《摩诃婆罗多》中的黑公主，虽说有多个丈夫可以保护她，爱她，她也为五个丈夫生了儿子，但她的五个丈夫都另有妻子，阿周那还有四次婚姻，生了多个儿子，并且还把这些妻儿带进象城。当阿周那与妙贤结婚的消息传来时，黑公主十分气愤伤心，因为她深爱着阿周那。这些描写，表明了印度史诗的态度，无论是一夫多妻还是一妻多夫，对于女性而言都是不幸的，是悲剧的。

印度史诗对一夫一妻这种进步的、文明的婚姻制度是给予赞美的，《罗摩衍那》对罗摩与悉多的爱情婚姻的描写最为典型，他们可谓是一夫一妻的典范。罗摩与悉多的爱情是热烈而执着的，他们的婚姻是和谐美满的。罗摩年少时便与美少女悉多完婚，两人情投意合，恩爱有加，令人羡慕。可是天有不测风云，随着罗摩失去太子的位置被放逐，两人的感情面临严峻考验。深爱罗摩的悉多决定放弃宫廷优越的生活，跟随丈夫过吃苦受罪的流放生活。有了悉多的陪伴，罗摩的流放生活充满快乐，夫妻二人形影不离，十分缠绵。随着悉多被劫，罗摩与悉多的相思之情令读者甚为感动，悉多满脑子都是罗摩，拒绝魔王的诱惑，使前来规劝的罗刹女甚是恼怒。而罗摩也因找不到悉多忧愁不堪痛苦难忍，他向大地、向山林、向大河呼唤着心爱的妻子，盛怒之下甚至失去理智，"罗什曼那！你请看呀！／我的箭将把天空填满；／我将使那三界的居民／今天都将无法把身转。／／我将使群星停步，／我将把月亮遮藏，／我将使风神不动，／我将使太阳无光"，（《罗摩衍那》3.60.41—42）这些描写可见得罗摩对悉多的挚爱。最后，罗摩为了救悉多发动了惊天动地的攻打魔城的战争。虽然罗摩因对悉多的贞洁怀疑而遗弃了爱妻，但在悉多投入地母怀抱后他终身不娶，这也是在表现对一夫一妻制家庭从一而终的婚姻观念的肯定。

（二）忠贞贤惠是婚姻对女性的要求

妻子的品德在婚姻生活中是备受关注的，有些民族对女性的要求甚至是苛刻的。一般来讲，妻子对丈夫忠贞，在家庭生活中贤惠，这是对女性婚姻生活的规范。但是比较而言，印度史诗特别强调女性的顺从、忠贞等道德规范，而蒙古族史诗虽然也重视妇女的忠贞贤惠，但却不像印度史诗那样要求过于苛刻。

印度史诗中无论哪种婚姻形式，都要求女性忠贞贤惠。无论从男性的角度，还是女性对自己道德的约束，都表现为妻子就应该以夫为纲，以对丈夫的忠贞为第一要义。两大史诗的战争都与妻子受辱有关，罗摩与魔王的战争是因为罗摩的妻子悉多被魔王劫走，这不仅有辱丈夫的尊严，而且妻子也可能失去贞洁；般度族五兄弟与俱卢族的战争，在很大程度上与难将要剥光黑公主的衣服，使其受辱相关。

　　蒙古族史诗同样着力赞美妇女忠贞、纯洁的品质，但这并不是对女性的唯一要求，女性的美貌、才华、善良、勇敢都是蒙古族史诗非常看重的品质。蒙古族史诗中塑造了许多美好的女性形象，如江格尔的阿盖夫人、洪古尔的妻子格莲金娜、格斯尔的妻子阿鲁莫尔根等。蒙古族史诗中对女性忠贞的要求常常从反面进行表达。例如，史诗中常有女性通过跨过英雄的尸体，让英雄死而复生的母题。但有的时候这个法术却因为女性心中有过欲念而不能达成，如洪古尔的母亲姗丹夫人救治中箭的江格尔时，从江格尔身上迈了三步但箭镞仍未脱落。询问之下姗丹夫人坦言因为自己曾看到公马母马交欢，玷污了神药，丧失了法力。通过这样的描述，表达女性应该纯洁、忠贞，存在欲念便会不洁，但不似印度史诗那般苛刻，需要付出生命代价作为惩罚。此外，蒙古族史诗还塑造了很多反面的女性形象来表达对女性不忠贞的否定。英雄的妻子或者姐妹常勾结蟒古斯，暗害英雄，这种母题在突厥——蒙古口头文学中具有一定的普遍性，在故事学中被称为"淫荡的妹妹"型故事。例如格斯尔的正妻茹慕高娃，见利忘义、朝秦暮楚多次背叛格斯尔，甚至与蟒古斯喇嘛勾结，将格斯尔变成驴子。而茹慕高娃最终招致了凄惨的结局，表达了蒙古民众对这种不忠于丈夫的妻子的批判和否定。

　　印度史诗中对于婚后的女子有严格的道德规范，忠于丈夫、顺从丈夫是她们的天职，《罗摩衍那》中的悉多就是此种女子的楷模。悉多出于对丈夫的忠诚和顺从，与丈夫患难与共、生死相随，放弃宫廷的享乐生活，随夫流放森林。被罗波那劫走后，魔王百般诱惑，将装饰有各种宝石、黄金的宫殿指给她看，甚至表示要将整个国家和他的性命都统统归她所有，但悉多一心赞美罗摩，她痛骂魔王，绝不屈服。悉多自己对个人的品德严格的约束，身陷魔宫后，自己都觉得自己的身体是不洁净的，她说："呸！我这个不良不贞的女子！／没有罗摩，我竟然能这样干；／我一会儿也不想再活下去了，／我这样活着就是罪孽滔天。"（《罗摩衍那》5.24.6）

　　罗摩与悉多婚姻的悲剧与婚姻的伦理道德有关。由于悉多被劫，久居魔宫，难免让人有种种猜忌，使她失去了百姓的爱戴。罗摩作为国王，他一心按照正法行事，社会舆论、民间流言，他不可能不顾及。罗摩这个严格按照道德规范行事的道德君子，在道德的束缚下，抛弃了深深相爱的人，最终酿成了人生悲剧。在当时的社会状态下，从奴隶主贵族的角度看，罗摩牺牲爱情的行为，维护了王族血统的纯洁与王族的权威，因此，在印度传统文化中，罗摩是作为理想英雄而受到人们崇敬的，而无辜的悉多却成了这种观念的牺牲品。

　　同样，蒙古族史诗中英雄的妻子也常常会遭到蟒古斯的掳劫，但英雄则是全力以赴战胜蟒古斯救出妻子，并不会对妻子的忠贞产生怀疑，更不会因此苛待遗弃妻子，史诗的结局都是英雄最终和妻子团圆，幸福地返回家园。《格斯尔》中描写乌仁高娃夫人被兄弟三魔王抢去逼婚的情节与《罗摩衍那》中悉多被劫如出一辙，但两位夫人的结局却是不同的。兄弟三魔王趁格斯尔不在宫中，看到夫人的美貌，掳走乌仁高娃夫人，并以财富、幸福生活诱惑夫人，遭到拒绝后，又破口大骂，并将其关入黑魔窟。格斯尔打败兄弟三魔王，救出夫人，回到宫中，两人情感一如往昔，这就与罗摩因对悉多贞洁的怀疑，进而抛弃悉多形成了鲜明的对比。蒙古族史诗中这种观念与蒙古社会尊重女性的传统，以及对妇女相对宽松的伦常要求息息相关。成吉思汗自己的妻子孛尔帖就遭到篾儿乞部的掳劫，当成吉思汗解救她时，孛尔帖已怀有身孕，但成吉思汗并没有因此与孛尔帖产生嫌隙，也没有对自己的长子另眼相待。

　　《摩诃婆罗多》中美丽的插话《莎维德丽》更是赞美了夫为妻纲的婚姻，肯定了莎维德丽对丈夫忠贞不渝，为了丈夫永不放弃的精神。莎维德丽是一位德才兼备的女性，婚后，出身高贵的她行事低调，孝敬公婆，对丈夫温存体贴，百般呵护。丈夫的灵魂被阎摩拴走后，她凭借自己的智慧和美德感动了阎魔，最后使夫妻团圆。这段插话赞美了莎维德丽的贤惠和忠于丈夫的美德，当阎摩答应满足她的心愿时，她首先想到的不是自己，而是公婆、自己的父母，还有就是如何能使丈夫死而复活。可见莎维德丽的贤德，她也因此成为印度人民心中喜爱的古典女性。

　　从伦理学与心理学的角度看，印度史诗中所描绘的世界好像是围绕着一个固定的轴在旋转，这个轴就是正法——正义和人的正确行为，遵循礼仪和对同类与大神的全部责任，让听众牢牢记住道德价值至高无上的要义。而蒙古族史诗中的萨满教观念，也使得蒙古人不信地狱和终极惩罚，"典范的伦理行为"相对不发达。史诗的目的也不在于教化，而是塑造英雄人物，给人民带来面对困境的希望与榜样。所以蒙古族史诗中的女性受到的道德制约要比印度史诗小，女性地位也相对较高。

第三节　蒙古族史诗与印度史诗体现的民族精神

每一个民族在其历史长河中，都会凝聚沉淀出独有的心理特点和文化现象，建构出民族精神的表象世界。这个世界，来源于民族的体质、自然环境，以及文化积累的综合作用。对其进行研究探索，将给我们以重大启发。黑格尔认为："史诗就是一个民族的'传奇故事''书'或'圣经'。"每一个伟大的民族都有这样绝对原始的书来表现全民族的原始精神，黑格尔认为"一个时代和一个民族的精神是史诗的实体性的起作用的根源"①，从这个意义上来说，史诗简直就是一个民族所特有的意识基础。如果把这些史诗性的圣经搜集成一部集子，那会是引人入胜的。这样一部史诗集，如果不包括后来的人工仿制品，就会成为一种民族精神标本的展览馆。黑格尔认为印度史诗和荷马史诗能够"显示出民族精神的全貌"。

一　崇力尚武与崇文尚德

作为草原文明和森林文明代表的蒙古民族和印度民族，其民族精神深深扎根于辽阔的草原和繁茂的森林之中。自远古初民时代开始，茫茫草原上便出现了善骑射的勇敢的民族，他们驰骋在广阔的天地，聚集于水草茂盛的草原，为了族群的生存发展，草原人练就一身的骑射本领。随着社会的发展，不同部族之间争夺水草丰美之地的战争也频繁发生，

---

① ［德］黑格尔：《美学》第三卷（下），朱光潜译，商务印书馆1991年版，第108、114页。

因此，对力和武艺的崇尚成为草原人的核心精神，力大无穷，武艺高强者便是受人崇拜的草原英雄。印度民族生存在非常复杂的自然环境中，这里既有源远流长的河流滋润，也有植被丰富的森林覆盖，还有蜿蜒曲折的山脉横亘，再加上热带和亚热带气候形成的潮湿炎热的特点。总之，印度人生活在集广阔、复杂、多样于一体的自然环境之中，这就使印度人养成了忍让、宽容的博大性格，各种宗教思想和哲学思想也就在这样的土壤里生成了。这一民族性格和宗教、哲学思想的影响使印度形成了崇德尚文的民族精神。

古代社会部族征战频繁，主要依靠武力来维护自身利益，强烈的社会现实唤起人们对高大勇猛、能征善战的英雄的向往，这是几乎所有民族史诗的共同主题。但是，如果我们将蒙古族史诗英雄与印度史诗英雄并置在一起，会发现江格尔、格斯尔和罗摩、坚战都是为铲除危害人类的妖魔而降生的，都担负着用武力消灭邪恶势力，化解人类纷争，还人类一个安定祥和家园的使命。因此，理论上来讲，尚武精神应该是他们的核心特征，史诗讲述的事实却展现出与理论相悖的观点，即蒙古族史诗英雄身上闪耀着尚武精神，而印度史诗英雄崇尚道德的精神要胜过尚武精神，也可以说，蒙古族史诗英雄尚武，印度史诗英雄重德。

首先，蒙古族史诗的尚武精神既表现在蒙古人所追求的力之美上，也体现在史诗所弘扬的英雄主义精神上。从美学角度来看，蒙古族史诗反映了蒙古人所追求的力之美。史诗中对英雄外形的塑造是体现史诗语言魅力的重要环节，通常都是使用极尽渲染勇武健壮的词汇，语言精彩传神，反映出蒙古人对于力士由衷地赞美。史诗中英雄多为巨人形象，从外形到禀赋都异常夸张。例如描写英雄身材的常见程式"他舒展身躯坐下，/能占五十二人的位置；/他蜷缩身躯坐下，/能占二十五个人的位置"。"他猛力蹬踢，/四十股的皮绳，/险些被他踢断。/他侧坐鞍顶，/马儿两侧的四根肋骨——全被压弯。""肩膀宽至七十五尺，/臀围有八十五尺，/其腰围则只有三十五尺。""当骏马嘶鸣，/洪古尔呐喊时，/旷野的树木左右摇摆，/广袤的大地颤颤震动，/巍峨的群山酷似崩塌，/条条的江河掀起洪峰。"① 从这些描述中我们可以看出英雄通常是宽肩窄腰、高大强壮、力量惊人的巨人力士，史诗用极为夸张的语言渲染英雄的伟岸神武。这种对于力士外形的塑造并非单纯出现在史诗中，而是广泛存在于各种蒙古人的艺术体裁中，如在布里亚特蒙古人的查干巴扎湖畔岩画中的人形，都是肩膀宽阔身材高大，具有力士巨人形象。"他们一律面向观众，一律用双腿牢固而坚定地站在那里。每个类人形都有强健而特别宽阔的肩膀，与此相应还有被过分夸张了的强健的胸膛。有意画细了的腰部，把三角形躯干与如同胸膛一般强健的胯部区分开来，以强调躯干的力量……结果，岩画虽然简单朴实，却能形成一种男子汉体力的印象，以及某种柔韧的甚至有灵活性技巧的印象。"② 贝加尔湖查干扎巴湖畔岩画上男子汉形体与史诗《江格尔》中勇士形体尺度之间的一致性，是古代诸蒙古部族的共同美学心理的体现。引文为对洪古尔的外形描写，将追求崇高刚健的美学观念表达得淋漓尽致。"生下来就没有关节。／他那肋骨和胸骨上，／生下来就没有缝隙。／他那肩膀和躯体，／好比钢铁一般结实。／他那颈骨和锁骨，／钢铸了一般连在了一起。／他肩宽七十又五尺，／双肩中有着七十只大鹏的力气。／他腰宽八十又五尺，／腰间里有着八十只熊鹏的力量。／他的两臂生就二十四只狮子的力气。／他的双手生就二十四只蛟龙的力气。／从他的双肩到他的两膀，／含藏着二十四条毒蛇的力气。"③

蒙古族史诗昂扬着英雄主义的时代精神。《江格尔》中，几乎每一章都在记述一次战争，史诗创作者以赞赏的笔调描绘英雄们为部落而战的高昂战斗精神，赞美了他们超凡的本领、高强的武艺、强健的体魄、无畏的气概和惊人的胆略。史诗成功塑造了以江格尔、洪古尔等为首的英勇善战的英雄主人公群像，尽管他们性格各异，但都把战争荣誉看得高于一切，即使是死，也不能辱没英雄的美名。在史诗中，英雄们的骁勇善战、杀敌征斗、攻城略地甚至剽悍任性、残忍凶狠都被当作美德加以

① 胡尔查：《胡尔查译文集》第一卷，远方出版社 2009 年版，第 108 页。
② 内蒙古自治区考古工作队：《文物考古资料》1980 年第 2 期。
③ 黑勒、丁师浩译：《〈江格尔〉汉文全译本》第六册，新疆人民出版社 1993 年版，第 2004 页。

赞扬，超凡的体魄和武艺被看作评价英雄的首要标准。史诗中的英雄几乎都是无所畏惧、视死如归的勇士。他们之所以令人倾倒，在于他们的强大，他们不是救苦救难、律己甚严的有"德"者，而是勇猛威武、叱咤风云的有"力"者和有"技"者；他们力大无比，也凶猛无比，有着出众的技能；他们并不在乎杀多少人或用什么方式杀，只要达到目的就行，史诗中对这种杀戮场面的描绘比比皆是。众勇士的对手"蟒古斯""暴君"们，很多也都是些有"力"有"技"者，除了他们是众勇士的对手，并且最终会被降服或消灭外，其他方面与勇士们并无不同。从史诗的内容来看，"蟒古斯""暴君"们和众勇士是相互衬托的，只有他们的非同一般，才能衬托出勇士们的非凡勇敢，而勇士们的超凡英勇反过来也表现出了"蟒古斯""暴君"们的不同凡响。因为只有双方旗鼓相当，才能使史诗的内容得以铺展开来，使情节得以继续下去，因此也可以说他们是另一种类型的勇士。

蒙古族史诗对战争的肯定，与游牧社会英雄时代的背景息息相关。与农耕民族不同，战争一直是游牧社会的关键词，也是游牧民族的生存方式。百姓虽然在战争中饱受磨难，但同时，战争胜利会带来巨大的财富，而失败则会造成部族命运的危亡。因此战争成为攫取财富和奴隶的手段，成为保护自己壮大自己的途径，由此也就逐渐具有了合法性。蒙古族古代英雄时代的时代精神，既表现在对正在形成的汗权的世袭贵族以及对攫取财富的掠夺征战活动的肯定和赞美的观念上面，也体现在将英雄的个性崇高化和英雄主义观念上面。因而英雄主义，既成为其推动部族体制向国家体制发展的历史动力和时代精神，亦成为其汗和勇士这种历史主角的个性本质特征。[①] 所以获取战争的胜利，也就是这种英雄主义的最有效的表现方式，是符合时代背景的意识形态，而印度史诗英雄的核心要义却不是击败敌人而是表现"正法"。

其次，印度两大史诗对战争、英雄婚姻生活的描写，明显透视出来印度民族崇文尚德的精神。在对"正法"的追寻与坚守中，彰显了仁爱和平、自我牺牲以及崇尚道德的精神品格。

----

① 满都夫：《蒙古族美学史》，辽宁民族出版社 2000 年版，第 141 页。

　　一是仁爱和平、自我牺牲的精神。印度文化的仁爱和平精神是从梵我不二的哲学中推衍出来的。梵是万物的创生者，万物是梵的表现形式，梵是一，也是多，所以，万事万物应该相亲相爱，一视同仁，而且都具有梵性，都蕴含着真善美的德性。因此，非但人类要互相亲爱，即使对飞禽走兽、花卉树木，也要有友爱精神，所以，不能杀生，印度教不杀牛，是他们对动物友爱精神的一个榜样。圣雄甘地有一个巧妙的比喻：真理好像一枚钱币，一面印着真理，一面印着爱，这样才可以到处流通。这便是印度文化的仁爱和平精神。

　　印度两大史诗形象地体现了印度崇尚仁爱和平的民族精神。罗摩和坚战五兄弟之所以放弃王位，甘愿流放森林，过着苦行僧似的生活，就是为了避免冲突，希望牺牲个人的小利，换取全体民众的和平安宁生活。作者赞扬了罗摩与坚战的忍让，为谋求社会稳定而付出的努力。当战争不可避免地发生时，史诗也是以忧虑的态度谴责战争的。《摩诃婆罗多》中那场毁灭性的俱卢之野大战结束后，战场上尸横遍野，食肉的禽兽和罗刹出没，成千上万的妇女为阵亡的父亲、儿子和兄弟哀悼哭泣。作者通过这哭悼亲人的场面，呼吁人们坚决制止这种"亲戚屠杀亲戚"的战争，强烈控诉战争浩劫。作者指责那是一场"可怕的""该死的""无道"的战争。这里的"无道"的战争就是掠夺他国土地的不义之战，史诗通过难敌这个贪婪的暴君的可悲下场表达了对不义之战的谴责，对正义之战的颂扬。俱卢族统帅毗湿摩即使躺在箭床上，也不忘劝说难敌与般度族讲和，他对难敌说："只要大臂黑天在俱卢族集会上保持独立，孩子啊！你就与勇士普利塔之子（阿周那）讲和吧。只要阿周那不用笔直的箭消灭你剩下的军队，孩子啊！你就讲和吧。只要在战斗中幸存的同胞弟兄们和许多国王能活着，国王啊！你就讲和吧。只要坚战充满怒火的眼光不焚烧你的军队，孩子啊！你就讲和吧。只要般度之子无种、偕天和怖军，大王啊！不消灭你的军队，孩子啊！你就与般度族恢复兄弟情谊吧！……摒弃愤怒，与般度之子们讲和吧！……你们恢复友谊吧！团结友爱，心平气和……俱卢族王啊！随着我的死，让臣民获得和平！让国王们欢聚一堂！"（《摩诃婆罗多》6.116.41—49）让亲人能够团圆，他希望以自己的死换取两个亲族的和解。这些关于战争的观点，体现了古印度人理性的思考，以及印度人民热爱和平、渴望稳定生活的强烈愿望。

坚战是个有仁爱之心与自我牺牲精神的英雄，当他的四个弟弟死去后，罗刹让他选择其中一个复活，他没有选择同母的并且可以助他一臂之力的弟弟，而是选了异母弟弟，因为他不愿让这个母亲身后无子，可见其仁人之心和自我牺牲精神。大史诗还描写了战争结束后，坚战心中充满忧伤，认为自己是出于贪婪和痴迷，固执和狂妄，贪图享受区区国王的地位，对亲属们大开杀戒。在他统治若干年后，带着四个弟弟和黑公主以及一条狗向雪山进发，当其他人死后，只有一条狗跟着他。因陀罗神车迎接他时，他坚持要忠于他的狗也上车，否则拒绝登车，可见，坚战的仁爱之心。罗什曼那的牺牲精神更是令人赞叹，罗什曼那跟随罗摩和悉多流放森林，可以说是他做出的最大牺牲，因为罗摩流放森林与他没有任何关系，而他却甘愿放弃宫廷享乐安逸的王子生活和年轻貌美的妻子，到森林里过着苦行僧似的生活，如果说，罗摩流放还有悉多陪伴，而罗什曼那则要一个人度过漫漫长夜，这是怎样的牺牲精神啊。而罗什曼那如此行动的原因，只是出于正义感，出于对哥哥的忠诚，所以，我们不能不说史诗中生动地体现了印度民族的自我牺牲精神。

二是尚德精神。遵循和坚守"达摩（正法）"，是两大史诗的基本主题，"达摩"的内涵是十分丰富的，它是一种道德上的责任和美德，是正义，是法律和信仰，这是神为人所制定的行为规范，也反映了古代印度民族的基本精神。十车王在罗摩即将成为太子之前，对他说："你要坚定地以德律身，／还要经常把感官控制住；／你要丢掉那些不良恶习，／这些都产生于爱欲和愤怒。"（《罗摩衍那》2.3.26）可见，父亲对儿子的教育把"德"放在首位。坚战常用的称号是正法之王，是尚德的楷模。他一生无条件地恪守至高无上的严正的道德准则，坚定不移地信仰一种不变的价值标准，他恪守职责，不求回报，具有超然的道德境界。坚战隐忍宽容，面对难敌的一再迫害和诡计，坚战为了避免伤及无辜，采取了隐忍的态度，这使黑公主万分恼怒，黑公主提醒坚战不能忘记俱卢兄弟对自己的侮辱，要他采取行动时，坚战却温和而坚定地告诉黑公主："一个居家的男人应该做的事，我都尽力去做，不管有没有好报。丰臀的美人啊！我不是为了得到行正法的好报而行正法。我不违背经典，并且观察善人们的行为，然后才行正法，黑公主啊！我的天性倾向正法，有所企图而行正法，或者，心怀恶念，对神不敬，行正法又怀疑正法，这样的人不会得到正法之果。"（《摩诃婆罗多》3.22.3—5）总之，坚战的善良和高尚使他最后赢得了战争的胜利。相反，贪婪嫉妒成性的难敌，却注定了失败的结局。

印度列国时代特别推崇人的品德——恪守誓言，或说信守承诺，这是古代社会维持人际关系和社会秩序的一个重要规则，这种美德也是正法精神的体现。罗摩为了不让父亲失信，心甘情愿放弃王位，他以牺牲自己的方式诠释了信守承诺的品德。黑天在大战前承诺支持般度族，但不直接参战，可是当他在战斗中两度跳下战车，想要亲自杀死毗湿摩时，阿周那把他制止，要他恪守诺言。毗湿摩堪称《摩诃婆罗多》中最崇高的英雄，他最突出的性格特征是恪守誓言。毗湿摩原名天誓，是恒河女下凡与福身王所生的儿子，因此又名恒河之子。恒河女神返回天国后，福身王便立天誓为王位继承人。但当福身王爱上渔家女贞信以后，贞信的父亲提出了立贞信的儿子为继承人的条件，这使福身王很忧郁。天誓得知此事，为了父亲，他向渔夫发誓放弃自己的王位继承权，并且终身不婚，这样就不会有自己的后人与贞信的儿子争夺王位了，由此，天誓得名毗湿摩，意思是"立下可怕誓言的人"。作为反对难敌开战的毗湿摩，由于长期受俱卢族供养，只能恪守职责，为俱卢族作战。战斗中，难敌常常抱怨他作战不力，但毗湿摩一面告诫难敌般度族的不可战胜，一面表示会兑现每天杀死一万士兵的承诺。毗湿摩在战斗中就充分地显示出刹帝利武士的风度，遵守战场上的规则，不杀害扔掉武器的人，倒下的人、投降的人以及女人、残疾人等。

总之，两个民族的史诗中明显显露出来其精神品格的差异，以征战而闻名于世的蒙古民族对力量和勇武精神更加崇尚，而以宗教和哲学思想著称于世的印度民族则更重视人的道德修养，注重心性的修炼。

二 务实与超脱

蒙古民族处身的生存环境基本是由不可控的气候、辽阔无垠与天际相接的草原、稀少的人口、迁徙不定的生活方式、富有灵性的动物植物组成。自然界无时无刻不在上演生与死的戏码，这样的环境本身无疑具有某种悲剧色彩，外界无法穷尽，自身则愈加渺小，于是不可避免地被这一概念纠缠困扰。这样的地缘下所形成的民族性格具有某种深隐的悲剧色彩，这种悲剧气质在蒙古民族的艺术风格上都不难发现，如悠扬的马头琴，如泣如诉的长调。但这种对外界充满未知和不确定性的认识也直接催生出了蒙古民族性格的另一方面，那就是——活在当下，及时行乐。所以史诗也多在欢宴中开始，在欢宴中结束。此外，萨满教三界观中，虽然也分上中下三界，但不似佛教中的天堂地狱，萨满教中的三界生活差别并不显著。约翰·普兰诺·加宾尼在描述游牧民族时写道："他们根本不知道永久的生命和永恒的惩罚，但是他们相信，在死去以后他们将生活在另一个世界里，在那里，他们的畜群将会繁殖，并且吃喝和做其他事情，像人们生活在这个世界时所做的一样。"[1] 所以游牧人也不需要通过隐忍和修行而获得来生进入天堂的终极奖励，当下和眼前才是唯一可见的生活。

从历史的角度来看，蒙古民族曾经建立了横跨欧亚的大帝国，其统治下有众多迥异的民族。但蒙古人对他们的文化、宗教、风俗习惯秉承一种兼容并包的心态。其核心的指导思想就是蒙古人所具有的实用主义精神，如果可以为自己所用便通通接受吸纳。而史诗中的英雄同样具有务实的精神，不似印度史诗中英雄终极的目的在"梵"，在彼岸世界。蒙古族史诗中的英雄通常是为了个人荣誉和部族利益出征，恢复被破坏的秩序，构建和平富庶的、满足民众需要的家园。但这并不代表蒙古族史诗英雄会贪生怕死，怯懦犹豫。同印度史诗一样，蒙古族史诗也有很多不畏牺牲的英雄，如《江格尔》中英雄的誓言："我们把生命交给刀枪，/把希望寄托给江格尔可汗。/我们对圣主忠心一片，/为着宝木巴永远披肝沥胆。/虽然有众多的敌人聚集侵犯，/我们也无人后退，/只是勇往直前。/虽然有崇山峻岭，/我们的坐骑没有不能攀登的顶峰。/不怕那

---

① 耿昇译：《柏朗嘉宾蒙古行纪·鲁布鲁克东行纪》，中华书局 1985 年版，第 23 页。

咆哮的大海，/波涛猛卷，/不怕那熊熊的火焰，/烈火燎原。"[①] 从中可以看出，牺牲和死亡在理想主义的光环下已经变得不足为惧。蒙古社会个人和群体高度的和谐观，使得实现群体价值与实现个人价值紧密地结合在一起。所以蒙古英雄的牺牲为的是战争的胜利，当前的幸福，为了部族的利益也是为了自己的利益。而印度英雄的自我牺牲却有着更高的境界，为的是求取和平，实现正法，达到梵我合一。

印度史诗蕴含着梵我一如的哲学观念，从《吠陀》到《奥义书》和《吠檀多经》的印度正统派哲学认为，宇宙万物，本是同体，各色纷杂，胥归于一。用印度的术语来讲，这一切都叫作"梵"。作为宇宙精神的"梵"是万物的本源，作为个人精神的"我"与"梵"在本性上是同一的，人生的目的是在沉思中亲证梵我合一，摆脱轮回，实现最高的欢乐，即人活一世应不断体验、证实梵我合一，如果我达到了与梵的合一，就能摆脱轮回转世的可能，这样就实现了人生的真谛。

那么，如何才能摆脱轮回，与梵合一呢？《奥义书》的哲学家们提出了"解脱"之道，例如，尊崇吠陀经典，祭祀奉献、摆脱物欲之念，断除业力发生的根源等。那么，如何才能消除"业"发生的根源呢？只有不工作，出世。因而静生沉思，出家修道之风日盛，以至佛教兴起而达到了极点。这种不慕名利、敝屣公卿、蔑视富贵、远离尘世的观念，形成了印度人的一种超脱精神，因此，我们也能看到印度人有"静修"之风。两大史诗中都有森林流放的故事，这是《奥义书》时代理想的人生道路之一，当时将人生分为四个时期，即求学期、家居期、林栖期和漫游期。实际上罗摩和坚战五兄弟的人生都经历了这四个时期。其中，森林流放就是"林栖期"，他们要隐栖森林之中，体验苦行者的生活，通过玄思冥想，品味人生以及宇宙的各种真谛，当然也并不是完全脱离世俗生活。罗摩和坚战五兄弟在森林流放期间一方面过着艰难的苦行僧似的生活，另一方面在修道仙人们的指点下体悟人生的真谛，坚守"达摩"。但是，我们必须要认识到，如果大家都去静修，不去工作，人类将何以

---

① 黑勒、丁师浩译：《〈江格尔〉汉文全译本》第 1 册，新疆人民出版社 1993 年版，第 274 页。

生存呢？因此，印度佛教由盛转衰也就是必然趋势了。所以，《薄伽梵歌》里强调了各阶级的人用超脱的精神从事各种工作，例如，业瑜伽就强调要以一种超然的态度履行个人的社会义务和职责，黑天要求阿周那要尽到刹帝利的职责，就是投身战斗。这就健全了印度人的超脱精神，不至于大家都不劳动，都去静修，妨碍社会生产力的发展。为此，先前的超脱精神逐渐变成不能热衷于自我的超脱，要以超脱的精神忘我地工作。《薄伽梵歌》中黑天对阿周那说："热爱各自的工作，人们获得成功……自己的职责即使不完美，也胜似圆满执行他人职责；从事自己本性决定的工作，他就不会犯下什么罪过。即使带有缺陷，也不应该摒弃生来注定的工作，因为一切行动都带有缺陷。"（《摩诃婆罗多》6.40.45—48）这里黑天是在说服阿周那要尽到一个刹帝利的责任，实际上告诉人们，每个种姓的人都有自己的职责，人要努力工作，尽到自己的责任，这便是一个印度人追求的最高真理。于是就不会受"业"的束缚，把出世的方法变为入世的方式，而又保持发扬了超脱精神。《薄伽梵歌》中黑天对阿周那说："无所企盼，超然物外，纯洁聪慧，摆脱疑惧，摒弃所有一切举动，崇拜我，我喜欢这样的人。不喜悦，不憎恨，不忧伤，不渴望，弃绝善恶，我喜欢这样的虔诚者。"（6.34.16—17）他认为林居者应该宽容、自制、纯洁、不冲突、不嫉妒、不杀生、永远说真话。他甚至想放弃世俗幸福生活，修炼大苦行，奉守邻居生活的严格戒规，静观身体的结束。他奉劝阿周那成为无欲、超脱、平静、快乐的人。《薄伽梵歌》中黑天对阿周那说："不仇视一切众生，而是友好和同情，宽容，不自私，不傲慢，宽容，对苦乐一视同仁……我喜欢这样的瑜伽者。"（6.34.13—14）这便是印度文化的超脱精神。

　　总之，务实与超脱精神贯穿于两个民族史诗的始终，无形中左右着英雄的行动。反过来，史诗也以其生动形象的描写诠释了民族精神的内涵。

　　蒙古族史诗和印度史诗都描写了战争、婚姻的主题，基于人类文化的共性和英雄史诗的内在要求，表现出很多近似之处，但也有许多不同，反映出两个民族不同的价值观和民族精神。史诗作为一个民族"最初的诗"，其与民族精神之间的联系深刻作用于各个民族的思维方式和生活方式之中。民族精神决定了史诗的形态，史诗又在悠久地暗示和塑造民族精神，从而影响民族文化的传统、社会形态的变化。印度两大史诗较完整地体现了印度民族的精神，即追求和平、恪守道德、崇尚仁爱之心和自我牺牲的超脱精神，使得作为英雄史诗的印度史诗呈现出多元的风貌。而大大小小、广泛流传在民众之中的蒙古族史诗在形式上都表现出了一定的稳定性，不仅是由于口头艺术创造的内在规律，同时也是源自蒙古民族重视荣誉、追求勇武、务实的精神内核。

第 六 章

蒙古族史诗与印度史诗的人物形象

　　古代英雄史诗中的人物形象呈现出圆心结构的态势，即围绕中心主人公——英雄塑造了神、人、魔等系列群像。首先是神的形象，由于史诗中寄托着先民们的美好理想，史诗中便出现了许多善神，这些神往往助力于人，当人间遭受劫难之时，天神下凡幻化成人间英雄铲除妖魔，如毗湿奴化作黑天、天神霍尔姆斯塔之子化作格斯尔等。有时神亲自到人间帮助人类，或应请求而出手，如格斯尔的三位女神姐姐等，总之，善神是受到人们尊崇和喜爱的；其次是恶魔，这类形象是人间的灾难，古代史诗中的妖魔形象具有残暴性、邪恶性。当然，它们也力大无穷、技艺高超、变化多端，但它们的结局注定是被消灭的；再次是人的形象，这是史诗的中心形象系列，具体包括半人半神的英雄、人间勇士、军师、国王、王子、暴君、祭司、王后、王妃、公主、英雄的妻子等，这类人物再现了古代战争、宗教、伦理等各种社会现象，是我们理解古代社会的窗口。此外，古代史诗中还有集动物、人类、神性于一身的人物，如印度史诗中的神猴等。这些人物形象异彩纷呈，交织在一起，构成了一幅人、神、魔共舞的历史画卷。当然，史诗中最值得一提的就是史诗的中心人物——英雄，此外是与英雄息息相关的女性形象，本章集中研究这两类人物。

第一节　英雄形象比较研究

　　史诗中的英雄主人公是民族文化多层次的结构体，是民族精神的形象显现，闪烁着民族审美理想的光辉。任何民族的史诗都致力于塑造本民族的英雄形象，这些人物往往包含多重内涵，因为在史诗的创作中，为了能更好地感召受众、统一社会意志，史诗的创作者往往把分散在许多人身上的光辉品质都集中在英雄主人公身上，并以他们为核心展现丰富内容、鲜明主题、宏大场面和曲折故事。总之，史诗的创作者将全民族的审美理想都投射在英雄主人公身上，使其成为民族心理与文化的缩影和理想的寄托。所以，研究史诗中的英雄人物，对于我们更深刻地理解史诗内涵有着重要的价值和意义。

古代史诗中的英雄众多，但英雄们的地位不同，各显神通，或处于中心位置，可称为领袖型英雄；或处于领袖型英雄左右，是战斗中不可或缺的勇士，可称为勇士型英雄；另外还有智慧型英雄；等等。总之，这些英雄人物构成古代史诗一道亮丽的风景线，是我们研究史诗不可或缺的内容。由于篇幅的关系，本书重点研究领袖型和勇士型英雄。

一　领袖型英雄形象比较

两个民族的史诗中堪称领袖型的英雄主要有蒙古族史诗《江格尔》和《格斯尔》中的江格尔和格斯尔，印度史诗《罗摩衍那》和《摩诃婆罗多》中的罗摩和坚战，这些英雄不但是几部史诗的缘起，而且在史诗叙述中占有绝对重的分量，史诗的核心内容就是讲述他们传奇的一生。这些英雄的出身、经历，不仅有着传奇色彩，他们的才华、品德、胸怀和思想，还左右着战争的发展与结局。对领袖型的英雄形象进行比较研究，不仅能够了解领袖型英雄在古代战争中的地位与作用，而且能够探析到不同民族的文化内蕴。

（一）领袖型英雄探源

世界上任何一个民族的英雄史诗，都是以该史诗母体民族历史上发生的重大战争作为题材的。蒙古族史诗《江格尔》《格斯尔》是以蒙古族奴隶主、封建领主之间的战争为题材，正是这样势力不均的阶级状况、纷乱的历史局势造就了这部伟大的史诗，造就了领袖型英雄江格尔和格斯尔；印度史诗《摩诃婆罗多》同样也是以土地与权利之争引发的毁灭性战争为题材，《罗摩衍那》虽说是为拯救美人而引发的战争，但本质上也是两个部族之间争夺权力与财富的战争，在错综复杂的竞争和残酷的战斗中涌现出了领袖型英雄罗摩和坚战。

首先，蒙古族史诗英雄江格尔和格斯尔探源。

英雄江格尔或为成吉思汗或他的杰出继承者的化身。蒙古民族经历了从分散的部落结合成强大民族共同体的历史进程。12世纪末的蒙古社会经历了历史的巨变，成吉思汗正是对蒙古部落从分散到统一起到决定作用的伟大人物，由此，学术界推断这可能就是成吉思汗被民间艺人歌颂为"天子"或"圣主"的关键所在。对此，《江格尔》中有这样的描述："宝木巴的全体臣民一起讨论，佛教的所有寺院僧侣都来挑选，考虑千百年的福祉，回忆一万年的历史——宝木巴地方的朱红大印，交给江格尔最放心。"[①] "经过宝木巴的全体臣民一起讨论"，让江格尔登上汗位这件事，与成吉思汗当上大汗时候的历史比较相符。当时，成吉思汗是得到全体臣民的推选，经过"忽里勒台"（大会）的选举登上汗位的。另据《蒙古秘史》记载，铁木真家里只剩下一个家仆，家产几乎被洗劫一空……铁木真的母亲靠拾野果子，挖野菜，养活自己的儿子们。九岁时失去父亲的铁木真，生活极其艰难，但他在母亲的指导下，不仅在艰苦的环境下成长为勇敢坚强的男子汉，报了父仇，还于1189年恢复了对蒙古乞颜部的领导权。随后展开一系列的征战，于1206年建立了大蒙古汗国。《江格尔》中的江格尔两岁时故乡被恶魔洗劫一空，父母被杀，成了无依无靠的孤儿，后来他凭借自己的智慧和勇敢，团结各位勇士，最终制服仇敌，成了"宝木巴"王国的领袖，名扬四海。这个故事虽然有神话色彩，但和上述的历史事实在某些方面又是相符的。因此，江格尔的形象，有可能是成吉思汗或他的杰出继承者的化身，是新兴的蒙古族阶级首领的典型代表。而且这一点，从史诗《江格尔》产生的时间、地点以及蒙古民族形成的历史背景也可得到印证。当然，我们必须看到，《江格尔》不是成吉思汗的传记，而是正如黑格尔所说："特殊的史诗事迹只有在它能和一个人物最紧密地融合在一起时，才可以达到诗的生

---

① 《江格尔资料》，新疆人民出版社1985年版，第235页。

动性。"① 就长篇史诗《江格尔》各章节故事而言，所有情节都围绕着江格尔展开的，在流传的漫长岁月中，蒙古族不同部落的民间史诗说唱艺人不断完善江格尔的形象，在他们的演绎下，江格尔成了英雄豪杰的典型代表。

目前国内大多数学者都认为《格斯尔》中的英雄格斯尔有其历史的真实原型。根据目前已经发现的历史文献和民间传说以及我国当前藏文《格萨尔》的搜集情况，可以推测出"格斯尔"应该是古代吐蕃安木多地区的一位首领。持有"格斯尔是一位历史人物"观点的有索南绛彝著的《西藏王统记》（1388），四世班禅的经师大历史学家罗卜桑初鲁图木，这位大师在《印度八大法王传》中说："格斯尔汗后于朗达玛，先于阿提沙活佛。"蒙古族学者伊希巴拉珠尔在自传里写道：《格斯尔汗传》非佛教经典，乃是历史人物的文学传记。藏族学者丹巴拉布杰也在《阿木多政教史》中写道：关于格斯尔生年曾有金鼠年和水蛇年之两种说法，无论其中哪一年，都在第一甲子60年里。从目前藏族的《格萨尔》研究者依次为依据推算出的结论来看，认为格斯尔的生年可能是公元1060年。从国内外研究藏文《格萨（斯）尔》的学者们对史籍所记载的内容的对照，以及从不同地区发现的《格萨（斯）尔》中部分章节的具体年限来看，基本可以得出格斯尔是历史人物的结论，而且大致年代为11世纪。

总之，无论是江格尔还是格斯尔，他们的事迹首先在民间广泛流传，其中寄托着民众的期望和理想，承载着民众的崇拜，最终以英雄人物的身份走进了文学作品。

其次，印度史诗英雄罗摩和坚战探源。

泰戈尔指出："《罗摩衍那》和《摩诃婆罗多》不仅配称史诗，它们也是历史"，"其历史的价值在各个时代里都发生变化，然而这部历史的价值没有变化"。② 罗摩和坚战就是历史中真实人物的代表。

关于罗摩的真实身世与其家族的历史，以及罗摩生活的年代，历来众说纷纭。印度的个别学者、占星家等都在推算罗摩生活的时代，无论

---

① ［德］黑格尔：《美学》第三卷（下），朱光潜译，商务印书馆1991年版，第134页。
② ［印］泰戈尔：《泰戈尔论文集》，倪培耕等译，上海译文出版社1998年版，第145页。

出于何种目的但至少有一点是可以肯定的，《古事记》研究吠陀和往世书等著作的学者几乎都认为，在古印度曾有一个甘蔗族统治过的阿逾陀地区，这个民族曾出现过一个叫罗摩的英雄。季羡林先生认为，《罗摩衍那》的主干故事具有历史真实性。印度在 20 世纪 80 年代也曾公开报道了印度考古工作者在阿逾陀遗址、难提羯罗摩遗址、阿拉巴哈德的婆罗杜婆迦净修林遗址等地的考古发现，证明《罗摩衍那》所记录的事件是有历史根据的。印度学者斯·格·夏斯德利曾断言：不管怎样《罗摩衍那》中的罗摩是历史人物，尽管其全部故事不一定是历史事实。

《摩诃婆罗多》描写的是伟大的婆罗多族的故事。它是以古印度北方婆罗多族王国亲属之间的斗争为线索，展示了席卷全印度的那场重大战争历史事件的史诗。波颠阇利（公元前 2 世纪）的《大疏》中记载了俱卢族和般度族之间的战争故事。尽管目前还缺乏足够的证据，但一般学者都趋于认为这次战争是历史事实。季羡林先生主编的《印度古代文学史》中也认为："应该说，这部英雄史诗是印度列国纷争和帝国统一时代的艺术反映。"[1] 作为这场战争正义一方的代表人物坚战，虽然没有史料记载其真实身份，但我们可以肯定地说，在这场关乎部族生死存亡的重大历史事件中，一定会有一个像坚战一样担负着家族安危、百姓安居的重任，最终完成历史使命的人物。而坚战便是这个人物的代表，因此，坚战也是源于历史的真实。

总之，以上几位英雄均有一定的历史依据，这就说明古代史诗应该是以历史真实为基础的。这些领袖型英雄身上烙着民族的集体无意识，承载着民族文化的精髓，透视着那个时代不同民族历史发展的轨迹。

（二）英雄的"神源"特征

恩格斯说过："要掀起巨大风暴，就必须让群众的切身利益披上宗教的外衣出现。"[2] 人类文明的早期，人们迫切希望出现能够保卫部族的氏族英雄，因此借助丰富的想象，创造出了半人半神的英雄形象，以他为部族集体利益的象征，来鼓舞部族的生存战斗精神。印度和蒙古这两个

---

① 季羡林主编：《印度古代文学史》，北京大学出版社 1991 年版，第 59 页。
② 恩格斯：《恩格斯选集》第四卷，人民出版社 2008 年版，第 255 页。

民族的史诗都带有宗教幻想色彩，史诗中的英雄主人公都往往具有不可思议的神性，是"住在天上，用不同形式表现意志和权利的神"①。这是使他们区别于普通凡人而受到尊崇和颂扬的主要原因之一，也是史诗创作者的美好理想和创作追求，同时还反映了人类部族之间已经从与自然之间的斗争发展到具有社会属性的斗争。

　　所谓"神源"性是指英雄人物与神有着割不断的关系，他们的身世往往与神相连，他们或是神的化身，或是神人的后代，总之，在他们身上具有神的特征，可以说是半神半人式英雄。蒙古族和印度史诗中的英雄主人公都具有"神源"特征。

　　据说《罗摩衍那》第一篇和第七篇是婆罗门文人后加进来，为婆罗门教服务的，其间描述了罗摩是婆罗门教大神毗湿奴的化身历史。罗摩是大梵天毗湿奴在人间的幻化，为了杀死魔王罗波那，托生下凡，罗什曼那也是毗湿奴的化身。史诗说罗摩"深通达摩，言而必信，乐于为众生造福"，（《罗摩衍那》1.1.12）说"他是众生的保卫者，/又是达摩的护法"，（1.1.13）说"他了解一切经书的本质"，（1.1.14）说"他为一切善人所归依"，（1.1.15）说"他具备了一切德行"，（1.1.16）"他勇武像毗湿奴"，（1.1.17）说他听了死神的传话又复归为毗湿奴天神"于是老祖大梵天，/在天空开了言：/'来吧，毗湿奴！愿你有福！/罗摩！谢天谢地你回还。//同你神仙般兄弟，/走回你自己身体；/你们再变毗湿奴，/光辉者！回到永恒高天里'。"（7.100.6—7）在史诗的《战斗篇》中，对此有一段专门的论述"你是大神那罗延/……毗湿奴黑天就是你，//你完成因陀罗业绩，是大因陀罗/……悉多就是吉祥天，/你是毗湿奴、生主、黑天，/为了杀死罗波那，/托生人体下了凡。//该做事情已做过，/罗摩！愉快回高天！"（6.105.12—26）罗摩由人又变成了神。罗摩这种半人半神，亦人亦神的形象，正是印度文学与宗教高度结合的结果。

　　《摩诃婆罗多》反映的时代，天魔、邪神都纷纷投生到人间，在人间

---

① 仁钦道尔吉、祁连休、丁守璞译：《蒙古族英雄史诗专辑》第1集，文学研究所各民族民间文学组印，1978年，第14—15页。

兴风作浪、兴妖作怪。为了剪除妖孽，天神也纷纷下凡或幻化投身，黑天是毗湿奴神的化身，他对阿周那说："一旦正法衰微，非法滋生蔓延，婆罗多子孙啊！我就创造自己。为了保护善人，为了铲除恶人，为了维持正法，我一次次降生。"（《摩诃婆罗多》6.26.7—8）可见，黑天承担着恢复社会新秩序、重新建立正法和新的道德模式的职责。般度族五兄弟也是天神的后代，坚战的父亲般度因遭到仙人诅咒，不能与妻子同房，否则猝死，般度的妻子贡提国公主贡蒂服从丈夫的要求，用法术招来正法神阎摩，生下长子坚战；招来风神，生子怖军；招来天帝因陀罗，生子阿周那。几位王子的降生与恶神转生的难敌、罗刹转生的难敌的弟弟们有关，大梵天为了维护人间众生的安危，命令众天神用身体的一部分下凡转生，般度五子由众神一部分身体的转化而降生人间，就是要铲除邪恶，因而，般度族与俱卢族之间的斗争实际上也就是神魔之间的斗争。

　　蒙古族史诗中的英雄也具有神奇的色彩。新疆人民出版社出版的《江格尔》第一章"乌仲阿拉德尔汗成婚"开头就写道："故事发生在珠宝般时代……天神满珠希里，／将宝座赐给了人主。／那仙境般的本巴乐园，／是天神满珠希里修建，／它的英雄是天神所降。"[1] 史诗的开头就为江格尔神奇的出生做了铺垫。紧接着讲述了江格尔父亲塔黑勒珠拉汗的后裔，塔黑汗的嫡孙，唐苏克本巴汗的儿子乌仲阿拉德尔汗经受考验，娶了龙王最小的女儿——天资聪颖的车琴坦布绍公主，江格尔就是龙王女儿的儿子。江格尔不仅出生神奇，还具有超人的本领，三岁就可以跨上骏马，攻破三道大关，征服了凶狠的蟒古斯汗；四岁时攻破了四道大关，降服了巨魔希拉汗；五岁时活捉了塔黑的五魔蟒古斯的首领可汗；七岁时就可以打败东方的七个国家，建立宝木巴。他会变化形态，能预知吉凶，不出宫殿，就可以知道敌人说的话和商量的事。江格尔的儿子少布西古尔也有神奇的出生过程和刀枪不入的身躯。

　　格斯尔是在人间赡部洲众生灵惨遭大劫之时，佛祖命帝释天的三位皇子中的一个降至人间，成为主宰人间的可汗，因此他是奉命投胎于凡

---

① 黑勒、丁师浩译：《〈江格尔〉汉文全译本》第 1 册，新疆人民出版社 1993 年版，第 15—16 页。

界。格斯尔在母亲的肚子里就大声说话："我的名字叫威镇十方、大智大仁的圣主格斯尔可汗……我将铲除十恶祸根，弘扬十善福分。"[1] 他经常同天神保持着联系，并不断从他们那里得到各种利器和法器。下降到凡间的只是他的灵魂，他的身体还留在天上，就像他自己宣扬的"我生在九十九个天神的翅膀之下，将回到白色天上去"[2]。格斯尔的上身由十方佛爷佑护，腰身由四大天王所守，下身由四海龙王保驾。他具有超人的本领，变幻莫测，可以随意变化身形、可以预知祸福、甚至可以起死回生，例如，他化身为秃头小子，进入沙莱高勒三可汗的领地，砸毁三可汗的命根石，消灭了仇敌；他还能够进入地狱，与阎王斗争，砍死十八层地狱的守门鬼卒。他在遇到自己无法克服的困难时，天上的三位姐姐或祖母就会出手相助，使他化险为夷。蒙古族史诗英雄身上保留的神话、传说和童话因素，反映了萨满文化和佛教文化对史诗创作的影响，通过幻想塑造了具有人性与神性交织的多元人物。

总之，两个民族史诗中的领袖型英雄，都与神有着千丝万缕的关系，甚至他们的武器、坐骑也都具有神奇的功能。这里值得我们深思的一点是，两个民族史诗中领袖型英雄的身世，都是在人间遇到灾难大劫之时，天神为了拯救人类，下凡化身为人，在人间降妖除魔。人的神化反映出原始初民无力抵御自然灾害或人为祸患时，幻想有超自然的神力相助，这是人类美好的愿望，也是人类共同的心理特征。同时也说明，史诗发生的年代，人的理性意识开始萌发，人的自我意识日益膨胀，人类急于走出原始的信仰，但尚未全然摆脱原始思维状态，对于自然还有很多不解，对于神灵还存有畏惧，人们既对原始的神灵心存疑忌，又无法克制走出这种旧有状态的冲动，这种矛盾驱使了神性英雄的产生，为领袖型英雄安排了"神源"，使之介于神与人之间，这是英雄"神源"这一普遍现象产生的动机，我们姑且称为"借神反神"。这样的安排为英雄的行为，特别是他们的反叛行为提供了合理性，因此可以说，这类英雄既具

---

① 玛·乌尼乌兰：《卫拉特〈格斯尔〉研究》，民族出版社 2004 年版，第 82 页。

② 内蒙古自治区社会科学院文学研究所、内蒙古自治区《格斯尔》工作办公室编：《青海蒙古族〈格斯尔传奇〉》，1985 年版，第 77 页。

有光辉的神性又是反叛传统的代表，是个人意识在当时社会背景下的张扬与显现。在神性的掩盖下，英雄的一切行动都变得合情合理，带有神性的英雄还是人类心灵的阶梯，人类只有凭靠了他的指引，才能实现自我的升华。

（三）英雄的领袖气质

领袖型英雄以个人超群的武力，非凡的智慧，卓越的领导才华，以及人格魅力凝聚着周围的勇士，得到百姓的拥戴。可以说，四位英雄人物都具有超凡的领袖气质。当然，从作为领袖英雄的角度比较而言，江格尔、格斯尔要比罗摩、坚战境界更高，气度更大一些。

江格尔具有非凡的勇力和气度，其领袖气质，从小就显现出来。他二岁的时候成为孤儿，从三岁起就建立了不凡的业绩，得到广大人民的拥戴。七岁时就名扬四海，威震天下。之后与洪古尔合力征服了萨布尔、萨纳拉等勇士，使其归顺。江格尔的领袖气质尤其表现在对曾经伤害过自己的人的态度上，他以宽容之心，不记前仇，且适才重用，信任他们，如对阿拉坦策吉和蒙根·西克锡力克。宝木巴王国建立后，作为国家的首领，他依然一如既往地身先士卒，以自己的能力保卫家乡不被侵犯。

格斯尔从降生之后，也表现出了非凡的能力和气度。格斯尔从小就有预知能力，在褓褓之中就能预知魔鬼乌鸦要来伤害他；他智慧过人，幼年时他就用计得到了三百个商人的马匹和所有财产，以及制服阴险毒辣的叔叔朝通；他能力超凡，幼年时便迫使五百个商人为他建造了一座富丽堂皇的宫殿；在竞技场上大显神通之后，格斯尔名声大震，成为十方圣主格斯尔汗。作为圣主，格斯尔汗也与江格尔一样，善于用兵，冲锋在前，深得众将领和人民喜爱。

罗摩作为十车王的长子，自幼聪明勇敢，为民除害，十六岁时就被众友仙人请去除魔，深受人民的爱戴，人们一致拥护十车王立他为太子。他待人有礼，心地纯洁，孝顺父母，为使父亲言而有信，自愿流放。罗摩虽然远离都城，漂流他乡，但他时刻想念阿逾陀城的人民。罗摩执政以后，办事公正，遇事不独断专行，而是与大臣们商量。他关心民众的生计，善听人民的意见，如，当听到民间传说着悉多的贞节问题时，便忍痛将已经怀孕的悉多又送回大森林。罗摩专心治国，使自己的国家变成了理想之国，被人们称为"太平盛世"。

坚战作为般度族的长子，未来王位的继承人，从小与其他兄弟一起生活在森林里，由修道仙人抚养，他们个个武艺高强。般度族五兄弟得到国土的一半以后，坚战作为国王，兢兢业业，使国家繁荣昌盛。他遇事不独断，常与几个弟弟、大臣、国师商议；他能以大局为重，以百姓利益为先，因此，他才接受赌博的挑战。他容忍、宽厚，有责任感，往往把责任自己承担。

虽然四位英雄都具备领导能力、领袖的气质，但是他们的境界还是不一样的。领袖的眼光和境界决定了一个部族和国家的前途与命运，他们的价值观和人生观也直接影响到国家或部族的发展。就这四位英雄而言，人生观是有一定的差异的，江格尔和格斯尔为他人、为部族所做的贡献更大。相比而言，罗摩和坚战更多的是考虑个人的道德，所以才一味地无原则忍让、克制自己，去迁就他人的无理要求，甚至为了自己良心的安宁，不愿去面对国家的事务，弃百姓于不顾。总之，作为领袖人物不能囿于对小家庭内部成员的无私关照和体贴，而应该跳出这个小圈子，多从集体利益出发。也不能只关心个人的灵魂，因为领袖就必须为众人而生，要有使命感和责任心。所以，从这个意义上来说，江格尔和格斯尔的境界要比罗摩和坚战高，他们作为领袖也比罗摩和坚战更伟大。

（四）领袖型英雄是正义和善的化身

史诗英雄的正义主要表现在他所参加的战争是否是正义的一方。所谓正义的战争应该是不具有侵略性质，包括掠夺土地、人口和财物；否定以强欺弱，以大欺小；顺应历史潮流，消除分裂割据状态；反对暴政等等。两个民族史诗中的领袖型英雄显然是站在正义的一方投入战斗的，他们为保护自己的家园与百姓免受蹂躏之苦，永享和平安宁的生活而奋力作战；他们所发动或参与的战争是为反抗邪恶势力的兴风作浪，为保护正义与善而进行的。

《江格尔》与古老的蒙古英雄史诗反映氏族部落之间的复仇战的不同点在于，它更接近于反映封建领主之间的战争，特别是为争夺土地、财富、奴隶、美女，以及摆脱奴役而进行的战斗。这样，保护自己的领土不被侵犯，属地的百姓不被奴役、财富不被掠夺、女人不被欺辱、孩童老人不被杀戮就成了部落首领或国王的首要任务，而为保护这一切所做的努力就被视为正义和善。相反，抢劫别人的领地，勒索别人的财物，残害杀戮百姓就被视为恶。江格尔和格斯尔在这个意义上就是善的代表和正义的化身。

《江格尔》讲述了在英雄江格尔的率领下，勇士们共同努力征服了周围许多国家，创建了一个统一的幸福人间天堂宝木巴汗国的故事。这片乐土四季如春，辽阔无比，宫殿华丽，勇士齐聚，百姓安居。面对美好的乐园，暴君和恶魔不断骚扰，可以说，每一次战争都是对方挑起的，如《萨布尔的功绩》讲述暴君赫拉干的勇将布塔银·乌兰以使者的身份向江格尔挑战，索要美女、勇士和财物；《雄狮洪古尔追捕盗马贼阿里亚·芒古里》讲述一个异国使臣阿里亚·芒古里向江格尔大叫：要赶走江格尔的、跑起来像箭一般快的马群，江格尔率领六千又十二名勇士浩浩荡荡奔赴战场；《江格尔和暴君芒乃决战》也是讲述一个名叫林乌兰的异国使臣，悍然向江格尔索要夫人阿盖、美男子明彦、红沙马和雄狮洪古尔，如不答应就出动大军踏平宝木巴，如此等等。面对敌人的挑衅，江格尔为了宝木巴的安全和自己的尊严，坚决应对入侵的敌人，他的部将们在江格尔的带领下，一个个赤胆忠心，君臣协同战斗下，最终将来犯敌人歼灭。江格尔征战的目的只是要大家"各守其土，永远别轻易地侵犯他国"。充分说明江格尔有明确的是非观和正义的战争观。

格斯尔与江格尔一样，他来到人间的目的是"铲除十恶祸根，弘扬十善福分"，所谓十恶，其核心即是害人、贪婪、欺骗；十善的本质就是有善心、不贪婪、诚实。格斯尔首先是将叔叔朝通指给他的荒无人烟、昼夜刮狂风下暴雨的"牧场"变成了富饶吉祥的人间乐园，这里泉水奔流，花草茂盛，绿树成荫，百鸟飞翔，一家人在这里过着幸福快乐的生活。之后格斯尔显现出了十方圣主的真身，使吐伯特地方平安吉祥，他的家乡无压迫无敌人，六道众生无病又无灾，他的勇士忠勇和睦，家乡富饶美丽，牧场广阔无边，五畜漫山遍野。然而天下并不太平，吐伯特的北边有个叫唐的地方，出现了魔王，给人带来了无比的灾难，无家可归的人们决定邀请格斯尔汗，为他们斩除黑魔虎，格斯尔可汗立即答应，亲自去镇伏这黑斑魔虎；契丹国固穆可汗在心爱的妃子死后，不仅自己不理朝政，终日抱尸悲痛，还下令全国百姓都要流泪哀痛，致使百姓遭殃，怨声遍野。面对契丹国使者的请求，格斯尔汗决定征服契丹国，使百姓少受苦难；格斯尔可汗来到陌生的黑魔王领地后，发现这个黑魔王危害极大，周围百姓叫苦连天，所以决定消灭他，为民除害。总之，格斯尔的征战都是在与邪恶斗争，为百姓安宁，可见其善和正义的本质。

如果说蒙古族史诗英雄领袖的善和正义主要表现在对家乡的责任、对百姓的爱护、对残暴势力的仇视，以及爱憎分明，不辱使命。那么，印度史诗中英雄领袖的善和正义主要表现在对正法（达摩）的追求，符合达摩的即是正义、道德和善，反之就是邪恶、非道德和恶。所谓正法是与宗教相关的，后来已经将其解说为宗教，即严格服从宗教的规定便是正法。刘安武认为：概括地说，正法的"含义大体上比较接近汉语中的天道、大道、天理、天职等词义。与正义比起来，它广泛得多，也丰富得多，正义只是它的一部分，而不是全部"。换句话来说就是"大史诗要表明天道、大道、天理在人世间的推行"①。由此可以见得，"正法"与蒙古族史诗中的善和正义有相通之处，但是印度"正法"的善和正义的内涵和外延远远超出蒙古族史诗。罗摩和坚战都是坚守正法的楷模。

罗摩和坚战都精通吠陀，忠实守信，维护正义，遵行达摩。他们两人都是在天魔和邪神在人间兴风作浪的时期，为了恢复人间的秩序，重建正法而来到人间的神的后代，肩负着铲除邪恶、保护人民的重任。作为王权的合法继承人，都因贪婪之人的作梗而暂时失去王权。但是为了避免生灵涂炭，两人都甘愿放弃权利，流放苦行。罗摩从信守诺言和忠孝的道德观念出发，为了让父亲不食言，甘愿放弃太子的位置，流放森林十四年。当吉迦伊向他提出要给婆罗多行灌顶礼而他必须流放森林时，罗摩没有任何怨言，对吉迦伊说："我完全献身于达摩。/……孝顺自己的父亲，/照父亲的话办事，/再也不会有任何/比这高的道德品质。"（《罗摩衍那》2.16.46—48）当罗什曼那激烈反对，要他用武力抢回宝座时，他对罗什曼那说："人世间最高的是达摩，/真理就包含在达摩里。/父亲那些至高无上的话，/也同达摩联系在一起。/……亲爱的！决不能

---

① 刘安武：《印度两大史诗研究》，北京大学出版社 2001 年版，第 135 页。

任意胡为，/坚持达摩的人要这样做。"（2.18.33—34）可见，罗摩将对父亲的孝顺与达摩联系在一起，达摩是一，也是多。罗摩即使在森林中也心系百姓，教诲婆罗多不可违背民意，要做一个贤明的国王，保护百姓，要让他们安居乐业；坚战忠厚容忍，他始终希望般度族和俱卢族维持和平友好的局面，不发生冲突，以免给百姓带来灾难。他明知道赌博是一场骗局，聪明人总会避免赌博，但是为了避免冲突的发生，他还是进入了圈套。流放期满后，坚战为了避免战争，坚持与难敌谈判，条件也是一让再让，从要求全部归还他们的国土，到归还五个村庄，一个村庄，最后是一间房屋。尽管如此，坚战还是遭到了拒绝，万般无奈的情况下，般度族才不得不以战争的方式讨回国土。罗摩和坚战的战斗经历更是体现了正义和合法性。史诗中描写罗摩参加的战斗并不多，其中最重要的一场战争就是为了救回被劫掠的妻子悉多而与魔王罗波那的战争。这场战争的性质不言而喻，罗波那的抢劫行为是挑起战争的直接原因，罗摩面对邪恶势力没有屈服，而是联合猴国，解救悉多，最后使正义得到了伸张。坚战作为般度族的领袖，在无法避免战争时，被迫应战，为的是讨回公道，伸张正义，就连俱卢族的统帅迦尔纳也认为般度族是正义的一方，因此，他在战斗中没有全力以赴。从这个意义上来讲，罗摩与坚战是善和正义的代表。

　　总之，几位领袖型英雄都是正义和善的化身，都代表着渴望社会和谐和安宁的民众的理想愿望，他们的斗争也是为了反抗掠夺和杀戮，这是历史赋予他们的责任。但由于两个民族历史与宗教文化的差异，使英雄们的身上对正义的彰显形式有所不同。蒙古族英雄英勇无畏，无条件地与邪恶相抗争，他们爱憎分明，疾恶如仇；而印度史诗英雄则将正义和善看成是对"正法"地坚守，为了"正法"他们可以忍受恶势力的猖獗和欺辱，为了"正法"他们可以忍受个人肉体的痛苦。格斯尔对叔叔朝通的态度和罗摩对父亲爱妃的态度就是最典型的代表，格斯尔最终对屡屡迫害他们一家人的叔叔以牙还牙；可是罗摩对阴险残忍的吉迦伊却百依百顺，当他听到吉迦伊恶毒残酷的话，史诗中叙述他没有忧愁，只是告诉她，自己完全献身于达摩，没有任何道德比孝顺父亲、照父亲的话去做更高。可见，两个民族史诗的领袖型英雄具有截然不同的特点，如果说蒙古族史诗英雄"尚武"的话，那么，印度史诗英雄就是"尚德"。

（五）"人"化的英雄

作为史诗的中心人物，众英雄的领袖，史诗歌颂和赞美的对象，虽然是神的后代，可他们又不完全是神，可谓半神半人。作为"人"，就不可能是完美的，所以史诗没有一味地表现其美好的一面，而是将他们塑造成具有多重性格和立体的矛盾统一体。当然，两个民族史诗的主要英雄所表现出的矛盾复杂又各具特色，既是不同民族文化的反映，也有其文学传统因素的影响。

首先，英雄的凡人经历与情感。

两个民族的史诗都没有把领袖型英雄塑造成完美圣洁的大神形象，也许用"伟大的凡人"来定义更准确些。人世间的七情六欲在他们身上都可以找到印记，他们不是冰冷的战争工具，而是有着喜怒哀乐、爱恨情仇的"人"。他们身上所纠结的爱情、亲情、友情，是史诗最具生活气息和新鲜活力的描写。几位英雄尽管神性在身，但往往是神性与人性交织在一起的，他们一方面有凡人的喜怒哀乐，另一方面也有非凡的遭遇和经历。如格斯尔一方面凭借着自己的伟岸和超人的能力，迎娶几位妃子，尽享人间欢乐；他对于处处与自己作对、想方设法陷害自己的叔父朝通，也毫不留情地还以颜色。另一方面，格斯尔从一出生，他的家庭就不断受到欺辱，朝通多次驱逐他们母子，在被迫流亡的过程中，他多次大显神通，铲除妖魔，收复失地，安抚百姓。他的几个爱妃先后被骗或被虏，他多次在神祇的帮助下，历尽艰险，与爱妃团圆。江格尔与格斯尔一样，作为宝木巴的圣主可汗，他拥有权力、财富、拥戴他的勇士，以及永远像十六岁少女一样美丽的夫人，可谓人所可能拥有的他一样都不少；但他不断遭遇挑战，他的家乡不断遭到侵犯，他的好友洪古尔被俘，江格尔爱国爱家，重情重义，以他的神勇保护着宝木巴，挽救洪古尔的生命。罗摩身为王子，不仅得到父母宠爱，弟弟罗什曼那还对他百依百顺，顶礼膜拜，他凭借着超人的力量赢取了公主悉多。但是，就在即将成为太子之时，为了不让父亲失信，被迫流放。森林中又遭遇妻子被劫之大耻，历尽艰险之后，救回妻子，登基为王。但罗摩又由于谣言，抛弃了贞洁的悉多。坚战身为王位继承人，却险遭敌人暗算，死里逃生后，为了避免战争，又在赌博中输掉国家，被迫流放森林，同样也是经过鏖战，才夺回国土与王权。

　　总之，英雄们的人生经历凸显着人性与神性交融的特点，但我们必须看到，史诗在讲述半人半神的英雄故事的时候，更重视他们身上人性的书写，应该说英雄身上普通人的特质要多于神性特征。江格尔、格斯尔和罗摩、坚战身上所表现出的普通人复杂矛盾的情感和行为特征，甚至作为凡人人性中的脆弱和缺憾，使他们更具有人性色彩，因此也更受后人的推崇。

　　其次，不完美的领袖型英雄。

　　江格尔是理想化英雄，但他的身上也有不光彩的印记，例如：江格尔也打过败仗，在萨布尔赌气离开宝木巴以后，赫吉拉干出动七万大军，活捉了江格尔，他懊悔地呜咽，呼唤萨布尔的拯救；作为新兴阶级的代表，江格尔从不允许别人的战马跑到他的前面；即使面对敌人的求饶，他有时也不知怜悯和同情，如活捉阿里亚·芒古里以后，在他的前额打上了宝木巴的火印；江格尔也曾因为敌人的强大而屈服，如对方派使者进行挑衅提出几项要求时，江格尔常常怯懦犹豫。格斯尔也并没有被塑造成头戴光环、可望而不可即、可敬不可亲的神，而是更多地赋予他凡人的禀赋和气质，使受众者感到真实可信，拉近了与受众者之间的心理距离。在征魔过程中，他有时表现的大智大勇，但有时他也会犯糊涂；他有时宽宏大量，有时也斤斤计较；有时光明磊落，有时也畏畏缩缩。史诗并不回避这些矛盾，有时甚至刻意放大这种特征，使人产生小说般的艺术享受。

　　罗摩虽骁勇善战，但与江格尔一样也吃过败仗。在困难面前也会畏惧退缩，对战胜十首魔王罗波那曾丧失过信心。罗摩虽非常孝顺，但在内心同样对父王的诸多决定并不赞同，甚至认为父亲造成了萨罗人民的不幸，内心深处对于自己被流放也是怀有不满。罗摩是一个具有多重性格的道德超人，于父母，他遵守诺言，自甘流放；于妻子，他不离不弃，恩爱有加；于兄弟，他督导教化，诲人不倦。他是印度民族精神的化身，是人们心中理想的英雄典范和道德楷模。但是，在他身上也有很多人性的缺陷，例如，当悉多被劫之后，罗摩痛苦万般，失去了理智，暴怒之下竟然想毁掉一切，他对罗什曼那说："今天我要消灭众生，/我也将把罗刹杀完；……//不管是乾闼婆，还是夜叉，/不管是毕舍遮，还是罗刹，/不管是紧那罗，还是人类，/都将得不到幸福……//罗什曼那！你请看呀！我的箭将把天空填满；/我将使那三界的居民/今天都无法把身转。/……我今天将用我的弓箭，/把这无边世界来破坏。"（《罗摩衍那》3.60.39—50）我们可以想象得到，当一个人失去自己最心爱的人时，也会在盛怒之下做出常人难以想象的事情，所以，罗摩是人而不是神。罗摩也曾做出过错误的判断，在寻找悉多的痛苦中，他看到阇吒优私，这是一只身躯巨大的鸟王，样子像是一座大山，如今血流遍地倒在地上，他竟然将为了帮助悉多而身受重伤的鸟王，错认为是抢走并吃掉悉多的罗刹。特别是他重返阿逾陀城，登上王位之后，他曾粗暴地欲将悉多抛弃，就像他自己宣扬的"男子汉受到侮辱，/努力把它来报复；……//为了保护我的尊严，/为了避免人谴责；/我们家族久传名，/不能让他受指摘，//如今你站在眼前，/我怀疑你品行端；……//我已把你重夺回，/我的名誉已恢复；/对你我已无爱情，/随你任意到何处"。（6.103.13—21）他的表现和话语，冷酷无情，无疑是部族统治者反复无常、自私狭隘的反映。可见，罗摩的形象是崇高的，但同时又是卑微的。无怪罗波那斥责他是"伪装起来的好人"。《摩诃婆罗多》中，坚战宽容、平和以及自我克制，即使在受到不公平待遇的时候，为了避免伤害他人，也甘心忍受。但他却有些软弱无能，当妻子受辱时，他都无动于衷，以致黑公主怒斥坚战。对于自己以及般度族的利益他也无原则地一让再让，总之，坚战的软弱和无原则是其致命的缺陷。

综上所述，两个民族史诗中的领袖型英雄称得上是古代史诗英雄中的佼佼者，他们不仅有高贵的出身，显赫的家世；英俊的外表，超人的勇力，非凡的智慧，过人的指挥能力，而且还有美丽高贵的妻子，无上的权力。当然，英雄也并非是完美的，可以说在他们身上贯穿着神性与人性，美好与缺陷等多方面人格，史诗将他们塑造成具有多重性格和立体的矛盾统一体。由于蒙古与印度的民族性格、生存环境、宗教信仰等的不同，几位英雄也呈现出一定的差异性。例如，印度史诗英雄"尚德"，而蒙古族史诗英雄"尚武"；印度史诗英雄是内敛的、细腻的，蒙古族史诗英雄则是张扬的、豪放的；印度史诗英雄处处以遵循正法为准则，而蒙古族史诗英雄则以保护家园和百姓为神圣职责。因此，罗摩与坚战在读者眼里是情感细腻、重情重义、忠孝思想浓厚、道德至上、能容能忍、遇事绝不莽撞、精于思考、有大局观、有神随时相助、武艺超群的仁义英雄；江格尔与格斯尔则是武功盖世、豪放洒脱、有勇有谋、爱民如子的武士英雄。

　　印度和蒙古两个民族的史诗得以流传并被人民所喜爱的最重要因素，就是这些半人半神的英雄身上矛盾复杂的性格特征，史诗既对英雄的美德慷慨赞誉，但也并不是对他们的缺陷视而不见，善恶的纠缠和冲突并不只存在于敌对的双方，有时也存在于个体内部和灵魂深处。但比较而言，印度史诗中的英雄更加复杂矛盾，他们身上的人性弱点要多于蒙古族史诗，如在对待妻子的态度上，罗摩与格斯尔截然不同：罗摩在对待悉多的态度上，一方面，他有夫人至上思想，十首王把悉多抢走后，他说，没有悉多，我一分钟也活不下去，生活中没有她，无论是政权也罢，财富也罢，我什么东西也不需要……如果天神不把悉多还给我，我要毁灭整个世界！所以，最后悉多同他永别后，他对国家大事也不愿继续关心下去了，而到森林里去隐居。但另一方面，他又极端自私，重视自己的名声，罗摩做了国王后，因为怕百姓议论他把在十首王家里住过的悉多留在身边，而败坏了自己的名声，他竟然把付出了沉痛代价才救回来的悉多，轻易地休弃了。相比之下，格斯尔在赛吉尔胡夫人被黑魔王抢走之后，杀死了有三十五颗头颅的黑魔王，救回夫人，召集属民们，举行盛宴，欢庆胜利。为了铲除妖魔，甚至让妻子深入虎穴，寻找杀敌的办法。可见，格斯尔王与罗摩的态度截然相反，罗摩过分看重悉多的贞洁，而格斯尔则不然；罗摩极端自私，而格斯尔视百姓利益高于一切；罗摩善恶不辨，格斯尔却爱憎分明。当然这种差异既有史诗产生年代的不同，也有民族文化、道德观念等方面的原因。总之，英雄是神的后代，但又是"人"化的，他们拥有普通人的喜怒哀乐，优点缺陷，可以说，英雄的形象是在神性与人性两种因素完美融合中得以确立的。

三　勇士型英雄比较研究

英雄史诗是勇士型英雄的舞台，在群雄逐鹿的混乱时代，勇士型英雄是最受尊敬的人，他们以其过人的武艺和胆量，为自己心目中的理想君主，为本民族或部落的安宁冲锋陷阵，视死如归。蒙古族史诗和印度史诗中塑造了一大批，除了领袖型英雄以外的驰骋疆场、虎虎生威、智勇双全的勇士型英雄人物，如《江格尔》里的洪古尔、阿拉坦策吉、萨纳拉、明彦、赫吉拉干等；《格斯尔》里的扎撒希赫尔、南崇、邵米尔等；《罗摩衍那》中的罗什曼那；《摩诃婆罗多》中的阿周那、怖军、德罗纳、毗湿摩、迦尔纳等。这些英雄在战场上彰显着英雄主义精神和气概，为正义的战争置生死于度外，他们有勇有谋，在战斗中立下显赫战功。可以说，因为有了这些英雄，才让后人了解了古代战争之残酷，理解了勇士们在战场上彰显出的英雄主义精神，也才使英雄史诗熠熠生辉，价值永存。

（一）英勇顽强、武艺超群、正直忠诚是勇士型英雄的核心特征

黑格尔在谈到史诗时说："在战争中主要兴趣在于英勇……在史诗的主要关键却是人物性格中的自然（本性）方面，所以在民族战争里英勇却有正当的地位。"[1] 由此，勇士型英雄的核心性格首当其冲的就是他们的英勇无畏，在两个民族的史诗中我们看到，勇士型英雄都在战场上大显身手，他们英勇顽强、气高胆壮、无所畏惧，他们膂力过人、武艺超群、战绩辉煌，他们正直忠诚、视死如归，这些忠勇之士的身上彰显着英雄主义理想和精神。

《江格尔》中这样形容洪古尔：骏马中的骏马是铁青马，英雄中的英雄是洪古尔。"洪古尔的胆量，/在一百个国家里没有人可以相比；/洪古尔的才干，/能够战胜六个异国的众多强敌。/洪古尔是我们宝木巴的太阳，/洪古尔是阿尔泰的一面旗帜。" 史诗还直接描写洪古尔力大无穷："洪古尔的膂力非凡，/十指的每个关节上，都有雄狮和大象的力量。""在六万名敌将云集的战场，/他英勇地徒步鏖战，/把那高大的香檀连根

---

[1] ［德］黑格尔：《美学》第三卷（下），朱光潜译，商务印书馆1991年版，第127页。

倒拔，／扛了枝杈扛在肩上，／猛力一击，／把五十名好汉打得肢体断碎，／信手扫去，／把五六名勇士打得血肉飞进。"① 江格尔决定将他献给芒乃可汗时，洪古尔艺高人胆大，一个人去找芒乃决战，在中箭失去知觉后，阿兰扎尔驮着他逃出魔掌，苏醒过来自己拔出箭矢，又助战被扭断长枪的江格尔，他发出震动大地的吼声，从山顶猛冲下来，拦腰抱住芒乃，在十三名好汉的通力协助下，把雪亮的匕首刺进魔鬼的胸膛。主要英雄的离场，常常是英雄史诗惯用的表现手法，这为表现其他英雄的勇武提供了机会。由于江格尔离开宝木巴，捍卫宝木巴的重任便落在了洪古尔身上，洪古尔坚守岗位，执着于自己的职责，出色地完成了任务。史诗写到，暴君西拉·胡鲁库听说只有洪古尔一人守护家园，便大军压境，将江格尔的宫殿层层包围，雄狮洪古尔赤胆忠心，仅凭一己之力，吓得敌人七天七夜不敢靠近。右臂中了暗箭后，依然冲向西拉·胡鲁库，在他的头顶上抽打六十一鞭，揪住他的七十层衣甲把他拎过马鞍。当暴君黑纳斯可汗要活捉洪古尔时，他表示要与魔鬼决一死战，纵然粉身碎骨，不过是白骨一堆，鲜血一碗，可见其疾恶如仇的决心，经过数日厮杀，洪古尔俘虏了黑纳斯魔王。

萨布尔也是力大无穷，无所畏惧，他号称"铁臂力士，人中的鹰隼"，史诗描写道："人中的鹰隼，／铁臂力士萨布尔，／他有八十一庹长的月牙斧，／片刻不离他的肩头。／／无论是多么强悍的勇士，／都经不住他的利斧一砍；／无论怎样骁勇的骑士，／都被他一手拎过马背。"② 由此可见萨布尔的勇力。在保卫宝木巴的战斗中，他屡立战功，解救明彦和洪古尔一战，他冲锋在前，与敌人决一死战，取得了辉煌的战果。此外，智勇双全的萨纳拉，美男子勇将明彦等都以其勇武过人而留下了美名。

印度史诗中的勇士型英雄虽然都反对战争，而且也都在尽力地回避战争，但当战争不可避免地发生时，他们也与蒙古族史诗英雄一样，在战场上展示其超凡的武功和过人的胆量。罗什曼那被称为"压服敌人的

---

① 色道尔吉译：《江格尔》，人民文学出版社1983年版，第219、61、55页。

② 同上书，第52—53页。

英雄",罗摩说:"罗什曼那一拉弓,/就能把五百支箭发;/在使用射箭的兵器方面,/他超过了迦陀毗哩耶。//即使是尊严的天帝释,/他也能用箭射落他的箭。"(《罗摩衍那》6.39.20—21)在围攻楞伽城的过程中,罗什曼那表现出色,立下战功。他用雨一般的箭,压住了可怕的毗噜钵刹,然后与罗摩一起射出毒蛇似的箭,射死了众多罗刹头子;罗什曼那在战场上身负重伤,全身四肢都被射穿,伤愈之后,依然走上战场。猴子大军被罗刹头子打败后,向罗摩求救,勇敢的罗什曼那挺身而出,他信心十足地对罗摩说:"主子!您下命令吧!让我把他去收拾。"(6.47.45)在战场上,他用三支箭把魔王弓射穿,使不可一世的魔王受到箭伤,鲜血流满身。他用半月神箭将罗刹王大力的儿子阿底伽耶的额头射穿,这个大力罗刹暗暗佩服,罗什曼那配得上把自己当成敌手。可见,罗什曼那的勇力使强劲的敌人都赞叹不已。

怖军和阿周那是《摩诃婆罗多》中勇士的代表。怖军勇力过人,所以黑公主把雪耻的愿望寄托在他的身上了,而怖军也实践了自己要喝难敌的弟弟难降的血的誓言。同时怖军在与难敌的大战中,又打断了难敌的大腿,将其置于死地。阿周那在战场上也是竭尽全力参加战斗,他大战迦尔纳,并杀死了这位俱卢族的统帅。毗湿摩在战场上的形象威武而高洁,他"站在军队的前面,白华盖,白螺号,白顶冠,白幡幢,白马,宛如一座白山"。(《摩诃婆罗多》6.20.9)尽管他一再劝阻难敌与般度族和解,但是在战场上,他还是尽其作为武士的职责,他排兵布阵有序,身先士卒。与坚战的交战中,坚战与孪生兄弟(无种和偕天)一起,向毗湿摩发射数千支箭,而毗湿摩也撒出箭网,连眼都未及眨一下,就用成片成片的箭网笼罩坚战。愤怒的坚战又射出如同毒蛇的铁箭,但都被毗湿摩用剃刀箭射碎,接着他又射死了坚战的马匹,使坚战落荒而逃。(6.82.1—12)史诗这样形容毗湿摩的勇武:"毗湿摩在战斗中砍下车兵们的头颅,犹如熟练地从多罗树上摘下成熟的果子。"(6.82.21)总之,勇士型英雄们无一不是令敌人闻风丧胆而又暗暗佩服,他们是史诗时代的真正主人公。

两个民族史诗中的勇士型英雄不但身手不凡,而且正直忠诚,他们都非常有正义感,洪古尔被蒙古民族称为是最忠诚、最勇敢的英雄。从童年起就表现出了正直忠诚的性格，当五岁的江格尔被他的父亲活捉，并要让他的母亲将其杀死时，洪古尔挺身而出，保护江格尔，对妈妈说："妈妈，你要杀死他，就把我也一起杀掉。"面对敌人的挑战，洪古尔坚决反对妥协，当芒乃可汗的使者向江格尔索要阿兰扎尔、阿盖、明彦、萨纳拉的红沙马以及洪古尔时，江格尔和阿拉坦策吉因芒乃实力超群而犹豫，洪古尔表示："谁愿意做牛马，/谁愿意做奴隶，/到异乡为魔鬼拾粪砍柴，/不如抛头颅洒热血，为国捐躯。/我，洪古尔刀斧不惧，/到泉边草地战斗到底！"① 江格尔答应了对方的要求后，洪古尔逃离宝木巴，决定单枪匹马与芒乃决战。在江格尔离开宝木巴以后，洪古尔表现了对国家的无限忠诚，他不顾自己的安危，舍命保护着他的宝木巴。

　　罗什曼那也是一位正直勇敢的王子，非常有正义感。当他听到吉迦伊向十车王提出要给婆罗多举行灌顶礼，要罗摩流放森林十四年这两个无理要求时，怒火冲天，认为这不合适，他指责父王被那恶毒的女人迷惑，他说："我看不出罗摩有什么罪，/看不出他犯了什么错误……连敌人和被他拒绝的人，/也没有法说出他的错误。"（《罗摩衍那》2.18.4—5）因此，罗什曼那坚决反对流放罗摩，甚至表示要同罗摩一起抢回宝座，可见，罗什曼那是一个敢于主持正义，绝不向邪恶低头的人。当罗摩决定流放以后，罗什曼那也自愿随哥哥流放森林，这是他做出的巨大牺牲，因为他没有义务一定要去流放，可是在他的眼里，哥哥罗摩是无辜的，而他很爱他的哥哥，愿意为他分担忧愁。此外，毗湿摩、阿周那等都始终秉承正义，赤胆忠心，尽职尽责。

　　总之，勇士型英雄是古代英雄的典范，他们正直的品性，对国家、对领袖的赤胆忠心，充分反映出古代英雄的美好品性，也表现了古代英雄史诗的永恒主题和社会意义，史诗对英雄们勇气和力量的颂扬，凸显了原始时代人们的英雄崇拜心理。正是有这一系列勇士充满传奇色彩的事迹才使古代史诗赢得了更多的听众。

　　（二）勇士型英雄的多面性与差异性

　　两个民族的史诗所塑造的勇士型英雄不仅具有英雄的美好品质，而

---

　　① 色道尔吉译：《江格尔》，人民文学出版社1983年版，第20、181页。

且史诗也展示了他们性格的多面性。如洪古尔有时也有鲁莽、残忍的一面，求婚时，当他发现自己要娶的新娘参丹格日乐正在和图赫布斯举行婚礼时，一怒之下，将图赫布斯砍为两段，遭到参丹格日乐痛骂诅咒后，洪古尔又将她和图赫布斯的战马劈斩，接着他又将参丹格日乐的父亲狠揍一顿，"揪着扎木巴拉的头发拖出宫殿，将他䴙倒在地，狠击三鞭"。面对这样的情形，洪古尔只是"圣水般的眼泪不住地流淌"①，他的哭泣不是对自己残暴行为懊悔，而是在思量杀死了仇敌，但没有带回新妇，会遭到其他人的耻笑；罗什曼那是个多血质、大脑容易发热、遇事不善于深思、严格遵守礼法的人，始终跟随罗摩与悉多的他居然不认识嫂子头上的首饰；有时他也莽撞行事，如听到王妃的两个条件后，不问青红皂白就认为婆罗多参与其中，以小人之心去度君子之腹，他认为，这一定是那卑鄙的婆罗多怂恿吉迦伊，要她向父亲提出这可耻要求的，我要杀死婆罗多！罗什曼那的脾气也很暴躁，如林中一女妖看中了他，并与他调情，他不加考虑地割掉她的耳朵、鼻子和胸部等。可见，英雄的身上表现出了鲁莽、急躁而又残忍的一面。萨布尔也是一个嫉妒心强，行事常常鲁莽的勇士。英雄性格的多样性使勇士们成为有血有肉、活生生的人物，这就使他们更为真实可信。两个民族的勇士们，不仅有诸多的共同点，而且他们身上的差异性也是十分明显的。

首先，就君臣关系而言，蒙古族史诗中的君臣关系较印度史诗更为和谐。

洪古尔与江格尔既是君臣关系，又是战友关系，还是兄弟关系。作为君臣，尽管洪古尔的武功要高于江格尔，但他甘愿臣服，做他的勇士；作为战友他们在战场上相互协作，共同杀敌，当一方遇到危险时，另一方就会出手相救；作为兄弟，两人情同手足，江格尔关心他的生活，主动为兄弟娶妻。

比较而言，罗什曼那与罗摩的关系就有些令人匪夷所思。他们二人虽然是同父异母的兄弟，也真心相爱，但看起来更多的时候罗什曼那更像罗摩的仆人，严格来讲，两者是主仆关系。当听说罗摩被流放时，罗

---

① 色道尔吉译：《江格尔》，人民文学出版社 1983 年版，第 133—134 页。

什曼那表示永远紧随在罗摩的身后："罗摩呀！有我手执弓箭，/保卫你，站在你身旁……皇后呀！我真是从天性里/对我这个哥哥依恋爱惜。/我以真理和弓的名义发誓，/以布施和赞美神灵的名义。//如果罗摩跳入烈焰，/或者他走向那丛林，/皇后呀！你会看到我，/就在他的身后紧跟。"（《罗摩衍那》2.18.9—14）罗摩与悉多、罗什曼那告别阿逾陀城时，送行人嘱咐罗什曼那："你哥哥说话永远和气；你将服侍这神仙般的人。"（2.35.22）罗摩在森林中选好搭建住处的地方后，罗什曼那表示："罗摩！我永远服从你。/即使你活上一百年；/你自己选一个好地方，/然后对我把命令传。"（3.14.7）服侍哥哥、永远服从哥哥只能说两人是主仆关系了。有时罗什曼那还将罗摩称"主子"，（6.47.45）这样的称呼足以证明了两者的主仆关系。

其次，蒙古族史诗的勇士们有强烈的个性，他们敢于坚持己见，甚至敢于反抗强权；但是印度史诗的勇士型英雄却表现出了对强权与正法的绝对顺从与恪守。

洪古尔就是一个个性十足，敢于反抗强权的勇士。《江格尔》中描写暴君芒乃的使臣向江格尔提出无理要求，江格尔迫于芒乃的超强实力，答应了其要求，洪古尔一面谴责军师阿拉坦策吉准备答应条件的建议，一面表示要与芒乃血战到底的决心，当江格尔要捆绑洪古尔将其交出的时候，洪古尔用行动表达了强烈的抗争，他逃离宝木巴，寻找暴君芒乃决战。萨纳拉也是个敢于反抗强权的勇士，当江格尔错误地下令，让勇士们把洪古尔捆起来交给敌人时，萨纳拉站出来坚决反对这种行为，在他的带动下，勇士们抵制住了江格尔和阿拉坦策吉的无理决定。

比较起来，印度史诗中的勇士却没有蒙古族史诗英雄那种勇气和胆量，他们对领袖是绝对服从的，罗什曼那对罗摩就是如此。他们两人虽然是兄弟关系，但罗什曼那却对兄嫂绝对服从，兄嫂可以对罗摩随意指责，即使错了也绝不道歉。如罗波那用调虎离山之计劫走悉多的过程中，罗什曼那已经判断出是妖怪的圈套而没有上当，但悉多却责骂他，"罗什曼那！表面上是朋友，/你实际上仇视你哥哥。/……你是希望罗摩死掉，/罗什曼那！好把我来娶。"（《罗摩衍那》3.43.5—6）悉多认为罗什曼那对哥哥没有感情，是个坏蛋，是婆罗多授意的，罗什曼那无奈，虽然心情沉重，担心悉多的安全，但只能离开她，前去搭救罗摩；而当罗摩回来发现悉多不见了，又责怪罗什曼那不该把悉多一个人丢在林里，给罗刹机会。罗什曼那面对哥哥的责骂，面容抑郁，不停地叹气，心里忧闷难当。史诗的后篇里讲述了罗摩听说民间有关悉多的传言后，心中不快，请罗什曼那和婆罗多商议此事，实际上是命令罗什曼那将悉多丢到河边无人的草莽中，罗什曼那虽然心中不悦，但他还是命令车夫快速套上马车，执行国王的命令。诗中写道："搀扶悉多把车进，骏马奔驰行如飞，罗摩命令记在心。"（7.45.10）可见，在罗什曼那的心中只有对罗摩的服从，这与洪古尔和萨纳拉形成了鲜明的对比。

史诗英雄所表现出的差异性，与不同民族史诗产生的时代、社会文化、宗教思想的差异密不可分。蒙古族史诗虽然主要反映的是封建时期的历史，但其间保存了大量的原始文化色彩，特别是封建主与其身边武士之间的关系，武士是受到重视和尊重的，因此君臣之间才表现出了多重关系。而印度史诗虽然产生的社会形态与蒙古族史诗相去不远，但印度是宗教思想极强的国家，90%的人都有宗教信仰，每个人都分属不同的种姓，同时印度的伦理道德思想色彩浓郁，因此，印度史诗英雄身上有着极其突出的等级色彩，即使是亲兄弟，由于哥哥是未来的国王，弟弟作为臣子也必须绝对服从。

总之，作为英雄史诗，两个民族的史诗塑造了古代英雄的群像，这里有领袖型、勇士型以及智慧型等多种类型的英雄。这些英雄的价值是永恒的，作为时代的回声，他们驰骋疆场、虎虎生威，彰显着英雄主义的理想和精神；作为历史的重现，他们将古代战争的壮阔场面、残酷程度、斗智斗勇的过程诠释得淋漓尽致；作为文学的源头，他们为后世文学中的英雄形象确立了标准。

第二节 女性形象比较研究

作为英雄史诗，男性英雄当然是史诗的主角，女性形象则占次要地位。女性作为史诗人物的一部分，与男性英雄一样，也是历史文化的承载者。所以，研究女性形象不但能了解当时女性在家庭和社会中的地位、女性的生存状态，而且对于我们理解史诗的社会意义、历史价值、当时人们的审美观念、道德伦理观念、宗教文化思想等都具有极其重要的意义。可以说，女性是史诗研究不可或缺的对象。当然，我们必须看到，史诗中所描写的女性，大体都是当时上层社会的妇女，史诗中反映的女性地位、生存状态等也基本是指上层社会的女性群体。蒙古族史诗和印度史诗中最突出的几位女性形象有江格尔的妻子阿盖、洪古尔的母亲姗丹夫人、洪古尔的夫人格莲金娜、格斯尔的几位妻子、罗摩的妻子悉多、般度族五兄弟的妻子黑公主，以及史诗插话中的人物沙恭达罗、莎维德丽等，这些女性组成了两个民族史诗的女性群像，为史诗内容的丰富增色不少。

一　非凡与物化并在的女性

社会学家认为，一个社会通过分配给两性不同的任务来体现其性别概念，与作为男性或作为女性相关联的社会角色就是性别角色。[①] 我们看到，蒙古族史诗与印度史诗里，女性所承担的社会及家庭角色是由男性决定的，她们一方面被超凡化描述，成为男性崇拜和恐惧的对象；另一方面被物化、被束缚，难以表达自己的主体意识，处在失去话语权利的尴尬状态之下。对于女性矛盾复杂的态度是史诗时代的社会现实决定的。

（一）史诗赋予了女性非凡的特性

女性在人类历史上曾经在生产或是社会生活的各个方面都起过主导作用，具有很高的地位。由于女性的生育功能，使不甚了解生育奥秘的原始初民对女性产生了既崇拜又畏惧的复杂情感，他们认为女性具有不可知的超凡力量。同时，史诗时代人们的原始思维方式，也使史诗中的女性赋予了超凡的特征。

蒙古族史诗中的女性具有超凡的本领，如洪古尔的妻子格莲金娜在家里就能够知道远处发生的事件，她还能变形，变成天鹅飞向天空，而且她还能帮助洪古尔摆脱诅咒；洪古尔的母亲姗丹夫人具有萨满的法术，

---

① ［美］戴维·博普诺：《社会学》，李强译，中国人民大学出版社 1999 年版，第 362 页。

她用"灵药",以及从勇士身上迈过三次的方式救活了江格尔;"美男子明彦偷袭托尔浒国阿拉坦可汗的马群"的故事中,是一位年轻姑娘拿着黑色大钥匙,一指枪尖,枪林便出现针眼般的缝隙,明彦得以逃离险境并完成了使命;格斯尔死亡之后,他的夫人也是用类似萨满的法术使其起死回生的。总之,这些女性身上存在着神话、传说、童话和萨满信仰因素,是具有人性、神性、萨满的多元多层次形象。她们身上既刻有蒙古族原始信仰的痕迹,又体现了当时人们对女性神秘力量的敬重。

《罗摩衍那》中罗摩的妻子悉多贵为公主,但她却是父王从垄沟里捡来的,她的母亲是大地。在自己的贞操遭到质疑时,她叫罗什曼那燃起火堆,纵身跳了进去,来证明自己的清白。因为身上的神性特征,使她受到火神的保护,火神完好地把她托出来交给罗摩。但在她怀孕后,遭到罗摩的抛弃,悉多向大地母亲呼救,说如果自己是贞洁的,就请大地母亲收留自己。于是,大地裂开,大地女神接走了悉多。《摩诃婆罗多》中般度族五兄弟的妻子黑公主也是有神性特征的,般度族五兄弟拉断神弓得到黑公主之后,她的父亲木柱王对毗耶娑仙人说:"黑公主在前世曾向尊神请求赐给她不止一个丈夫,而尊神也答应赐给她恩惠。这事尊神最清楚。既然商迦罗决定了这事,并为此造了黑公主。"(《摩诃婆罗多》1.190.3—4)可见黑公主的出身非同一般。而且,婆罗门仙人还讲了一件非人世能有的奇迹:"高贵的细腰美人黑公主每天和一人结婚,但第二天又依然是处女。"(1.190.14)悉多与黑公主的神性特征也反映出印度史诗的原始思维特点。

总之,史诗的这些描述,都表现了将女性超凡化的特征。女性被超凡化叙述显示了在史诗创作和传播过程中,社会集体在潜意识里对女性的崇拜和恐惧意识。当然,比较而言,印度史诗的女性虽然出身不凡,但在社会活动中神性特征降低了,甚至不存在了;而蒙古族史诗的女性则是在社会活动中彰显着神奇的一面,显然这是萨满教思想影响的结果。当然,女性在史诗中被超凡化叙述,并不代表她们在经济上、社会地位上的独立和崇高,相反她们始终处于帮助者、照顾者和阻挠者的位置,活动的核心是男性英雄,她们在社会活动中仍然处于边缘地位。

（二）处于被物化状态的女性

古代神话通常会出现一种情境，即法国学者列维－斯特劳斯在分析俄狄浦斯神话的结构时，曾经罗列出一个"公主—英雄—毒龙"的框架：公主被囚，英雄拯救公主，毒龙阻挠英雄，英雄消灭毒龙，公主获救。英雄处于主动地位，而公主则是被动的，英雄积极营救公主，公主则消极等待救援。这种叙事结构实际上反映了女性在当时社会中的位置，即男性统领一切，女性被动服从。产生在神话时代的史诗女性与这里的"公主"一样，也是处于一种"待救"的尴尬境地。蒙古族史诗与印度史诗都是描写部落间争权掠地的战争，在战场上，男性可以获得权利、声望与财富，而女性在男性光环的笼罩下，被遮蔽了，她们似乎变得无足轻重，不仅失去了主动地位，而且也被剥夺了话语权利，无法彰显其主体意识，因此处于"失语"状态，成了在沉默中被物化的群体，她们没有表达自己意识的权利，像物件一样，被占有强权话语的男性当成掠夺的对象，甚至变成了男性荣誉和礼物的载体而被互相争夺和赠送。

史诗中我们看到，那些被男性英雄的光辉遮蔽，被英雄世界边缘化的女性，与战争有着密切的关系。《摩诃婆罗多》和《罗摩衍那》中的女性形象虽然数量较少，出场机会不多，对她们的描写也相对简单，但她们却要承担着战争起因的罪名和战争苦难的结局。相比而言，《江格尔》和《格斯尔》中的女性不仅人数多（阿盖夫人、格连金娜、姗丹格日勒夫人、阿鲁夫人、乌仁高娃夫人等），出场率高，描写也相当细腻。但是，蒙古族史诗中的女人同样没有逃脱不幸的命运。当我们从女性诗学的视角去透视战争时，古代战争呈现给世界的不是可歌可泣的英雄业绩，也不是令人惊心动魄的战争场面，而是一曲如泣如诉的悲歌，一曲催人泪下的挽歌。

两个民族的史诗将战争的起因都归根于妇女被劫。《罗摩衍那》中因为悉多被劫，导致罗摩的暴怒，他联合猴王，带领猴兵猴将展开一场规模空前的战争。《江格尔》中同样描写了多次战争的起因与女人有关，阿盖夫人是"像一块晶体玻璃一样发射金光"的美女，因此，她就成为被抢掠的对象。江格尔在娶阿盖夫人时就是在杀死了大力士包鲁汉查干，打败了诺敏·特古斯可汗后成功的。《江格尔》的第五章和第八章都讲到了暴君派勇士向江格尔挑战，提出的条件中都要求将阿盖夫人献给他们，"把这名门美女／献给赫拉干，／做可汗的女婢"，"你要把这位美人献给我，／叫她服侍我的夫人梳洗"，否则，"把你们生擒活捉"！"填平你的宝木巴海，毁灭你的佛教，毁灭你的信仰"。① 《格斯尔》中描写由于阴险的朝通的诡计，圣主的爱妃图门吉日嘎拉被十二头魔王霸占，格斯尔为了貌美惊人的妃子，大战十二魔头，最终消灭了恶魔。从这些叙述中，似乎印证了"红颜祸水"论。但是，当我们认真研读史诗后，不禁要叩问：英雄的战争真的是"冲冠一怒为红颜"吗？这些在战争中被边缘化的女人，居然能引起男性世界如此激烈的反应，说明女人在男性眼中并非无足轻重。但在史诗中我们没有听到来自女性的声音，也没有人关注她们自己的意志，在劫掠的过程中她们"失语"了。

我们不能不看到，"红颜祸水"其实是男人发动战争的借口，战争对他们而言最主要的目的是为了财物和荣誉，而女人不过是他们的特殊财产而已。因为在史诗时代，女性是男性尊严与权力的体现者和承载体。

首先，失去话语权利的女性在史诗里总是与男性的"财产"并列在一起，这里"妻子和役畜或一份动产一样是男人的财产"②，她们如同财物一样被掠夺，与印度史诗几乎同时出现的《摩奴法论》在讲述国王之法时就谈道："车、马、象、华盖、钱、粮、牲畜、女人、一切货物和非贵金属，是谁赢得的就属于谁。"③ 可见，女人是与物相提并论的。《江格尔》中，每一次战斗胜出的一方将获得大量的财富和人（属民与奴隶），甚至江格尔费尽周折娶到阿盖以及洪古尔在激烈的竞争中娶到格莲金娜的过程都更像是为宝木巴国聚敛财富的过程，因为英雄在娶到妻子的同时也获得了大量的财产。在战斗中，财产是必不可少的推动力，战争双方为财富而战斗，战利品为战胜者个人所有。在史诗所叙述的社会体制中，男性是统治者，女性被视为财产的一部分，把她们与普通财产联系在一起，成为互相争夺的对象。强权化的男性世界里，女性在沉默中成

---

① 色道尔吉译：《江格尔》，人民文学出版社1983年版，第99、179—180页。

② ［法］西蒙娜·德·波伏娃：《第二性》，陶铁柱译，中国书籍出版社1988年版，第94页。

③ 蒋忠新译：《摩奴法论》，中国社会科学出版社2007年版，第127页。

为被物化的主体。

其次，女性又不等同于男性的普通财产，史诗时代的家庭关系中，丈夫处于统治地位，具有至高无上的权利，对妻子的所有权显示其无比的权威与能力。因此，妻子就成为丈夫带有精神含义的特殊财产。"通过妻子，男人在世界面前展示了他的权利：她是他的尺度，他的现世命运。"① 从这个意义上讲，掠夺妻子是对丈夫的蔑视以及对其尊严的践踏。当一个首领的妻子被劫掠时，这个劫掠行为就成了对其所属的整个部族群体的侮辱与蔑视，因此，在史诗中最能激起英雄愤怒的就是要求其献出妻子，可以说，妻子的掠夺是英雄最大的耻辱。

《江格尔》中，多处描写敌人通过要求江格尔献出阿盖夫人来激怒江格尔，挑衅众勇士。史诗极力去描写阿盖的美貌与贤惠，但写阿盖的用意是为了更好地突出江格尔。阿盖越是被描写的完美，就越是突出了江格尔的伟大："人间只有江格尔才有这样美丽的伴侣。"② 阿盖夫人象征着江格尔的荣誉，所以掠夺阿盖就是对江格尔及其部族的侮辱。同样，《罗摩衍那》中也是因为悉多才有了这场战争，在救回悉多之后，罗摩曾说："男子汉受到侮辱，／努力把它来报复；／悉多！大功已告成，／把你从敌手夺出。／……我曾努力去战斗……并非为你的缘故。／／为了保护我的尊严，／为了避免人谴责；／我们家族久传名，／不能让它受指摘。"（《罗摩衍那》6.103.13—16）从这个意义上讲，女性作为特殊财产，既代表着与其他物质等同的财产，又代表着男性的荣誉和尊严。因此，在英雄世界里，女人是被物化了的符号，是对男人的活动作出评判的角色。换言之，作为"特殊财产"而存在的女人，"就是完善男性价值世界的筹码和奖赏"③。

（三）史诗对女性形象矛盾观念的原因

史诗作为一种记录民族历史进程的文学样式，其内容必定受到社会生活的制约。而社会又是不断发展的，它有自己的传承关系，是一个循

① ［法］西蒙娜·德·波伏娃：《第二性》，陶铁柱译，中国书籍出版社1988年版，第205页。

② 色道尔吉译：《江格尔》，人民文学出版社1983年版，第222页。

③ 陈戎女：《荷马的世界——现代阐释与比较》，中华书局2009年版，第175页。

序渐进的过程，也会受到之前社会生活的影响，不可能对其跳跃超脱。因此，史诗产生之前的社会形态同样会影响史诗所产生的年代，并且，这种影响也会在史诗的文本中得到体现。蒙古族史诗与印度史诗都再现了人类由原始氏族社会向奴隶制社会再向封建制社会过渡时期所经历的惊心动魄的战争场面。史诗时代，父权已经建立，男性成为史诗所描写的主体与核心，在战事频繁的情况下，妇女日益依赖于男性，虽然在家庭与社会事务中女性也起到了一定的作用，但基本上微乎其微，因此，女性的地位日渐旁落。又由于受到母系制社会时期，女性生殖能力崇拜的影响，史诗对女性进行了超凡化叙述，这也正体现了史诗中女性的矛盾价值取向。

众所周知，在"母系制"社会中，世系的关系及纽带只能从母亲方面得到确认，因而人们重视女性，同时忽视男性的作用，"他们认为婴孩儿是祖先灵魂的转世，幽灵游荡在圣地中，飘忽在树林岩石之上，然后落入女人的身体之中"。在原始先民看来，女性是生命的孕育者和保护者，只有通过女性的生命才可以在有形的世界里得以繁衍，因此，她们扮演的角色是极其重要的。而氏族公社的财产也是由女人代代相传的，尤其是在使用该氏族所掌管范围内的土地时更是如此，公社成员要去领用哪一块土地，也要由母亲来指定。"由此可以得到一个假说，从原始信仰来说，女性有大地的属性——她们有权支配土地和收获物，这种权力是宗教与法律的双重肯定……生命的延续不断——也就是生殖力，在女人和大地那里，以生殖的个体和化身得以具体体现。"① 当时人民对农田和母体所萌发出来的神秘生育力感到惊奇，他们意识到人类与庄稼、家畜一样，都是生育出来的。他们希望氏族也能生育出后代，在土地的生育能力永存不朽的同时，也使本氏族永存。在他们看来，整个自然如同一个母亲，土地就是女人，她孕育出了无数生命，因此女人具有与大地一样的神秘魔力，这就是原始女性崇拜的根源。

母系社会时期，社会生产力较低，特别是农业生产，规模很小，基

---

① ［法］西蒙娜·德·波伏娃：《第二性》，李强译，西苑出版社 2011 年版，第 27—28 页。

本上实行庭院种植，庭院耕作只是一种家务劳作，这种耕作更适合女性。当时，无论是出于经济状况考虑，还是出于对女性生殖能力的崇拜，都一致地把农业劳动的权利交给了女人。后来，家庭手工业有所发展，但女人还是包揽着所有的经济活动。女人还经常负责物物交换的活动，商业也掌握在她们手中。通过她们的劳作，氏族的生命得到了维系和发展，孩子、庄稼、器皿、衣服及群体的繁荣，都依赖于她们的劳动与魔力，她们成了公社的灵魂。这样的魔力在男人的世界里引起了一种夹杂着恐惧的尊重，而这种尊重又演变成了崇拜，就构成了一种原始的女性恐惧。

随着时间的推移，社会不断发展，男性渐渐意识到自己在生育方面所起到的重要作用。同时，社会生产方式也有了较大的转换，这些因素使男性地位不断提升。此时，母系制开始向父系制过渡，这应该是女性具有世界历史意义的失败。虽然母系制社会逐渐被父系制社会所代替，但是对于女性的崇拜和恐惧却深深积淀在人们无意识状态中，即荣格所说的"集体无意识"，它是"人类自原始社会以来世世代代的普遍性的心理经验的长期积累，它既不产生于个人的经验，也不是个人后天获得的，而是生来就有的"①。

随着社会与生产力的不断发展，男性在手工业、农业、商业等社会活动领域中所起到的作用也越来越大。由于弓箭的发明和使用大大提高了狩猎能力，农业劳动耕作的日趋复杂化也逐渐转向以男子为主，因此男性在社会生活和生产中的地位有了很大的转变；同时，男性在极其漫长的历史过程中逐渐认识到了自己在生育后代时所起到的重要作用，而这一认识将女性生殖崇拜推向了男性生殖崇拜，同时也从根本上改变了原始母系制社会时期"不知父亲"的朦胧状态以及男性不知自身"其为谁"的尴尬境地，从而进入父系制社会。

蒙古族史诗与印度史诗主要反映的是"英雄时代"原始先民的社会生活，而这已属于父权制巩固和强化的父系氏族社会，在这一历史发展时期，女性已经被排斥在社会生产活动之外，被禁闭在家庭的小天地里，家务和生育成了她们的使命，社会中已经不再有她们的位置了，即便在

---

① 朱立元：《当代西方文艺理论》，华东师范大学出版社 2014 年版，第 167 页。

家庭中也受到男性的支配。"英雄时代",男性凭借力量去追逐荣耀,而这一时代,包括神和人在内的所有女性都因男人的眼光而被赋予了价值标准,以英雄的他者而存在。她们处于屈从、附庸、以男人的标准为标准的时代,她们承担着因战争而造成的痛苦的结果,用男人的标准看待自己,按照男人的要求活着,被束缚在命运的沉重的车轮之上。因此,这时期的女性已失去了母系氏族社会时期的光芒,在男权社会中被物化为财产,失去了主体意识,即女性作为主体在客观世界里的地位、价值与作用的自觉意识。而这一时期男性以及全体社会仍然未能完全摆脱母系制时期对女性所形成的恐惧意识。两个民族的史诗所塑造的众多女性形象深刻地反映了处于当时社会的女性的生存状况,可以说是我们窥视史诗时代女性命运和地位的一面镜子。

综上所述,由于受到史诗产生时代贬低妇女观念的影响以及之前社会对女性崇拜的影响,史诗在女性形象的塑造上,体现了两种截然不同的矛盾价值观念,即超凡化与物化。由于两个民族的史诗产生于大致相同的历史发展阶段,尽管它们产生的文化土壤有所不同,但在女性地位及命运上体现了相同的价值观念。

二　女性的主体意识

社会转型和个人意识觉醒是史诗得以产生的基础,在史诗产生的年代虽然女性处于既被神化又被物化的尴尬地位,但由于受到社会生活的影响,女性的主体意识也在慢慢地觉醒。女性作为战争最大的受害者,她们希望自己的家园远离征战、渴望和平安宁的生活,因此在战乱频繁的时代,她们的社会责任感不断增强,社会意识也不断提高。但由于两部史诗产生的历史年代和文化背景不同,女性的主体意识也呈现出了较大的差异。社会责任意识是蒙古族史诗中女性的主流意识,而印度女性则相对较弱。

蒙古族史诗中的女性渴望草原永远和谐太平,草原人民永远幸福安康,甚至为了宝木巴故土可以牺牲生命。史诗高度赞扬了她们的这一优秀品质,如《江格尔》"西拉·胡鲁库败北记"一章中,江格尔和其他勇士纷纷出走,只留下了洪古尔守护故乡。西拉·胡鲁库汗率领数万大军围攻宝木巴，在雄狮洪古尔生死搏斗的时刻，洪古尔的妻子和江格尔的妻子无所畏惧，挺身而出全力以赴去支持和帮助洪古尔抵抗掠夺者。当洪古尔受重伤后，阿盖奋不顾身给其裹好箭伤，鼓励他继续战斗。格莲金娜不惜牺牲自己生命，让前来搭救她的铁青马助战洪古尔英勇抗敌。可见，蒙古族妇女具有为正义事业英勇顽强的精神品格。蒙古族史诗中的女性始终心系着国家及英雄的安危，并在关键时刻提醒英雄，如《江格尔》"洪古尔与萨布尔的战斗"一章中，因洪古尔酒后酣睡耽误了出征，江格尔孤军作战被困战场四十九天，阿盖夫人唤醒了酣睡的洪古尔，指责他虽然具备神奇变化的功能，虽然具有万夫不当之勇，但在关键时刻却酩酊大醉，放弃战斗，如何能称得上英雄，"要你这醉酒的男儿又有什么用场"①？在阿盖的提醒下，洪古尔参加了战斗，并取得了胜利。可见，史诗时代的蒙古女性虽然没有参政议政的权利，但在危难关头她们往往可以救英雄于水火之中，或给他们提出最忠诚的建议帮助他们渡过难关。《格斯尔》中也描写了格斯尔的妻子，为了助力丈夫除掉魔鬼而深入虎穴，用智慧获取情报，最后使格斯尔取得胜利的勇敢行动。总之，这些女性身上体现了蒙古族妇女的勇敢、善良，关键时刻甚至为了社会做出牺牲的高尚品德。虽然女性总体社会地位较低，但古代蒙古族妇女已经深刻认识到了全社会团结起来共同反抗掠夺者和奴役者的深远意义。

印度史诗中的女性与蒙古族史诗塑造的女性不同，她们几乎没有机会和可能参与社会斗争，也就谈不上像蒙古族史诗女性那样的主体参与意识了，像黑公主那样具有独立精神的女性是少之又少，而黑公主的参与也只是抱怨坚战没有男子气概，没有战斗意志，对其施压，要他投入战斗，夺回被剥夺的一切原来属于他们的权利。因此，从这个意义上来说，蒙古族史诗中女性的社会地位要高于印度女性，而且从主观上也有积极参与社会斗争的自觉。

两个民族史诗中的女性在参与社会活动的程度上之所以有差异，主体意识的自觉与否，主要取决于不同的社会意识和文化。印度社会在大史诗产生的时代，封建卫道士是大量存在的，其代表就是《摩奴法论》

---

① 色道尔吉译：《江格尔》，人民文学出版社1983年版，第60页。

的作者们。《摩奴法论》产生在大史诗时代，有些内容还被大史诗的某些章节部分地采用过。《摩奴法论》否定女性的独立性，在第九章中有这样的表述："女子应该昼夜被自己的男子（随着女子年龄不同，分别指父亲、夫主，或者儿子）置于从属的地位……女子不配独立自主。"而且《摩奴法论》的作者们还歧视妇女，将其视为不可信赖的人，如《摩奴法论》讲到国王的法时，认为应该严守机密，所以"议事时，他应该赶走痴子、哑子、瞎子、聋子、动物、过于年迈的人、女人、外国人、病人和缺肢体的人。受鄙视的人们，还有动物，尤其是女人，往往泄露机密；因此，他应该谨防他们。"他们还认为女人没有作证的权利，"毫无贪心的男子一个人就可以作证人；而女人再多也不行，即使她们操行洁白，因为女人的智力不稳定"①。同时，印度和谐宁静的农村生活也阻挠了个人意志的发展，妨碍了超越家庭与部落界限的社会意识的成长。因此，印度女性没有机会参与社会活动也就在情理之中了。古代的蒙古民族社会分工并不很明晰，女性在社会生产中扮演着比较重要的角色，她们具备了较高的社会责任感，同时她们也受到男性的尊重。因此蒙古族史诗中的女性在社会生活以及战争中都能够积极参与其中，社会责任意识非常强烈。

三　史诗女性之美

研究女性形象，不可或缺的一个方面就是女性美的问题，这个古老而永恒的话题始终诱惑着人们，古代英雄史诗中的女性美，因其具有原型意义，更是被后世研究者津津乐道。女性美在不同时代、不同社会具有不同的标准，女性的审美标准实际上是一个特定时代社会生活的缩影，它可以直接反映出女性在社会生活中的作用以及人们寄托在女性身上的审美理想。蒙古族史诗和印度史诗中的女性主要是上层社会的女性，所以她们身上表现出的女性美（外表、品质、价值观、婚恋观等）主要代表当时的上层女性。

---

① 蒋忠新译：《摩奴法论》，中国社会科学出版社 2007 年版，第 177、132、146 页。

（一）女神般的外表美

女性美首先体现在她们的外表上。史诗中英雄的妻子都是女神般的美人，悉多和阿盖是众多女性中拥有令人羡慕的美貌和气质的女性之最。史诗运用大量取自于自然的物象，比喻阿盖和悉多之美，充分表现出这些女性的天生丽质、美轮美奂，也反映出史诗的原始特征。

悉多虽然身为遮那竭王的公主，但却从泥土中诞生，罗摩第一次见到悉多的时候就觉得她是仙女下凡，在他的眼中，悉多的美是独一无二的美。史诗在多处用神仙女人、天仙、女神等形容悉多，如史诗描述悉多"美貌真能比得上天仙，/宛如一个女神从天降落。/……性格和婉容貌美丽。"（《罗摩衍那》1.76.17—18）史诗又用自然物作喻体，赞美悉多，如在即将要流放森林时，国王送给悉多很多五彩缤纷的首饰，悉多装饰自己的身体："艳妆浓抹的悉多，光彩辉映王宫，/好像初升太阳，/光芒照耀天空。"（2.34.18）"这一个腰肢美妙的悉多，/像烈火光焰辉映。"（3.35.19）首哩薄那迦向哥哥如此描绘悉多："她眼睛大，美丽婀娜，/臀肥腰细……//她像满月一样美丽。"（3.32.14—19）罗波那变身游方僧走近悉多，他被悉多的美所吸引："她长得齿白唇红，/样子像是一轮满月；……//她的眼睛像荷花瓣，……//她在三个世界中无双，/她美丽得赛过荷花。"（3.44.11—14）罗波那忍不住歌颂悉多："你是谁？你这金色的人！……你的牙齿长得整齐、/吉利、可爱、颜色白净，/你的两眼宽大、纯洁，/眼角红，像黑色的星星。//你的屁股宽大肥厚，/你的两腿像象鼻，/两条腿又肥又圆，/紧紧靠拢，匀称整齐。//你那双乳非常美妙，/装饰着最名贵的宝石……你笑得妩媚，牙齿漂亮，/你眼睛媚人，美貌女郎。"（3.44.15—20）总之，悉多是一位眼如莲花、牙如白玉、唇似石榴、臀肥腰细、腿如象鼻、样子像满月一样的仙女般的人儿。

阿盖虽然是蒙古族姑娘，但她与悉多的美各有千秋。江格尔拒绝了周围四十九个可汗的美女，却唯独看重了诺敏·特古斯可汗的女儿阿盖。蒙古人的审美观念中最美的是阳光和月光，他们以女人脸上的光彩表现她们的美丽和善良。史诗如此描写阿盖的美丽："阿盖向左看，左颊辉映，/照得左边的海水波光粼粼，/海里的小鱼欢乐地跳跃。/阿盖向右看，右颊辉映，/照得右边的海水浪花争艳，/海里的小鱼欢乐地跳跃。//阿盖的脸，白皙如雪，/阿盖的双颊，鲜红如血。阿盖的帽子，洁白美丽，/巧手的'额吉'精心剪裁，/众大臣的夫人亲手缝制。阿盖的长发，/乌黑、芬芳、光泽，/套着黑缎的'西伯日格勒'，/随着她的脸左右摇摆。""阿盖是五百名美女的太阳，/比十六岁的少女还娇艳。//阿盖夫人，像太阳那样光辉灿烂，/像太阳那样热情温暖。/在她的光辉照耀下，/黑夜不要灯盏，/姑娘可以裁衣绣花，/牧人可以牧马河滩。//她的面孔比雪还白，/她的双颊比血还红，/乌黑光泽的长发，/垂到膝盖，飘飘如仙。"① 史诗还描写她像一块晶体玻璃一样发射金光，有洁白柔软的十个手指，嘴唇如同熟透的樱桃，头如美丽的孔雀，等等。总之，在江格尔的眼中，阿盖是一位如太阳一样光芒四射的美丽天使。

两个民族的史诗对女性的美极尽赞美之能事，不吝惜笔墨。当然，不只是两位美丽的夫人，对其他女性如般度族五兄弟的妻子黑公主、格斯尔的夫人、洪古尔的夫人等也都用同样的笔法赞美了她们外表之迷人，如黑公主的姿容也同样美妙，她"体态绝美，腰身纤细犹如祭坛，妩媚动人。她肤色黝黑，目若莲瓣，靛青色的头发弯弯曲曲，恍若姿容曼妙的女神变成了凡人的身形，来到了尘世。她身上香气浓郁，宛若蓝莲花一般，香飘数里"。(《摩诃婆罗多》1.155.41—43) 当然，并不是说史诗中的女性都如此美丽，实际上，史诗中也有极其丑陋的女性，如《罗摩衍那》森林篇中的罗刹女首哩薄那迦，史诗写她丑恶、肚子大、眼睛歪、一头黄发、声音可怕，如此丑女是因为她胡作非为、品质恶劣，爱不成就将所爱之人置于死地；无独有偶，蒙古族史诗《江格尔》也是将凶残的女性与外表的丑陋联系到一起，如"西拉·胡鲁库败北记"中出现的女妖就是既丑陋又凶残，她的"嘴巴突出像黄铜铸就，/两只小腿像黄羊，又细又瘦"②。可见，史诗中女性之美是与其内在美相连的。

(二) 忠贞不渝的爱情美

史诗中描写的英雄与美人的故事是感人的，每个英雄的妻子都深爱

---

① 色道尔吉译：《江格尔》，人民文学出版社1983年版，第9—10、300、271页。

② 同上书，第271页。

着自己的丈夫，为了丈夫的事业和安危她们甘愿付出一切。罗摩与悉多、坚战与黑公主、江格尔与阿盖、洪古尔与格莲金娜、格斯尔与图门吉日嘎拉等，英雄们的妻子用行动证明人世间矢志不渝的真爱，给予了真爱一个完美的诠释。

悉多是英雄罗摩的妻子，在罗摩的世界里，除了悉多，他还有国家、人民、父母，还有他肩负的职责和使命，但是，在悉多的眼中，罗摩就是她的整个世界。罗摩被放逐到净修林的时候，她的追随显示了一种执着的爱。罗摩也被她的真爱所深深折服，经过净修林中的历练，他愈加爱他的妻子，这份爱也让他在对梵的追随中多了一份坚忍，多了一份自信和执着。悉多被诱拐，囚禁在无忧园的时候，她为罗摩守身如玉，心中只有一个信念，那就是一定要坚守到最后，一定要等到罗摩来救她。当罗波那运用各种方法威逼利诱的时候，她始终没有屈服，因为她的心中只有罗摩。当猴子哈奴曼去救她的时候，她因为不想让罗摩之外的男人跟她有身体接触，拒绝了这次救援，原因只是为了遵从当时社会固有的伦理道德，她只等待罗摩的出现。当悉多被救出后，罗摩因为悉多在无忧园中关的时间太长，怀疑起了她的贞操。这对于对爱情忠贞不渝的悉多来说是巨大的侮辱，也是她不能承受的委屈。悉多选择用死来证明自己的贞操，她跳入烈火中以证清白。罗摩抛弃她以后，悉多归入地母，这无疑是一个悲剧，但却让我们看到了她对罗摩坚贞的爱，这份爱既源自古代妇女美好的品德，是高尚的品德让她的爱如此纯真、如此执着、如此饱含委屈、却又如此刚烈和无怨无悔，同时也是当时男权、父权社会的必然结果。

比起悉多与罗摩之间的爱，阿盖与江格尔之间的爱显得更为含蓄，也许正是这种含蓄，才让我们感知到那种彼此相通的深情的爱。与悉多相比，阿盖没有经历过净修林中的艰苦生活，但是每一次江格尔出去征战的时候，她都十分地担心和挂念。当英雄凯旋之时，美人才会绽放出开心的笑容。英雄江格尔与阿盖结婚后曾经历过一次离家出走，他又有了新的妻子，并且生下了一个儿子少布西古尔。当江格尔带着儿子回到了宝木巴时，阿盖没有责备江格尔，而是用加倍的温柔和体贴来表达她对英雄深深地思念。面对少布西古尔，她用特有的母性情怀大度地接纳了这个聪慧勇敢的孩子，面对少布西古尔的母亲，她选择接她回来，把她接到宝木巴这片沃土来，与她共同生活。阿盖能接受这一切，可能不符合现代人的价值观，究其根本原因，除了阿盖自身具备的素质以及对英雄江格尔的不掺任何杂质的、忠贞不渝的、无私的爱，也与史诗时代男权社会建构不无关联。当然，我们必须认清，当时一夫多妻、一妻多夫、群婚混居是自然且正常的事，所以，阿盖的美德与品质也是有时代特征的。

此外，格斯尔的妻子图门吉日嘎拉为了格斯尔能够恢复健康选择远离丈夫；洪古尔的妻子在追求英雄的时候就拯救过洪古尔的生命，婚后为拯救洪古尔不惜牺牲自己的生命。总之，史诗中的女性以她们对丈夫忠贞不渝的爱显示着女性高尚的道德情操。

（三）贤良勇敢的品德美

从古至今，善良贤惠是对女性品德的最高评价。两个民族的史诗塑造了一批温婉贤良的女性形象，但是又有所不同，蒙古族史诗女性的善良贤惠不仅表现在对家庭、丈夫的爱与责任，而且也反映在她们内心的和谐意识，也就是对家园、国家的爱——渴望草原永远和谐太平，草原人民永远幸福安康；印度史诗女性的善良贤惠更多的是局限在对家庭、丈夫的爱与责任。同时，两个民族史诗中的女性也表现出了面对邪恶勇敢抗争的品质。

图门吉日嘎拉夫人深爱着格斯尔，但由于恶人作祟，将格斯尔患病的责任推到她的身上，为了能让格斯尔恢复健康，图门吉日嘎拉夫人忍痛割爱放弃了丈夫给自己的财产，远离心爱的人，可见其善良贤惠。不仅如此，图门吉日嘎拉夫人还助力格斯尔杀死恶魔，表现出了惊人的智慧和勇气。格莲金娜夫人为了能让洪古尔走上战场，英勇杀敌，不惜牺牲自己的生命，史诗中讲述铁青马跑到夫人身边救她，可是格莲金娜却让铁青马去救洪古尔，她说："洪古尔独自保卫着宝木巴家乡，/为了宝木巴，/他不惜献出宝贵的生命，/只要洪古尔的心脏还在跳动，/还会得到和宝木巴海一样幸福的海，/还会建立和宝木巴一样富强的国家，/还会找到像我这样的女子做他的夫人，/你快去拯救洪古尔的宝贵生命！"①

---

① 色道尔吉译：《江格尔》，人民文学出版社 1983 年版，第 241 页。

充分表现了这位巾帼英雄的高尚品德，她的善是大善，她将为国家能做出更大贡献的丈夫的生命看得比自己的生命更宝贵，这种善是能够泽及他人的，也充分体现了一种"向善则美"的女性内在美观念。

《莎维德丽传》是《摩诃婆罗多》中最著名的一个插话，其中塑造了一个德才貌俱全的女子莎维德丽的形象，她配得上后来被阎摩王称为的"贤德女"。贵为公主的莎维德丽婚后脱掉美丽的宫装，身着树皮衣，对丈夫体贴入微，对公婆侍候周到，高尚的情操有口皆碑。由于莎维德丽选中了一年以后就会夭亡的丈夫，使她接受了更大的考验。为了挽回丈夫的生命，莎维德丽跟着拴走丈夫灵魂的阎摩，用入情入理的话语，感动阎摩，使他施恩于自己。贤惠的莎维德丽首先想到的不是自己得到恩惠，而是让公公眼睛复明，父亲得到百子，可见，莎维德丽的高尚和无私。当她要为自己的丈夫求情时，又表现出了聪明的一面，那就是自己要有儿子，而有儿子必须要有丈夫，阎摩被莎维德丽的智慧和美德所动，使她的丈夫复活了。应该说，莎维德丽的言辞体现着她的美德，对公婆的孝敬，对丈夫的忠贞。但我们看到，尽管莎维德丽是如此的贤良和机智，但她的视野毕竟还是局限在家庭范围之内，这当然是受印度社会制度的影响，是莎维德丽个人所不能逾越的。此外，无论是悉多还是黑公主她们的善良贤惠也是人所共知，但也与莎维德丽一样，只表现在家庭的小圈子里。

应该说，古代蒙古族将女性内在的美德视为衡量女性美的标准，拥有善良贤惠品质的女性其外表往往也得到了美化，而且，心胸开阔的蒙古人也认同女性在社会生活中的作用，这样也就使蒙古女性的善良和贤惠超越了家庭的小圈子。而印度女性的善良贤德深受人们的认可，但是由于宗教伦理思想的束缚，她们活动的范围有限，因此与蒙古族女性比较起来就有小家碧玉的感觉了。

总之，蒙古族史诗与印度史诗同为东方大地上诞生的古代英雄史诗，具有诸多相似性，特别是古代女性之美，具有较高的相似度，如，美在心灵是女性美的首要条件，具有善良贤惠、智慧勇敢、忠于丈夫、孝顺公婆品德的女性是受到普遍认可的，而内在美的女性又同时具备外表美的赏赐，可见，秀外慧中是古今中外对女性美的最高赞赏了。但是，由于地理环境、社会文化、民族心理、宗教伦理、审美心理等诸多方面的不同，史诗所塑造的为数不多的女性人物身上仍然表现出一定的差异，如印度宗教伦理对女性的严格束缚，使印度女性不能像蒙古族女性那样参与到社会政治斗争中来，比较起来，印度女性欠缺蒙古女性的勇敢和大气。但无论如何，两个民族史诗女性的美是有目共睹的，这些女性形象成为蒙古族文学和印度文学女性形象的典范，不管是史诗女性所处的社会地位，还是史诗中的女性美观念都对后世文学女性形象塑造起到了较大的示范作用，对后世文学作品产生了极其深远的影响。

第 七 章

蒙古族史诗与印度史诗的审美意识

　　文学是表现人类审美属性的语言艺术，人类的文学艺术中蕴含着与生俱来的审美价值，而这种价值不分民族地域，只有动态发展的丰富性与变化性，没有新旧的更替。蒙古族史诗和印度史诗作为世界文学初期的作品，其价值与历史地位是不言而喻的，在长期流传、不断挖掘整理的过程中，史诗内涵必然会产生一定变异，但其基本主题与故事情节，以及主要人物形象，依然保留原始风貌，透视着原始人类的思维特点。在这些远古史诗中虽然不存在系统的理论化的审美思想，但是，我们还是能够感受得到古人独特的有别于今人的审美意识。原始初民以他们独特的思维方式，将其对自然、对社会的感受呈现在我们面前，在这种表达中，从他们所运用的材料，到表达方式，其实都在彰显着原始人类的审美既成对象和审美意识。

　　"美"是人类主观心理活动的结果，"审美"则是人类主观心理活动的过程，它是人类理解世界的一种特殊形式，是人与世界形成的一种无功利的、形象的和情感的关系状态。当然，人的审美会受到各种因素的制约，既受人们根据自身需求对某一事物的主观看法，因此也是具有偶然因素的看法的制约，同时也受制于客观因素，尤其是人们所处的时代社会背景对人们的评判标准所产生的影响的制约。

　　18 世纪产生的美学学科，仅仅把艺术之美作为其审美的对象来研究，而实际上，审美已是现代人基本的人生经验，这种经验既可从艺术品中获取，也可在大自然中得到，例如原始社会中，初民即从其生存的环境中获取审美经验，我们从古代史诗中描写的英雄的武器、盔甲以及日常生活用品器具上可见一斑。而世界各民族的史诗作品"显然不是在成熟、发达的美学思想指导下的作品，而且就当时来看，也许未必为了审美的目的，因为在当时恐怕根本就没有美的观念，他们对世界与生存的理解尚处于混沌状态，谈不上有独立的'美'的样式。不过，从今天的美学观来看，它可以是'美的'，可以作为今天'美学'所源自的基础，所以可以称之为'审美的'只是由于它的不发达、朦胧、片段的形态，只能称为'审美意识'"①。因此，本章谈及的"审美"内涵并非指对通常意义上的美的对象的观照，而是对尚不成熟、不自觉或不清晰的某种审美意识的探寻，这种审美意识尚未获得系统的理论性表述，而仅仅通过审美实践活动与客观载体呈现了出来。

第一节　史诗的自然审美意识

审美意识，是主体对客观感性形象的美学属性地能动反映，它源于人们对生活实践的体验积淀及认识升华，并通过艺术创造和一定形式加以体现。人的审美意识虽然首先在人与自然相互作用的过程中产生，但人作为审美主体，必定使这种活动与社会实践的发展水平联系在一起，同时它也会受制于社会，包括一定的生产方式、生活环境及功利目的等。本书所涉及的审美意识，与现代社会已形成的系统美学中的美之内涵，以及阶级社会中成型，且当今依旧激烈争论的审美意识形态不同，它是指原始初民因知识水平低下，无法解释自然界中的诸种自然现象，因此便生成了对人类生存环境周围的一切客体的神秘与不可接近之感，进而形成的原始初民朦胧的主客体关系意识。正因为如此，这种审美意识才更适合于分析原始思维形态下的史诗文学作品。这种审美意识是通过以己度物的方式对客观事物和现象进行观照，因对自然事物不同的认知所产生的愉悦、欣喜、悲伤、恐惧的点滴心理感受，进而形成了人类主观对美与丑、善与恶的初步感知。就审美意识层面而言，邱紫华提出了东方审美"同情观"理论，这种理论是建立在东方原始宗教主客体生命一

① 朱立元：《美学》，高等教育出版社2001年版，第20—21页。

体化的观念之上，并以"万物有灵观"为其哲学认识论基础。

"万物有灵观"是原始自然宗教的核心观念，先民们"把客观存在的自然物、自然力加以拟人化或人格化，赋予它们以人的意志和生命，把他们看成同自己一样具有相同的生命和思想感情的对象"①。这种观念的形成是初民想要探索强大而复杂的自然奥秘，然而又无力有所作为，最终不得不采取的一种屈从态度，最终发展成为对自然的崇拜。初民们将太阳的东升西落，四季的更迭，与人体的自身变化联系在一起，认为都是有生命意志的现象。既然自然万物与人的生命情感存有相似之处，那么根据"同情"原理，人就可以与之沟通，从而达到一种自然物与人之间的"生命一体化"。两个民族的史诗正是在这个意义上形成了有别于现代的审美意识。

（一）"物我同一"的审美意识

所谓"物我同一"就是东方各民族在"万物有灵"观念的支配下，深信各种形式的生命在本质上是一体的、相互感应的、彼此渗透沟通的，甚至是可以转换的，因此，他们在审视日常生活中所遇到的事物时，总会用"以己度物"的方式把自己同自然对象放在"同情同构"的地位。人与物处于同一水平，具有同等的价值，同样的情感内容和体验方式。人与自然、物与我、情与景、本质与现象、主体与客体都是浑然合一，不可分割的。这种东方审美"同情观"往往使人产生出"情景交融""物我同一"的奇妙心境，这种观念体现在两个民族的史诗中，就是人与物、与大自然浑然一体的交融状态。

首先，蒙古族史诗中"物我同一"的审美意识。

信奉萨满教的蒙古民族在"万物有灵论"的影响下，把客观存在的自然物、自然力加以拟人化或人格化，赋予他们以人的意志和生命，把它们看成同自己一样具有相同的生命和思想感情的对象。蒙古民族最为突出的表现就是对"马"的尊崇和赞美，他们赞美骏马的长歌短曲和民间口头文学作品可谓数不胜数。由于马在蒙古部族的生活与交往中起着重要的作用，人们不但对马有着特殊的感情，而且对马的观察也格外细

---

① 邱紫华：《东方美学史》上卷，商务印书馆2003年版，第46页。

致，既认识了马的美及其尺度，亦以自己独特的心理和感受，形成了自己独特的审美观念。尽管古代蒙古部族没有以理论方式加以概括，但是他们却把这种认识和观念凝结在其创造的美的既成对象之中，可以说"在游牧民族中，主人与马的关系是人与动物关系的集中体现，是人与自然和谐相处的缩影和典范"①。史诗中每位英雄都有属于自己的充满英雄气概的坐骑，他们都为自己的骏马配上最华丽珍贵的雕鞍、鞍垫、鞍幔、肚带等，使其更为漂亮。勇士与骏马是密不可分的，他们在马背上完成艰巨任务，成就惊天伟业，离开神勇的坐骑他们很难建功立业。

从外表来看，蒙古族史诗中勇士的骏马都具有蒙古马的优良特征，粗壮结实、肌腱发达、动作敏捷、疾步如飞。英雄时代蒙古人的"马"之外形美的标准显然是以"实用"为前提的，战争需要战马的奔跑速度、壮硕的体格、锐利的眼睛，所以，史诗中描写马的外在美便以此为出发点。江格尔的坐骑阿兰扎尔"劲秀的前腿，蕴寓着无比神速"，"明亮的两眼，显露着无比机敏"，阿兰扎尔奔跑起来"像火花一闪，飞上山巅"；洪古尔的铁青马"有美丽肥壮的脊背""漂亮的后腿""劲秀的前腿""雕塑似的头颅""聪慧的眼睛""宽阔的胸膛""黄金的四蹄""铁青马四蹄腾空，像闪电，像疾风"②；格斯尔的赤兔马有"宽阔的胸膛""强劲的四蹄""聪慧的眼睛""高傲的头颅"，"它跑起来快得出人意想，它飞起来风也追不上"③。可以说，每匹骏马都有不凡的外形，都配得上英雄的美名，都是战场上的神驹。

从内在来看，勇士们的骏马与人一样感情丰富，并且有超人的智慧。依据东方"万物有灵论"的观点，被神化了的马，它已经是一种灵性的象征，与英雄的身份相配，在关键时刻能救主人于危难之中。史诗中不乏这样的战马，有时在展现有灵性的马时，更会将之作为完完整整的人的存在来对待，如《江格尔》第十五章讲述洪古尔出征西拉·蟒古斯时，英雄借骑江格尔的神驹阿兰扎尔，来到蟒古斯居所时，接连十余日洪古

---

① 陈寿朋：《草原文化的生态魂》，人民出版社 2007 年版，第 68 页。
② 色道尔吉译：《江格尔》，人民文学出版社 1983 年版，第 112、187、122、212 页。
③ 内蒙古社科院文学研究所编：《卫拉特〈格斯尔传〉》，赤峰印刷厂 1986 年版，第 109 页。

尔都无计可施。于是阿兰扎尔变作了一匹秃尾小驹，洪古尔变作癞头牧童，趁魔王酒醉之时杀死了他。而在跑路时，魔王的得力勇士神箭手布赫查干死死相追："它看到布赫查干的利箭，／正瞄准洪古尔的后背。／一听'嗖'的弓弦响，／阿兰扎尔立刻卧倒在地，／那枝致命的飞箭，／擦过洪古尔的金盔飞向蓝天。／／阿兰扎尔迅猛站起，／'嗖'的又一声弓响，／阿兰扎尔立即四蹄腾空，／／那箭矢，／射入它蹄下的泥上。"这里的阿兰扎尔不但被神化了，而且被明显的人化了。确切地说，是史诗中的物之对象形象化了，它能通人言、懂人意、践人行。战斗中，神驹们不仅保护着主人的生命，还能为他们出谋划策，激励英雄的斗志，真可谓是智勇双全的"英雄"，而且凸显出了与勇士和英雄同样神勇无敌、机智应变的性格特征。史诗中写道，当江格尔离开家乡，西拉·胡鲁库洗劫宝木巴以后，洪古尔为保卫宝木巴，身负重伤而被俘。江格尔的儿子骑着阿兰扎尔回到故地，阿兰扎尔一见到洪古尔的铁青马，两匹神驹立即互相亲吻，由于思念自己的主人，"它们不住地叹息，热泪滚滚"[1]，马与主人的亲密关系由此可见。

除了江格尔的神骑阿兰扎尔外，格斯尔的赤兔马、洪古尔的铁青马、阿拉谭策吉的大红马、明彦的金银马、萨纳拉的红沙马以及萨布尔的栗色马等都是出名的战马。神奇的骏马是其主人的生活伴侣与亲密战友，它们一般均懂人情、说人话，对主人有深厚的感情，而且在战斗中的作用更是无可比拟，甚至能够腾空于飞奔时，变形于天地间，畅游于死生线，几乎无所不能，它们的智慧、力量和勇气是英雄赢得胜利的保障。当勇士们远征时，它们以惊人的耐力和闪电般的速度，将英雄送到目的地，"铁青马四蹄腾空，像闪电，像疾风"；当勇士受伤时，它们保护主人不落马鞍，送到安全地带，"江格尔失去知觉，／从马背上昏迷欲倒。／灵敏的阿兰扎尔，／通达人性，／却使小主人不落鞍"；当勇士身处困境时，它们鼓舞勇士的斗志，并出谋划策，史诗描写洪古尔被图赫布斯举过头顶，倒悬空中，铁青马跑过来对主人说："你年方十八，／为娶亲来到他乡，／怎能忍受被打败的耻辱？……你为何不揪住他的腰带，／为何

---

[1]　色道尔吉译：《江格尔》，人民文学出版社 1983 年版，第 498—499、267 页。

不用你强壮的躯体压下去"。洪古尔以此办法取得胜利,铁青马功不可没。当江格尔以及众将陷入危难时,史诗出现这样的描述:亲爱的栗色马对萨布尔说道:"主人江格尔在呼救!……我听到他在懊悔呜咽……为了这不幸的消息,/我才来把你唤醒。"① 这里,马与人同,具有救人于危难之中的豪爽气节与坚定的信念。这一切恰恰源于蒙古族人民对马的自然崇拜,是萨满巫术思维在史诗中的自然流露,也从侧面反映出远古人类在朦胧的审美过程中表现出来的与物同一共存的理念。此外,江格尔与众英雄所使用的武器铠甲同样在诗中被赋予了"灵气",在与黑那斯魔王的战役中,冥冥中的天意使得江格尔的长枪断裂,不得已,江格尔不远万里来到铁匠炉修煅,才最终拯救众人于水火之中。这里的长枪已经不单纯是件作战的武器了,它与主人江格尔"同情同构",已经成为英雄心目中的心理崇拜对象。从这一被人化的特征来看,它是人的本质及其力量通过类比在对象中被形象化的结果,史诗中不光表现了对象的美,也体现了人的本质及本身的审美取向。

总之,勇士的骏马就像战神,虽然史诗的讲唱者是从原始思维描述骏马的,但我们从中能感悟到蒙古民众的价值观和审美情趣,马是他们心中完美的伴侣,对马的热爱、尊重和感念,是他们永远的情怀,而且也表现了自己的社会本质及其力量,从而达到了一种物物和谐的境界,进而衍生出"物我合一"的状态。

其次,印度史诗"物我同一"的审美意识。

印度史诗中也表现出了与蒙古族史诗大致相同的"物我同一"观,如果说蒙古族史诗中将"马"描绘成具有人格特点的动物,那么,在《罗摩衍那》中塑造的哈奴曼就是将"猴子"人化的典型。神猴哈奴曼,是令人难忘且极有影响的形象,可以说,哈奴曼的形象至今在印度依然广受喜爱,其原因便是在神猴身上透视出的高尚品德。史诗借变形的形象反映的是"物我同一"的审美意识,哈奴曼集人神猴于一身,是带有独特的审美特性的英雄形象。哈奴曼作为猴子,其身上猴性不

① 色道尔吉译:《江格尔》,人民文学出版社 1983 年版,第 122、19、130、131、104、105 页。

脱，如刚一降生，看到红红的太阳，以为是一只果子，一跳就蹿上高空，飞向太阳，要把太阳摘下来。但史诗重点讲述的是哈奴曼身上人的特点，即它有人的思想感情，而且在它的身上也体现了人的美好品质——正直、忠诚、勇敢、机智等，而哈奴曼的神性特征，使其具有神通广大、任意变形的特点，所以史诗中神猴利用自己的神性完美地诠释了美好的人性。

史诗讲述由于悉多被劫，罗摩和罗什曼那在寻找悉多的踪迹时遇到了哈奴曼，之后哈奴曼带着两兄弟找到猴王须羯哩婆，并与之结盟。罗摩帮助须羯哩婆得到王权后，这个猴王却将自己答应帮助罗摩寻找悉多的诺言忘得一干二净，哈奴曼明理知义，懂得达摩，规劝猴王，既然得到了王国的声名，就应该全心全意去帮助朋友，不要让时间空过，不要等朋友催促，并表示"不管是在地下，在水里，/还是在天上，没有人能/阻拦住我们的进程，/猴王呀！只要你有命令"，（《罗摩衍那》4.28.25）"大臣们的职责就是，/把有益的话讲给国王，/因此，我才丢掉恐惧，/把真实的话对你来讲//……你要知道感恩报德，/把他以前的好处回忆起"。（4.31.18—20）可见，哈奴曼的正直磊落。接到命令后，哈奴曼迅速行动，它要渡过大海去寻找悉多的下落，一路上它用自己的智慧、神通、意志和勇气战胜了妖怪和龙母，夜晚偷偷进入楞伽城。见到悉多，便要救她脱离苦海，但悉多只等罗摩的解救，哈奴曼马不停蹄回去复命。在攻打楞伽城的战斗中，哈奴曼奋不顾身，斩兵杀将，大显神威，屡建奇功。罗摩和罗什曼那身负重伤，哈奴曼先后两次从远处搬来大山，用山上的草药治好了两个王子。在猴国将领的帮助下，罗摩终于救出悉多。史诗描写哈奴曼神通广大，特别是他的聪明智慧给人印象最为深刻，表现出了印度人民丰富的想象力和带有魔幻色彩的审美理想。哈奴曼在飞往楞伽岛的途中，美丽得像一团云彩，又像大山上的萤火虫，他伸开两臂，就能进入云端，这风神的儿子扇起的风，将大树和树上的花朵都吹落到大海。为了考验哈奴曼，能够随意变形的女神须罗婆拦截他，哈奴曼愤怒地要她张开嘴容下自己，两人开始斗法。一个伸展十旬长宽，一个张嘴到二十旬，如此，直到百旬，"这机灵的风神之子/……他收缩了自己的身躯，/像大风把云彩吹缩了；/哈奴曼在一转瞬间，/就变得像拇指那样大小。"（5.1.150—151）他猛地冲进须罗婆的嘴里，又迅速地跳了出来，女神认输。总之，神猴哈奴曼这个集人神猴于一身的人物，就是印度人原始思维下"万物有灵观"的产物，是"物我一体"的审美意识结果。

印度史诗"物我一体"的审美意识还体现在将大自然中的一草一木、一鸟一兽都看成是有情有爱、有悲有喜的生命，当人遇到苦难时，它们也跟着悲伤，当人遇到祸患时它们也跟着恐惧。史诗描写罗摩和罗什曼那因中调虎离山之计离开悉多以后，罗波那便向悉多伸出了罪恶之手，这时"看到这专干坏事的恶魔，/长在阇那私陀那的树木，/都不再把枝叶来摇动，/连那风也不再来吹拂。//看到他瞪着一双红眼睬，/那奔腾澎湃的瞿陀婆哩河，/也由于害怕得要命，/再不敢恣意向前奔流"。（《罗摩衍那》3.44.6—7）当悉多被魔王劫走后，风吹动着森林中的大树，树顶在风中摆动，好像在说"真苦恼"；池塘里的荷花落尽，鱼也在发抖，因为它们都为悉多悲伤；狮子、老虎、鹿和鸟都愤怒地追着悉多的影子跑；群山脸上都流满了泪；太阳也在那里发愁；吃惊的小鹿哭着泪流满面；林中的神灵也都眼里含泪，吓得浑身打战。（3.50.32—39）在这里，史诗将树木、风、河流都描写成有情有义的生命体，它们似乎在感受着悉多的危险已经来临，因此表现出了恐惧和忧愁，这完全是物我一体的状态。

总之，在东方审美"同情观"的观照下，蒙古族史诗和印度史诗都表现出了高度的"物我一体""天人合一"的状态，这既是原始思维下人们对宇宙万物认识的表现，也是古人审美意识的奇妙境界。

（二）"物感"的审美意识

这里的"物感"是指主体由于自然物的感召而引发的内心情感，它实际上是在解释人在自然审美中发生心理反应的原因。远古的人类，接触最多的就是大自然了，自然的风花雪月必然会引发他们心理的反应，而这种感于物、动于心的现象，就是"物感"的审美意识。

印度两大史诗中，随处可见因触物而产生愉悦之情的描写。《罗摩衍那》中描写罗摩一行被流放森林后，内心忧闷，但当他们看到繁花似锦、生机盎然的大自然时，便心生愉悦之情。罗摩对悉多说："你看呀！四面八方，/开满繁花的树火一般灿烂，/金输迦树驮着自己的花朵，/在这春天里像是戴花环。"（《罗摩衍那》2.50.6）他又对罗什曼那说："罗什曼那，你看呀！蜜蜂在树与树间飞翔；/……森林里那个美丽的地方，/繁花拥挤着在那里开放；/鹞在那里大声叫唤，/孔雀也在那里放声歌唱。"（2.50.8—9）总之，在这鸟兽常来，令人心旷神怡的地方，他们"从城里流放出来，/忧愁为之一洗"。（2.50.22）罗摩为了讨得悉多的欢心，将眼前的美景指给悉多，请看这山，有各种各样的兽群，山峰好像插入天空，有的山峰白得像银子，有的红得像血，山上挤满了鹿和鸟，有各种植物，开着花，结着果，繁花似锦，这里有清泉和瀑布，从岩穴里吹出来的风，让花香扑鼻，总之，看到这样的美景，"谁个能不感到高兴？"（2.88.14）罗摩在森林里为自己选中搭建住所的地方后，十分喜悦，因为这个地方，"娇嫩的鲜花到处开放"，（3.14.10）美丽的荷花池塘"里面装点着芬芳的荷花"，（3.14.11）这里还有河，布满了繁花盛开的树林，河里还有鹅和鸟，不远处有成群的小鹿，还可以看到景色宜人的高山，山上"孔雀叫彻，洞穴繁复，/绿树长满，繁花似锦"，（3.14.14）总之，罗摩因在这圣洁朴素的地方搭建起漂亮的草棚而"感觉到非常愉快高兴"。（3.14.24）《罗摩衍那》的"森林篇"还讲述悉多因见到一只从来没有见到过的小鹿而欣喜若狂，她对罗摩说："它浑身上下五彩缤纷，/点缀着宝石（一样）的梅花斑，/静静地照亮了山林，/像明月那样的灿烂。//哎呀！它的颜色是多么的漂亮！声音又是多么和谐舒畅！/这一只神奇多彩的小鹿，/好像揪住了我的心一样。//如果你能把这只鹿，/活活地捉在手里，/那真是一件奇事，/能引起无比的惊奇。"（3.41.13—15）《摩诃婆罗多》"初篇"中描写在盛春时节，树木枝头鲜花烂漫，国王般度与妻子漫步森林之中，累累的果实、吐艳芬芳的鲜花、形状不一的湖泊、红莲灼灼的莲池，美不胜收，风光旖旎的森林美景让般度心中油然生出一片春情，竟然将之前的诅咒抛到九霄云外。史诗还描写了美景使人愉悦的场面：罗刹女希丁芭为了取悦般度之子怖军，将他带到风光旖旎的大自然中，"在密林的幽深之处，在花木繁盛的条条山冈，在红荷青莲丛生的迷人湖塘；在江河的岛上与岸边，在吠琉璃般的沙滩，在堤岸秀美、林木扶疏、水流清澈的山涧……在一年六季有果实累累、繁花似锦的摩那娑湖的水滨，希丁芭装扮出妙曼的姿容，令般度之子十分快活"，(《摩诃婆罗多》1.143.22—26) 这美丽的风景使怖军喜悦而生情，与罗刹女生了一个儿子。从这些段描述中都可见到，引起人的快感和惊奇的是自然景物之美和动物之美，而人的愉悦的起因是"感物"，是人将自己的个体生命融入了大自然的生命体中，而人与自然的最大程度的和谐便是"美"。

相比之下蒙古族史诗由于其以叙事为主的风格特点，使其几乎不去描写人对自然物象的感动，这大概是两个民族史诗审美意识较大的差异。

(三) "同情观"下蒙古族史诗与印度史诗审美意识的差异

以"万物有灵观"为哲学基础的东方审美"同情观"，其在人类思想发展史上的伟大现实意义在于，一方面弥合了人与自然世界因分裂而对立最终导致的鸿沟，另一方面重构了一种人与自然之间新型的和谐生命关系。在人与自然的关系上，东方民族展现出自然与人之间天然的本原的"同一"，没有主客体之分。但是两个民族，在"同情观"影响下的审美意识还是略有不同。

首先，两个民族的史诗虽然都具有"物我一体"的审美意识，但印度史诗将大自然的万物都看成是有灵性的生命体，将它们完全融入人的情感世界之中；而蒙古族史诗不但对自然景物描写很少，而且几乎看不到像印度史诗那样令人肝肠寸断的拟人化抒情描写，印度史诗几乎把人完全融于自然之中，也将自然万物人化了。从这个意义上讲，两个民族的史诗虽同受"万物有灵观"的制约，但印度史诗可谓真正达到了自然与人的交融。

其次，印度史诗常常描写人"触物"之后的主观感受，形成"物感"的自然审美观；而蒙古族史诗则很少有此种审美意识行为。由此也就形成了两个民族史诗不同的叙事风格，一个是喜欢描写自然景物，且善于描写人因触物而引发的或愉悦或悲伤的情感，因此史诗具有抒情性色彩；另一个则多叙述战争场面，或英雄的聚会，因此史诗的叙事性较突出。

第二节　史诗的生命审美意识

"中国美学认为，所谓美，总是肯定人生、肯定生命的，因而，美实际上就是一种境界，一种心灵境界与人生境界。"① 两个民族的史诗中展现着对"生命"的朴素的审美意识，即以展示有旺盛的生命力的东西为美，具体包括人体之美与人的精神生命之美。

一　人体之美

对人自身的认识与思考是人性发现的开始，随之人们认识到，个人身体的强壮健康与否，是自己能否生存下去的重要条件，也是人类不断繁衍的基础。所以，自从人有了朦胧的审美意识，人体便成了重要的审美对象。众所周知，远古人类主要是凭借自己的身体力量在危机四伏的大自然中寻求生存之路，特别是在与其他部落争夺土地与财富的过程中，体力过人、能力出众、武艺非凡的人更是受人尊敬，所以，古人崇拜充满青春活力、刚健壮硕的男性。同时，女性是部族繁衍的重要角色，因此，初民崇拜青春健康，生殖能力强的女性。在两个民族的史诗中都十分详细地刻画了人体之美，从中谋求种种感官的刺激与满足，也展示了古代的蒙古民族与印度民族对人体美的理解。

首先，刚健壮硕的英雄之美。蒙古族史诗对英雄的外表有着极其详尽的描绘，这其中表现了古代蒙古民族心目中英雄的形体标准，同时也体现出创作者的生命审美意识。如英雄江格尔的形体最突出的特点就是"宽阔的脊背"和"力拔山兮"的盖世之力，史诗描写江格尔的"宽阔的脊背上，荷重的骆驼可以自由奔跑"，他的"双肩有七十庹宽，蕴藏着三十三位天尊的力量"，"他的巨背和十指的每个关节上，都潜藏着雄师、猛虎和大象的力量"。英雄之美不但要有力量，而且要有智慧，所以史诗又着重描写了"江格尔深邃明亮的眼睛，像攫取猎物的鹰隼的目光"，而且他的锐利的眼睛"警惕地凝望着身边的金柄长枪，对魔鬼的暗算时时

---

① 皮朝刚、钟仕伦、李天道：《审美与生存》，巴蜀书社1999年版，第54页。

提防"①，以此突出江格尔不是一位只有蛮力的英雄，而是智勇双全的领袖人物。对格斯尔的形体描写也同样是突出他的伟岸和机敏，"他那粗壮的手臂扶着宝座，他用敏锐的眼睛上下打量，他的脑海里转着人间的一切"②。英雄洪古尔也是"肩宽七十五庹……洪古尔身上，凝结着十二头雄狮的力量。洪古尔的腿上，蕴寓着八千个妖怪的力量"。

蒙古族史诗对人体的审美，不仅赞叹人体生理之美，还特别喜欢描写他们身上的装饰，我们会发现这些装饰不仅有其实用的一面，而且也以此来显示他们的身份和地位。如描写英雄萨纳拉"宝座上垫着八十层坐垫，他身穿七十层厚的战袍，七十层厚的战袍上披挂着八层铠甲，胸前佩着黄金的护心镜，头戴闪着耀眼光华的金盔"③，透过他的战袍，不仅能感受其身躯的伟岸，而且能看出他是一个地位很高，拥有大量财富、能征善战的勇士。洪古尔身上的饰品也令英雄更加威武，他头戴灿烂夺目的银盔，身穿珍贵的战袍，肩上披着光闪闪的白色披肩，腰束价值七十匹骏马的珍贵腰带，足蹬有一百零八层厚靴底的长靴，这身装束可谓威风凛凛，贵气十足。

印度史诗对英雄的人体之美的感悟与蒙古族史诗十分相似，也追求刚健之美，如般度王之美是狮胸、象肩、牛目；罗摩像三十三天神那样魁伟，胸膛像狮子，胳臂长，双臂粗壮，他和罗什曼那的步伐像是大象和狮子，两位英雄老虎、公牛一般，婆罗多也是膀大身宽；《摩诃婆罗多》中赞美勇士迦尔纳威武又勇敢，足以和雄狮、公牛、象王等量齐观，他高高挺立，宛若一棵黄金的棕榈树；怖军身躯犹如婆罗树的树干一般挺拔，肤色黝黑，臂膀粗壮，肩如雄狮，光辉熠熠，脖颈似螺；阿周那更是仪表堂堂，肩膀宽阔，双臂和大腿如象鼻一般；坚战身躯魁梧，步如雄狮。

可以看出，两个民族史诗中英雄形体之美的观念大致是相同的，无论是游牧民族还是以农业为主的民族对英雄赞赏的标准都是要有高大的

---

① 色道尔吉译：《江格尔》，人民文学出版社1983年版，第296、297页。
② 内蒙古社科院文学研究所编：《卫拉特〈格斯尔传〉》，赤峰印刷厂1986年版，第107、108页。
③ 色道尔吉译：《江格尔》，人民文学出版社1983年版，第121、122、28页。

身躯、宽阔的胸膛、力拔山分之气概。史诗也都特别喜欢用自然界中最凶猛、最具力量和体量最大的动物来形容英雄的强健体魄。蒙古族史诗英雄个个有宽阔强健的肩膀、雄伟厚实的胸膛、肌腱发达的胯部和大腿；印度史诗英雄也是堂堂的仪表，有盖世之力。总之，壮硕的形体与巨大的力量，再加上灵巧机智联系在一起堪称英雄生命美的典范，这也是远古人类从事狩猎、畜牧业和适应战乱争斗、生命繁衍必不可少的基本条件。蒙古族史诗中所描绘的江格尔、洪古尔和格斯尔等英雄的强健形体也就可以看作蒙古族社会普遍向往的人体美的尺度，也说明当时人们期待这种形体的人站在自己一方，创造一番英雄事业。印度史诗中的罗摩、罗什曼那等英雄的外貌也成为印度古代英雄的理想样板。

　　两个民族对史诗英雄外形之美的认识也有一些差异，如果说蒙古族史诗英雄的外表是以粗犷威武豪迈机敏为核心的，那么印度史诗英雄生命之美则特别突出其英俊。蒙古族史诗英雄都有高大的身躯、宽阔的脊背、粗壮的大手和深邃锐利的眼睛，再加上以华丽贵重的服饰来渲染英雄的霸气；而印度史诗则反复强调英雄要英俊，如秀美的鼻子，白皙的皮肤，纤细的手指等，特别是史诗中多处描写英雄的眼睛像莲花，所谓"目若青莲"，非常优雅，品位高尚，如罗摩"面孔像那月亮一般可爱，这罗摩长得十分英俊"；（《罗摩衍那》2.3.12）说他长得漂亮，腰肢细，眼睛大，头发美丽，说话甜美；罗什曼那的大眼睛像荷叶；婆罗多的眼睛像莲花；坚战有一双大眼宛若莲花，皮肤白皙，高鼻秀美；身强力壮的怖军也是目若青莲。这样的审美显然一个是以功利价值为标准，一个是以感官享受为标准，这种不同的审美意识与其生存环境和民族文化不无关系。

　　其次，性感妩媚的女性之美。自古至今，特别是在男权社会中，女性的外貌是其得到男性宠爱、获取财富和地位的重要条件之一，因此，无论是蒙古民族还是印度民族，无一例外地将女性的生理生命之美首先定位在满足感官的愉悦上，当然这也是符合自然规律的。蒙古族史诗与印度史诗中描写的女性（主要是上层贵族女性）都是体态优美、性感妩媚、五官端庄、肤色光滑、青春健康，给人以赏心悦目之感，史诗将她们的外表描写得十分完美，当然两个民族对女性的审美也略有差异。

　　蒙古族史诗中对女性形体与外表的审美标准是年轻、皮肤白皙、面色红润。史诗中突出描写了几位年轻美丽的夫人，如江格尔的妻子阿盖夫人永远像十六岁的少女一样年轻，她皮肤白皙，面色像鲜血一样红润，她的头如美丽的孔雀，她的两眼如两泓秋水，她的嘴唇如同熟透的樱桃，她牙齿整洁，她十个手指洁白柔软，她的声音是动人的音乐，总之，阿盖夫人像一块晶体玻璃一样发射金光。这样的外貌不能不说是完美的，在人间是少见的。

　　印度史诗中的女性体态之美也是无可挑剔的，如黑公主姿容之绝美，世罕可比。她有纤白圆润的腰身，举手投足之妩媚，撩人心魄。她目若莲瓣，头发弯曲，身飘香气，恍若女神降临凡间。悉多有漂亮整齐的牙齿，媚人的眼睛，丰满的双乳，宽大肥厚的屁股，圆润如象鼻的双腿。如此完美的外表使黑公主和悉多赢得了丈夫无限的爱。

　　两个民族史诗女性的体态美都突出了青春健康，其原因一方面是远古人类"生殖崇拜"的一种变形反映，另一方面是男性社会对女性的苛刻要求使然。但是比较而言，我们感到，蒙古族史诗对女性之美特别强调青春之美，如阿盖永远像十六岁少女一样，在蒙古族史诗程式化的语言中，"永远像十六岁少女一样"已经成为阿盖夫人的代名词；而印度史诗的女性之美则凸显性感的肉体，如美臀、丰乳、圆腿、光泽的皮肤和光亮的大眼睛等。两者审美的些许差异与其生活环境与宗教文化有直接关系。

二　人的精神生命之美

　　史诗时代的人类十分注重个体在社会中的地位和价值，男性英雄对自己的荣誉更是特别看重，甚至在一定意义上，要重于自己的生命。蒙古族史诗和印度史诗中的男性英雄都将为部族的贡献视为自己的精神生命，以为集体利益而放弃个人的舒适生活、在战场上冲锋陷阵或流放苦修赢得荣誉为最高使命；史诗中的女性也竭力以符合社会的伦理道德标准来要求自己，女性的精神生命就是善良贤惠。当然，由于两个民族文化的差异，其对精神生命之美的认识也不尽相同。

　　首先，英雄的精神生命之美。

蒙古族史诗中每个英雄都在追求社会价值，为家园的繁荣昌盛做着贡献。为了得到社会的承认，众英雄奋勇直前、遇事毫不退缩，从而因能够得到部族社会的广泛认同而产生美感效果。《江格尔》中的勇士们发出誓言："我们把生命交给短剑长枪，把赤心献给宝木巴天堂""我们把生命交给刀枪……为着宝木巴永远披肝沥胆""把黄金的生命交给刀枪，把赤诚献给江格尔可汗"。面对强敌，他们高喊"我为宝木巴出征，/快给金银马鞴鞍！/世上凡是有生命的谁没个死？/纵然在战斗中死去，/八根白骨埋山谷，一腔热血沃大地"，正是这样一种"为集体"的信念，这种团结一致为部族的精神，才会出现宝木巴一派繁荣富足和谐的景象，成为幸福的人间天堂。

洪古尔是《江格尔》中最出色的英雄，与江格尔相比，洪古尔是一个更富有理想色彩、更为完善的精神生命形象。洪古尔从童年起，就是个正直、勇敢、果断、极富远见的孩子。他不是一生下来就完美无缺的，其性格是在战斗中逐渐形成的，他身上既有神话般的超人力量，又有现实生活中英雄人物所具备的勇猛和正气。虽然江格尔是宝木巴地方的首领，洪古尔只是他手下的一名武将，论地位、权力和威望，他都在江格尔之下，但在执着追求自己的精神理想方面，他却有超过江格尔的优点。这是由于古代蒙古族饱尝战争灾难，他们渴望和平和安定，特别喜爱那种无限忠于家乡和人民，英勇无畏又百折不挠、宁死不屈的英雄人物。史诗中的英雄、勇士往往把自己的名誉、尊严等精神生命置于肉体生命之上，宁肯损伤筋骨皮肉，也不愿毁其名誉和尊严。史诗讲述江格尔因自己一时的精神迷失，只身远离宝木巴家乡，使人们失去了民族的支撑与信仰，众人忍痛含泪远离繁荣的家乡。洪古尔没有丧失自己对精神生命的追求，为了宝木巴，为了使曾经的首领回头，他只身迎战西拉·胡鲁库，即使身处险境，生命受到了非人般的摧残，他依然没失掉自己的信念，史诗中这样描述："洪古尔心想：/'这个愚蠢的可汗，/他为什么这样猖獗？/首领江格尔和三十五位好汉，/如今都在什么地方？'/这时，洪古尔神智昏迷，/可爱的洪古尔摔下马鞍。/西拉·胡鲁库跳下马背，/用那胳膊粗的铁绳捆住洪古尔，/把他拖上大铁车，/……他命令：'每天抽打八千鞭，/每天刀剜八千下，/让洪古尔活活地遭受折磨，/遭受十二层地狱的痛苦。/把他关进七层地下红海的海底，/设七十二道岗哨严加看管。'/洪古尔被拖进地洞。"①

可见，洪古尔这类代表蒙古族精神生命的人物，正是史诗极力赞美的对象，从广泛的层面而言，他是一种以"生命"为核心的审美理念的体现，表现的是一种旺盛的生命力之美以及生动形态之美。《格斯尔》中勇士们以国家利益为重，紧跟格斯尔，英勇杀敌，正如格斯尔所说："在屡次出征中，/宝音图格、乌兰仗敦/都鼎力辅佐我，/充当我的引路人。/在强大的敌人面前，/他们个个像利箭。"正是这种对社会的责任感，使他们在格斯尔的带领下，战胜契丹国王和十二魔头，消灭沙莱高勒三可汗，战胜六妖师，保住广大群众的平安幸福，才换来家乡"吐伯特地方平安吉祥，他的家乡无压迫无敌人，六道众生无病无灾"②。这是史诗时代人们的审美需要，最美的英雄就是能够以个人的能力换来家园的平安美好。

与蒙古民族相比，印度民族也是以英雄追求社会认可、个人名誉为美，只是他们的社会价值观与蒙古族史诗的英雄主义精神不同，印度史诗英雄将自己的精神生命寄托在对"正法"或"达摩"的追求之上，遵循达摩的便为美，否则便是丑。而遵循达摩就是对国家的忠，对父母的孝，对家庭的责任，对朋友的义，对恶人的宽恕，从本质上来讲就是对人的社会生命的追索。印度史诗中的罗摩、罗什曼那、悉多、坚战、阿周那、黑天等无一不是遵循达摩的典范。坚战为了避免生灵涂炭对难敌一忍再忍，一让再让；罗摩四兄弟一诞生便德才兼备，首先就是精通达摩，罗摩为了父亲的信誉甘愿放弃王子的位置，流放森林。正如史诗讲述的，"罗摩在世界上是个好人，/他完全忠于达摩和真理，/他精通达摩，同真理一体"。（《罗摩衍那》2.2.20）婆罗多来到森林，让哥哥回去做国王，罗摩说："我自己看到真理，/看到内在真我的达摩，/好人承担那一份重担，/对这件事要感到快乐。"（2.101.19）他表示，谁尊重真

---

① 色道尔吉译：《江格尔》，人民文学出版社 1983 年版，第 307、224、66、409—410、243、244 页。

② 内蒙古社科院文学研究所编：《卫拉特〈格斯尔传〉》，赤峰印刷厂 1986 年版，第 114、104 页。

理，谁就能得到大地、名声、荣誉和吉祥。人要做到遵循真理和达摩、勇敢、对众生怜悯、说话和婉、尊敬婆罗门，就可以升天。喜欢达摩、同善人为伴、精勤又高贵，就会受到礼赞（《罗摩衍那》2.101.30—2.101.31）；罗什曼那为了对哥哥的爱甘愿放弃宫廷中的舒适生活和心爱的妻子，与哥哥一同流放；如果说坚战是正法构成的大树，那么阿周那就是树干，他是个诚实忠厚的英雄，在俱卢大战开始时不愿与叔祖父以及自己的老师打仗，他尊重他们，不想伤害他们，总是避免与他们交锋，甚至他一度想退出战斗，是黑天的教导，使他认识到达摩的真谛，才重回战场；黑天可以说就是达摩的化身了，他深谙达摩的内蕴，这个足智多谋的人，深知战争的胜利是靠道义，得道多助，因此，他用行动哲学教导想放弃战斗的阿周那，说阿周那若要退出战场，就是推卸抵抗邪恶的责任，是一种自私自利的动机，违悖达摩，有辱刹帝利的身份。在黑天的教导下，阿周那重新投入了战斗。

总之，两个民族的史诗英雄都在追求个人的精神生命之美，都有自己的理想信念，也都在为此不惜付出一切，或征战沙场，或流放森林，但我们还是能够感知到他们所追求的精神理想有所不同。蒙古族史诗英雄是将在战场上战胜敌人为最高荣誉，而印度史诗英雄则是以对达摩的追求与坚守为终极理想。这种差异当然也是与其社会文化密切相关。

其次，女性的精神生命之美。

史诗中的女性形象虽然处于次要地位，但是她们也以其独特的精神生命追求，构成了一道美丽的风景线。古代女性精神生命的审美与现代多维度审美不同，如果说现代女性的精神生命包括心灵美、品德美、学识高、事业有成等多个层面，那么古代女性之美则更侧重在她们的心灵与品性，可以说善良贤惠是对女性的最高赞誉，这也是史诗时代女性之美的标准，但是两个民族史诗女性善良和贤惠的内涵也有一定的不同。

蒙古族史诗女性的善良贤惠首先表现在她们从不滥杀无辜。《江格尔》中洪古尔的母亲就是史诗着力塑造的精神生命之美的女性。当丈夫西克锡力克要她将小英雄江格尔剁成肉酱，喂鸡狗时，这位伟大的母亲非但没有下毒手，反而拯救了江格尔的性命。在男权社会里，作为妻子敢于违抗丈夫的命令，保护弱小的生命，可见其心中的大爱大善。问题是，史诗对男权社会中妻子违背丈夫意愿的行为并没有指责，反而以欣赏和赞美的态度表现姗丹夫人救治小英雄江格尔的过程，并且摆设宴席，让儿子与江格尔宴饮歌唱，充满着欢乐的气氛。同时又以江格尔和洪古尔一起营救被阿拉坦策吉捆缚的西克锡力克，使江格尔与西克锡力克和解来证明姗丹夫人救人的正确，蒙古族史诗对姗丹夫人救人行为的态度是明确的，对女性内心的善良给予了高度赞美。

蒙古族史诗中女性的善良贤惠还表现在她们内心的和谐意识。所谓和谐意识就是全体民众都要同心协力为集体的利益贡献自己的力量，要能够做到不计较个人得失，为集体的利益勇于牺牲个人利益。蒙古族史诗时代的草原游牧民族十分注重同心同德的和谐意识，因此史诗也以女性在其婚恋和生活中表现出的和谐意识来突现她们的善良贤惠之美。《格斯尔》中的格斯尔夫人图门吉日嘎拉就是一位善良贤惠、有着深深的和谐意识的女性。为了让丈夫格斯尔可汗的病能够痊愈，宁愿离开可汗给她搭建的蒙古包，在荒无人烟的茫茫草原上流浪。图门吉日嘎拉的心中，格斯尔不仅是丈夫，他还是十方圣主，没有了可汗，人民就会遭殃，所以，图门吉日嘎拉夫人的行为不仅是作为妻子对丈夫的爱，更是一种为民众的自我牺牲精神，这也可以说是大爱和大善。史诗还侧重描写了女性们帮助英雄保卫家园的事迹，如当江格尔和其他勇士纷纷出走，只留下了洪古尔守候家园，残暴的西拉·胡鲁库汗率领数万大军，从四面八方围攻宝木巴地方的危急时刻，阿盖和格莲金娜无所畏惧挺身而出，全力以赴去支持和帮助洪古尔抵抗掠夺者。当洪古尔受重伤后，阿盖奋不顾身给其裹好箭伤，并鼓励他重新上战场刺杀敌人。洪古尔的夫人格莲金娜被困在宫殿中，当铁青马来救她的时候，她不惜牺牲自己生命，让铁青马去找洪古尔，使他可以英勇抗敌。阿盖和格莲金娜的行动深刻反映出了无限忠于自己丈夫及其正义事业，无限忠于家乡的英勇顽强的蒙古族妇女的高尚品格，表现了古代蒙古妇女爱国、爱家乡、爱亲人的美好品德。

印度史诗中女性精神生命之美主要表现在如何做一位贤妻良母，服从丈夫、遵守达摩之上。悉多、黑公主、莎维德丽等女性是史诗中理想的贤妻良母形象，更是遵循达摩的样板，史诗通过这三位善良贤惠的女性表达了印度人民心中女性美的观念，她们一定要以丈夫为依托，始终如一地热爱并忠诚于自己的夫君。如悉多的善良贤惠就是对丈夫的绝对忠诚和挚爱，为了罗摩在森林中流放不寂寞，她甘愿牺牲舒适的宫廷生活，追随丈夫流放森林；在森林中，她用"达摩"劝说罗摩不要杀那些没有主动挑起冲突的罗刹；面对魔王的诱惑，她绝不动摇，誓死忠于自己的丈夫，面对罗摩的怀疑，她用生命捍卫自己的清白之誉。印度史诗中的女性之美是要将公婆、丈夫的利益放在第一位，如莎维德丽，她为了挽回丈夫的生命，大胆地跟随拎走丈夫灵魂的阎摩；为了达到目的，她想方设法去打动阎摩；面对阎摩的慈善施舍，她首先想到公婆，莎维德丽的善良最终换回了善果。印度史诗女性之美还表现在要品性端庄，爱憎分明，如黑公主，她深爱自己的几个丈夫，但她并不是一味地顺从，而是为了丈夫们的名誉着想，当她受到俱卢族的侮辱时，要求丈夫为她复仇，甚至怒斥坚战的过分容忍。总之，印度史诗中女性的精神生命就在于符合"达摩"的要求。

综上所述，蒙古族史诗与印度史诗对英雄精神生命的审美理想，本质上是一致的，即以大局为重，具有集体主义精神，以此获得社会的认可。但两者也是有差异的，蒙古族史诗在面对国家利益时，英雄们往往是通过战场的厮杀，通过卓著的战功来获得生命的价值、社会的认可，为自己赢得荣誉；而印度史诗英雄则是通过忍让、宽容的方法，尽量避免战争，以达到"达摩"的境界、获取生命价值、实现社会的认可。可见，蒙古民族的尚武精神与印度民族的尚德精神对社会价值与精神生命审美的制约。

就女性的精神生命之美而言，虽然两者都强调女性的善良贤惠，但蒙古族史诗女性更提倡她们的社会责任感，突出内心深处的集体观念、和谐意识；而印度女性则是以严格遵守当时社会的伦理道德为其精神生命的最高境界；蒙古族女性突出母性之爱的美，印度女性则更在意她们对丈夫的忠诚，个人的贞洁，如蒙古族史诗中格斯尔的妻子曾经做过魔王的老婆，甚至还为魔王生了孩子，但是这并不影响丈夫对她的爱，可是，罗摩仅仅因为民间的传言就抛弃了贞洁且已经怀孕的悉多，这种差异直接受制于不同民族的伦理观念。

第三节　两个民族史诗审美意识异同的原因

蒙古民族和印度同为东方文明体系，在原始思维的演绎过程中，基本上能够达到理念上的一致性，原始初民在大自然面前表露出来的恐惧与敬畏，从而产生出属于自己民族信仰的图腾或神祇；人们不约而同地在自然面前表现出强大的幻想与想象才能，衍生了各自民族的创世神话。原始人类的思想意识、情感体验乃至思维方式在这一时期形成了一种有机的趋同状态，蒙古民族和印度都具有审美"同情观"，在此审美观的制约下，都有"物我同一"的意识，也都有大体一致的生命美意识。但相对而言，蒙古族史诗所表现的人与自然的关系侧重实用，还没有重视或者干脆说对自然美还没有自觉的审美意识，他们的审美趣味尚未超越社会美领域。就对生命的审美意识来说，两个民族既具有同质性，也存有差异，这其中的原因是多方面的，如地理环境、经济形态、宗教文化等观念都对人们的审美意识产生一定影响。

一　自然环境对审美意识的影响

黑格尔认为，人依赖环境，人又改变环境。自然环境和社会环境是人类生活不可分割的对象，是人类活动的唯一舞台。就是说，人在与自然环境和社会环境发生关系时，会将其转化为主体社会化了的现实，而这一转化过程就是马克思所说的"自然的人化"过程，实际上也就是艺术的审美过程。同为东方民族，有其共同的审美观念的蒙古民族和印度，因其生存环境与社会环境的差异也会形成不同的审美特性。

蒙古族史诗流传于辽阔的大草原，水草丰美的大草原是蕴藏着无限财富的乐园，这里的人们生来就可以坐享天佑。然而，草原上虽然拥有足够的生存空间，但要想随心所欲地生活并不是件易事，人们常常要面对恶劣的自然环境，狂风、暴雪、寒冷以及凶猛的野兽袭扰着人们的生活，这就需要原本稀疏的部落人口要尽量地集中，以对付可能面临的危险与灾难。由此，草原人深感集体生存的重要性，只有团结一致，依靠集体的力量，才能赢得在草原上稳定的生存缝隙，这样就造就了草原人以和睦为美的观念意识。受时代及社会的影响，女性们也已经意识到，要保卫家乡建立和谐美好的家园必须与英雄、与人民团结起来，共同奋斗。同时，对那些草原上能够帮助他们维持生态平衡，保证食物供应平稳的动物，草原人们还一度对其加以神圣的膜拜，即所谓的草原图腾崇拜。这样就自然而然地赋予人们生存周围的万物以特定的灵性，把万物看成是独立存在的精神实体，与人处于一种亲密无间的存在状态，给予他们平等的生命意识与实体存在，从而做到了与万物"同情同构"。另外，生活在茫茫草原上的人们，风吹日晒的恶劣环境极易造成人的衰老，渴望青春常驻便成为蒙古民族比其他民族更强烈的愿望，因此，史诗将宝木巴形容成人民永葆青春，不会衰老，没有死亡的天堂一样的地方，由此，史诗女性以青春为美也就自然而然了。

　　长期生活在河边、湖畔、山野、丘陵和辽阔草原上从事游牧生活的蒙古民族，在大自然的陶冶下，铸就了坚韧不拔、不屈不挠的性格。他们从来不畏强暴，不惧艰险，他们视部落的尊严亦即民族的尊严高于一切，他们不能容忍部落的自豪感受到外敌侵犯。为保卫理想的家园，以江格尔为首的六千又十二名勇士个个信誓旦旦，他们要"把生命交给刀枪，把赤诚献给宝木巴天堂"。因而他们与来犯的仇敌生死拼搏时，丝毫不带悲观颓丧的情绪，而总是以豪迈的英雄气概来迎接残酷的战斗。"史诗中的勇士们之所以能够不断地取得战斗的胜利，那是因为他们的心灵里充满了为部落、为民族而自我牺牲的精神。"[①] 这种为集体、民族的利益而铸就的英雄，表现了蒙古民族传统"天人合一"的和谐观，也使史诗英雄的精神生命之美得以展示。

　　印度的地理环境比较复杂，这里有高山峻岭、河流湖泊、沙漠平原，这里有茂密的森林、丰富的树种、多变的气候。总之，得天独厚的自然环境，使印度次大陆形成了天然的美景。古印度温润的自然环境使印度民族形成了喜欢冥想的性格，因此，印度哲学和宗教十分发达。印度的正统哲学强调：宇宙万物，本是一体，各色纷杂，胥归于一。就是说，

---

　　① 中国民间文艺家协会新疆维吾尔自治区分会编：《〈江格尔〉论文集》，新疆人民出版社1988年版，第204页。

天地万物和人类都是"梵"创造的，纷繁的世界都是"梵"的表现形式，与梵是一体的。可见，物我一体是印度哲学的重要根基。不仅如此，古代印度人还将万物看作生命体，在"万物有灵观"以及"轮回观"的原始思维下，印度人往往把人、兽、物等同看待，认为它们都是生命的存在形式。而有生命的物种就会有感情，可以沟通、互渗、互变。同时，史诗时代的印度，审美意识已经相当发达，可以说已经从重实用的审美发展到了重"愉神"的审美，由此也就决定了印度史诗"物感"的自然审美意识。

生活在美妙森林和气候宜人的自然环境中的印度人，随处都能感受到自然的勃勃生机，由此也激发了人的欲望。因此，热爱自然生命的意识表现得非常强烈，对自然美和人体美的审美感情也非常丰富。同时，印度传统思想中强调肯定生命价值，崇拜一切生命力旺盛的动植物，尊崇自然人性，赞美情欲，能欣赏人体美，力图把人的自然情欲融入大自然之中。黑格尔指出：林迦（性力）"表示自然物的创生力与活动力，在一切印度人的观念中占着很高的地位"①，他们认为这是遵循达摩，因为遵循达摩，就是符合规律，顺其自然，就不能违背自然生命存在的权利。因此，在史诗中我们常常能看到男女两性由于自然物象的诱导，他们产生了身体的生理欲望的情节。他们在史诗中所表现的对人体美的欣赏与蒙古民族是不同的，如果说蒙古民族欣赏英雄高大、雄壮、有力，印度人的英雄则不仅要高大有力，而且还要有美的外表，那就是莲花瓣一般的眼睛，高挺的鼻子以及高贵的气质，正如《罗摩衍那》对罗摩的概括写照："他双肩宽厚、胳膊长，/他脖子三折，下巴宽大。//他胸膛宽，善射箭，/锁骨深藏，勇于克敌，/双手过膝，头颅秀美，/走路端庄，前额平齐。//他四肢整齐匀称，/肤色可爱，威严魁梧，/胸膛坚实，眼睛长大，/美丽英俊，吉祥相具足。"（《罗摩衍那》1.1.9—11）印度史诗的女性美更是突出强调其性感，即丰乳、肥臀等。总之，这种审美差异与其生存环境，以及在这种环境中产生的文化关系密切。

---

① ［德］黑格尔：《哲学演讲录》第 1 卷，贺麟、王庆太等译，商务印书馆 1978 年版，第 139—140 页。

二　经济形态对审美意识的影响

就经济形态来讲，印度是典型的农业经济。乡村和谐安宁的人际关系，促成了印度美学思想基本特点的形成，善的情感成为其美学思想的核心，善在印度被称为"达摩"，人的美和生活行为之美必须符合达摩的法则。由此，我们才看到在印度两大史诗中，凡是符合达摩法的英雄和女性都是美的、善的。蒙古民族也追求和谐美，但是游牧文化的尚武特点使他们对和谐的追求是建立在战斗的基础上的，是通过战争来捍卫和谐；而印度人的和谐则是以遵循"达摩"为前提，是在忍让的基础上，甚至无原则地放弃自己的权利和义务以达到和谐的目的。因此，两个民族的史诗表现出的人际和谐美感也是不同的。再有，印度平静和谐的乡村生活一方面阻挠了个人观点的发展，另一方面阻挠了那种越过家庭与部落界限的社会意识的成长。在印度，我们时常看到对于家庭和氏族的尽忠效命，事实上，乡村经济生活的限制，阻止了国家意识的成长。这就形成了印度民族与蒙古民族对精神生命追求的不同，蒙古族史诗展现得更多的是国家观念，集体主义思想，而印度史诗则往往局限在家庭观念上。

三　宗教和伦理道德对审美意识的影响

就宗教和伦理道德而言，印度史诗中透视出的审美意识是严重依附于宗教和当时社会的伦理道德范畴的。史诗中人物的美在很大程度上取决于他们内心深处的宗教信仰程度以及他们的行为是否符合当时的伦理道德规范。在印度，对印度教徒来说，宗教是心灵的体验或心态。它不是一种想象，而是一种力量；不是一种理智的命题，而是一种生活的信念。宗教是对基本现实的感知，而不是一种关于神的理论。宗教的天才人物不是空谈家或梵学者，不是诡辩家或辩证论者，而是本身就体现精神洞察力的先知、圣人或仙人（rishi）。当灵魂向内进入心灵本身时，它就接近自己的神的根本，并逐渐为另一种自然力的光辉所充满。一切宗教的目的都是实际认识最高真理，是直观现实（brahmanubhava）、洞悉真理（brahmadarsana）、接触至高神（brahmasamsparsa）、直接理解现实

(brahmasakshatkara)。所以，印度史诗中最具美感的人物是那些去除心中欲望，以苦行为乐，去体验和感知神的存在的形象。罗摩、坚战等人甘愿流放森林，其目的就是要坚守达摩，将宗教信仰变成一种力量和生活的信念。而蒙古族史诗中的人物则不然，虽然萨满教和佛教对史诗都有影响，但蒙古族史诗却不以人物对宗教的信仰与否评判他们的美丑。

印度社会因其农业型经济的影响，与中国社会有大致相同的地方，即十分强调伦理道德，因而史诗中人物的美也受制于其身上体现的伦理道德规范。印度的道德理想与"达摩"和"正义"是一致的，"一个遵循自己达摩的人便生活在和谐之中，获得福祉……没有达摩（无论在形式上何等无力的达摩），丰产、和平、文明的生活都会被认为受到损害"①。所以史诗中对人物道德审美的第一标准就是是否符合"达摩"，罗摩、坚战等人，因为遵循达摩、虔诚、对神和祖先忠诚、为人友善诚实、具有同情心、不嫉妒等道德品质，尽管受尽苦难，但是最终不但拥有了王权，而且死后他们还到了神的世界。而对于难敌等不遵循达摩、嫉妒心极强、常常使人痛苦、不诚实的人则是以丑恶的面目出现的。印度女性的道德规范首先也是要遵守达摩，要忠于丈夫，善良贤惠，从史诗中我们也可看到，悉多、黑公主、莎维德丽、沙恭达罗等女性之美也是因为她们符合印度伦理道德的规范。但蒙古民族对女性的道德规范则没有印度那样严格的要求，虽然也以善良贤惠的女性为美，但是，对女性其他方面的规范则比较宽松，所以我们能够看到格斯尔的妻子即使曾与魔王一起生活，格斯尔仍然将其夺回，并深爱自己的妻子，这与罗摩的行为形成了鲜明的对比。

总而言之，生存状态决定了人们不同的思维状态，地理环境的差异造就了不同的民族性格，进而形成了不同的宗教文化观念，这一切又都成为影响审美情趣的重要因素。

事实上，史诗审美并非属于一个恒定的概念范畴，其在特定的时代里固然有其特定的内涵，有其相对恒定的审美意蕴。然而随着时代的进

① ［印］A. L. 巴沙姆主编：《印度文化史》，涂厚善校、闵光沛、陶笑虹、庄万友、周柏青等译，商务印书馆1997年版，第186页。

步与发展，随着人们审美观念与审美心理的变化，史诗的审美也会相应地被赋予不同的内涵，这是符合审美理论与实践的。由于不同历史时代社会实践的广度深度不同，而且受经济、政治、文化以及风俗变迁等的影响，审美意识会留下时代的印痕，不同时代有显著的差异。审美意识的时代差异性不排斥时代延续性，每一时代的不同审美是在人类以往审美心理结构和审美意识的延续性基础上发展起来的。

第 八 章

蒙古族史诗与印度史诗的诗学研究

诗学的出现是文学自觉的重要标志。作为人类古代文学形态之一的史诗产生时期，文学与宗教、神话、政治、伦理的关系密不可分，尚未成为一种独立的意识形态形式，因此，无论是蒙古族史诗，还是印度史诗都不可能有自觉的诗学观念。在史诗不断传播，特别是活态史诗不断创作、流布的过程中，各民族史诗逐渐形成了以本民族文化为根基，以演唱、创作、流布为基本形成过程的史诗传统，史诗诗学亦在此过程中逐渐显现。但长期以来史诗诗学研究较之一般文学理论，如诗歌、小说、戏剧等理论的研究相对滞后，直到史诗程式化理论的出现，对史诗诗学研究更上一层楼起到了重要作用。我国学者朝戈金等人通过对蒙古族史诗的研究，也为世界史诗诗学贡献了一份力量。

蒙古语中的"silug"（诗）这一词可能来源于古梵语"sloka"（输洛迦），其意义为悲伤或悲悯。古印度史诗《罗摩衍那》（Ramayana）中记载了蚁垤仙人创造输洛迦诗体的传说，即是因悲伤或悲悯而成章。可见，蒙古族的诗歌与印度诗歌有着天然的联系，我们将两个民族的史诗诗学进行比较研究也就有了基本的前提。

第一节　史诗的分类问题

文学创作的分类问题是诗学的主要研究内容之一，亚里士多德在《诗学》中首先就是将诗由类到种进行划分，认为诗"不仅包括诗（史诗、抒情诗），还包括戏剧等文学种类"。印度梵语诗学著作中几乎都提到了诗的分类问题，7世纪婆摩诃的《诗庄严论》共分六章，其中第一章就是论述诗的功能、性质和类别。7世纪檀丁的《诗镜》共分三章，第一章也是论述诗的分类、风格和诗德问题，因此，对于史诗诗学的研究也应将分类作为研究的一部分。如何对史诗进行分类是诸多史诗学者必须面对的问题，黑格尔在《美学》中把史诗分为"一般史诗"和"正式史诗"，他所说的正式史诗，就是我们通常说的英雄史诗。20世纪史诗研究者从鲍勒（C. M. Bowra）开始，注意到原生形态史诗（口传的）与拟制之作（书面文学的）的区别，扩大了英雄史诗的范围。帕里（Milman Parry）和洛德（A. B. Lord）把19世纪以来的民族志学方法纳入古典诗学的领域，他们在南斯拉夫发现了荷马史诗的类似物，创立了口传史诗的诗学。本书的分类是基于史诗的内容与形成方式等方面的分类，不涉及其他理论问题。研究史诗的分类对于我们研究史诗的性质、内容、主题、人物等有着重要的意义。

一　创世史诗与英雄史诗

史诗通常是讲述开天辟地、人类起源或者民族历史重大事件、民族英雄等内容的规模宏大的古代叙事长诗。学界根据史诗所叙述的内容将其分为两大类：创世史诗（神话史诗）和英雄史诗。所谓创世史诗，也有人称作是"原始性"史诗或神话史诗，它多以古代英雄歌谣为基础，经集体编创而成，反映人类童年时期具有重大意义的历史事件或者神话传说。创世史诗多运用艺术虚构手法，塑造著名英雄形象，结构宏大，充满着幻想和神奇的色彩。所谓英雄史诗是一种以长篇叙事的形式，讲述英雄人物（来源于历史或神话中）的经历或事迹的诗，荷马的史诗作品《伊利亚特》和《奥德赛》是典型的例子。当然，这种分类是否恰当，还有待探索。创世史诗严格来说不属于史诗范畴，而属于神话范畴。但各民族的英雄神话、民族族源神话、民族迁徙神话等确曾起过神话与史诗的纽带作用，创世记和后世的英雄史诗在性质上是有区别的，即创世记中的英雄，神性超过人性，在创作上幻想代替了现实。鉴于此，我们认为，蒙古族史诗属于典型的英雄史诗，而印度史诗《摩诃婆罗多》则介于创世史诗与英雄史诗之间，《罗摩衍那》理论上应为英雄史诗，但它与蒙古族典型的英雄史诗又存在差异，神话色彩很浓。

（一）英雄史诗——蒙古族史诗

蒙古族史诗是典型的英雄史诗，蒙古族英雄史诗大约产生于蒙古氏族社会晚期、奴隶社会初期。据不完全统计，目前搜集到的流传在国内外的蒙古族英雄史诗有 550 余篇（部），较著名的有《江格尔》《格斯尔可汗传》《勇士谷诺干》《智勇王子希热图》《乌赫勒贵灭魔记》《英雄希林嘎拉珠》《仁钦·梅尔庚》《阿拉坦嘎鲁》《英武的阿布拉尔图汗》《英雄忠毕力格图》等。其中，有歌颂远古时期勇士们降伏蟒古斯的传奇型短篇史诗；有描写勇士们为保卫家乡同入侵的敌人战斗的英雄史诗；也有描绘勇士经过无数次艰难险阻娶回美丽妻子的史诗。在数量众多，内容丰富，形式多样的史诗中以英雄江格尔和格斯尔的故事最为突出。

《江格尔》是以江格尔和洪古尔等英雄人物连接的数十个故事所组成，每一部分都像一部独立的叙事长诗，都有一个完整的故事情节。故事叙述在万物刚刚形成的远古时代，一位年轻的可汗乌仲阿拉德尔娶了龙王的女儿车琴坦布绍，婚后的第五年生下了非凡的男孩儿江格尔，孩子两岁时，父母被杀，江山被踏平，江格尔变成孤儿。之后被摔跤手蒙根·西克锡力克俘虏，西克锡力克试图借刀杀人，但在儿子洪古尔的乞求下，西克锡力克的妻子救了江格尔。从此，江格尔与洪古尔两位小英雄携手杀敌，威震四方，令能够洞悉未来九十九年吉凶的阿拉坦策吉归顺。江格尔七岁时，老英雄西克锡力克便把自己的国家和五百万百姓交给江格尔，各位英雄依次排列，从此，江格尔的家乡宝木巴成为幸福的人间天堂。此后，江格尔在阿拉坦策吉和洪古尔等英雄的助力下又使铁臂力士萨布尔归顺。婚事的故事也是《江格尔》的重要内容。史诗讲述了江格尔历尽辛苦向阿盖·莎布塔腊公主求婚，通过射箭、赛马、摔跤三项比赛最终战胜众多求婚者，迎娶了美丽的阿盖公主。此后史诗又讲述了洪古尔通过三项比赛力克群雄迎娶像太阳的光辉一样，全身发出耀眼光芒的格莲金娜的故事。《江格尔》的重点是描述以江格尔为首的英雄们各显神通，以自己超人的勇武，顽强的毅力征服形形色色的掠夺者，保卫家乡和人民的事迹。例如，《江格尔和暴君芒乃汗决战之部》《征服残暴的沙尔·古尔古》等故事。

《格斯尔》的版本众多，卫拉特《格斯尔》讲述了格斯尔为降服宇宙之魔，让百姓过上幸福生活，从天国降落到人间，先后降服了七个魔鬼，让百姓安居祥和的故事。同时史诗还描述了格斯尔通过竞赛等方式迎娶两位夫人的经历。之后史诗又详细叙述了格斯尔铲除黑斑魔虎；用计使固穆可汗脱下衮服，使人民脱离苦难；消灭魔鬼，营救夫人；征服沙莱高勒三可汗；镇服十五头安都勒玛魔王；降服三十五头黑魔王等事迹。史诗的最后讲述了格斯尔可汗家庭内部的矛盾斗争。

总之，蒙古族史诗《江格尔》和《格斯尔》讲述的就是以英雄江格尔和格斯尔为中心的群雄征战的故事，他们在为保卫自己的家乡与百姓的战斗中，展示出了超人胆略与武艺，在战斗中表现出了勇敢无畏的精神，可以说，这是典型的英雄史诗。

（二）具有创世史诗特点的英雄史诗——《摩诃婆罗多》

印度史诗，特别是《摩诃婆罗多》有学者认为应属于英雄史诗①，但如果我们将其与典型的英雄史诗——蒙古族史诗相比较的话，似乎应该将其归入创世史诗（神话史诗）行列，黑格尔认为，"这种史诗的内容特别适宜于东方的一些自然宗教，首先是印度史诗最擅长对世界起源以及在世界中起作用的各种力量，想象出和描绘出往往是离奇怪诞的神话"②。而《摩诃婆罗多》就其核心故事来说，又与英雄史诗相类似，所以，它既不能称为创世史诗，也不能算作典型的英雄史诗，而是介于两者之间，它是带有极其浓厚的创世神话色彩的英雄史诗。

《摩诃婆罗多》的核心故事是般度族和俱卢族为争夺统治权而进行的斗争，具体而言，即为以英雄坚战为首的般度族五兄弟与以难敌为首的俱卢族百子的矛盾斗争，这基本上是英雄史诗的框架，但是，这部分内容只占了史诗的五分之一。史诗的开头《初篇》近一半的篇幅为神话，史诗神话讲到了世界的创造与毁灭，创造之神梵天从毗湿奴神肚脐上长出的莲花中诞生，然后梵天又按照自己的心意创造出摩利支等六个儿子，这六个儿子又繁衍出包括天神、仙人、凡人、恶魔、动物和植物在内的

---

① 段宝林：《中国史诗博览·神话与史诗》，民族出版社 2010 年版，第 73 页。
② ［德］黑格尔：《美学》第三卷（下），朱光潜译，商务印书馆 1991 年版，第 106 页。

世界万物。史诗神话还讲述了同在天国生活的天神和阿修罗为争夺甘露而进行的战争，阿修罗战败，逃往地下和海中，天神们分享了甘露。史诗又叙述了天神们的外形、特点以及日常生活情形，同时也描述了阿修罗在地下或海里的生活，史诗中还有关于洪水的神话，等等。总之，这些史诗神话与印度《吠陀》中的神话紧密相连，基本保留了吠陀诸神，如因陀罗（天王）、阿耆尼（火神）、苏摩（酒神）、苏尔耶（太阳神）、双马童（医神）等。我们说《摩诃婆罗多》具有创世史诗特点，不仅是因为史诗中大量神话的出现，重要的是，神话中的神贯穿史诗的始终，例如，史诗神话中描写阿修罗常常侵扰人间社会，使众生陷入苦难，大神便化身下凡，消灭阿修罗，拯救众生。史诗中的黑天便是毗湿奴神的化身，他在般度族和俱卢族的战争中起到了至关重要的作用。此外，毗湿奴神为消灭恶魔还化身为罗摩、野猪等。如果我们将其与《荷马史诗》比较的话，作为英雄史诗的《伊利亚特》和《奥德赛》，其中神的参与度似乎也很高，但就整部史诗的神话的篇幅和神话内容的完整性来说，要远远低于印度史诗。总之，整部史诗所述内容与神话传说有着千丝万缕的联系，充满着想象与神奇色彩，正是从这个意义上说，印度史诗《摩诃婆罗多》与蒙古族史诗具有太大的相异性，蒙古族史诗中除了间或出现的帮助江格尔的神仙姐姐，基本看不到其他的神的影子，更别提情节完整，想象丰富的神话了。

　　《罗摩衍那》较之《摩诃婆罗多》神话少了许多，只讲述了大梵天要求诸神造出猴子，准备助毗湿奴大神灭妖，于是因陀罗大神生了波林，太阳神生了须羯哩婆，风神生了哈奴曼等。但是主人公罗摩等四兄弟依然是大神毗湿奴的化身，而且史诗中也穿插了一些神话。当然，这部史诗总体而言还是以罗摩的人生轨迹为中心，描写了罗摩遵守诺言，甘愿流放；为夺回妻子，不得不联合猴王与楞伽城十首妖王罗波那开战，并最终取得胜利，以及回国理政的故事。我们认为，《罗摩衍那》总体而言应为英雄史诗，但与蒙古族英雄史诗还有诸多不同，《罗摩衍那》的神话传说较之蒙古族史诗要多一些，神奇色彩也更浓，虚构和抒情的成分较之蒙古族史诗也偏多，而且史诗的主要人物往往是半人半神的英雄。但总体而言应该界定为英雄史诗。总之，很难对一部史诗进行明确归类，这也是我们通过比较得到的启示。

此外，还有学者从地域文化的角度将史诗分为草原史诗、森林史诗、海洋史诗与河流史诗。我们认为蒙古族史诗作为生活在草原上的民族英雄的赞歌，毫无疑问属于草原史诗，这类史诗的特点突出了萨满教对蒙古民族的影响，马对于英雄的重要意义，特别是凸显了马背民族的粗犷与壮美；印度史诗作为森林史诗的代表其风格则极具悲悯抒情性，人的自我克制等特点。

二　活态史诗与定型史诗

古代史诗的产生往往是个动态的过程，从最初的萌芽，即在民间广泛流传的短歌、较短的叙事诗等开始，到后来演唱艺人代代口耳相传，再到由专门人才来整理、编辑、创作，此后可能还会不断地在演唱中发生变化，总之，在文字出现之前，变数较大，文字出现后则相对比较稳定，但即便如此，流传的过程中也会发生一定的变化。众所周知，古代史诗作为"伶工文学"的代表，最突出的特征便是动态的抑或活态的、口耳相传的集体创作、集体流传。无论是蒙古族史诗还是印度史诗都体现了这种活态特征，但两者也存在一定的差异，一般而言，蒙古族史诗应该是典型的活态史诗，而印度史诗则应为定型史诗。

（一）活态史诗——蒙古族史诗

蒙古族史诗是典型的活态史诗。仁钦道尔吉先生在其《〈江格尔〉论》一书中，开篇便以"活态史诗《江格尔》"为题阐释了蒙古族史诗《江格尔》的活态特征。仁钦道尔吉先生认为："《江格尔》和其他蒙古英雄史诗起初在民间以口头形式传承，并通过民间艺人的记忆和演唱，从古至今活在民间。"[1]　就江格尔的故事而言，首先是在民间口头流传：学者们一般认为《江格尔》起源于新疆，具体时间尚无定论，较多学者倾向于奴隶制兴起时期。在新疆卫拉特和察哈尔的蒙古部之中流传着江格尔的故事，同时在伊吉勒河（即伏尔加河）的卡尔梅克人（蒙古族的土尔扈特部）中也在流传。传说在土尔扈特人西迁到伊吉勒河之前，有

---

[1]　仁钦道尔吉：《〈江格尔〉论》，内蒙古大学出版社 1990 年版，第 3 页。

一位牧羊老人，能背诵当地流传的所有《江格尔》篇章。他每学会一章，便在自己的怀里放进一块石头，最后，他共揣上了七十块不同颜色的石头，《江格尔》七十章之说就是根据这个传说判断的。这些演唱者记忆力特别强，据说他们有的能记住 20 多部、40 多部、70 多部，甚至上百部，而且在每次演唱过程中都会用不同的曲调，或者根据听众情绪的需求，增加一些符合他们要求的情节和人物，以赢得听众的喜爱和尊敬。这就是说，作为活态史诗，一个突出的特征就是在演唱中情节会不断发生着变化，不同的演唱者其情感、才华、知识底蕴都可能会影响到其表演，所以我们说活态史诗是不断发展变化的。

其次，《江格尔》在民间流传的同时，手抄本也在一些地区出现。据考察，最早记录的《江格尔》大约在 19 世纪初，有些识字的《江格尔》演唱者，即江格尔奇在演唱过程中便以手抄本为基础，背熟之后加以演唱。据仁钦道尔吉先生记载，新疆有过三种不同来源的《江格尔》手抄本：前人留下来的传统手抄本；民间口头的《江格尔》的记录本；苏联出版的 12 部《江格尔》。这些手抄本《江格尔》是活态史诗的记录，江格尔奇们将其烂熟于心，在民众之中加以演唱，这就使手抄本的史诗又重新回到了民众之中。当然，手抄本也不是一成不变的，往往因抄写者的加工，手抄本也有不同的变化。可以说，民间流传的活态史诗《江格尔》是处在不断发展和变化的过程中的。或由于时间、演唱地点、演唱者的不同，史诗便会发生不同的变化，当然在变化中也有相对比较稳定的因素，如江格尔、洪古尔、阿拉坦策吉等英雄的名字、英雄们家乡的名字——宝木巴汗国，以及宝木巴汗国的英雄们与其他汗国之间的军事斗争等，往往不会发生变化。

再次，作为活态史诗，其演唱过程也构成了史诗的一部分。《江格尔》的演唱已有数百年的历史，在传唱时既有演唱也有叙述，一方面是由《江格尔》的题材决定的，既有韵文体，也有散文体；另一方面也与演唱者的能力才华有关。有能力的江格尔奇能演唱相当长的史诗，据说他们能将一首独立的、完整的歌曲表演几昼夜，可见规模之大。许多地区的蒙古族史诗的演唱有许多规矩和禁忌，例如，演唱的主要季节和时刻是在冬季的长夜里，白天不能演唱；演唱过程中一般不能随便停顿；

有些王府里，每到年节时作为一种文化娱乐活动，便把江格尔奇请到王府演唱英雄史诗，当然也有驱灾避难的含义在其中。另外，不同的地区还有不同的演唱习俗，比如，演唱前要点香、点佛灯、向江格尔磕头祈祷等。总之，英雄史诗的演唱过程就是史诗完整的存在，而不同地区、不同时间的规矩与禁忌也说明作为蒙古族史诗其存在方式也是动态的、活的和变化的。

最后，活态史诗的存在与听众是分不开的。蒙古族史诗的活态特征与蒙古民众密切相连，没有听众，演唱是不可能进行的。因为蒙古族史诗表现的内容是蒙古英雄为保卫家乡与入侵者进行的战斗，歌颂的是蒙古英雄勇猛顽强的斗争精神，所以深受蒙古民众的喜爱。以史诗《江格尔》为例，在蒙古族人居住的地方，尤其是卫拉特人聚居区，不分贵贱，不分男女老幼，人人爱听英雄史诗《江格尔》的演唱。而且演唱活动就像是民众的重大娱乐活动，人们会争相前来，济济一堂。有的演唱可能会持续很长时间，甚至第二天还要继续演唱，更有甚者，有些故事需要讲几个星期，但听众照样以极大的热情来倾听。蒙古民众不仅是史诗的热情听众，而且还是史诗的传播者。这些受众往往带着不同的目的去聆听史诗的演唱，或因喜爱而享受着史诗的感动，或希望将伟大的史诗传给自己周围的人、下一代，如此，蒙古族史诗在蒙古民间的传播范围便大大地拓展了。进一步来看，蒙古听众在一定意义上还影响着史诗的发展和变异，对史诗的创作起到一定的作用。例如，在新疆流传的《江格尔》的许多长诗有多种不同的版本，其中除了江格尔奇演唱的，更多的是普通听众讲述的。这些讲述者，在讲述过程中，直接与听众接触，听众随时会根据自己的理解与喜好向讲述者提出建议，使讲述者在保留故事情节主干的情况下，不断进行程式的增删。总之，蒙古听众对史诗的喜爱是活态的蒙古族史诗存在的基础。

（二）定型史诗——印度史诗

印度史诗与蒙古族史诗一样，最初也是从口传开始的。众所周知，印度文字起源很早，但印度人却喜欢借助口耳相传，这大概与婆罗门教垄断知识的现实有一定关系，当然，客观上也有原因，印度气候炎热潮湿，其主要的书写材料树皮、贝叶之类难以长期保存。印度史诗得以定型，应该是于 4 世纪形成了完整的稿本，再之后因为既无普通听众又无民间演唱者，印度史诗便在民间失传了，所以基本上应该属于定型史诗。

《罗摩衍那》经历了由口传到定型的演变过程。就《罗摩衍那》的作者而言，一般来看，在《罗摩衍那》流传演变的过程中，蚁垤（如果确有其人的话）大概应该是像古希腊的荷马那样的一个行吟诗人，他可能对于以前口耳相传的《罗摩衍那》做了比较突出的加工、整理工作，使得《罗摩衍那》在内容和风格上都得到了较大的统一性，因此他就成了"作者"。因为就像荷马的存在与否也有争议一样，季羡林先生认为，"一直到今天，我们还没有可靠的材料或根据来证明蚁垤确实存在，他确实是《罗摩衍那》的作者。反过来，我们也还没有可靠的材料或根据来证明蚁垤并不存在，他不是《罗摩衍那》的作者"①。在蚁垤以后，《罗摩衍那》仍然有一个长期流传演变的过程，不过，蚁垤的传本确实是《罗摩衍那》形成的标志。蚁垤的传本，在进入说唱状态后，便会因其弟子的不同或其他什么艺人相应地出现变数，但这属于后来长期流传中的演变，都是说唱史诗即时即型的呈现。

季羡林先生在谈到《罗摩衍那》的形成时认为："《罗摩衍那》精校本校刊者之一印度学者威迪耶把印度两部大诗和《古事记》都称作'伶工文学'。这当然并不是他的发明创造，在他以前就有人这样做过了。所谓'伶工文学'其特点就是，这些作品都包含着许多短歌、短的叙事诗和叫作赞颂诗的赞歌，都由到处游荡的伶工歌唱，代代口耳相传。到了后来，这些东西就发展成为史诗、《古事记》和最早的诗。"印度史诗在传承的过程中，也会像希腊史诗、蒙古族史诗一样根据歌唱者个人的才情或添加或删减，其活态特征显而易见。正如季羡林先生说："《罗摩衍那》在流传过程中，歌唱的伶工随时随地都会插入一些新的诗歌，也可能删掉一些。时间不同，地域不同，长短上就随之而异。等到写了出来，就形成了不同的传本。最早的印刷本出现以后，可能对《罗摩衍那》的内容、语言等起了固定的作用。现在出的所谓精校本，固定的作用可能就更大一些，伶工文学的特点也因之而

① 《季羡林全集》第 17 卷，学术论著九，外语教学与研究出版社 2010 年版，第 136 页。

逐渐消逝了。"① 就是说，《罗摩衍那》最终从带有集体智慧的口传史诗因印刷本的出现走向了定型。

《摩诃婆罗多》与《罗摩衍那》一样，也是由口传转向定型史诗。就史诗的作者而言，《摩诃婆罗多》的作者传说是毗耶娑，他有五个弟子，每人都有自己的本子。但是传下来的只有一个本子，这就是毗商波耶那本，据说是由罗牟诃沙那苏陀和他的弟子们口耳相传流传下来的。依据《摩诃婆罗多》现存文本，讲述的整个故事是由歌人厉声讲述给飘忽林中的仙人们听的，而厉声所讲的故事又是在镇群王蛇祭大会上从护民子那里听来的。同时，厉声讲述的故事中也包含着他从自己的父亲毛喜那里听来的内容，这显然是口耳相传的过程。其实我们应该认识到，古代的史诗是民众集体创作、广泛流传于民间的口头艺术，它的生命存在于集体意识中。它的形成，作为活态的口头艺术，原本是无形的，却也得到集体的感知和认同，只是以"毗耶娑""蚁垤""荷马"等称号来做标识罢了。

就史诗的内容而言，据学者考证，《摩诃婆罗多》的原始形式可能是一部名叫《胜利之歌》的，一些手抄本的开卷第一首献诗中写道："首先向人中至高的/那罗延和那罗致敬！/向婆罗私婆女神致敬！/然后开始吟诵《胜利之歌》。"② 这里的《胜利之歌》就是后来称为《摩诃婆罗多》的史诗，而且学者们认为，这部名叫《胜利之歌》的诗就是《摩诃婆罗多》的核心部分。《摩诃婆罗多》里曾经写道：这部《胜利之歌》是一部历史，"它是以'胜利'为名的历史传说"。它的第二阶段是名叫《那罗多》的阶段，其中只写了战争，还没有把一些插话包括进去，那时它只有二万四千颂，这也就是由护民仙人叙说给镇群王听的部分。诗中说："没有插话的二万四千颂叫'婆罗多'，包括了插话的传本叫'摩诃婆罗多'。"③ 黄宝生认为："现存《摩诃婆罗多》是护民子传诵的本子。毗耶

① 季羡林：《季羡林全集》，第17卷，学术论著九，外语教学与研究出版社2010年版，第133—134页。

② ［印］毗耶娑：《摩诃婆罗多》卷一前言，金克木等译，中国社会科学出版社2005年版，第10—11页。

③ 季羡林、刘安武：《印度两大史诗评论汇编》，中国社会科学出版社1984年版，第11页。

婆的这五个徒弟实际上是各种宫廷歌手苏多和民间吟游诗人的象征。据此我们可以想象《摩诃婆罗多》的早期传播方式及其内容和文字的流动性。"①

一般来讲，定型史诗的形成似乎应该是印刷本的出现，此时史诗不再作为活态的事物而只是作为标本。许多学者认为史诗中所称的"苏多"应为印度史诗印刷本最早的作者，《摩诃婆罗多》中的"苏多"是婆罗门女子与刹帝利男子的婚生子。而在《罗摩衍那》中，"苏多"是支持刹帝利的婆罗门，其职责主要是担任帝王的御者和歌手。《摩诃婆罗多》在经过长期的口耳相传之后，大约在公元4世纪定型，大约有十万颂，当时已经成为一部宗教经典。19世纪开始出现印刷本，后又为现代研究的需要，编订出了《摩诃婆罗多》精校本。当一个史诗作品被写定型，口耳相传的动态被凝固，活态的物体成为标本，伶工文学的特点也因之逐渐消逝了。

总之，蒙古族史诗与印度史诗虽然在内容与创作过程中有一定的差异，但是，同为英雄史诗其共同点还是主要的，例如，两个民族的史诗都展示了古代英雄的理想和勇武，《摩诃婆罗多》虽具有创世史诗的特点，但英雄的战斗经历是其重要的表现内容；两个民族的史诗都经历了漫长的口耳相传的创作与传诵阶段。我们认为，两个民族的史诗较大的差异在于，虽然印刷本的出现使蒙古族史诗相对固定下来，但蒙古族史诗至今依然在延续着演唱的形式，而印度史诗则较早地进入了定型阶段，没有像蒙古族史诗那样有广大的受众。由此，史诗在语言表现，结构方式等方面便产生了一定的差异。

第二节　史诗的叙事与构篇

黑格尔在论及史诗特点时，曾一再强调指出：史诗以叙事为职责、史诗的任务在于把事迹叙述得完整。作为以叙事为主要表现方式来展开

---

① ［印］毗耶娑：《摩诃婆罗多》卷一前言，金克木等译，中国社会科学出版社2005年版，第11页。

其主题、塑造英雄人物的史诗作品，它是如何展开叙事的，叙事手段有哪些，这些叙事手段又是如何运作的，这一切都成为史诗诗学研究的重要一环。就产生于不同文化背景之下的蒙古族史诗与印度史诗而言，对其叙事风格进行比较研究，不仅能够看出各自史诗叙事风格的独特之处，也能够了解不同民族文学的叙事特点以及文化的差异。

一　蒙古族史诗与印度史诗的叙事结构

一般来讲，史诗的叙事结构往往有两大类型，即以事件为中心的情节构成和以人物为中心的情节构成。如《伊利亚特》《吉尔伽美什》等都是典型的以连续的故事情节为主线贯穿而成的，其中《伊利亚特》围绕着特洛伊战争，《吉尔伽美什》以英雄吉尔伽美什由一个残暴的国王变成为民除害的英雄之后的一系列事迹为中心；而《玛纳斯》等则是以英雄人物的活动为主线，并以一系列故事围绕而组成。就整体叙事结构而言，本书所研究的蒙古族史诗和印度史诗就是这两种类型的典型代表。蒙古族史诗《江格尔》《格斯尔》等由于其形成的地域十分辽阔，明显反映出游牧性质，因此是以人物为中心的情节构成；印度两大史诗的构成则别具特色，《摩诃婆罗多》是以事件为中心的情节构成，《罗摩衍那》的情节构成比较特殊，它既以中心人物的活动为线索，又与蒙古族史诗不同。蒙古族史诗的叙事结构可用"串珠"作比，一个个故事是并列的，而印度两大史诗则具有环中生环的嵌入式叙事结构特点。细致研究两个民族史诗叙事结构的差异，对于我们探讨不同类型史诗的叙事结构或有补益。

（一）蒙古族史诗珠串式的叙事结构

就类型而言，蒙古族史诗分为单篇型史诗（由一个史诗母题系列所构成的史诗）、串联复合型史诗（将原有两种或两种以上单篇史诗的现成母题系列，进行前后衔接创作而成）和并列复合型史诗（各个诗篇情节独立，在总体结构上呈并列关系）三大类型。就地域分布而言，几乎所有蒙古部落，如喀尔喀部、卫拉特部、卡尔梅克部、布里亚特部、巴尔虎部、乌珠穆沁部、科尔沁部、察哈尔部、阿巴嘎部、鄂尔多斯部，乃至达斡尔和蒙古尔（土族）等部几乎全部覆盖。目前中国境内按其分布的地域以及内容和风格的不同，一般分为巴尔虎、布里亚特史诗带，卫拉特史诗带，科尔沁、扎鲁特史诗带。

就一部史诗而言，典型的蒙古英雄史诗《江格尔》《格斯尔》等有独特的情节结构，它不像印度史诗那样，包罗万象，史诗的中心情节是固定不变的两大军事势力之间的战争。《江格尔》等蒙古族史诗反映的不是固定的两大军事力量之间的一场大战，而是以英雄人物为中心串联起时间和不同的事件，我们可将此种叙事结构视为串珠型结构。这种叙事结构的好处在于可以无穷尽地讲述下去，史诗容量也会变得无穷大。

《江格尔》没有统一的故事情节，它是讲述以江格尔为首的宝木巴的勇士们洪古尔、阿拉坦策吉、萨布尔、萨纳拉、明彦等人物，在不同的章节中分别与威胁、侵犯他们的敌人作战的事迹。在他们所经历的战争中，宝木巴汗国是固定不变的一方，可是每一次战争的对象都不一样，除少数几章外，《江格尔》的各章在情节上基本是不连贯的，各自都像一部有独立情节的长诗，这些长诗之间又似乎没有什么情节发展上的联系，而是作为一个个组成部分平行地共存在一部部英雄史诗之中。可见《江格尔》的情节结构是分散的，是数十部长诗的并列复合体，就像一颗颗明珠由一条线贯穿在一起。

《格斯尔》的情节结构也类似于《江格尔》，没有统一各章的中心情节，各章的统一只在于几个英雄人物身上。以卫拉特《格斯尔》为例，其开篇类似于《罗摩衍那》，人世间出现天下大乱、弱肉强食、众生灵惨遭大劫，天神化身降至人间，使人间安居乐业，吉祥幸福。第一章"为使人间吉祥幸福，觉如尊之从天而降"；第二章"竞技场上争斗激烈，觉如取胜大显神通"；第三章"接受唐地使者请求，镇伏北方黑花魔王"；第四章"劝导契丹固穆可汗，整其朝纲展示才略"；第五章"朝通陷害娇妻受辱，深入虎穴铲除魔王"；第六章"征服沙莱高勒三部，勇士鲜血洒满疆场"；第七章"镇伏魔王安都勒玛，扎撒降临助战取胜"；第八章"日落方向魔王称霸，圣主讨伐震撼四方"；第九章"格斯尔遇难变驴子，阿鲁机智拯救圣主"；第十章"格斯尔只身闯魔窟，搭救赛吉尔胡夫人"；第十一章"铲除兄弟三大魔王，不畏艰险拯救夫人"；第十二章"扎萨训斥朝通诺颜，圣主可汗宽容对待"；第十三章"圣主可汗遇难丧生，阿鲁夫人设法营救"；第十四章"圣主寻母大闹地狱，送母灵魂升上天界"；

第十五章"周游北方寻父灵魂,降服六妖为民除害"①。从《格斯尔》章节的安排可见,这部史诗是以中心人物格斯尔的战斗经历贯穿全篇,而章与章之间的联系并不密切,甚至有些篇章除了主要人物之外没有任何联系,这种结构方式就是典型的"串珠"型结构。

总之,整体而言,蒙古族史诗数量众多,篇幅有长有短,有单篇与复合篇之分,史诗的中心也各有侧重,同时因其产生地域之辽阔而具有不同文化的影响,如巴尔虎、布里亚特史诗中较多保留了狩猎文化、萨满教影响和神话传说的遗存,如《阿拜格斯尔》;卫拉特史诗不同程度地反映了牧业文化及萨满教和佛教的影响,如《江格尔》;科尔沁史诗则渗透了农业文化的影响,等等。通过比较可以看出,蒙古族史诗的谋篇与印度史诗相比略显单一,因为蒙古族史诗的每一部作品无一例外的都是描写英雄或为保卫家乡,或为战胜蟒古斯、魔王,或为娶回美丽的妻子而征战的事迹,可以说,战争与竞技是蒙古族史诗的核心,其他内容都是旁枝末节,且分量也很小。蒙古族史诗在结构上,就像一幅画轴,展开一部分即可独立成篇,单独欣赏,当全部呈现时又可构成一个有机整体,完整欣赏之后,一幅群英荟萃图赫然展开,因此,用"串珠式"来概括是恰如其分的。

(二) 印度史诗嵌入式的叙事结构

印度两大史诗的叙事结构与蒙古族史诗完全不同,采用的是开放型的叙事结构——连串嵌入式叙事结构。这种叙事结构的特点是话中套话,故事中嵌故事。其优点是容量大,可以无限度地扩张,大故事里面套中故事,中故事里面套小故事,小故事里面套小小故事,一环套一环,环中生环,内环可以达到无限小,而外环可以达到无限大,"这种做法可以循环地应用着,成为一连串的'故事环',系在一个主要的线索上"②。

《摩诃婆罗多》和《罗摩衍那》的故事主线大多数并不复杂,在体量上可谓"有容乃大",甚至可以说主干故事相当简单。《摩诃婆罗多》主

---

① 玛·乌尼乌兰编:《卫拉特〈格斯尔〉研究》,民族出版社2004年版,第2页。
② 季羡林:《季羡林文集》第二十四卷,江西教育出版社1995年版,第502页。

要围绕印度先祖婆罗多族的后裔般度族和俱卢族之间为争夺王位继承权进行大战的故事而展开叙述。这一主干故事听起来并不复杂，所占篇幅也不算长，约两万多颂，占全诗的五分之一，贯穿于全书十八篇章。另外的五分之四是各种插话。《摩诃婆罗多》中大大小小的插话故事有两百多个，大约占据全诗的一半篇幅，这些故事如同枝丫和树叶，长在主干故事上，使大史诗变得枝繁叶茂，成就了嵌入式叙事结构。围绕着中心故事，史诗中穿插有大量的神话传说和寓言故事，古代国王和武士的英雄传说，修道仙人的故事，以及大量的关于宗教、哲学、政治和伦理等方面的知识和言论。总之，《摩诃婆罗多》可谓内容杂乱，但我们必须认识到《摩诃婆罗多》中众多的插入部分，与主题并非毫无关系。例如，著名的插话《莎维德丽传》是般度族流亡森林十二年期间，在坚战五兄弟意志消沉之时，修道仙人为安慰和鼓励他们而讲述的。莎维德丽凭借坚定的意志、过人的智慧与对丈夫的忠贞，终使其丈夫死而复生，公公双眼复明，国土得以收复，这个插话能够对般度族的信心与意志起到鼓舞的作用。尽管如此，我们必须看到这部史诗的结构既零散又臃肿，有拖泥带水之感。相比之下，蒙古族史诗的结构更紧凑，也便于人物的塑造与情节的展开。

《罗摩衍那》的内容尽管不像《摩诃婆罗多》那样枝蔓庞杂，但同样是环中生环的嵌入式叙事结构。这部英雄史诗以罗摩与妻子悉多悲欢离合的故事为主线，讲述了罗摩的出生、成长、婚姻、流放、战斗、登基，直至最后升天的经历。全诗共分七部分，分别是《童年篇》《阿逾陀篇》《森林篇》《猴国篇》《美妙篇》《战斗篇》《后篇》等，故事情节基本上是按照时间顺序展开的。对于《罗摩衍那》的叙事特点，不少学者认为故事不仅仅只有一个叙事层次，而是由许许多多大大小小的叙事层次构筑而成，叙事层次最多可达十几层。如《童年篇》，最外环的故事是讲述罗摩的童年经历，但内容却非常庞杂，插入的故事很多，简直有点线索不清楚。第一章到第四章讲述罗摩故事的来历，其中插入了蚁垤无意中创造输洛迦体的由来，到第五章才开始讲罗摩的故事。切入正题之后，也不是单刀直入，而是奇峰突起，峰峦叠加，先插入十车王和八大臣的故事、鹿角仙人的故事。第十五章讲述毗湿奴神下凡托生，化为罗摩四兄弟，这之中又插入猴类降生的故事。接下来讲述罗摩和罗什曼那随众友来到净修林，又插入了陀吒林的故事、恒河诞生的故事、优摩的故事、战神的故事、罗摩祖先萨竭罗的故事、搅海的故事。最后众友带罗摩到了国王遮那竭的朝廷上，这里又插入了悉多的诞生和神弓的故事……几乎每提及一个人和一件事，就会重新插入新的故事，如此层层镶嵌，循环阐释，不厌其烦地在故事里罗列故事，一环又一环，让人目不暇接。第七篇《后篇》与第一篇一样，也是内容庞杂，头绪混乱。既讲罗刹的起源、罗波那的故事，也讲哈奴曼的故事，还讲到了罗摩与悉多第二次离合的故事，总之是线索繁杂，头绪较多。季羡林先生认为，第一篇与第七篇应该是后加的，因为从内容的叙述和艺术风格上，第七篇、第一篇与第二篇至第六篇有矛盾，不统一。

（三）叙事结构的异同及其原因

从史诗叙事结构的对比来看，蒙古族史诗虽然数量众多，但每部史诗结构相对完整紧凑，而印度两大史诗则松散庞杂；蒙古族史诗是串珠式结构，印度史诗则是嵌入式环中生环的叙事结构。两种不同的叙事结构有一个共同的特点，那就是都可以使史诗无限扩大，但蒙古族史诗是纵向拉长，使史诗可以永远讲下去；印度史诗则是横向加宽，可以不断增加新的插话，使史诗不断膨胀。其实这种叙事方式既反映了史诗最初口头叙事的特点，也透视出两个民族史诗的作用。

不同的构篇既与史诗的形成有关，也与史诗的目的作用以及两个民族文化特点相联系。蒙古族史诗文本的形成往往是依据演唱者的表演记录下来的，口头演唱必然会带来相对集中的情节结构，而且相对独立完整的短诗既便于演唱者记忆，使其能够一次演唱完成，也便于听众在相对集中的时间内聆听完整的故事；而印度史诗虽然最初也是在民间流传，但最终的编纂者是在传本到了一定发展阶段时，对其进行整理编纂，使全书从文体到内容达到了某种程度的统一。且由于印度民族往往将神话视为历史传说，例如，他们将《往世书》视为记载古代历史传说的书籍，其实它不过是神话罢了，由此对其不断进行增删、加工。印度民族的这种传统也使大史诗《摩诃婆罗多》被称为"历史传说"，与《往世书》一样，也在不断进行修改加工完善，使其篇幅越来越长，不断扩大，这种传统势必带来印度史诗内容的庞杂，结构的松散。而且我们不得不承认，这应该是印度叙事诗人和听众最喜欢的叙事形式，或许这也是印度长篇叙事文学的使命，在不断的叙事性解释中敞开民族心灵最深处的集体记忆。而蒙古民族与印度人不同，史诗就是讲述古代英雄的业绩，虽然反映了一定时期的历史现实，但绝不会将其视为历史，因此，它也不可能像印度史诗那样担负起引导人心灵的作用。由此可见，不同民族史诗的构成，一定会表现出其民族的文化色彩。

二　史诗的叙事主题——以蒙古卫拉特英雄史诗和《罗摩衍那》为例

这里的主题是 A. B. 洛德使用的口头程式理论术语，是指史诗的各结构部分。洛德在《故事的歌手》中指出："在以传统的、歌的程式化文体来讲述故事时，有一些经常使用的意义群，对此，我们可以按照帕里的定义，把它们称为诗的主题。"在洛德看来主题是构筑故事的单元，因此对于故事的歌者来说是很重要的，因为，每一个歌者在讲述之前脑海中必定有一个整体的故事，而这个整体则是由一个个主题构成的，当然每一个主题既是相对独立的，又是为整个故事而存在的。主题对于每一个歌者来说不是一成不变的，而是变化多端的，正如洛德所说，"主题并非静止的实体，而是一种活的、变化的、有适应性的艺术创造"①。如何划分主题呢？洛德认为，主题有大有小，一部史诗按主题可分成若干个小主题，而与这些主题相伴的，是一定的观念（意义）。主题的命名也是对史诗叙事主题研究的一个组成部分，洛德认为，主题的命名要切中史诗中一段意义段落的主题内容，要用简洁且具有概括性意义的词语，尽量不涉及某部史诗的具体情节。总之，给口头史诗文本进行主题划分、主题命名并进行研究，为的是探索口头史诗程式化的创编规律和不同主题的文化意义。

一般来讲，叙事主题的比较往往在同一史诗体系内进行，而本书将两个民族的叙述主题加以比较，目的是探寻古代英雄史诗的某些共同规

---

① ［美］阿尔布特·贝茨·洛德：《故事的歌手》，尹虎彬译，中华书局 2004 年版，第 96、136 页。

律。对蒙古卫拉特英雄史诗主题的研究有 A. S. 科契科夫、海希西教授等，他们对蒙古族史诗的主题结构进行了相当细致的研究，并作了具体的划分。但目前印度史诗的主题研究则鲜有所见，所以本书试图将《罗摩衍那》与蒙古卫拉特英雄史诗的主题进行比较研究，目的是从相同或不同的主题中发现其文化意义。

就蒙古族史诗与《罗摩衍那》而言，虽然一个为活态史诗，一个是定型史诗，但《罗摩衍那》中明显透视着活态史诗的痕迹，因此，我们才惊奇地发现，蒙古族史诗的基本主题结构与《罗摩衍那》极其相似，当然，印度史诗的主题要比蒙古族史诗繁复得多，但其基本主题结构的类同足以说明不同民族与文化背景下的英雄史诗反映了原始思维制约下的人类的共同心理与思维特征，以及作为口传史诗或以口传为基础的史诗的共同叙事特征，这是当时民众对历史与社会现实的幻想和真实记忆的反映。

（一）蒙古卫拉特英雄史诗的叙事主题

我们知道，A. S. 科契科夫根据卫拉特英雄史诗的材料，对蒙古卫拉特英雄史诗的主题结构进行了划分，他认为，这个史诗群的主题有 12 个构成要素；海希西教授认为 A. S. 科契科夫的分类有很大的漏洞，他为我们制定了更为具体的母题结构，分为 14 类。当然在这 14 类之下又分为几个层级的若干小母题。严格来讲，海希西教授的 14 个大类更接近于洛德的主题概念。本书的研究仅限于主题层次的探索，依照 A. S. 科契科夫、海希西教授的研究，斯钦巴图先生认为蒙古卫拉特英雄史诗的主题主要有 12 个方面。如表 8—1 所示。

表 8—1　　　　　　　蒙古卫拉特英雄史诗主题结构

A. S. 科契科夫（12 类）	海希西（14 类）	斯钦巴图（12 类）
无子女的、年事已高的可汗和王后（老头和老妇人）	时间	英雄（出身、家乡、形象等）
无子女的老人祈求得子	英雄的出身	收养弃婴
神奇的怀孕及孩子的降生	英雄的家乡	集会
给神奇降生的孩子取名	英雄（外貌、性格及财产）	敌人

续表

A. S. 科契科夫（12 类）	海希西（14 类）	斯钦巴图（12 类）
未来英雄的神奇成长及不平凡的孩提时代	英雄的马同他的特殊关系	战斗
挑选小英雄的坐骑	启程远征	增援
关于未婚妻的消息	助手及朋友	决裂
青年英雄奔赴未婚妻的英勇旅程	受到威胁	书信
英雄为了获得未婚妻而斗争时的命运	仇敌	邂逅
率领参加婚礼的人返回家乡，旅途中英雄的离奇经历	遇敌、战斗	结义
解放英雄的父亲，驱逐敌人	英雄的计策、魔力	婚姻
和平，英雄的幸福生活及其统治	求婚	回归
	婚礼	
	返回家乡	

总之，对蒙古族史诗主题结构的研究充分证明了蒙古族史诗的口传特点，以及通过讲唱得以传播的实际。

以英雄史诗《格斯尔》为例，这部史诗为并列复合型史诗，其主题结构包括英雄主题、婚姻主题、求援主题、战斗主题、回归主题。

第一，英雄主题：讲述时间、英雄的出身（一般都与神有关系）、英雄的外貌、家乡等。

史诗从很早很早，释迦牟尼佛祖涅槃之前讲起（这里的时间问题也是所有史诗首先要提到的，可算作一个小的母题），帝释天的儿子威勒布图格奇受命降临人间，降魔治乱，其转世的格斯尔可汗神奇地诞生了。格斯尔用自己的智慧战胜前来置他于死地的魔鬼变的喇嘛，又用计得到众多财富，格斯尔的叔叔将经常飞沙走石、刮狂风下暴雨的穷乡僻壤给了他们，但格斯尔却使这里变成了富饶吉祥的人间乐园。第三章开头这样描写道："为根除十恶祸根，/为弘扬十善福分，/帝释天之子，/十方圣主格斯尔可汗，/诞生在赡部洲人间。/他具有惊人的力量，/他具有超人的智慧。/他战胜了朝通诺言，/使吐伯特地方平安吉祥。/他的家乡无压迫无敌人，／六道众生无病又无灾，／他建造了一百座金庙宇，／政教像日月般光芒无际。／他的勇士忠勇和睦，／他的家乡美丽富饶，／他的牧场广阔无边，／他的五畜漫山遍野。"① 这里将格斯尔的身世、个人能力、家乡、财产、身边的勇士等一应俱全地讲述出来。

第二，婚姻主题：竞技——摔跤、赛马、射箭等。

格斯尔在竞技场上大显神威，先是将图门河滩上能燃起篝火的芨芨草全部射倒，而后又将金凤凰羽毛中最美丽的那根取回来，插在公主的头上，接着又在赛马和摔跤的较量中大获全胜，最后如愿以偿。之后又用计将龙王的女儿娶进门。

第三，求援主题：这里的求援接近于海希西教授的"受到威胁"这一主题，当某地受到外敌的威胁，或遇到难以解决的困难时，前去求援。如第三章描写唐地受到凶恶的斑斓猛虎的侵扰，众生无法生存，唐地的长者决定向格斯尔求援；第四章契丹国固穆可汗因王妃过世痛苦不已，不仅自己抱着妃子的尸体痛哭，不许入殓，还令每个民众痛哭悼念，全国沉浸在压抑痛苦的氛围中。大臣们商议只有十方圣主格斯尔可汗能够消除这个痛苦，于是，他们选一能人强手为使者，请格斯尔可汗；第七章，唐地区五省被长着十五颗头颅的安都勒玛魔王掠夺，剩下一个瞎子和瘸子向格斯尔报信。求援的主题，在其他蒙古族史诗中也是常见的。

第四，战斗主题：接受请求，调兵下令，出征（武器、坐骑），远方眺望，交战，敌人凶猛，试探，取胜凯旋，设宴庆贺。

战斗主题是英雄史诗永恒不变的主题结构，《格斯尔》中有大大小小数十次战斗，因此，战斗主题反复出现。如在"镇伏北方黑花魔虎"部分展示了这样的过程：接受请求——唐地使者请求圣主格斯尔除掉像山一样庞大的黑花魔虎，格斯尔接受请求，表示要亲自去镇伏黑花魔虎；调兵下令——格斯尔调遣三十三位勇士和三百名先锋披挂出征；出征——准备武器、坐骑；远方眺望——格斯尔汗站在黄土坡上，用他那雄鹰般锐利的眼睛向远方眺望；交战——黑花魔虎异常凶猛，格斯尔汗试探，跳进黑

---

① 内蒙古社科院文学研究所编：《卫拉特〈格斯尔传〉》，赤峰印刷厂1986年版，第104页。

花魔虎的嘴里，三十三位勇士内心挣扎，决心拼死一搏；取胜凯旋——长途跋涉；设宴庆贺——十方圣主格斯尔汗身旁，勇士们团团围坐七十圈，举行美酒全羊宴会，歌声笑声不断。"镇伏魔王安都勒玛"中与"镇伏北方黑花魔虎"大致相同：接受请求，调兵下令，出征，交战，敌人凶猛，求救，取胜凯旋，设宴庆贺。在"深入虎穴铲除魔王"和"征服沙莱高勒三部"中又出现了利用夫人与魔王的关系，探到战胜魔王的奥秘，最终取胜的环节。

第五，回归主题：变形伪装，营救除敌。

《格斯尔》第五章由于朝通的陷害，格斯尔的妻子——美丽的契丹国公主离开了宿营地，因其貌美被十二头魔王娶为妻子。格斯尔为救妻子，多次变成瘦弱的秃头小子，把赤兔马也变为一匹癞疮马，伪装后接近敌人，然后利用妻子探得魔王的灵魂所在，最后除掉敌人，救回妻子。在这类主题中，变形伪装，营救除敌是关键环节。

总之，《格斯尔》具有蒙古族史诗的众多主题，其中最突出的是以上几个，这些主题的构成充分凸显了《格斯尔》作为口头史诗的重要特点，也明显透视着马背民族的文化特色。

（二）《罗摩衍那》叙事主题兼与蒙古族史诗的比较

作为英雄史诗《罗摩衍那》的主题结构其主导方面与蒙古族史诗是一致的，例如：英雄主题、婚姻主题、战斗主题、回归主题等；但与蒙古族史诗比较，《罗摩衍那》还有独特的主题结构，如，祭祀主题、流放主题、苦行主题、插话主题等。而这些独有的主题往往又是穿插在英雄主题、战斗主题、婚姻主题之中，构成了一个主题结构套着另一个主题结构，一环扣着一环的主题结构，这也构成了与蒙古族史诗主题结构的差异。

第一，英雄主题：《罗摩衍那·童年篇》讲述了英雄的神奇诞生、英雄罗摩的神勇、兵器、武艺，祭祀、插话等。

我们将卫拉特英雄史诗与《罗摩衍那》的英雄主题结构相比较后发现，《罗摩衍那·童年篇》与 A. S. 科契科夫根据卫拉特英雄史诗的材料，对蒙古卫拉特英雄史诗的主题结构进行的划分有着极大的相似度，当然，印度史诗显然比蒙古族史诗的叙事更复杂和丰富：蒙古卫拉特史诗，首先出现的是无子女的年事已高的可汗和王后（老头和老妇人），《罗摩衍那》中十车王也是无子；蒙古族史诗无子女的老人祈求得子，《罗摩衍那》马祭求子；蒙古族史诗神奇的怀孕及孩子的降生，《罗摩衍那》中十车王的三个皇后也是神奇怀孕，分别生下了高贵的四个王子；蒙古族史诗给神奇降生的孩子取名，《罗摩衍那》也是国王举行命名典礼；蒙古族史诗讲述未来英雄的神奇成长及不平凡的孩提时代，《罗摩衍那》也是讲述年少的罗摩杀死罗刹女陀吒迦，第二次出战大获全胜；蒙古族史诗讲述挑选小英雄的坐骑，《罗摩衍那》中讲述光辉的毗奢蜜多罗把一切兵器交给罗摩。

第二，婚姻主题：蒙古族史诗讲述关于未婚妻的消息，《罗摩衍那》讲述了罗摩的未婚妻悉多的诞生与成长；蒙古族史诗讲述青年英雄迎娶未婚妻的英勇旅程，《罗摩衍那》讲述罗摩与弟弟去遮罗国（悉多的家乡）的过程；蒙古族史诗讲述关于英雄为了获得未婚妻而斗争时的命运，通过竞技比赛，如赛马、摔跤、射箭等，迎娶新娘，《罗摩衍那》讲述罗摩拉断神弓，与悉多成婚；蒙古族史诗讲述，率领参加婚礼的人返回家乡，旅途中英雄的离奇经历，《罗摩衍那》叙述十车王接到遮那竭国王的邀请带上金钱和珍宝来到毗提诃国，举行婚礼（王族的联姻），返程的神奇经历（持斧罗摩出现）。

通过以上两个主题结构的对比，基本可以确定，《罗摩衍那·童年篇》与蒙古卫拉特史诗大体一致，明显反映出远古东方史诗共同的发展规律与初民相似的心理特征，如英雄史诗必讲英雄的神奇诞生，神奇的成长经历，神奇的武器或坐骑，神勇的战斗经历，未婚妻的不凡，通过竞技娶妻，等等。当然，在大体相同之中，也有一定的差异，因为印度史诗叙事繁复，所以《罗摩衍那·童年篇》在讲述英雄主题的同时还出现了祭祀的主题与插话主题，如《罗摩衍那·童年篇》出现了为求子的马祭、牟尼的祭祀、水祭等；插话主题更是众多，罗摩杀死了摩哩遮和婆苏呼之后，众友讲自己的世系，带罗摩兄弟赴弥提罗，在这里穿插了印度有名的神话故事，比如恒河起源、优摩的故事、战神的诞生、罗摩祖先萨竭罗的故事等。而且印度史诗在叙述到重要人物或重要武器时，都要追根溯源，插入有关人物、武器的历史或一段往事，如十车王来到毗提诃国的国王遮那竭面前，最擅长辞令的人对遮那竭讲述了罗摩家族的历史，遮那竭听完，又将自己的家世讲给对方听；再如，遮那竭国王召请了毗奢蜜多罗与罗摩，毗奢蜜多罗提出十车王的两个儿子要看看"神弓"，于是，插入了"神弓"的来历。由此可见，印度史诗的叙事不仅纵向推进，而且横向铺开，也就是说，印度史诗的叙事特点是极尽铺陈来描述每一个事件和人物，场面气魄宏大，这种叙事方式既可以让史诗的篇幅无限加长，又使史诗内容丰富起来。比较而言，蒙古卫拉特英雄史诗的主题结构简单得多，绝无此类庞杂繁复的事件出现。

第三，战斗主题：两个民族史诗的战斗主题表现出较大的差异。

蒙古卫拉特英雄史诗有非常明确的战斗主题，其结构表现为：受害者求援，然后英雄启程远征，助手及朋友，勇士受到威胁，仇敌，与敌人相遇、投入战斗，英雄的计策、魔力。总之，蒙古卫拉特英雄史诗的战斗主题线索清晰集中，基本上表现为单线推进。《罗摩衍那》则不然，它没有蒙古族史诗那样清晰明确的战斗主题，如果说它存在战斗主题，大致可表现为：求援、挑战、大战前预兆、观战者、出击、敌人（敌人队伍之庞大、凶残）、神奇武器、取胜。其间有大量的对话、景物描写、插话等。

《罗摩衍那》虽为英雄史诗，但真正表现英雄战斗的篇幅并不多，洋洋洒洒五百章，二万四千颂的史诗，表现战斗过程的只有《罗摩衍那·童年篇》中年少的罗摩在森林中捉妖；《罗摩衍那·森林篇》中罗摩在净修林中与妖孽的一场战斗；《罗摩衍那·猴国篇》中罗摩帮助须羯哩婆战胜哥哥林波；《罗摩衍那·战斗篇》中为救悉多罗摩、哈奴曼等大战十首王。这几次战斗都是应求援者的请求，敌人主动挑起战争。《罗摩衍那·童年篇》年少的罗摩在森林中捉妖是应众友仙人之请；《罗摩衍那·森林篇》中的战斗也是修道仙人和苦行者们请求保护；《罗摩衍那·猴国篇》中的战斗是应须羯哩婆的请求。且每次战斗都是罗刹挑战，罗摩被迫应战，罗摩表明自己的正义，指出对方的邪恶，决心杀死罗刹；对方不甘示弱，杀气腾腾；罗摩取胜。《罗摩衍那·森林篇》中罗刹女首哩薄那迦爱上罗摩，遭到拒绝后，报复罗摩，找来哥哥要杀死罗摩，喝他们三人的血，罗摩与之大战，最终杀死众多罗刹。《罗摩衍那·战斗篇》是十首王抢劫悉多，罗摩为救悉多，联合猴王哈奴曼，最终战胜敌人。

比较而言，印度史诗独特的叙事方式使得《罗摩衍那》的战斗主题与蒙古族史诗产生较大的差异。如战斗前往往会先讲述失败一方的不祥预兆，《罗摩衍那·森林篇》第二十二章的开头在讲述罗刹们要与罗摩决战到底，在罗刹最终将要毁灭之前，用大量的篇幅描写了不祥的预兆："这时一片响着雷的云彩，／倾泻出了可怕的血雨，／颜色像驴子那样灰黄，／它预示着灾殃不吉利。／……那些可怕的豺狼，／面孔转向那太阳，／它们发出了叫声，／预示着罗刹不祥。"（《罗摩衍那》3.22.1，6）紧接着写到可怕的黑色云层中含着水和鲜血，黑暗笼罩一切；不分天上地下，可怕的飞禽走兽在怪叫；豺狼嘴里喷火；大风吹起，太阳失去光芒，不是夜间竟出了星星；刹那间树上的繁花败落；乌鸦大声乱叫；可怕的彗星掉在地上，大地震动……这一系列可怕的迹象，都预兆着罗刹必将毁灭的结局。《罗摩衍那·战斗篇》讲述楞伽城罗刹王罗波那最后出战前，也是先讲述了不祥的预兆："这个有大力的罗刹王，／乘着战车从城里出发，／车上套着飞驶的骏马，／他去找罗摩、罗什曼那。／／于是太阳失去了光辉，／四面八方漆黑一团；／可怖的怪鸟叫个不停，／大地也在震动颤抖。／／神仙洒下了血雨，骏马都颠踬欲倒；旗子顶上落着大鹫，豺狼们大声号叫。"（6.83.31—33）这样的不祥预兆直接牵动着叙事的结局，也就是它预示着邪恶一方即将毁灭，正如洛德所说："一个主题牵动另一个主题，从而组成了一支歌，这支歌在歌手的脑海里是作为整体而存在的，具备亚里士多德的开头、中间和结尾，在这一整体中叙事单元、主题群则具有了他们自己的半独立性。"① 也就是说，战斗主题作为一个叙事单元，它与"预兆"主题是有逻辑联系的，有了前面的不祥预兆，才有后面的惨败结局。蒙古族史诗中往往也会有逻辑联系密切的主题结构，如开篇的集会，紧接着就可能出现战斗等等，但是"预兆"主题是蒙古族史诗所没有的，这充分反映出印度文化的神秘色彩要高于蒙古文化。

---

① ［美］阿尔伯特·贝茨·洛德：《故事的歌手》，尹虎彬译，中华书局 2004 年版，第135—136 页。

此外，印度史诗所独有的叙事主题，如祭祀主题、插话主题等不仅是蒙古族史诗，即使是其他民族史诗也不曾出现的，这些叙事主题充分反映了独树一帜的印度文化特征。《罗摩衍那》中往往在讲述求子、登基大典、婚礼、战斗等重大事件时，都要讲述祭祀，如马祭、牟尼的祭祀、水祭等，当然讲述祭祀过程还包括更为具体的小母题。插话主题就更多了，插话主题一般也是在叙述重大事件、重要人物的出现，或中心人物处于逆境等重要情境时，插入历史传说、神话故事等插话。如《罗摩衍那·童年篇》中十车王想为求子举行马祭，御者听到这个消息后，为他讲述了古老的故事；罗摩和罗什曼那随众友来到净修林后，插入了陀吒迦的故事以及"完成"净修林的故事、恒河的起源、优摩的故事、罗摩祖先萨竭罗的故事、搅海的故事等。《罗摩衍那·森林篇》中罗摩在森林里遇到金翅鸟王阇吒优私，插入了金翅鸟王讲述自己的历史。印度史诗所独有的叙事主题结构是印度文化的反映，也是印度传统叙事文学和印度史诗繁复的叙事特点的表现。

总之，同为英雄史诗和口传史诗，蒙古卫拉特史诗与《罗摩衍那》的叙事主题有着大致一样的叙事逻辑，这不仅便于歌手的记忆和演唱，还印证了人类发展初期相同的思维方式与心理特征。而蒙古族史诗与《罗摩衍那》各自独特的叙事主题恰恰是受其生存环境、生存方式，以及文化习俗、宗教信仰影响的结果。当然，这里值得一提的是，本来关于史诗主题的划分是源于口传史诗研究的，但通过对比研究，我们认为这种对口传史诗研究的理论在一定意义上也适用于定型史诗研究。

第三节　史诗的隐喻

洛德在研究口传史诗著作《故事的歌手》中指出："传统的口头史诗歌手不是一位艺术家；他是一位先知。他所继承的思维模式，其实并非服务于艺术，而是服务于最基本意义上的宗教。他的平衡技巧，他的对句，他的直喻和隐喻，他的重复，他有时对词语的尽情玩弄，以及形态学、语音学的游戏，这些并非诗人们有意识的发明和创造，而是以凸显深层象征为目标的一些技法。艺术赋予了口头叙事以诸多形式，然而，正是从神话，从那种灵怪故事的富于活力的生命本源中，艺术获得了它自身的力量。"① 洛德的研究表明最早以口传方式出现的史诗文学其实也并非服务于艺术的，而是服务于宗教，印度史诗如此，蒙古族史诗亦如此。作为原始的以口传方式传承下来，后来又以文本形式保存下来的蒙古族史诗和印度史诗，其隐喻的大量存在可想而知。作为古代史诗，两个民族的作品都充分凸显了其原始的文学表现形式，为后世文学提供了最好的范例。

一　隐喻与史诗隐喻

"隐喻"往往会被认为是一种修辞格，也只有修辞学中才会研究。随着 20 世纪 80 年代后期至 90 年代认知语言学的出现，人们的日常经验才被看成是语言使用的基础，对一个语言表达式的意义要进行全面的解释，通常需要考虑意象（视觉的和非视觉的）、隐喻、心理模型以及对世界的朴素理解等。由此，对"隐喻"也开始重新认识，"隐喻"也就从原来的平平常常的修辞格，被提升到"我们赖以生存"的高度。

所谓隐喻，就是用一个事物去描写或者去替代另一个关联事物，用一种事物暗喻另一种事物。隐喻实际上是一种心理行为、语言行为和文化行为。由于人类语言词汇的有限和表达方式的有限，必然会出现用甲事物去感知、想象、理解、阐释乙事物的行为，这既是人类的思维方式也是认知方式，特别是在古代这种思维方式广泛存在。如，印度因明学即十六种认识及推理论证的方式，就提出对事物的认识——量，包括现量（知觉）、比量（推理）、声量（类比）、譬喻量（证言）四种。其中比量即是用甲事物推出乙事物的存在，如从山上冒烟，推出山上着火了，就是说，山上冒烟隐喻着山上着火这一事实。一般来讲隐喻由喻源和本体两部分构成，这两部分之间的关系是互动的。"所谓互动，是隐喻中的两个词义互相影响，互相启示，才能把握意义。"② 如《红楼梦》中人名

---

① ［美］阿尔伯特·贝茨·洛德：《故事的歌手》，尹虎彬译，中华书局 2004 年版，第 321 页。

② 胡壮麟：《认知隐喻学》，北京大学出版社 2004 年版，第 39 页。

的隐喻意义，贾宝玉——假宝玉，贾宝玉既不听从封建统治者对他的要求，去"通世务""读文章"，也不安于封建统治者规定的本分，既"偏僻"又"乖张"，所以，在常人眼中，贾宝玉既"无能"又"不肖"，而且天下第一，所以说他是"宝玉"，可惜是个"假"的，贾与假谐音，隐喻意义可见一斑。

文学的隐喻古已有之，但从研究的角度来讲，重心往往是对书面文学，如诗歌以及篇幅比较短小的散文、小说等文体隐喻性的研究，而对口头文学隐喻性的研究则较少。总体而言，口头文学的隐喻性与书面文学的隐喻性有较大的差异，它是在口耳相传的过程中呈现的，如史诗文学的隐喻性与一般的书面诗歌作品不同，书面诗歌追求的是原创性、个性化，而史诗则因其特殊的传播方式更强调记忆的方便、流传的稳定，因此史诗的隐喻几乎不可能有个性化或原创性。史诗艺人在表演过程中只有凭借经验和传统使史诗的隐喻性得以完成，由此必然会出现在程式化的传统中构建隐喻结构。

二　蒙古族史诗与印度史诗的隐喻意义

认知语言学家认为，隐喻无处不在，蒙古族史诗和印度史诗也不例外。斯钦巴图先生认为蒙古族英雄史诗的隐喻结构将主要基于母题隐喻、神话隐喻和人物隐喻这三大支柱上建立、记忆、传承和保存。[①] 也就是说，蒙古族史诗无处不在的隐喻中主要有三类隐喻：母题隐喻、神话隐喻和人物隐喻，而这三种类型的隐喻在印度史诗中也广泛存在。

（一）母题隐喻意义

母题是古代史诗以及民间文学中大量存在的现象，它是文学作品中反复存在的人类基本行为、精神现象等。蒙古族史诗与印度史诗中的母题不仅数量多，还有非常丰富的隐喻意义。

蒙古族史诗的母题隐喻。斯钦巴图先生研究了蒙古族史诗的母题隐喻，认为，"狩猎母题"表面意义是经济活动，隐喻意义是军事演练和战争；"收养孤儿母题"表面意义是收养失去父母的孤儿，隐喻意义是俘

---

① 斯钦巴图：《蒙古族史诗从程式到隐喻》，民族出版社 2006 年版，第 244 页。

房；"英雄结义母题"表层意义是两个非血缘关系的人成为兄弟，深层意义是冲突关系的和平解决，隐喻意义是潜在的竞争关系和分裂倾向；"婚姻母题"表层意义是一般婚姻，深层意义是双方通过婚姻建立联盟关系，婚姻中的一方接受另一方的统治；"迁徙母题"表层意义是游牧社会中的个人或部落的一次迁徙，深层意义是一群英雄结义、联姻等关系建立联盟关系，隐喻意义是征服或被征服关系；"死而复生母题"表层意义是英雄死而复生，隐喻意义是英雄的生命在其后代身上延续。① 以上不同母题的隐喻有一个基本共同的意义，即隐喻着游牧民族的战争历史，他们在迁徙中不断扩大自己的领地，不断与其他部落结成联盟，又不断分化，在征服与被征服，冲突与反冲突中前行。也可以说母题隐喻着蒙古族史诗是一部真正的英雄史诗。

印度史诗的母题隐喻。在印度两大史诗中"婚姻母题"，表面意义是男女缔结婚姻，实际隐喻着印度人将世俗生活与宗教生活密切相连。两大史诗中的婚姻几乎都与神有关，坚战五兄弟与他们共同的妻子黑公主，罗摩与妻子悉多，以及其他人物的婚姻或是神与神的结合，或是神与人的结合；"死而复生母题"，表面上看是英雄死而复活，实际上隐喻着神对人如何理解和认识正法的考验。《摩诃婆罗多》描写五兄弟流放期将满，坚战的弟弟喝了魔池的水，全部死去。坚战拯救四兄弟，准确回答了魔池的主人药叉的难题，当罗摩说出："仁慈是最高正法，我认为它高于财富。我愿意实行仁慈……"（1.297.73）的时候，药叉让般度族的兄弟站了起来；"森林流放母题"，表面上是写史诗主人公的森林流放经历，实际上隐喻着印度人的人生经历中必须要经历"森林期"，要通过静修达到与梵的接近；"结义母题"，表面是描写通过结义，达成利益同盟，最终借助对方的力量，实现各自的目的。实际上隐喻着人应该信守承诺，如罗摩与猴王的结义。以上不同母题的隐喻有一个基本的共同意义，就是远古印度人的生活与宗教是密不可分的，他们把世俗生活的一切方面都与神、与宗教联系起来。

---

① 斯钦巴图：《蒙古族史诗从程式到隐喻》，民族出版社 2006 年版，第 250—271 页。

(二) 神话隐喻的意义

两个民族的史诗作为民族文学之源，必然保存着神话，特别是印度史诗，对古代神话的记载极为丰富。正如洛德所说，口头叙事艺术正是从神话，从那种灵怪故事的富于活力的生命本源中，获得了它自身的力量。两个民族的史诗中就有大量的情节源于神话，或具有神话隐喻意义。

蒙古族史诗的神话隐喻。就蒙古族英雄史诗整体而言，是一首英雄赞歌，英雄江格尔和格斯尔兼具神人两重性，以江格尔为核心的七十二位勇士、以格斯尔为核心的三十三位勇士和三百名先锋，或是其他蒙古英雄，在与蟒古斯、恶魔、怪物的战斗中，均表现出了其神勇与智慧。实际上，蒙古族史诗就是在展现人（神）与恶魔的战斗，展现善德力量必然胜利的理想和信念，其间也隐喻着人与大自然的抗争。这样的史诗思想与结构是具有神话隐喻意义的。

"冰天大战"是流传在蒙古民族中的一则古老神话：神话讲述了在比太古还古的时代，天地不分，世界一片混沌。后来天上出现了天神、星神等，之后天神又造出了人、草木等，人们过上了幸福生活。然而，不幸还是发生了，以霍尔穆斯塔为首的善神团与阿岱乌兰为首的恶神团发生了战争，最终战败一方以阿岱乌兰为首的恶神团摔至下界，变成恶魔，给人间带来了冰雪严寒、病魔劫难，吞噬人们的生命。人们不得不向上天祈祷，请求速降天神消灭恶魔。经过最高天神的商讨，令格斯尔宝乐都降生人间，消灾灭魔。

这则古老的神话实际上是父系氏族公社时期的产物，这时的人类社会已经进入了男性神为主的英雄时代，所谓冰天大战的善神和恶神之争，便是人（神）与恶劣的冰天自然魔怪的斗争，以霍尔穆斯塔为首的善神团是人们精神力量的象征，以阿岱乌兰为首的恶神团是自然魔力的化身。实际上，这场大战是人（神）与自然恶势力（魔）之间的一场较量，尽管恶魔使尽手段，但还是被众神击败，他摔下尘世继续作恶，最终还是被脱胎为人的神粉碎。因此，"冰天大战"称得上是征服自然的一首英雄赞歌。

纵观每一部蒙古族史诗的开始，往往都在讲述很早很早以前，或在那古老的黄金时代，总而言之，在太古之时，这里与"冰天大战"神话的时间暗合。其时，人间有恶魔兴风作浪，残害百姓，这样的叙述又与阿岱乌兰战败被抛至人间，变成了"沙尔魔汗"，他的部下变成了"芒嘎泰"这样一批恶魔，这些恶魔给人间带来了冰雪严寒、病魔劫难，吞噬人们生命的神话内容相吻合。百姓祈祷上苍拯救人类，众神商议后，便派天神降临人间，而蒙古族史诗也在讲述英雄为降魔，从天上神奇降落人间的过程。接下来，蒙古族史诗或以单篇史诗出现，或以复合史诗出现，讲述英雄一次次战胜蟒古斯，战胜恶魔的战斗经历，最终以英雄取得胜利，杀死恶魔结束。所以，实际上蒙古族史诗整体结构设计与神话有着较高的相似度。一部部蒙古族史诗就是一曲曲英雄的赞歌，隐喻着"冰天大战"的神话内涵。

印度史诗的神话隐喻。印度史诗中的某些情节也具有神话隐喻意义。《梨俱吠陀》中记载着因陀罗斗恶龙的神话。因陀罗由雷霆神演化而来，是吠陀神界中最重要的神，他是一位伟大而不可战胜的武士，也是印度民族中武士族之军神。他全身都是茶褐色的，手中常拿着金刚杵作为武器，驾着由两匹茶褐色的马牵引的马车。神话讲到旱魔乌里特那是一条巨龙，劫掠了许多供给大地雨水的"云牛"，关在它的城堡里，于是河流阻断，生灵在炎热和干旱中难以生存。干渴的生灵祈祷天神相助，因陀罗决定挺身而出，向巨龙开战。因陀罗下令他的侍从——暴风雨众神马鲁特兄弟套上战车，马鲁特兄弟披挂上阵，挺立车旁，英武异常。因陀罗登上战车，冲向旱魔，乌里特那张开血盆大口，大声吼叫，吓得天神们战战兢兢，夺路逃命。勇敢的因陀罗高高举起金刚杵，割下乌里特那的头颅，乌里特那像大树一样倒在地上，天地因此震动。因陀罗驾车冲进城堡，放出了被关押的"云牛"，顿时天起浓云，大雨倾盆而下，众生灵得救。

《罗摩衍那》中罗摩与罗波那的战斗与这则神话是暗合的。战斗的起因是罗波那劫掠罗摩的妻子悉多，并把她关在自己的城堡中，罗摩兄弟联合猴王与之开战。战斗中，罗波那的部将大臣一个个被猴王手下的将领杀死，罗波那怒气冲冲，发出怒吼，用箭把罗摩的部队射得散成一百块，猴子纷纷倒地。罗摩的弟弟罗什曼那也受了重伤。在最后决斗的关头，"十头魔王立车上"，神王将宝车赐予罗摩，罗摩登上神车，"光满神宇生异彩"。魔王嘴中吐火，毒口大张，十分可怖，罗摩英勇无比，沉着应对。最后，罗摩用利刃砍中罗波那的头颅，置魔王于死地。之后，他们冲进楞伽城，救出了悉多。这场战斗无论是起因还是过程，抑或是结局都与神话暗合，特别是其中展现的主题——正义与邪恶的战斗也紧扣这个神话，可见印度史诗与神话的密切关系。

（三）人物隐喻意义

在母题、情节、结构等蕴含着大量隐喻意义的史诗中，人物也不能置身其外，两个民族史诗中的人物也都有一定的隐喻意义。

蒙古族史诗中女性拯救与鼓舞斗志情节的隐喻意义亦很丰富。蒙古族史诗中多次出现英雄的死而复生，拯救他们的都是女性。例如，《江格尔》中幼年江格尔被老英雄阿拉坦策吉的利箭射中后背，射穿前胸，失去知觉，洪古尔的母亲姗丹夫人用灵药挽救了江格尔的生命；乌仲阿拉德尔汗被一个恶毒的贝罗门（一种魔鬼）的寒风和热风吹得精疲力竭，昏倒在沙丘上，又是法术超群的阿荣查干侍女用"乌音"白药涂其身，仙女使用法术，使乌仲阿拉德尔汗从昏迷中苏醒；格斯尔与其夫人阿拉坦阿日嗒双双遇难丧生，是格斯尔的其他夫人们使二人起死回生。再有，英雄落难时，往往是女性先听到呼救的声音，召集勇士去搭救英雄。如，当江格尔出战49天，与铁臂力士萨布尔大战，难以取胜时，江格尔在荒凉的旷野呼唤英雄洪古尔与萨布尔交锋，声音传到金宫，是阿盖夫人听到了江格尔的呼救，唤醒酣睡中的洪古尔，劝导他营救江格尔，洪古尔披挂上阵，大获全胜。蒙古族史诗中还经常出现当英雄沉湎于酒宴欢乐之中，忘记了守卫家乡的重任时，是女性站出来提醒英雄危险即将来临，要他们像个英雄的样子，担当起保卫家乡，保护人民的使命。在江格尔离开宝木巴，洪古尔留守家乡之时，又是阿盖夫人鼓励洪古尔出征讨伐来犯的敌人。这些史诗的情节有着深刻的崇拜女神的隐喻意义。

印度史诗男主人公人生经历的隐喻意义。两大史诗男主人公的人生经历跌宕起伏，充满传奇色彩。罗摩与坚战少时都经历了学文习武阶段；之后两人都完成了人生重大事件——婚姻，罗摩娶了美丽的悉多，坚战娶了黑公主；再之后，美好的生活都出现了变故，罗摩的父亲受妃子要挟流放了儿子，坚战也因为退让，在赌博中输掉一切，流放森林；他们在森林中都经历十几年的苦行僧似的生活历练，之后战胜对手，得到权力和财富；最后，他们又都放弃王位以求得解脱。这样的人生经历，隐含着《奥义书》时代理想的人生道路，即"四期"的生活模式——求学期、家居期、林栖期、漫游期。所谓"求学期"，是指未婚男孩在教师经营的学馆里，研读《吠陀》经典的学习阶段。罗摩和坚战跟随仙人所学的一切，应为男孩求学期必须掌握的知识和本领；"家居期"是指完成梵志的学习后，男子就要完成世俗生活须尽的职责，也就是要成家立业，娶妻生子等。罗摩和坚战在完成学习之后，都参加了选婿的竞争，最后如愿以偿，抱得美人归，体验人生的欲乐和愁苦，这是作为一个男人应该享受和体验的人生过程；"林栖期"是指已尽到世俗生活的基本职责的家庭之主，隐居在森林中，体验苦行的生活，他们要玄思冥想，品味人生。罗摩和坚战的流放生涯暗合了林栖期；"漫游期"是指经过住林静修，具备高妙的思维真理的能力，在已有丰富的人生体会的基础上，去实践人生的终极目的，追求生命的最高境界，即解脱阶段。罗摩和坚战在得到国土和权力之后，都对尘世的生活产生了厌倦。罗摩在听到两个儿子的演唱后，很受感动，并让悉多证明自己的贞操，悉多的誓言得以实现，大地母亲将她接走，罗摩异常悲哀，最后，将王位交给两个儿子，自己到恒河沐浴，最终脱离凡身升天。坚战在征询了四个弟弟和黑公主的意见后，交出王位，决定远行朝圣，在其他人纷纷倒下后，他一个人爬上了喜马拉雅山的最高顶峰。由此可见，两大史诗的男主人公人生经历的隐喻意义，反映出了印度民族宗教哲学思想的丰富和复杂。

三　两个民族史诗隐喻的异同及原因探究

（一）隐喻的异同在史诗中的表现

蒙古族史诗与印度史诗都包含着"死而复生""婚姻""结义"等母题，就表现形式和表层意义而言基本相同，或表现原始思维支配下人们渴望借助神力求得不死的想法，或借助婚姻、与异性兄弟联合来增强自己的实力。但两者的真正隐喻意义是大相径庭的，如"死而复生"母题，蒙古族史诗往往是借助外力，主要是自然力，而印度史诗则通过信仰来达到起死回生的目的；"婚姻母题"，蒙古族史诗主要是通过婚姻增强自己的势力，而印度史诗则隐喻人神之爱。

两个民族史诗都出现了神话隐喻的情节，蒙古族史诗中英雄与蟒古斯的战斗隐喻着蒙古神话"冰天大战"；《罗摩衍那》中罗摩与罗波那的搏斗隐喻着《梨俱吠陀》中的因陀罗斗恶龙的神话。可见，印度史诗的神话隐喻与蒙古族史诗如出一辙，都表现出了古代史诗大致相同的表现手法和当时人们的思维方式。但同为神话隐喻，蒙古族史诗的神话隐喻贯穿始终，就是说，每个战斗故事都暗含着同一个神话；而印度史诗则是某个情节中具有某个神话的隐喻，这种差异与印度史诗情节线索之复杂，而蒙古族史诗情节线索相对单一不无关系。蒙古族史诗的隐喻主要是结构上的隐喻，无论是母题隐喻，还是神话隐喻，乃至情节的隐喻，在本质上都是服务于史诗的整体结构的，也就是说，蒙古族史诗的隐喻意义是表层的。而印度史诗则不然，印度史诗的隐喻意义是深层次的，它往往具有抽象化的特征，是在哲学高度上的隐喻。如果说蒙古族史诗是一部充满尚武精神，赞美英雄主义理想的史诗，那么印度史诗则是哲学与诗意结合得最完美的史诗。

两个民族史诗中的人物也都具有隐喻意义，但相比较而言，蒙古族史诗中女性的隐喻意义特别突出，而印度史诗则是男性英雄的隐喻意义更明显。且蒙古族史诗的人物隐喻依然与英雄的战斗息息相关，而印度史诗人物的隐喻则更侧重抽象的哲学意义。

（二）异同产生的原因

首先，两个民族的史诗广泛运用隐喻与时人思维的具体性和形象性有关，这种思维方式极容易使他们用具体的感性的符号来表达主体的观念，如印度史诗《摩诃婆罗多》用"愤恨构成的大树"象征难敌，意在指明一方面难敌是一个充满嫉妒和愤怒的人，另一方面也意在反映以他为中心还会有一批跟他一样的人的存在，就像史诗中写的"迦尔纳是树干，沙恭尼是其枝柯，难降是茂盛的花果，根是昏聩的老王持国"。（1.1.65）蒙古族史诗也通过具体的情节表现深度的隐喻意义，如女性拯救情节、收养孤儿情节等。因此，两个民族的史诗都表现出了对隐喻的极大兴趣。

其次，蒙古族史诗中的隐喻意义没有像印度史诗那样表现为哲学与宗教的高度，主要原因与两个民族的生存环境和生存方式、民族心理的不同相关。蒙古游牧民族的迁徙性，使其不停地在寻找适宜生存的家园，争夺肥沃的草原与牲畜的过程中繁衍生息，他们极易形成享受现实欢乐的生存方式，因此，对形而上的思考相对欠缺。所以他们的史诗始终执着于现实的生存，处处隐喻着为民族兴旺与生活安定而进行的不懈战斗。蒙古族史诗的人物隐喻与他们的民族心理息息相关，例如，女性拯救与鼓舞斗志情节隐喻着史诗虽然表现了父权制社会的历史现实，但母系氏族社会古老的传统依然存在，即女性崇拜依然存在。这种崇拜女性的传统实际上表现了崇拜女神的民族信仰，由于人类在母系氏族时期，抵御各种灾难的能力非常有限，面对大旱、洪水、山火、雷电，甚至某些想象中的怪物，总想找到一些心理寄托，于是女神就会翩然而至，使人类得到拯救。因此，这些史诗情节有着深刻的崇拜女神的隐喻意义。

印度民族生活在植被丰富、气候温润的自然环境中，这使他们不断地体验着生命的有限与梵的无限。印度人重要的生存方式之一，就是去寻求与无限的合一，他们宁愿放弃肉体的欢愉，到净修林中苦行，以实现人生的最高理想——与梵合二为一，因此在两大史诗中都出现了流放森林的母题情节，这与蒙古族史诗的征战母题具有同等价值。流放森林母题在印度两大史诗中占有极为重要的地位，它不仅是罗摩和坚战坚守正法、忠孝仁心的结果和表现，而且其间还蕴含着印度宗教文化的意义：在苦行和冥想中追寻正法，实现与梵的合一。因此，印度文化中高度的哲学自觉和浓郁的宗教氛围，使印度史诗呈现出了哲学化与宗教化的象征意义。

虽然在史诗产生时还没有明确的史诗诗学观念，但是，无论是蒙古族史诗还是印度史诗的创作者都以其民族特有的方式讲述着古代的历史和英雄的事迹，而这种讲述方式为后人表演、阅读和研究史诗提供了视角。由于文化的差异，蒙古民族的尚武精神，使蒙古族史诗成为典型的英雄史诗；而印度文化不善修史的特点，使其史诗与历史、神话混合在一起，这就造成了印度史诗既具有创世史诗特点又具有英雄史诗的特点。而史诗的形成、流传与定型，民族文化心理的不同等原因，又决定了两个民族史诗的叙事结构的差异——串珠式和嵌入式；同时也制约着史诗的叙事主题。在表现方法上，两个民族的史诗虽有较高的相似度，但是由于文化的原因，也表现出一定的差异。

当然，史诗诗学还有许多话题可做研究，例如，印度史诗的抒情性和悲剧性等，但受限于本书的比较视角，这里仅对两个民族史诗有相似点和不同点的问题做了对比研究，并力求挖掘其原因。我们认为，两个民族的史诗存在诸多世界各民族史诗共同的诗学规律，如隐喻等表现手法、叙事方式等，对这些问题的研究将有助于史诗诗学规律的探索。

结　语

　　近百年来，人类基于对自身的思考不约而同地走向了文化溯源。人文学科的研究普遍体现了文化人类学、文化哲学的倾向，以求通过对文化的反思来进行文化重建。对于人文学科的发展而言，同样也面临着世界化的趋向，世界文化的交流和融汇呼唤着人们对民族特色和民族文化的再认识与再思考。这种发展趋势，使得文学研究和文化建设面临着求异化和趋同化的双重选择。一方面，要求我们积极探寻民族文化间的对话、沟通、交往，避免文化相对主义可能造成的文化隔绝和孤立，在文学的对话交流中熔铸出新的文化理念；另一方面，文化的发展必须保持民族的独特性，使民族文化在本民族的特色中得到深化和传播。无论是哪个民族的文学中都有体现自己民族基本特色、民族精神的作品。多种文化的对话和比较的结果并不意味着使独特的个体文化的消亡，而全球化也不会湮没民族文学的个性化色彩，从多个角度进行对比研究能使民族文学的特点得到彰显，不同体系的文化特色也能得到更深的发掘从而显出其独特魅力。

　　原始文化具有很大的相似性，虽然分布于不同的文化区域内，分属于不同的民族范畴，但人类生存方式的相同或相似使人们在生理和心理结构上存在极大的共通性。"人类是出于同源，因此具有同一的智力原理，同一的物质形式，所以在相同文化状态中的人类经验成果，在一切时代与地域中都是具体相同的。人类的智力原理虽然由于能力各不相同而有细微差别，但对其理想标准的追求则始终是一致的，因此，它的活动在人类进步的一切阶段都是同一的。"① 而且，越是在文化发展的较低阶段，这种相似性与共同发生的意味往往更浓。此外，人类的进化与发展经历了大致相同的历史进程，尤其是在远古生活时代，个人意识还没有完全从全民意识中独立出来，人的个性融入集体共性之中。人们对客观世界往往产生相同或相近的理解与感知，人们之间的审美观虽有差异，但本质上是切近的，各民族的文学创作与文学表现也总是相同或相近的。所以，人类文化总的来说是由同质向异质发展的。

印度和蒙古两个民族的史诗在主题、情节、人物塑造、审美价值观念等方面，表现出了一定的相似性。但同时由于各自的自然地缘及文化背景的不同，两个民族的史诗也存在相当大的差异。本书从两个民族史诗的发生、主题、宗教思想、文学功能、人物形象、美学特征、原始思维、诗学原理等角度展开平行比较。可以看到蒙古族史诗和印度史诗作为英雄史诗都表现出了通过塑造英雄来强调英雄主义的特点，英雄人物也都具有半人半神性。两个民族史诗也都以战争和婚姻为主要的故事类型，反映了当时社会制度转型等文化背景。史诗也都渗透了较强的宗教思想观念，以萨满教和婆罗门教为史诗世界观的主要基石。此外，两个民族史诗都具有禳灾治疗的超文学的功能，体现出了相近的原始思维如直感形象性、整体性等和具有"同情观"和生命美的东方审美观等相同点。但同时，蒙古族史诗和印度史诗又体现出了草原史诗和森林史诗的分野，而史诗反映出的对战争的态度，也能透视出两个民族尚武与尚德的民族精神的差异。印度史诗作为婆罗门教的"第五吠陀经"，其宗教化程度要远超蒙古族史诗，所以与务实的蒙古英雄相比，印度英雄表现出了婆罗门教关怀下的超脱精神。两个民族史诗虽然都是缘起于口头创作，但蒙古族史诗现在仍然作为口头活态史诗流传，而印度史诗早早被文字定型。蒙古族史诗无一例外的喜剧结局也与印度史诗中蕴含的悲剧色彩形成了鲜明对比。

黑格尔在《历史哲学》中向我们展现了他对世界历史的宏观见解。

---

① ［美］路易斯·亨利·摩尔根：《古代社会》，杨东莼、马雍、马巨译，商务印书馆 1997年版，第 556 页。

他把世界历史看作是绝对精神借助于人类历史而展现自身的过程。他把世界历史划分为东方、希腊、罗马和日耳曼。当我们沿着黑格尔的划分，把古代东方作为一个整体来考察时，蒙古族史诗和印度史诗所呈现出的相同点可以给我们一个宏观的视角，在东方史诗视阈下，梳理史诗发生与发展中共通的规律，探寻其显性和隐形的影响。而二者的差异又都体现出了各自的文化肌理，并有助于我们厘清史诗发展过程中的变量，了解其普遍本质和流变规律。

无论是蒙古族史诗还是印度史诗都汇集了大量的文化信息，凝聚了丰富的精神与情感，是关于一个民族的"超级故事"和"百科全书"。史诗中包含两个民族民俗、历史、语言、宗教等方方面面的文化信息，可以说体量巨大、内容复杂。而史诗作为民众根据历史传统和现实生活的集体创作，植根于该民族特定的文化语境下，具有大跨度的历史纵深，而且史诗艺术又逐渐走向衰微。所以对史诗的研究势必存在时间和空间维度所带来的障碍与限制。当代文艺理论的发展方向，可以说逐渐从注重文学内部研究、独立研究为主要内容的模式，走向对文学的多元性、还原性的研究范式。所以对一种文学样式的跨民族、跨学科研究越来越具有必要性和启发性。然而，对蒙古族史诗和印度史诗的比较研究，之前却鲜有涉及，缺少前期研究，本书选取这一角度，具有一定的创新性，同时也具有很多挑战。关于如何科学地建立起两个不同民族文学作品比较的框架，还需要与后来学者不断探讨。本书只能说提出一些值得研究的问题，为后人的研究积累资料和经验。例如，本书主要是从平行研究角度展开论述，而印度史诗和蒙古族史诗间的影响研究也同样值得探讨，这里并未过多涉及，也可谓是不足之处。所以，关于两个民族史诗众多深奥的问题还待后来者深入探索，也衷心期待有识之士的研究成果。

参考文献

一 专著类

中国民间文艺家协会新疆维吾尔自治区分会主编:《〈江格尔〉论文集》,
　　新疆人民出版社 1988 年版。

仁钦道尔吉:《〈江格尔〉论》,内蒙古大学出版社 1994 年版。

仁钦道尔吉:《蒙古史诗源流》,内蒙古大学出版社 2001 年版。

贾木查:《史诗〈江格尔〉探源》,新疆人民出版社 1997 年版。

朝戈金:《口传史诗诗学:冉皮勒〈江格尔〉程式句法研究》,广西人民
　　出版社 2000 年版。

斯钦巴图:《江格尔与蒙古族宗教文化》,内蒙古大学出版社 1999 年版。

斯钦巴图:《蒙古史诗从程式到隐喻》,民族出版社 2006 年版。

陈岗龙:《蟒古斯故事论》,北京师范大学出版社 2003 年版。

陈岗龙:《蒙古民间文学比较研究》,北京大学出版社 2001 年版。

萨仁格日勒:《蒙古史诗生成论》,中央民族大学出版社 2001 年版。

乌日古木勒:《蒙古突厥史诗人生礼仪原型》,民族出版社 2007 年版。

巴雅尔图:《格斯尔研究》,内蒙古教育出版社 2006 年版。

谢再善译:《蒙古秘史》,中华书局 1956 年版。

荣苏赫、梁一儒:《蒙古族文学史》,内蒙古人民出版社 2000 年版。

满都夫:《蒙古族美学史》,辽宁民族出版社 2000 年版。

武国骥:《蒙古族哲学史》,内蒙古文化出版社 1994 年版。

苏鲁格:《蒙古族宗教史》,辽宁民族出版社 2006 年版。

乔吉:《蒙古族全史·宗教卷》,内蒙古大学出版社 2011 年版。

阿地里·居玛吐尔地：《口头传统与英雄史诗》，中央民族大学出版社
　　2009年版。

孟驰北：《草原文化与人类历史》，国际文化出版公司1999年版。

刘安武：《印度两大史诗研究》，北京大学出版社2001年版。

季羡林、刘安武编：《印度两大史诗评论汇编》，中国社会科学出版社
　　1984年版。

季羡林：《罗摩衍那初探》，江西教育出版社1996年版。

季羡林：《季羡林全集》，外语教学与研究出版社2010年版。

邱紫华：《东方美学史》，商务印书馆2003年版。

孟昭毅：《东方文学交流史》，天津人民出版社1984年版。

巫白慧：《印度哲学》，东方出版社2000年版。

姚卫群编：《印度哲学》，北京大学出版社1992年版。

郁龙余：《中印文学关系源流》，湖南文艺出版社1987年版。

郁龙余等：《中国印度诗学比较》，昆仑出版社2006年版。

尹锡南：《梵语诗学与西方诗学比较研究》，四川出版集团2010年版。

刘安武：《印度两大史诗评论汇编》，中国社会科学出版社1984年版。

汤用彤：《印度哲学史略》，中华书局1988年版。

黄心川：《印度哲学史》，商务印书馆1989年版。

黄宝生：《印度古典诗学》，北京大学出版社1993年版。

李世杰：《印度哲学讲义》，台湾新文丰出版公司1979年版。

徐梵澄译：《五十奥义书》，中国社会科学出版社1995年版。

王树英：《印度文化与民俗》，中国社会科学出版社2007年版。

朱明忠、尚会鹏：《印度教：宗教与社会》，世界知识出版社2003年版。

叶舒宪：《文学与人类学——知识全球化时代的文学研究》，社会科学文
　　献出版社2003年版。

叶舒宪：《文学人类学教程》，中国社会科学出版社2010年版。

叶舒宪：《英雄与太阳》，陕西人民出版社2005年版。

王宪昭：《中国民族神话母题》，民族出版社2006年版。

孟慧英编：《原始宗教与萨满教卷》，民族出版社2008年版。

富育光：《萨满教与神话》，辽宁大学出版社1990年版。

富育光：《萨满论》，辽宁人民出版社 2000 年版。

李媛：《新疆蒙古族民间信仰与社会田野调查》，民族出版社 2011 年版。

李咏吟：《原初智慧形态》，上海人民出版社 1999 年版。

朱明：《恒河沐浴——印度教概览》，四川民族出版社 1994 年版。

刘放桐等：《西方现代哲学》，人民出版社 2000 年版。

陈中梅：《荷马的启示——从命运观到认识论》，北京大学出版社 2009
　　年版。

李咏吟：《原初智慧形态——希腊神学的两大话语系统及其历史转换》，
　　上海人民出版社 1999 年版。

王德宝：《神话的意蕴》，中国人民大学出版社 2002 年版。

陈建宪：《神祇与英雄》，生活·读书·新知三联书店 1994 年版。

二　译作、译著类

色道尔吉译：《江格尔》，人民文学出版社 1983 年版。

霍尔查译：《江格尔》，新疆人民出版社 1988 年版。

黑勒、丁师浩译：《〈江格尔〉汉文全译本》，新疆人民出版社 1993 年版。

胡尔查译：《胡尔查译文集》，远方出版社 2009 年版。

赵文工译：《鄂尔多斯史诗》，内蒙古大学出版社 2011 年版。

包玉文译：《汗青格勒》，内蒙古教育出版社 2014 年版。

齐宝德：《蟒古思的故事》（蒙古文），内蒙古人民出版社 2012 年版。

斯钦孟和主编：《格斯尔全书》（蒙古文）第 1 卷，民族出版社 2002
　　年版。

纳日苏：《格斯尔故事》，内蒙古人民出版社 1989 年版。

仁钦道尔吉译：《那仁汗胡布恩》，民族出版社 2007 年版。

仁钦道尔吉译：《珠盖米吉德胡德尔阿尔泰汗》，民族出版社 2007 年版。

内蒙古社科院文学研究所编：《北京版〈格斯尔传〉》，赤峰印刷厂 1986
　　年版。

内蒙古社科院文学研究所编：《巴林〈格斯尔传〉》，赤峰印刷厂 1986
　　年版。

内蒙古社科院文学研究所编：《卫拉特〈格斯尔传〉》，赤峰印刷厂 1986

年版。

内蒙古社科院文学研究所编:《青海〈格斯尔传〉》,赤峰印刷厂 1986
年版。

金克木等编:《摩诃婆罗多插话选》,人民文学出版社 1996 年版。

[印] 蚁垤:《罗摩衍那》,季羡林译,人民文学出版社 1984 年版。

[印] 毗耶娑:《摩诃婆罗多》,黄宝生、席必庄、郭良鋆、赵国华译,中
国社会科学出版社 2005 年版。

[印] 毗耶娑:《薄伽梵歌》,黄宝生译,商务印书馆 2010 年版。

[印] 毗耶娑:《摩诃婆罗多的故事》,唐季雍译,中国青年出版社 1959
年版。

[苏] 谢·尤·涅克留朵夫:《蒙古人民的英雄史诗》,徐昌汉、高文风、
张积智译,内蒙古大学出版社 1991 年版。

蒋忠新译:《摩奴法论》,中国社会科学出版社 1993 年版。

[法] 勒内·格鲁塞:《草原帝国》,李德谋编译,重庆出版社 2006 年版。

[印] A. L. 巴沙尔主编:《印度文化史》,闵光沛等译,商务印书馆 1997
年版。

[印] 帕德玛·苏蒂:《印度美学理论》,欧建平译,中国人民大学出版社
1992 年版。

[印] 德·恰托巴底亚耶:《印度哲学》,黄宝生、郭良鋆译,商务印书馆
1980 年版。

[印] R. 塔帕尔:《印度古代文明》,林太译,浙江人民出版社 1990
年版。

[英] 查尔斯·艾利奥特:《印度教与佛教史纲》,李荣熙译,商务印书馆
1982 年版。

金克木译:《印度古代文艺理论文选》,人民文学出版社 1980 年版。

[美] 约翰·迈尔斯·弗里:《口头诗学:帕里–洛德理论》,朝戈金译,
社会科学文献出版社 2000 年版。

[美] 阿尔贝特·贝茨·洛德:《故事的歌手》,尹虎彬译,中华书局
2004 年版。

[加] 诺思洛普·弗莱:《神力的语言——圣经与文学研究续编》,吴持哲

译，社会科学文献出版社 2004 年版。

［英］詹姆斯·乔治·弗雷泽：《金枝》，徐育新等译，大众文艺出版社
　　2009 年版。

［英］爱德华·B. 泰勒：《人类学——人及其文化研究》，连树生译，广
　　西师范大学出版社 2004 年版。

［德］沃尔夫冈·伊瑟尔：《虚构与想象：文学人类学疆界》，陈定家译，
　　吉林人民出版社 2003 年版。

［美］韦勒克、沃伦：《文学理论》，刘象愚、邢培明、陈圣生、刘哲明
　　译，生活·读书·新知三联书店 1984 年版。

［德］黑格尔：《美学》，朱光潜译，商务印书馆 1979 年版。

［美］阿兰·邓蒂斯编：《西方神话学读本》，朝戈金等译，广西师范大学
　　出版社 2006 年版。

［德］恩斯特·卡西尔：《神话思维》，黄龙保、周振选译，中国社会科学
　　出版社 1992 年版。

［英］查尔斯·埃利奥特：《印度教与佛教史纲》，李荣熙译，商务印书馆
　　1982 年版。

［英］麦克斯·缪勒：《宗教的起源与发展》，金泽译，上海人民出版社
　　1989 年版。

［美］J. M. 肯尼迪：《东方宗教与哲学》，董平译，浙江人民出版社 1988
　　年版。

［美］杰拉德·普林斯：《叙事学》，徐强译，中国人民大学出版社 2013
　　年版。

［美］马文·哈里斯：《文化人类学》，李培茱、高地译，东方出版社
　　1988 年版。

［法］列维-布留尔：《原始思维》，丁由译，商务印书馆 1985 年版。

［法］列维-斯特劳斯：《野性的思维》，李幼蒸译，商务印书馆 1997
　　年版。

［法］西蒙娜·德·波伏娃：《第二性》，陶铁柱译，中国书籍出版社
　　1988 年版。

［德］黑格尔：《哲学演讲录》，贺麟、王庆太等译，商务印书馆 1978

年版。

［美］博厄斯：《原始艺术》，金辉译，上海文艺出版社 1989 年版。

［意大利］维柯：《新科学》，朱光潜译，人民文学出版社 1997 年版。

［美］路易斯·亨利·摩尔根：《古代社会》，冯汉骥译，商务印书馆
1971 年版。

［英］道森编：《出使蒙古记》，吕浦译，周良宵注，中国社会科学出版社
1983 年版。

［美］J. M. 肯尼迪：《东方宗教与哲学》，董平译，浙江人民出版社 1988
年版。

［英］爱德华·B. 泰勒：《人类学》，连树声译，广西师范大学出版社
2004 年版。

［英］渥德尔：《印度佛教史》，王世安译，商务印书馆 1987 年版。

三　外文文献

Fernando Poyatos, *Literary Anthropology*：*A New Interdisciplinary Approach to People*, *Sings and Literature*, John Benjamins Publishing Company, 1988.

M. A. Czaplicka. *Shamanism in Siberia*：*Aboriginal Siberia*, *A Study in Social*, Forgotten Books, 2007.

Carole Pegg, "Ritual, Religion and Magic in West Mongolian (Oirad) Heroic Epic Performance", *British Journal of Ethnomusicology*, Vol. 4, Special Issue：Presented to Peter Cooke, 1995.

后　记

　　塞外冬日的阳光，直射进书房，暖暖地拥抱着我，让人误以为春天就在眼前。可实际上这应该是冬季最寒冷的三九天，如此偏误的感觉，是刚刚完成的书稿，让我感到精神释然所致吧。

　　大约十年前，我开始踏入史诗研究领域。在本科教学中，我要讲授古希腊荷马史诗、印度两大史诗、古巴比伦史诗等，比较的意识，打通的理念时时提醒我"南海北海，心理攸同"，在讲授荷马史诗时，自然会联想到印度史诗、巴比伦史诗，以及我国少数民族的三大史诗，于是，我便开始对世界各民族史诗进行比较研究。零星的研究工作让我的视野逐渐开阔，单篇论文写起来也是得心应手，我发现，大学课堂30多年的教学经历，是我的一笔可观的财富，正是因为教学的需要，我需要反复阅读作品，这种精神的滋养，循序渐进的积累和突如其来的灵感，使得史诗比较研究的思路逐渐清晰起来。作为在内蒙古工作的我，深知蒙古族史诗在蒙古族文学史上的地位，特别是我校有优越的条件——"中国少数民族文学馆"，这里收有中国少数民族三大史诗《格萨尔》《江格尔》和《玛纳斯》。那时，我的第一届研究生吴志旭正在这里工作，她对蒙古族史诗相当有兴趣，我们经常一起讨论，"少数民族文学馆"的资源，为我的研究提供了诸多便利条件。2010年我的"蒙古族史诗的现代阐释与比较"获批内蒙古高校重点项目，我的学生进入课题组，进行学习和研究，其中2010级研究生阿婧斯是一个研究能力非常强的学生，而且对蒙古族史诗情有独钟，她在参与课题的工作中受益匪浅。2012年我主持了国家社科规划项目"蒙古族史诗与印度史诗比较研究"，吴志旭、阿婧斯是其中的重要成员,这本专著就是在国家课题的基础上进行修改完善,最终成书的。

这本专著是由我与吴志旭、阿婧斯共同完成的,其中吴志旭主要参与了整体设计与部分章节的写作,阿婧斯参与了部分章节,特别是其中关于蒙古族史诗部分的撰写与本书最后的校对工作。在共同合作过程中,我的两位学生给予我非常大的帮助,从资料的搜集,到观点的修正,使我们的研究工作变成了一次精神之旅,一种心灵享受。此外,杨荣同学也为我们提供了宝贵的资料,在此表示感谢。

成书之后,我恳请我国著名东方文学研究专家,天津师范大学文学院教授孟昭毅先生为本书写序,孟先生在百忙之中看了书稿,写了评价颇高的序并提出诸多宝贵意见。多年来,孟先生一直关注并鼓励我的研究工作,在此深表感谢!

还有许多亲人、朋友、同事和我的学生,对我的写作与研究,对我的人生有过重要影响,在此一并谢过。祝愿出现在我生命中的亲人与友人们,一生平安!

王艳凤
戊戌岁末于呼和浩特如意阁